KB001212

느카이의 진노

ACONYTE BOOKS

An imprint of Asmodee Entertainment Ltd
Mercury House, Shipstones Business Centre,
North Gate, Nottingham NG7 7FN,UK
Aconytebooks.com//twitter.com/aconytebooks

ARKHAM HORROR

느카이의 진노

조시 레이놀즈

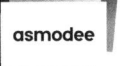

도움을 준 실비와 훼방을 놓은 엘로디에게 바칩니다.

그림자

그것은 자고 있었다.

자는 동안, 그것은 꿈을 꾸었다. 꿈은 진짜 꿈이라기보다는 번 뜩이는 기억에 가까웠다. 그것의 칠흑 같은 의식 속에서 응결된 채 부유하는 시간의 편린들. 자는 동안, 그것은 그 화석화한 편린 들의 모든 면모를 분석했다.

그것은 바쳐진 제물을 다시 보았고, 오랜 굶주림을 느꼈다. 신 실한 자들의 영창이 들렸다. 그것이 오래도록 듣지 못했던 소리 였다.

그것은 이곳에 남은 마지막 존재였다. 그것은 이를 알았지만, 자신이 어떻게 아는지는 알지 못했다. 그것은 세계나 자기 자신 에 관해서 거의 이해하지 못했다. 그것은 이해가 아니라 봉사를 위해 창조된 존재였다. 대지가 솟아오르고 가라앉는 영겁의 시간 내내 감시하고 파수를 서기 위해 창조된 존재였다.

그것을 창조한 이는 한때 구렁의 가장 깊은 곳에서 잠들어 있었다. 빛이 없는 곳, 안온한 어둠이 영원히 뻗어 있는 곳에서. 그것은 어둠 속에서 태어났고, 어둠이 편안했다. 위쪽에는 빛이 너무 많았다.

하지만 이제 창조자는 자신과 유사한 다른 이들과 마찬가지로 떠나고 없었다. 그것은 뒤를 따르도록 허락받지 못했기에 창조자가 어디로 떠났는지도 알지 못했다. 그것은 뒤에 남아 긴 공허를 오가며 어둠을 침범하는 자들이 없는지 감시했다. 왜 그래야 하는지는 알지 못했지만, 그래야 한다는 것은 알았다. 그래서 그것은 어둠을 기어 다니며 구렁의 신성함을 지켰다. 구렁이 침범당하지 않도록.

그러던 중 영창이 들려왔다. 기도가. 자그마한 소리들이 저 높은 곳에서 새어 내려왔다. 그것은 위로 더 위로 계속해서 이끌려 올라가며 깊고 깊은 골짜기와 붉게 빛나는 동굴들을 지나쳤다. 한때 구렁에 거주하며 창조자를 경배했지만 무언가를 피해 달아나 버린 자들이 살았던 무너진 도시들을 지나쳤다.

그것은 그들의 부재를 인지하지는 못했고, 그저 막연한 허전함만을 느꼈다. 한때 그곳에 있었던 이들이 이제는 없었다. 한때 그들이 있었다는 사실마저 조만간 잊을 참이었다. 하지만 그때 영창이 들렸다. 옛 말이 그것을 편안한 어둠에서 끌어내어 증오스러운 빛 속으로 부르고 있었다. 그것은 다시 기억을 떠올렸고, 궁금해졌다.

그것은 오래된 의식에 대한 존중보다는 호기심에 이끌렸다. 그것은 위에 있는 자들의 의식을 이해하지 못했다. 그들은 그것을 금제하지 못했다. 창조자나 창조자와 동등한 지위에 있는 존재들의 의지 외에는 그 무엇도 그것을 금제할 수 없었으므로. 적어도 그 순간 그것은 그렇게 생각했다. 하지만 그것은 영창이 끝나면 제물이 바쳐지던 옛적을 기억했다.

그래서 그것은 오르고 또 올라 무너진 도시에 이르렀고, 다시 그 위에 세워진 도시에 당도했다. 이 다른 도시는 밑에 있던 도시보다 더 컸고, 다른 종족이 세운 것이었다. 그것은 도시를 세운 자들의 차이에는 관심이 없었다. 구렁 아래쪽에 살던 자들은 피가 차갑고 현명했다. 여기 있는 자들은 피가 따뜻하고 시끄럽기 짝이 없었다.

그것은 예전에 이 나약하고 피가 따뜻한 자들이 구렁의 밑바닥까지 내려왔던 시절을 회상했다. 그들은 그것이 자신들이 가져온 진저리나는 빛에 꿰뚫려 고통에 몸부림치는 광경을 보고 괴성을 질러댔다. 그것은 그들을 공격해 위로 또 위로, 자신이 올라갈 수 있는 한계까지 내몰아 그들의 세계로 돌려보냈다. 그런 다음 안전한 어둠 속으로 돌아가 상처를 핥았다.

당사자들은 알지 못했지만, 그들은 그것에게 상처를 입혔다. 그리고 그것 역시 그들에게 상처를 입혔다. 하지만 지금, 그들은 기억에서도 지워진 머나먼 과거에 그랬던 것처럼 그것을 부르고 있었다. 그것은 몸을 더 높이 가늘게 뻗으며 위로 기어 올라갔다. 이 높이에서는 희미한 빛이 우글거려 몸이 떨렸다. 하지만 갈망이… 오, 어찌나 심했는지. 높이 올라가면 올라갈수록 갈망도 더욱 커졌다.

그것이 제물을 맛본 것은 오래 전의 일이었다. 창조자가 있던 시절 이후로는 한 번도 없었다. 이제 그것은 창조자가 떠났던 때를 떠올렸다. 오래지 않아 피가 따뜻한 자들이 따끔한 빛을 들고 어둠 속으로 내려왔다. 그들은 자신들이 숭배했던 창조자를 찾아왔고, 창조자와 그의 종복들을 발견하자 두려워했다.

그것은 가장 기본적인 형태의 두려움 외에는 두려움을 이해하지 못했다. 빛은 고통을 주기 때문에 두려웠다. 하지만 창조자는 고통을 주지 않았다. 그런데 왜 그들은 두려워했던 걸까? 그런 의문들이 마음속에 떠오름과 동시에 사라졌다. 어쨌든 그것은 대답에는 쓸모가 없었다.

구렁 위편의 도시에 이르자 피가 따뜻한 자들의 두려움에 찬 노랫소리가 다시 들렸다. 빛이 어둠을 갈라냄과 동시에 비명이 침묵을 베어냈다. 그것은 둘 다를 피해 더 높이 올라갔다. 그리고 위태로울 정도로 돌 천장과 가까운 바로 그곳에서, 그것은 창조자를 숭배하는 자들이 입는 옷을 입고 있는 자들을 발견했다. 강대한 차토구아, 느카이의 수면자의 종복들을.

제물은 족쇄가 채워지고 신성한 표식이 새겨진 채 절벽 끝에 무릎 꿇고 있었다. 그것이 다가오자 피가 따뜻한 자들이 우왕좌왕하며 두려움에 찬 소음을 냈지만, 굶주림에 사로잡힌 그것은 이 경고를 무시했다. 이전에는 제물들이 두려운 기색을 내비친 적이 한 번도 없었다. 이번 제물은 다르다는 걸 본 이상 그것은 구렁의 안전한 곳으로 서둘러 돌아갔어야 했다.

하지만 그것은 배가 고팠다. 몹시 배가 고팠다. 그래서 계속 나아갔다. 그것은 제물 근처로 미끄러져 전통에 따라 부드럽고 우아하게 그것을 뒤덮었다. 그것은 버둥거리는 온혈자의 어두운 부위들을 채우며 살 속으로 미끄러져 들어가 안에 있는 부드러운 것들을 다정하게 먹어 치웠다. 그것은 만찬에 정신이 팔린 나머지 숭배자들이 주변에 빛으로 된 우리를 세우는 것을 알아차리지 못했다. 위험을 깨달았을 때는 제물의 고기 껍데기 속 외에는 달리 숨을 곳이 없었다. 그것이야말로 저들이 바라는 바였다고 해도 말이다. 그것은 점점 다가오는 빛줄기를 피해 속으로 파고들었다.

그것은 숭배자들, 가짜 숭배자들이 내뱉는 말을 알지 못했지만 이해할 수는 있었다. 금제의 말이었다. 배신자-제물의 쪼그라든 껍데기 속에 그것을 봉인하기 위한 암송의 사슬이었다. 그것은 몸을 작고 또 작게 만들고 움츠려 말의 반향과 점점 가까워지는 빛으로부터 달아나려 해 보았다. 하지만 충분히 작아질 수는 없었다.

결국 그것은 껍데기의 텅 빈 뱃속에서 몸을 웅크려 씨앗 크기로 작아졌다. 껍데기가 흔들리며 제물을 바친 자리에서 다른 어딘가로 옮겨졌다. 어둡지만 숨 막히는 어딘가로. 기억에서 잊힌 어딘가로.

그것은 이 모든 일을 기억했고, 긴 고립 속에서 돌이키고 또 돌이켰다. 갇힌 신세라 달리 할 일도 없었다. 매번 상황이 다르게 흘러갔을지도 모른다고 상상해 보았다. 하지만 그런 일은 없었다. 그것은 계속 도전하고 실패했다. 도전하고 실패했다.

결국 그것은 미쳐버렸다. 씨앗은 싹을 틔우고, 줄기를 뻗고, 안을 가득 채워 그것을 옥죄는 시든 고깃덩어리 밖으로 터져 나가려 했다. 하지만 사슬은 끊어지기를 거부했다. 그것은 배신자들이 껍데기에 새긴 표식들을 맛보았다. 그것들은 빛보다 더 따끔했다. 금제의 표식들은 세상 자체보다도 오래됐고, 한낱 종이 끊기에는 너무 강력했다.

결국 그것은 진이 빠져 잠들었다.

그것은 무언가가 자신을 깨울 때까지 잠들어 있었다. 바위가 움직이면서 덜거덕거렸다. 멀리 목소리가 들렸다. 그것을 포획한 자들, 배신자들과는 다른 목소리였다.

잠시 후, 그것은 해방되어 증오스러운 빛 속으로 올라가고 있었다. 그것은 꿈틀대며 자신이 갇힌 감옥 안에서도 빛이 닿지 않는 은밀하고 깊숙한 장소로 내려갔다.

그리고 그것은 기다렸다.

1장

아컴

빗줄기가 유리창을 타고 흘러내렸다. 알레산드라 초르치는 가볍게 담배 연기를 들이마시며 목구멍 뒤쪽이 간질거리는 느낌을 음미했다. 그녀의 식사 상대는 보험에 관한 이야기를 웅얼웅얼 이어나갔다. 리드미컬한 기차의 흔들림과 어우러진 남자의 목소리가 위험할 정도로 나른했다.

알레산드라가 담배 연기를 내뿜었다. "흥미롭네요." 그녀가 소곤거렸다. 접시에 담배를 눌러 끄자 남아 있던 저급한 홀랜다이즈 소스에 담뱃재가 스몄다. "하지만 곧 내려야 해서 이만 실례해야겠네요."

남자가 하던 말을 멈추더니 동그란 얼굴에 실망이 아닌 놀란 표정을 띄웠다. 무르익은 밀빛 머리카락을 짧게 깎고 빛바랜 달러 지폐 같은 눈을 한 남자의 얼굴은 알레산드라의 취향에는 너무 미국적이었지만 못생긴 편은 아니었다. 정장은 기성품이었지만 깔끔하게 빗질한 채였다. 남자가 마시던 커피를 내려놓고 힘 없이 미소 지었다. "물론입니다. 귀가 떨어지시도록 수다를 떨어 죄송합니다."

알레산드라가 한쪽 귓불을 잡아당겼다. "걱정 마세요. 아직 단 단히 붙어 있네요, 성함이…?"

"위틀록입니다. 애브너 위틀록."

"참, 그랬죠." 알레산드라가 식당 칸에서 나가려고 돌아서자 위 틀록이 헛기침했다.

"성함을 못 들었습니다만." 그가 희망을 담아 말했다.

알레산드라는 못 들은 척했다. 조금 무정하지만 애브너 위틀록 은 굳이 가명을 낭비해 가며 상대해야 할 부류가 아니었다. 경험 상 그런 부류는 수도 적고 만나는 일도 드물었다. 다행히 그는 목 소리를 높여 그녀를 부르지 않았다. 붙잡으려 들지도 않았고. 때 로 남자들은 거절을 받아들일 줄을 몰랐다. 그런 경우는 난처한 상황으로 이어지곤 했다. 그녀가 지갑 속에 장전한 브리티시 불 독[1]을 휴대하는 여러 가지 이유 중 하나였다.

침대차로 향하는 동안 빗줄기가 객차 지붕을 두들겼다. 뉴욕에 서부터 계속 비가 왔다. 미신을 믿는 사람이라면 출발이 상서롭 지 못하다고 할 법했다. 알레산드라는 미신을 믿지 않았고, 어차 피 비를 좋아했다. 비를 보면 고향이 떠올랐다. 아드리아 해의 얼 얼한 냉기와 좁은 운하를 헤치고 나아가는 곤돌라의 가벼운 흔들

---

1   영국의 총기회사 웨블리 & 스콧에서 만든 총열이 짧고 휴대하기 편한 호신용 리볼버
     모델.

림이.

물론, 그런 기억들과 더불어 오랫동안 고향에 가지 않았다는 깨달음도 따라왔다. 라 세레니시마[2]에 살았던 시간보다는 그곳을 떠나 지낸 시간이 더 길었지만, 그곳은 언제나 마음 한 구석에 남아 있었다. 운하와 다리들은 알레산드라의 마음 속 지도에서 침범할 수 없는 부분이었다. 어디를 가든, 무엇을 하든, 그곳은 늘 거기 있었다.

알레산드라는 계속 베네치아를 생각하며 객실로 들어섰다. 객실은 작았지만, 그보다 중요한 것은 개인실이라는 점이었다. 따라서 창백하고 사납게 노려보는 얼굴을 본 그녀는 본능적으로 반응했다. 그녀는 손에서 놓은 지갑이 바닥에 떨어지기도 전에 권총을 장전했다. 바로 다음 순간 그녀는 그것이 복도 조명을 받아 왜곡된 채 객실 차창에 비친 자신의 얼굴임을 깨달았다.

알레산드라가 안으로 들어가며 지갑을 발로 걷어치우고 문을 닫았다. 문에 기대어 갑작스럽게 죄어든 아드레날린을 힘겹게 가라앉혔다. 만약 짐꾼이나 더 나쁘게는 다른 승객이 지나가는 길이었더라면 변명을 늘어놓아야 했을 것이다. "행운의 꼬마 암사자." 그녀가 중얼거렸다. 할아버지가 즐겨 썼던 애칭이었다. 할아버지의 가르침 대부분이 머리를 떠난 뒤에도 그 애칭은 남았다.

알레산드라는 공이치기를 내리고 권총을 침대 위에 던졌다. 떨리는 손가락으로 지갑을 주워 들고 담뱃갑을 꺼냈다. 담뱃갑에는

2　"가장 고귀한 베네치아 공화국"이라는 공화국 시절의 정식 명칭에서 유래한 베네치아의 다른 이름.

이국적인 쾌락의 정경이 장식되어 있었는데, 무희들이 서로를 향해 던지는 음흉한 시선이 뭐라 설명하기 힘든 방식으로 혐오감을 불러일으켰다. 담배를 하나 뽑아 살짝 구부러진 것은 신경 쓰지 않고 입술 사이에 물었다. 불을 붙이고 갑자기 바람을 맞고 싶어져 창문을 열었다. 바닷바람은 아니었지만 그만하면 괜찮았다.

축축한 공기가 담배 끝에서 흘러나온 연기를 낚아챘다. 빗방울이 눈에 들어오자 눈을 깜빡였다. 구름은 잉크가 쏟아진 듯했고, 태양은 숨어 있었다. 담배를 끝까지 다 피운 뒤 손가락을 튀겨 빗속에 버렸다. 눈을 감고 마지막 한 모금을 잠시 폐에 담았다 천천히 흘려보냈다.

문 두드리는 소리가 들렸다. 권총을 다시 집어 조준을 마친 다음에야 아마 다음 역이 아컴이라고 알려 주러 온 승무원일 뿐이리라는 데에 생각이 미쳤다. 무기를 내렸다. "네?"

문 너머로 웅얼거리는 대답이 들렸다. 알레산드라는 망설였다. "고마워요." 그녀가 지나칠 정도로 조심스럽게 말했다. 누군가가 복도를 따라 멀어지며 내는 삐걱거리는 소리를 듣고 살짝 긴장을 풀었다. 권총을 눈에서도 마음에서도 치워 버리고 싶어져 지갑 속에 넣었다.

마라케시가 알레산드라를 초조하게 만들었다. 그녀는 그곳에서 하마터면 잡힐 뻔했다. 그녀가 선호하는 정도보다 더 아찔한 상황이었다. 이 직종에는 항상 어느 정도 위험이 따랐지만, 새벽 3시에 프랑스 관리들이 호텔 방의 문을 두드리는 것은 알레산드라의 기준으로도 아슬아슬했다. 존귀하신 데를레트 백작 나리[3]께서 책들을 잃어버려 아직도 화가 나신 모양이었다.

　관리들이 문을 부수었을 때 알레산드라는 창밖으로 나간 뒤였다. 처음 해 보는 일도 아니었고 마지막일 것 같지도 않았다. 숙녀 도둑의 삶은 심장이 허약하거나 팔다리가 부실한 사람과는 맞지 않았다. 그녀는 상황이란 통제하는 것이 아니라 견뎌야 하는 것임을 일찌감치 깨달았다. 모든 것을 계획할 수는 없는 법이었다. 모든 것을 계획하려다가 미치기는 쉽겠지만.

　알레산드라는 짐을 싸는 과업에 착수했다. 여행 가방은 주로 보여주기 용이었다. 안에 든 것 중 잃어버린다고 가슴이 찢어질 만한 물건은 하나도 없었다. 실제로 이 일을 하면서 버린 의복이 한두 벌이 아니었다. 옷은 물건에 불과했고, 물건은 대체할 수 있었다. 은행 잔고 상태에 따라서 더 좋은 물건으로 대체하는 일도 흔했다.

　현재 알레산드라의 잔고는 그녀가 다양한 사람들과 어울릴 때 밝히는 수준보다는 못한 상태였다. 이런 삶에는 돈이 많이 들었다. 이번 고객의 의뢰를 받아들인 것도 그 때문이었다. 박물관 전시에서 값나가는 유물 몇 개를 훔치는 것쯤은 그녀에게는 쉬운 돈벌이었다. 필요한 건 시간뿐이었고, 지금 그녀에게는 시간이 많았다.

　이것보다 못한 삶도 많았다. 가령 결혼을 했을 수도 있지 않은

3　로버트 블록의 단편 소설 「서재에서의 자살」에서 처음 언급됐고 이후 H. P. 러브크래프트의 단편 소설 「시간의 그림자」, 「어둠 속의 손님」에도 인용된 프랑스 귀족으로 『구울 의식』이라는 책을 집필했다.

가. 알레산드라는 근사한 파티는 즐기는 편이었지만 매일 아침 똑같은 얼굴이 테이블 너머로 자신을 바라보는 것보다 더 끔찍한 지옥은 떠올릴 수 없었다.

알레산드라의 자매들은 결혼을 선택했다. 자매들은 언제나 더 올곧은 편이었고, 안정적인 삶이 제공하는 넉넉함을 귀히 여길 줄 알았다. 오늘 같은 날이면 자매들이 틀렸다고 할 수도 없었다. 은퇴할 때가 되면 그녀도 비실거리는 밀라노 늙다리를 하나 찾아 꼬드기고, 결혼하고, 같이 자고, 땅에 묻어야 할지도 몰랐다. 아마 그 순서대로는 아니겠지만.

물론 행여 존귀하신 백작께서 그녀를 잡기라도 하는 날에는 그렇게 오래 살지 못할지도 몰랐다. 프랑스 귀족들은 고통스러우리만치 기억력이 좋았고, 데를레트에게는 넉넉한 재력까지 딸려 있었다. 알레산드라가 1년에서 3년 정도 미국에 가 있기로 결심한 것도 그 때문이었다. 그 정도는 지나야 즐겨 다니던 카페며 시장에 그녀의 사진이 더는 나돌지 않을 터였다. 더구나 미국은 기회의 땅이라고 하지 않던가. 알레산드라 초르치가 좋아하는 게 하나 있다면 그건 바로 기회였다.

기차가 느려지기 시작했다. 알레산드라는 짐을 짐꾼에게 맡기고 코트와 모자를 걸쳤다. 객실 거울에 비친 자신의 모습을 잠시 살펴보았다. 크고 가무잡잡하고 선명한 이목구비에 클로슈 모자[4]를 쓰고 짧은 튜뷸러 드레스[5]를 입었으며 귀걸이가 푸크시아 꽃

---

4   종 모양의 여성용 모자.
5   어깨에서부터 직선으로 발목 위까지 내려오는 일자형 드레스.

처럼 달려 있었다. 스톨[6]은 작년에 유행한 모피로 된 것이었지만 매사추세츠주 아컴에서 그걸 알아볼 사람이 있을 것 같지는 않았다. 그녀는 지갑을 집어 들어 다정하게 다독였다.

또 문 두드리는 소리가 났다. 이번에는 권총을 찾고 싶은 충동에 굴복하지 않았다. "나가요." 알레산드라가 얼굴에 미소를 띠며 말했다. 그녀는 목례와 함께 승무원을 지나치며 손에 은밀한 감사 표시를 쥐어 주었다. 승무원이 활짝 웃어 보이며 모자챙을 살짝 들어 인사했다. 후한 씀씀이를 베풀 만큼 자금이 풍족하지는 않았지만, 그녀는 짐꾼, 사환, 하녀에게 주는 팁은 업무상 필요한 경비라고 생각했다. 팁은 경찰이 난처한 질문을 던질 때 그들이 그녀를 잘 기억하지 못하도록 막아주곤 했다.

객차 창문 밖으로 역이 보였다. 물기 어린 오렌지 빛으로 물든 역은 유달리 매력이 없었다. 다른 시간과 장소에서 온 듯한 무너져 가는 성채가 어둡고 뱀처럼 길게 뻗은 미스캐토닉 강을 굽어보았다. 평행 철로 위로 보초처럼 선 두 개의 커다란 탑이 이런 인상을 더욱 강화했다. 알레산드라는 흉벽 너머로 기울인 가마솥에서 끓는 기름이 넘쳐흘러 보스턴, 프로비던스, 킹스포트에서 온 야만인 침략자 무리 위로 쏟아지는 광경을 상상할 수 있었다.

기차가 한 차례 몸을 떨더니 미끄러져 멈춰 섰다. 알레산드라는 다른 승객들과 함께 줄을 섰고, 문간에서 잠시 걸음을 멈추고 스톨을 제대로 걸쳤다. 비가 내리기는 했지만 가을치고는 따뜻했

6 어깨를 감싸는 숄의 일종.

다. 그녀는 짐을 기다리는 다른 승객들과 합류했다. 사마코나가 그녀를 마중할 사람을 보냈을 성싶지는 않았다. 새 고객에 관한 얼마 안 되는 정보에 따르면, 그도 그녀만큼이나 이 고장이 낯설기는 마찬가지였다.

알레산드라가 사마코나에 관해 아는 건 많지 않았다. 그가 어떻게 자신에게 연락을 취했는지조차 알 수 없었다. 평소의 연락책들 중에서 자신이 그녀의 이름을 알려 주었노라고 시인하는 이는 없었다. 이 업계에서는 입소문이 명함보다 나았다. 하지만 기존 고객들 대다수는 새 고객을 끼워 주기에 앞서 우선 그녀의 허락을 구할 정도의 지성은 갖추고 있었다.

이름이 특이했다. 아스투리아스 사람 같았다. 아니면 갈리시아 사람이거나. 어차피 본명일 것 같지는 않았다. 유달리 어리석거나 아예 그런 것에 신경 쓰지 않는 경우를 제외하면 고객들은 거의 항상 가명을 사용했다. 솔직히 돈만 확실하다면야 자기를 뭐라고 부른들 알 바 아니었다.

승강장은 위장한 보안 요원처럼 보이지 않으려고 무진 애를 쓰는 철도 경찰들로 득시글거렸다. 알레산드라는 긴장하며 가장 가까이에 있는 경찰을 곁눈질했다. 전에도 기차역에서 쫓긴 적이 한두 번이 아니었다. 만약 그녀를 찾으러 온 거라면 월급 값을 톡톡히 하도록 뛰어다니게 해 줄 참이었다. 하지만 그녀 쪽을 훑어라도 보는 경찰은 하나도 없었다.

"여기서 또 뵙는군요."

알레산드라가 돌아섰다. 애브너 위틀록이 다정하게 미소 지었다. 그는 한 팔에 레인코트를 걸치고 손에 모자를 들고 있었다. 발치에는 묵직한 여행용 가방 하나가 놓여 있었다. "아까 여쭈어 보려고 했습니다만… 혹시 이곳에 특별 전시회 때문에 오신 것은 아니신지요?"

"왜 그렇게 생각하시죠?" 알레산드라가 갑자기 경계심을 높이며 물었다.

"이유는 없습니다. 저는 그 일로 왔거든요. 저희 회사가 전시회의 보험을 담당하고 있지요." 위틀록이 활짝 웃었다. "그런 게 아니더라도 흥미로운 얘기잖습니까. 상상해 보십쇼. 미국인 미라라니! 그런 게 있을 거라고 누가 생각이나 했겠습니까?" 그가 잠시 말을 멈추었다. "그나저나 다시금 사과드립니다."

"뭐에 대해서요?"

"아침 식사 자리에서 지루하게 해 드린 것 말입니다. 그렇게 대화를 독점하다니 제가 무례했지요. 심지어 숙녀 분께 성함조차 묻지 않았군요."

"그래요, 묻지 않으셨죠."

위틀록이 기대하는 눈초리로 알레산드라를 바라보며 어서 말해 보라는 듯한 미소를 지었다. 보아하니 위틀록은 자신이 원하는 것을 얻는 데에 익숙한 남자인 모양이었다. 대체 뭘 원하는 것인지 그녀로서는 알 수 없었지만. 어딘가 위협은 느껴지는데 뭔지는 분명치 않았다. 그렇게 서서 미소 짓고 있는 모습을 보노라니 문득 권총을 배에 들이대고 약실이 빌 때까지 방아쇠를 당기고 싶다는 충동이 일었다. 대신 그녀는 화사한 미소를 지으며 돌아섰다.

위틀록이 낮게 툴툴거리는 소리가 들렸다. 욕설은 아니었고, 말이라고 할 수도 없었다. 개가 놀라 낑낑거리는 소리에 가까웠다. 마치 그녀가 그럴 줄은 전혀 몰랐다는 듯이. 흘끗 돌아봤을 때 그는 출발하는 승객 무리 사이로 사라진 뒤였다. 그녀는 잠시 안도했다. 애브너 위틀록 같은 남자들은 골치만 아플 뿐이었다.

알레산드라가 사람들 가장자리를 맴도는 역부에게 눈치를 주었다. 역부가 짐 더미 옆에 선 그녀를 알아차리고 절뚝거리며 다가왔다. 미소가 다정하고 살가웠다. "짐 옮겨 드릴 사람 필요하십니까요, 마님?"

"아무래도 부탁해야겠네요." 알레산드라가 억양을 더 강하게 하며 말했다. "보다시피 지갑에 담기에는 짐이 너무 많아서."

짐꾼이 예의 바르게 웃으며 고개를 끄덕였다. "문제없습니다요, 마님. 일단 끝차를 가져온 뒤에 앉으실 곳을 찾아보지요. 누가 마중 나오시기로 했을깝쇼?"

알레산드라는 망설였다. 순수한 의도에서 나온 질문일 수도 있었다. 전혀 순수하지 않을 수도 있었고. "가능하다면 탈 것을 구하고 싶네요."

"그것도 기꺼이 도와드립죠." 짐꾼은 부리나케 왔던 곳으로 되돌아가더니 잠시 후 바퀴가 삐걱거리는 끝차를 밀고 돌아왔다. 다리를 절뚝이면서도 동작이 날랬고, 짐을 싣는 데에도 아무 어려움이 없었다.

"고마워요…" 알레산드라가 운을 뗐다.

"워싱턴입니다요, 마님, 빌 워싱턴요. 그리고 이건 다 여기 노스 사이드 역에서 제공하는 서비스인뎁쇼. 저는…" 빌이 말을 끊더니 미소를 흐리며 뒤를 돌아보았다. 알레산드라도 따라 돌아보았지만 승강장 가장자리로 떨어지는 빗물 외에는 아무것도 보이지 않았다.

"왜 그래요?"

빌의 미소가 냉큼 다시 선명해졌다. "아무것도 아닙니다요, 마님. 그냥 무슨 소리를 들은 것 같아서요. 솔직히 말씀드리면 이 역이 낡아서 쥐가 좀 있거든요." 그는 짐을 밀고 역 밖으로 나갔다. 인도를 따라 택시 몇 대가 대기 중이었다. 빌은 특별히 찾는 택시가 있는 듯 걸음을 멈추었다. 그가 미소를 짓더니 다른 택시들과는 약간 떨어진 곳에 정차 중인 택시로 다시 발걸음을 옮겼다.

택시에 도착한 빌이 차 지붕을 쾅 쳤다. "일어나, 페퍼. 손님 오셨어."

누가 깜짝 놀란 듯 창 너머로 꽥 하는 소리가 들렸다. 이윽고 흐느적거리는 형체 하나가 택시 밖으로 나왔다. "자고 있었던 거 아냐." 택시기사가 말했다.

"아무렴 그랬겠지, 페퍼." 빌이 말했다. "이 숙녀분이 택시를 찾으셔. 네가 모셔라."

택시기사 페퍼가 턱을 내밀며 자신보다 훨씬 큰 짐꾼에게 싸우자는 듯한 시늉을 해 보였다. 어리네. 남들에게 보이려고 애쓰는 것보다 훨씬 더 어려. 알레산드라가 생각했다. 페퍼는 체격은 호리호리한 소년 같았고 얼굴에 터럭 하나 없는데다 코와 뺨에 주근깨가 흩뿌려져 있었다. 낡고 납작한 챙 모자를 썼고 헐렁한 옷을 입었다. "내 택시에 누가 탈지는 내가 정해요, 워싱턴."

빌의 미소가 찡그러졌다. "사람 난처하게 왜 이래, 페퍼."

"어이구야, 난처하면 안 되죠." 페퍼가 말했다. 그가 알레산드라를 흘끗 보더니 손을 내밀었다. 그녀는 조심스럽게 손을 잡았다. "페퍼 켈립니다, 만나서 반가워요."

"이름이 특이하군요. 난 알레산드라예요. 알레산드라 초르치."

페퍼가 휘파람을 불었다. "그래 놓고 내 이름이 특이하다고요? 내 이름은 아가씨한테는 상대도 안 되겠는데." 그가 잠시 말을 멈추었다. "억양도 웃기시고."

"사과하죠." 알레산드라가 미소 지었다. 그녀는 허울뿐인 친밀함보다는 솔직한 무례함이 더 좋았다.

페퍼가 어깨를 으쓱하고는 두 손을 주머니에 쑤셔 넣었다. "문제라는 건 아니고. 그냥 말해 본 겁니다." 말하는 방식이 어딘가 알레산드라의 본능을 건드렸다. 그녀는 페퍼의 턱선과 이목구비를 훑었고, 말하고 움직이는 방식도 주시했다. 악수하는 방식까지도. 마치 퍼즐 조각을 대하듯이.

알레산드라는 언제나 퍼즐에 재능이 있었다. 그녀를 실력 있는 도둑으로 만들어 준 것도 바로 그 재능이었다. 강도나 빈집털이가 아닌 도둑이 되는 데에 필요한 유형의 교활함을 풍부하게 갖춘 사람은 극히 드물었다. 빌을 힐끔 보니 짐꾼의 앙다문 턱이 눈에 들어왔다.

페퍼가 뭐라고 말하기 전에 알레산드라가 말했다. "있잖아요,

파리에서는 택시기사들이 손님을 위해 문을 열어 줘요."

택시기사가 그녀를 힐끗 보았다. "여긴 파리 아닌데."

"아니죠. 그냥 말해 본 거예요."

페퍼가 잠시 그 말을 생각해 보더니 웃음을 터뜨리며 택시의 트렁크를 열었다. "맘에 드는 자매님일세. 어서 들어가 비나 피해요. 짐은 여기 빌 영감님이랑 내가 넣을 테니."

2장

변화가

"그래서, 어디… 스페인 사람?" 페퍼가 물었다. "아니면 포르투갈? 요새 아컴엔 포르투갈 사람들이 많이 오는데." 그가 좁은 한쪽 어깨 너머로 알레산드라를 흘끗 돌아보는 가운데 택시가 아컴 북쪽 지구의 거리들을 요리조리 빠져나갔다. 공장, 창고, 가공 시설들이 무질서하게 들어선 지역이었다. 넓게 자리 잡은 건물들 사이로 어둡고 길게 뻗은 미스캐토닉 강이 보였고 공기에서는 생선과 산업용수 냄새가 희미하게 풍겼다.

"아뇨. 길을 보면서 운전해야 하는 거 아녜요?"

"이 동네에서는 한 눈만 써도 됩니다." 말이 떨어지기가 무섭게 정면을 바라보고 양손을 모두 운전대에 올려야 하는 상황이 찾아왔다. 택시가 몇 차례 요란하게 방향을 틀자 배달 트럭 한 대가 쏜살같이 스쳐 지나가며 경적을 울렸다. "보통은요." 페퍼가 설득력 없게 덧붙였다. 잠시 멋쩍은 침묵이 지나간 뒤, 그가 다시 호기심을 발휘했다. "프랑스?"

"실은 모로코예요."

"모로코에서 왔다고요?"

"이탈리아를 거쳐서."

"모로코가 이탈리아에 있습니까?"

알레산드라는 잠시 침묵하다가 대답했다. "아뇨."

"허. 아닐 줄 알았지. 그나저나 어디로 갈까요?"

알레산드라가 창밖을 내다보았다. 빗줄기가 가늘어지고 있었다. 길 양쪽으로 공동 주택들이 우뚝 섰고, 좁은 골목길 위를 가로질러 빨랫줄이 내걸렸다. 지금까지 아컴에 대한 첫인상은 썩 좋지 않았다. "독립 호텔요. 어딘지 아나요?"

"그걸 모르면 택시기사가 아니게요." 페퍼가 그렇게 말하며 높은 웃음소리를 냈다. 그가 알레산드라를 떠보듯 훑었다. 그것이 돈이 얼마나 되는 승객인지 가늠하는 시선임을 잘 아는 알레산드라는 자세를 바로 했다. "요 며칠 새 거기로 가는 손님이 많더군요."

"오?"

페퍼가 고개를 끄덕였다. "예, 박물관에서 무슨 큰 전시회가 열리고 있다던데. 그것 때문에 여기 왔어요?"

"미안하지만 그건 내 사적인 영역이라서."

페퍼가 웃음을 터뜨렸다. "믿을지 모르겠지만 그 말 전에도 들어 본 적 있습니다. 아컴이 좀 그런 동네라."

"그래요? 언뜻 보기엔 꽤 무해한 곳 같은데." 알레산드라가 창밖을 훑었다. 공동 주택가는 지나간 뒤였다. 아컴은 생각보다 더 컸다. 이곳은 마을을 가장한 도시였다. 보아하니 계속 자라나는 중이었고.

도시 일부는 지난 세기에 단단히 붙들려 있었지만 나머지는 현대를 기쁘게 끌어안는 중이었다. 독립 전쟁 시기의 벽돌 건물들이 프랑스 위그노 풍 건축물들과 세력 다툼을 벌였고, 아르 데코 양식의 건물들이 더 오래된 건물들 사이로 얼굴을 내밀었다. 유럽의 오래된 도시들이 그렇듯, 아컴은 자신의 과거가 드리운 그림자 속에서 살았다.

"겉모습만으로는 모르는 겁니다." 페퍼가 말했다. 그는 더 설명하지 않았고, 알레산드라도 그의 심상찮은 말투에 화제를 더 이어나가지 못했다. 대신 그녀는 그에게 주목했다. 페퍼에게는 어딘가 어긋난 것처럼 느껴지는 구석이 있었다. 묘했다. 마치 무언가를 숨기고 있는 듯했다.

통행량이 많았다. 좁은 거리들은 자동차로 가득했고, 대부분은 배달 트럭이었다. 몇 번인가 페퍼는 택시를 옆길과 골목길로 몰아가야만 했고, 너무 좁아서 차량은 통과할 수 없을 것만 같던 나무와 벽돌로 이루어진 통로들을 내달렸다. 그는 그러는 내내 쉴 새 없이 잡담을 늘어놓았고, 알레산드라는 자신도 모르게 택시기사에게 점점 호감을 느꼈다.

"계속 날 보는군요." 페퍼가 갑자기 말했다.

"내가요?"

"네. 내 얼굴에 뭐라도 묻었습니까?"

"아뇨. 미안해요. 그냥⋯ 택시기사치고는 젊은 편 아닌가요?"

"아뇨." 페퍼가 싸울 듯이 말했다. 알레산드라는 자신이 뜻하지 않게 젊은이를 모욕했음을 깨달았다.

"아. 다시 한 번 미안해요. 택시기사가 된 지 얼마나 됐나 물어 봐도 돼요?"

"그걸 왜 알고 싶은데요?"

"호기심에서요."

페퍼가 모자 챙 밑에 묻힌 두 눈을 가늘게 뜨고 그녀를 흘끗 돌아보았다. "질문이 많으시네."

"이 동네는 처음이거든요. 그냥, 그걸 뭐라고들 하더라, 형세를 파악하고 싶어서요."

"꼭 알아야겠다면, 이 고물차는 그냥 임시로 모는 겁니다."

"오?" 알레산드라가 설명을 재촉했다.

"그래요. 사실 난 사업가거든." 페퍼가 운전대를 다정하게 도닥였다. "이 택시는 독립할 자금을 모을 수단이지요. 거물 손님 몇 명만 태우고 나면⋯" 그는 밝게 빛나는 미래를 상상하는 듯 말꼬리를 흐렸다.

"그러면?"

페퍼가 다시 웃음을 터뜨렸지만, 이번 웃음은 그리 크지도 명랑하지도 않았다. "두고 봐야죠. 난 달걀에 금이 가기도 전에 개수부터 새는 사람은 아니니까, 알겠어요?"

알레산드라는 얼굴을 찌푸렸다. 그녀는 늘 언어에 재능이 있었다. 영어, 프랑스어, 독일어를 포함한 몇 가지 언어에는 유창했고,

알아들을 수 있는 언어는 대여섯 개 더 있었다. 하지만 관용 표현에 대한 미국인들의 수용력은 그녀가 감당할 수 있는 범위를 넘어설 지경이었다. 미국인들에게는 상황마다 그에 맞는 관용 표현이 하나씩, 혹은 여러 개씩 있는 듯했다.

"아까 기차역에서 어떤 남자가 당신을 지켜보던데." 페퍼는 알레산드라가 대답하기도 전에 말을 이어나갔다. "키 크고, 좀 평범하고, 공무원처럼 생겼던데."

"회색 정장에 금발머리고요." 알레산드라가 말했다.

"맞아요. 옛날 남자친구?"

"아뇨." 알레산드라는 얼굴을 찌푸리며 위틀록이 왜 자신에게 관심을 갖는 걸까 생각해 보았다. 그는 이상할 정도로 그녀의 이름을 알아내려 들었다. 그녀는 평소 남자가 자신에게 이끌릴 때면 눈치를 채는 편이었지만, 위틀록에게서는 그런 느낌을 받지 못했다. 꼭 그녀에게 원하는 게 있는 듯했다. 전혀 달갑지 않았다.

"물어봐서 미안합니다."

"사과할 필요는 없어요." 알레산드라는 잠시 입을 다물고 다음 말을 신중히 골랐다. 페퍼가 왜 자신의 신경을 거슬렀는지 마침내 깨달은 참이었다. "그래서, 당신 본명은 뭐죠?" 택시기사는 한 대 맞기라도 한 것처럼 움찔했다. 페퍼는 감정을 감추는 데에 서툴렀다.

"뭐요?" 페퍼가 못 들었다는 듯이 물었다. 목소리가 살짝 갈라져 있었다.

"옷은 괜찮네요. 누가 단을 제대로 올렸거나 운 좋게 딱 맞는 사이즈를 찾았겠죠. 머리 모양도 괜찮고. 그리고 소년 같은 체형을 타고 났거나 아니면 몸을 감싸는 데에 능숙한 거겠죠." 알레산드라가 좌석에 등을 기댔다.

"내가 알 수 없는 건 왜 보스턴 출신 아가씨가 아컴에서 택시를 몰고 있느냐는 거예요."

페퍼는 차를 세우고 한참 동안 앞을 바라보았다. 차들이 옆을 지나갔지만 신경 쓰지 않았다. "어떻게 알았지?" 마침내 그녀가 물었다. 지난 1년 동안 이런 일이 벌어지는 악몽을 꾸곤 했다. 변장을 시작한 이래로.

"말했잖아."

페퍼가 숨을 깊이 들이쉬며 좌석에서 몸을 돌렸다. 눈을 부라리는 그녀를 여자는 화가 날 정도로 침착하게 마주했고 시선을 돌리지도 않았다. 여자에게 택시에서 내리라고 말할까 고민했지만, 그런다고 내릴지 확신이 없었다. "그냥 내 옷만으로?"

초르치는 잠시 침묵했다. 그리고 미소를 지었다. "말이 너무 많아. 말을 많이 할수록 목소리는 흔들리지. 조언을 해도 괜찮다면, 좋은 변장의 핵심은 언제나 단순함이야."

페퍼는 몇 분 동안 말이 없었다. "명심하지." 마침내 그녀가 말했다.

"이름이 뭐야?"

페퍼가 얼굴을 찌푸렸다. "그걸 내가 왜 말해 줘야 하는데? 아니, 지금 당장 당신을 택시에서 쫓아내면 안 될 이유가 있나?"

"혹시 내가 기분 나쁘게 한 거야?" 초르치가 페퍼의 대거리를 일축했다. "그랬다면 용서해 줘. 놀라게 할 생각은 없었어. 보스턴에서 멀리도 왔네."

"그쪽은 이탈리아에서 멀리도 왔잖아. 사람들은 돌아다닌다고."

"그렇지. 질문을 회피하는구나."

페퍼는 망설였다. "필리파. 필리파 켈리."

"왜 이름을 바꿨는지 알겠네."

페퍼가 턱을 앙다물고 알레산드라를 노려보았다. "웃기시네. 다른 사람한테 말할 거야?"

"내가 왜? 내 알 바 아닌데. 말했듯이 그냥 호기심에서 물어봤을 뿐이야."

"오 뭐, 그렇다면야 다 용서해 드려야지." 페퍼가 비꼬았다. "배짱 한 번 두둑한 아가씨네. 내 택시에서 온갖 질문을 던져 대고."

"부끄러울 일도 아닌걸. 나도 가끔 남자인 척하곤 해."

페퍼가 그녀를 위아래로 훑어보았다. "그래, 참 남자처럼 보이기도 하겠다."

초르치가 소리 내어 웃었다. "내가 정말 알고 싶은 건 왜 변장을 하냐는 거야."

페퍼가 눈길을 돌렸다. "사정이 복잡해."

"늘 그렇지. 워싱턴 씨는 아는 것 같던데."

"왜 그렇게 생각하지?"

"경험과 직감으로."

페퍼가 숨을 들이쉬었다. "그래, 그 사람은 알아." 빌 워싱턴은 전쟁 전까지 거슬러 올라가는 페퍼 아버지의 친구였지만, 초르치에게 그런 것까지 말할 이유는 없었다. "그래도 그 사람은 아무 말 안 해." 그가 왜 그녀의 정체를 밝히지 않았는지는 여전히 알 수 없는 노릇이었지만, 아무튼 고마운 일이었다. 워싱턴은 매일 밤 페퍼가 손님을 몇 명씩 잡을 수 있도록 신경 써 주었고, 다른 택시기사들이 대기 줄에서 그녀의 자리를 차지하지 못하도록 막아 주었다. 어쩌면 자신이 페퍼를 돌보고 있다고 생각하는지도 몰랐다.

"나도 말 안 해. 말하고 싶은들 누구한테 말하겠어?" 초르치는 만족한 듯 느긋한 표정으로 좌석에 몸을 묻었다. 페퍼는 살짝 부러움이 깃든 눈길로 다시 한 번 그녀를 위아래로 훑었다. "그리고 내 생각엔 이게 우리 둘 다에게 일종의 기회가 될 수도 있을 것 같은데."

페퍼가 의심스럽다는 듯 대꾸했다. "그래? 어떻게?"

"내게는 일종의 뭐랄까… 현지인 가이드가 필요하거든. 원하는 곳까지 나를 데려다 주고 질문을 너무 많이 하지 않을 만한 사람으로. 생각만 있다면 네가 괜찮을 것 같은데."

"날 협박하려는 거야?" 페퍼가 방어적으로 물었다.

"전혀 아니야. 싫다면 다른 사람을 찾거나 가이드 없이 돌아다니면 돼. 처음 있는 일도 아니고." 초르치가 다시 미소 지었다. "돈은 줄게, 혹시 그게 궁금한 거라면."

페퍼가 미간을 찌푸렸다. 언제나 돈은 필요했지만, 이건 사실이라기에는 너무 좋은 제안이었다. "사장한테 먼저 물어봐야 하는데…"그녀가 애매한 말투로 입을 열었다.

"통상 요금의 두 배 어때?"

페퍼가 눈을 깜빡였다. "하긴, 사장이야 모르면 그만이지." 그녀는 다시 운전대를 잡고 택시를 움직여 인도 옆을 벗어나면서 다가오는 차들을 향해 경적을 울렸다. 뒤에서 요란한 브레이크 소리가 들렸지만 무시했다. "그래, 이런 숙녀 분께서 왜 가이드를 찾는 건데?"

"난 일종의 사업 때문에 이 동네에 왔거든. 매번 지도를 보거나 길을 묻지 않고 일을 처리하는 게 더 편하더라고."

"여기선 그게 도움이 되긴 하겠네. 아컴에서는 길을 잃기 쉽거든. 여기서 몇 년을 살아도 말이지." 페퍼는 그렇게 말하면서 살짝 몸을 떨었다. 그녀도 자주 도시의 엉뚱한 지역에 들어서곤 했다. 특히 밤중에. 아컴은 주의를 기울이지 않는 사람에게 농간을 부렸다.

페퍼는 왜 어머니 모이라가 죽은 뒤로 아버지가 이곳에 돌아오고 싶어 했는지 궁금하곤 했다. 패트릭 켈리는 몸집이 크고 목청이 좋고 다정한 남자였다. 적어도 어머니가 죽기 전까지는. 어머니가 죽은 뒤로 아버지는 말수가 없어졌다. 아버지의 모든 것이 어머니와 함께 땅 속으로 사라져 버린 것만 같았다. 아버지는 친숙한 곳을 떠나 모든 것을 정리하고 고향으로 돌아갔다.

그때는 충격이었다. 아컴은 보스턴과는 비교도 되지 않았다. 그럼에도 아컴은 어쩐지 보스턴보다 커 보였다. 수많은 사람들이 그 안에 들어 차 있는 것만 같았다. 거리들은 지나치게 길게 뻗었고, 강은 지나치게 넓었고, 건물들은 대부분 3층을 넘는 경우가 드물었는데도 마천루처럼 시야를 장악했다. 더 나쁜 건 이야기들이었다. 모든 사람이 저마다 이야기를 최소한 하나씩은 품고 있는 듯했다.

하지만 페퍼는 빠르게 아컴에 익숙해졌다. 적어도 익숙해질 수 있는 만큼은. 아컴에는 적응할 뿐, 정말로 익숙해질 수는 없다. 아버지는 그렇게 말했다. 적응하는 거다. 무엇을 보아야 할지 배우는 거지. 그리고 무엇을 보면 안 되는지도.

얼마간은 아버지가 나아지고 있다고 생각했다. 아버지는 술을 끊고 일을 했다. 노스사이드에 위치한 집도 괜찮았다. 화려하지는 않아도 네 벽은 튼튼했고 강이 잘 보였다. 딱히 강을 바라보며 시간을 보내고 싶은 건 아니었지만.

하지만 전쟁이 터졌고, 아버지는 떠났다. 서부전선에서 아버지의 이름이 새겨진 총알이 아버지를 기다리고 있었다. 적어도 워싱턴은 그렇게 말했다. 하지만 페퍼가 아무리 졸라도 빌은 그 일에 관해 이야기하지 않으려 했다. 어쩌면 아버지가 정말로 어떻게 죽었는지 말하지 않음으로써 자신이 페퍼를 지켜 주고 있다고 생각하는지도 몰랐다. 아니면 자기 자신을 지키고 있었거나.

어떻든 간에, 페퍼는 돈을 모아서 아컴을 영영 떠나 보스턴으로 돌아갈 날만을 손꼽아 기다리고 있었다. 그녀는 이곳에 속한 사람이 아니었고, 때로는 도시도 그 사실을 알고 있다는 기분이 들었다. 그녀는 손님을 흘끗 돌아보았다. 어쩌면 이 초르치라는 여자가 자신의 기도에 대한 응답인지도 몰랐다.

페퍼는 미소 지었다. 이제 막 운이 트이려는 모양이었다.

3장

독립 호텔

독립 호텔은 아쳄에게는 너무 높았다. 벽돌과 모르타르로 쌓아 올린 8층짜리 건물. 사보이 호텔에 비할 바는 아니었지만 알레산드라도 그런 걸 기대하지는 않았다. 호텔은 넓게 펼쳐진 상점 및 사무 건물들 가운데 솟아올라 인근 지역 위로 탑처럼 우뚝 서 있었다.

로비는 현대적 취향을 다분히 의식한 티가 났다. 흑백 체크무늬 타일, 검은 대리석 패널, 금을 두른 테두리. 돔 천장을 가로질러 펼쳐진 화려한 벽화는 필시 도시의 역사일 것으로 추정되는 흥미로운 광경을 그리고 있었다.

알레산드라가 어깨 너머로 페퍼를 힐끗 보았다. 택시기사가 무거운 슈트케이스 여러 개를 힘겹게 들고 어색하게 따라왔다. 알레산드라 자신은 가장 작은 가방 하나와 지갑만 들고 있었다. "안에 벽돌이라도 든 거야?" 페퍼가 투덜거렸다.

"옷은 어떤 상황에든 대처할 수 있도록 챙겨야 하는 법이니까. 여덟 시까지 오는 거 잊지 말고. 저녁 식사 장소로 안내해 줘."

"아가씨, 초면에 그러시면 곤란합니다." 페퍼가 대꾸했다. "뭐야, 반응이 없네?" 알레산드라가 대답하지 않자 그녀가 덧붙였다. "미소 하나 없어?"

"미안. 난 아직 미국식 유머 감각에 익숙하질 않아서."

페퍼가 눈알을 굴려 보였다. "그나저나 어디로 갈 건데?"

"아마 라 벨라 루나라는 곳이었을 거야."

"뭐? 진짜?"

알레산드라가 페퍼를 쳐다보았다. "그래. 왜?"

페퍼는 어깨를 으쓱했다. "그냥."

체크인은 작은 레스토랑 맞은편에 길게 뻗은 티크 나무로 상판을 얹은 카운터에서 했다. 카운터 뒤에는 사무실과 코트 보관소가 있었다. 접수원은 한 사이즈 큰 정장을 입고 한 사이즈 작은 가발을 쓴 키가 작고 초조해 보이는 남자였다. 접수원이 알레산드라에게 싹싹하게 미소 지었다. "예약하셨습니까?"

알레산드라도 마주 미소 지었다. "안타깝게도 안 했네요. 혹시 남는 방이 있을까요. 가능하면 길 건너에 있는 저 근사한 공원이 보이는 방으로요."

"죄송하지만 현재 남은 객실은 펜트하우스 뿐입니다." 접수원이 약간 미안한 기색으로 말했다. "다른 객실은 전부 예약됐습니다. 이번 주에 박물관에서 전시회가 열려서요. 외지 손님이 많이 오셨습니다."

"펜트하우스 괜찮겠네요." 알레산드라가 말했다.

"그러실 겁니다. 독립 광장이 훤히 보이지요. 이 호텔 이름도 거기서 따 왔습니다."

"저건 운석인가요?" 알레산드라가 숙박부에 서명하며 물었다.

"네?"

알레산드라가 펜으로 위쪽을 쿡쿡 가리켰다. "벽화요. 운석을 그린 건가요?"

접수원이 쾌활하게 고개를 끄덕였다. "제대로 보셨습니다, 손님. 이곳 바로 서쪽에 떨어졌는데 그때가 6월이었고… 1882년쯤 이었던가?" 접수원이 사무실 쪽을 돌아보았다. "마일로, 자네가 역사를 잘 알잖나." 그가 외쳤다. "1882년 6월 맞나?"

"가드너 운석요." 마일로가 사무실에서 내다보며 말했다. 빳빳하게 다린 벨보이 제복을 입은 앳된 얼굴의 청년이었다. "도시 서쪽 1.6킬로미터 부근에 있는 가드너 농장에 떨어졌죠. 그래서 그런 이름이 붙었고요."

"흥미롭네요." 알레산드라가 접수원에게서 열쇠를 받으며 말했다. "그래서 운석은 어떻게 됐죠?"

접수원은 얼굴을 찌푸렸고 마일로는 기침을 했다. 알레산드라 곁에 있던 페퍼가 말했다. "내가 듣기로는 녹아 없어졌다던데. 그러면서 농장도 사라졌고.'"

"그런 줄은 몰랐군요." 접수원이 숙박부를 보며 말했다. "마일

---

7 H. P. 러브크래프트의 단편 소설 「우주에서 온 색채」에 등장하는 사건을 암시한다.

로, 아가씨… 이런, 실례했습니다, 백작님의 가방을 들어 드려."
그가 살짝 바보처럼 웃었다. "무엇이든 필요한 게 있으시면 말씀
해 주십시오, 백작님. 저희 독립 호텔에서는 손님 여러분을 옛 유
럽의 방식대로 모시는 것을 자랑스럽게 여기고 있습니다."

"그럴게요." 알레산드라가 말했다. 흘끗 보았더니 페퍼가 휘둥
그런 눈으로 그녀를 쳐다보고 있었다. "왜?"

"당신 백작이야?"

"내가 말 안 했나?"

"안 했어!"

"뭐, 빼길 건 아니니까. 명심해, 오늘밤 여덟 시야. 늦지 마."

페퍼가 어색하게 경례했다. "말씀드린 대로 앞에서 대기합지
요." 페퍼는 뒤꿈치를 축으로 빙글 돌더니 두 손을 주머니에 쑤셔
넣고 어슬렁어슬렁 걸어갔다. 알레산드라가 돌아섰을 때는 마일
로가 짐을 끌차에 모두 쌓은 뒤였다.

"가실까요, 손님?" 마일로가 손을 털며 말했다.

"백작님!" 접수원이 날카롭게 정정했다.

알레산드라가 고개를 끄덕였다. "앞장서요, 마일로."

"저 양반은 신경 쓰지 마세요." 마일로가 알레산드라의 짐을 엘
리베이터로 밀고 가며 소곤거렸다. "쉽게 감명받는 타입이라."

"마일로는 아니고요?"

"그건 팁에 달렸죠."

알레산드라가 소리 내어 웃었다. 마일로가 엘리베이터를 불렀
다. 기다리는 동안 그녀는 무심히 주변을 훑었다. 무언가가 눈길

을 끌기에 고개를 돌렸다.

누군가가 그녀를 보고 있었다. 느낌이 왔다. 이번에는 위틀록이 아니었다. 알레산드라는 혹시 고객들이 보낸 심부름꾼은 아닐까 생각하며 로비를 남몰래 둘러보았다. 하지만 만약 그렇다면, 그녀가 이곳에 도착했다는 건 어떻게 안 걸까? 행여나 기차역에서부터 미행한 게 아니라면 말이다. 페퍼의 운전 실력을 생각했을 때 그랬을 성싶지는 않았다.

대놓고 그녀를 관찰하는 사람은 보이지 않았다. 하지만 엘리베이터 문 안으로 들어서며 느낀 안도감은 작지 않았다. "괜찮으십니까, 손님?" 엘리베이터 운전수가 물었다. 운전수는 빳빳하게 다린 제복이 어쩐지 어울리지 않는 나이 든 남자였다.

"조금 피곤하네요." 알레산드라가 말했다.

"그렇다면 제대로 오셨습니다. 킹스포트 이쪽에서는 여기가 가장 좋은 호텔이지요. 안 그러냐, 마일로?"

알레산드라는 마일로가 눈알을 굴리는 모습에 웃음이 나오려는 것을 참았다. "그럼요, 클랜시."

클랜시가 애정이 묻어나는 손길로 나무 패널을 가볍게 다독였다. "여덟 층이란 말입니다, 손님. 아컴에 있는 어떤 건물보다도 크지요. 전에는 웨스트 칼리지 스트리트에 있는 오 층짜리 미스캐토닉 호텔이 제일 높았지만 우리가 그 기록을 깼지요. 듣기로는 거기 주인이 노발대발했답니다."

"그래요?" 알레산드라가 운전수의 수다를 반쯤 흘려들으며 대꾸했다.

"그렇다마다요.《애드버타이저》에서 그걸 가지고 난리를 쳤어요. 요란하게 설전이 오갔달까." 운전수가 빙긋 웃었다. "나중에는《가제트》도 참전했고, 시장님에다가…" 잠시 말이 끊겼다. "폭력배들까지요." 그가 의미심장하게 속삭이며 덧붙였다. "시위하며, 오만 가지 일이 다 일어났죠. 우리는 참으로 흥미로운 시대를 살고 있다 이 말입니다."

"그래요, 그게 왜 그렇게 흥미진진한 사건이었는지 알 만하네요."

꼬리에 꼬리를 물던 일화가 잠시 끊겼지만, 어디까지나 잠시뿐이었다. "진짜로 말입니다, 이게 아컴에서 제일 현대적인 건물이라는 데에 돈도 걸 수 있습니다. 최고급에, 최신식에, 최신형 발전기도 있지요. 이 엘리베이터도 새 거고요." 클랜시는 다시 제어반을 다정하게 다독였다. 그에 화답하듯 엘리베이터가 살짝 요동쳤다. 조명이 잠시 침침해졌다. 운전수는 제어반 가까이 몸을 기대고 엘리베이터가 가만히 있지 못하는 말이라도 되는 양 나직하게 말을 걸었다. 그가 알레산드라에게 미안하다는 듯한 미소를 보냈다. "아직 조금씩 몸을 떨 때가 있지요. 하지만 이 아가씨도 배워가는 중이랍니다."

알레산드라가 눈썹을 치켜세웠지만 미끼를 물지 않기로 했다. 지금 이 순간 엘리베이터의 성별이 무엇이냐를 두고 토론을 벌이고 싶은 생각은 추호도 없었다. 벨이 울리며 목적한 층에 도착했음을 알렸을 때는 안도의 한숨을 내뱉을 뻔했다. 마일로가 케이지를 열고 알레산드라의 가방을 챙기는 동안 운전수는 계속 씨부

렁거리며 옛 이야기를 잔뜩 늘어놓았다.

운전수는 문이 닫힐 때까지도 계속 말하고 있었다. 마일로가 알레산드라에게 눈길을 던졌다. "참고로 계단이 더 빨라요. 더 조용하고."

알레산드라가 미소 지었다. "명심하죠, 마일로."

마일로가 알레산드라의 가방을 밀며 복도를 따라가다 맨 끝에 있는 문 앞에서 멈췄다. "요청하신 펜트하우스입니다." 그는 문을 열고 그녀가 먼저 들어가도록 비켜섰다. 객실은 그녀가 묵어 본 곳 중 가장 크다고 할 정도는 아니었지만 충분히 컸다. 욕실 하나가 딸린 방 세 개짜리 구성이었다.

커다란 창문들이 굽어보는 길 건너 공원은 회색 자작나무와 돌이 깔린 오솔길이 주를 이루었다. 알레산드라는 독립 광장이리라 짐작했다. 그리고 그 너머는 아컴 번화가였다. 비가 다시 내리기 시작했지만 지평선 부근의 구름은 옅어져 있었다. 연회색 장막이 도시를 덮고 있었다. 저 멀리 어두운 리본과도 같은 미스캐토닉 강이 어렴풋이 보일 정도였다.

"마음에 드네요." 알레산드라가 말했다. 마일로는 그녀가 준 후한 팁을 잽싸게 주머니에 챙겼다. 그가 객실에서 나가자 그녀는 어지럽게 짐을 풀기 시작했다. 챙 모자와 어깨걸이 웨블리 권총집을 포함한 남성용 옷 일습은 가방 안에 남겨 두었고, 맞춤 제작한 수제 독일식 자물쇠 따기 세트도 마찬가지였다. 권총을 쓸 수 없을 때를 대비해 챙긴 추를 넣은 곤봉도. 이중 바닥 밑에 숨긴 중요한 서류 뭉치 역시 가방 안에 남았다.

서신, 전보, 사적인 전갈. 이것들은 알레산드라가 통치하는 가
상의 왕국으로 들어가는 열쇠였다. 모두 보수를 지체 없이 제때
받도록 해 주는 보험이었다. 그녀의 방대하고 다채로운 고객 명
단에는 돈은 너무 많고 그에 부합하는 상식은 없다시피 한 남녀
들이 이름을 올리고 있었다. 그녀는 어마어마한 요금을 청구하고
받았다. 혹시 받지 못하는 날에는… 별수 있나. 그럴 때를 대비해
편지와 전보가 필요했다. 그렇다고 본격적으로 사용해 본 적이
있는 것은 아니었다. 협박은 지저분한 사업이었고 바라는 대로
풀리는 경우도 드문 법이었다.

이번 고객과의 의사소통은 여기 있는 서류가 전부였다. 고객은
알레산드라가 무언가를 회수해 주면 용역에 대한 대가를 넉넉히
치르겠다고 했다. 심지어 아컴까지 오는 교통비도 지불했다.

그녀는 고객이 오려 보낸 신문 기사를 집어 들었다. "**금세기 최
대의 고고학적 발견**"이라는 글귀가 굵은 글자로 찍혀 있었다. 선
명하지 않은 사진 속에 한 무리의 남자들이 나무 테이블 옆에 서
있었다.

테이블 위에는 오래 전 죽은 무언가가 말라비틀어진 팔다리는
단단히 묶이고 고개는 살짝 숙여 푹 꺼진 가슴 위에 턱을 얹은 자
세로 쪼그려 앉아 있었다. 누구인지는 몰라도 앉은 채로 죽었고,
신기하고 복잡한 무늬를 새긴 가면을 썼다. 사진이 흐릿했지만
가면을 보니 짓뭉개진 두꺼비 얼굴이 떠올랐다. 아니면 박쥐나.
사진을 살피던 알레산드라는 다시 묘한 감각을 느꼈다. 누군가가
그녀를 지켜보고 있는 기분이었다. 본능적으로 방을 둘러보았지

만 별다른 것은 없었다. 창문에 불길한 새 한 마리조차 앉아 있지 않았다. 그녀는 다시 사진을 내려다보았다.

순간 오싹한 기운이 등골을 타고 흐르자 알레산드라는 서둘러 신문 기사를 접어 치웠다. 그녀는 사진 속의 죽은 남자가 머리를 숙이고 있다고 생각했다. 하지만 잘못 봤던 모양이었다.

남자는 그녀를 바라보고 있었다.

애브너 위틀록은 흐트러진 침대 위에 가방을 던지고 방을 둘러보며 체념 섞인 한숨을 내쉬었다. 미스캐토닉 호텔은 전성기를 지난 상태였다. 벽지 색깔은 애처로웠고 바닥에 깔린 카펫은 그의 인내심처럼 얄팍했다. 그래도 건조한 방이었고 숙박비도 무료였다. 이만하면 그와 같은 직종에 있는 사람이 며칠 묵을 곳으로는 충분했다.

위틀록은 뉴욕 아거스 보험사 소속 조사원이었다. 그는 대체로 자신이 맡은 업무를 즐겼다. 그는 회사 돈으로 샌프란시스코에서 상하이까지 전 세계를 돌아다녔다. 그는 고객의 문제가 회사의 문제가 되기 전에 냄새를 맡는 데에 능했고, 그런 그에게 회사는 넉넉한 경비를 제공하고 너무 많은 질문을 던지지 않는 것으로 보답했다. 적어도 평소에는 그랬다.

하지만 이번에는 달랐다. 이번 업무는 하찮았다. 이사진의 친구 한 사람에게 호의를 베풀기 위해 회사 제일의 직원이 대여용 노새처럼 파견됐다. 그래도 위틀록은 불만을 품지 않았다. 업무는 작을수록 더 간단한 법이었다.

위틀록이 양손으로 머리카락을 쓸어 넘기며 창밖을 내다보았다. 미스캐토닉 호텔과 면한 웨스트 칼리지 거리에는 특별히 볼것이 없었다. 아컴은 전형적인 말 한 마리면 충분히 다닐 만한 동네였다. 이 모든 일이 빌어먹게 이상한 것은 바로 그 때문이었다. 이번에 회사에서 보험을 맡은 것과 같은 발견물이라면 아컴보다더 큰 도시에서 첫 선을 보여야 마땅했다. 보스턴이라거나. 아니면 킹스포트라도.

미라는 아직도 흥하는 장사였다. 비록 위틀록으로서는 그 매력을 이해할 수 없었지만. 시체를 보고 싶다면 지역 시체 공시소에가면 될 것 아닌가. 다른 사람들은 그의 생각에 동의하지 않는 모양이었다. 결국에는 이번 발견물도 장차 더 적절한 전시 장소에가게 될 터였다.

하지만 현재 미라는 이곳에 있었고, 따라서 위틀록도 이곳에있어야 했다. 코트를 벗고 타이를 느슨하게 풀었다. 고객을 만나공식적으로 업무에 임하기 전에 몇 시간을 죽여야 했다. 긴 이동시간 탓에 피곤했다. 가방을 치우고 불편한 침대에나마 몸을 뻗고 늘어졌다.

하지만 잠을 이룰 수 없었다. 위틀록은 양손으로 머리 뒤를 받치고 천장에 남은 물 자국을 올려다보며 머릿속으로 점과 점을연결하면서 아까 기차에서 만난 여자를 전에 어디서 보았는지 떠올리려 애썼다. 종일 신경 그 문제로 신경이 쓰였다.

위틀록이 아는 여자였다. 그건 확실했다. 여자는 모르는 척했지만 그는 얼굴을 잘 기억했다. 직업이 직업인만큼 그래야만 했다. 어느 행사에서 만났던 여자일지도. 이런 행사가 열리면 놀고 먹는 부자들이 느닷없이 우르르 나타나기 마련이었다.

위틀록이 순간 멈칫했다. "빈." 그가 손가락을 튀기며 말했다. 바로 그때. 2년 전이었다. 어느 화려한 드레스 파티에서 보석 몇 종이 사라졌고 아거스 보험사에서 막대한 금액을 지불해야 했다. 위틀록이 미간을 찌푸렸다. 처음부터 수상쩍은 사건이었다. 사라진 보석들에는 저주가 걸려 있었다. 적어도 소유주의 주장으로는 그랬다. 제물로 바쳐진 백 명의 피로 물들어 있다는 둥, 이전 소유주들이 하나같이 때 이른 죽음을 맞이했다는 둥 하는 따위 헛소리였다.

위틀록은 그런 말에는 신경도 쓰지 않았다. 어떻게 누가 아무에게도 들키지 않고 문이나 창문을 이용하지도 않고 잠긴 방에 들어갔다 나왔는지 알고 싶었을 따름이었다. 그건 알아내지 못했지만, 그래도 결국 도둑의 인상착의는 알아냈다. 그리고 얼굴과 이름도.

"알레산드라 초르치 백작." 위틀록이 기억의 안개 속에서 서서히 떠오르는 이름을 내뱉었다. 가명일 게 뻔했다. 그 여자는 보석만 훔치는 것도 아니었다. 그 여자는 직업 범죄자 중에서도 최악의 부류였다. 그리고 그런 그녀가 지금 이곳 아컴에 있었다. 우연이 아니었다. 그럴 리 없었다.

빈은 위틀록의 경력에서 유일한 오점이었다. 거의 잡을 뻔했지만 그 여자는 아슬아슬하게 빠져나갔다. 기차를 타고 오는 내내 그를 비웃고 있지는 않았을까. 그렇게 생각하니 화가 치솟았다.

"오래 웃고 있지는 못할 거다." 그가 중얼거렸다.

위틀록이 일어나 창가로 갔다. 시내 저편에 우뚝 선 아컴의 유일한 다른 호텔이 어렴풋이 눈에 들어왔다. 그 여자가 저기 있을 터였다. 빈에서 최고급 호텔과 최고급 식당을 밥 먹듯 드나들던 여자였다. 이곳에서도 마찬가지이리라는 직감이 들었다. 표범은 가죽 무늬를 바꾸지 않는 법. 무언가를 훔치기 위해서가 아니라면 그런 여자가 뭐 하러 이곳에 왔겠는가?

그리고 그때가 되면 여자는 위틀록의 손에 현행법으로 잡힐 터였다.

4장

사마코나

"도착했어." 페퍼가 부드럽다고는 할 수 없는 방식으로 택시를 세우며 말했다. "라 벨라 루나." 그녀가 운전석에서 뒤를 돌아보았다. "오려던 곳이 여기 맞지?"

"맞아." 알레산드라가 이탈리아 식당을 올려다보며 말했다. 이런 식당들이 대체로 그렇듯, 라 벨라 루나는 뻔한 전형 언저리를 아슬아슬하게 맴돌았다. 식당 이름을 금색 글자로 흘려 새긴 전시창 바깥에는 실외용 와이어 가구가 놓여 있었다. 실내 테이블에는 체크무늬 식탁보, 붉은 쿠션 의자, 초를 넣은 초록 키안티 병을 갖춰 두었다. 베네치아 출신인 그녀가 보기에는 약간 모욕적이다 싶을 정도로 조잡했다.

"여기가 이탈리아 식당이면 나도 이탈리아인인 거 알지?" 페퍼가 말했다.

"분위기 찾아서 온 거 아니니까 걱정 마. 음식 때문에 온 것도 아니고."

"스파게티는 맛있어."

"기억해 둘게." 차에서 내리려는 알레산드라를 페퍼가 제지했다.

"지금 무슨 짓을 하는지 아는 거 맞아? 여긴 점잖은 사람들이 드나드는 곳이 아냐."

"걱정해 줘서 고맙지만 난 괜찮아."

"폭력배들이 관리하는 곳이라고." 페퍼가 채근했다.

"많은 것들이 그렇지."

"진짜 폭력배야!"

"그럼 더 좋지. 진정성은 중요하잖아. 나 올 때까지 기다려." 알레산드라가 덧붙였다. "스파게티 먹고 싶으면 먹고." 페퍼가 뭐라고 툴툴거렸지만 알레산드라는 이미 택시에서 내린 뒤였다. 불필요한 걱정이긴 했지만 페퍼가 걱정해 주었다는 사실이 감동적이었다. 그녀는 택시기사에게 주기로 한 보수에 보너스를 얹어 주기로 마음먹었다. 물론 이번 일부터 성공적으로 마무리하고 나면.

식당에 들어서자마자 입맛 떨어지는 마늘빵과 토마토소스 냄새가 코를 찔렀다. 지배인이 냉큼 앞을 가로막았다. "예약하셨습니까, 손님?" 그가 정중하게 물었다.

"그래요. 일행이 아래층 개인실에서 기다리고 있어요."

지배인이 눈썹을 치켜세웠다. "이쪽으로 오시죠." 그가 돌아서며 눈에 보이지 않는 가까운 곳에서 대기 중이던 누군가를 향해 은밀하게 신호를 보냈다. 이런 관행이 낯설지 않았던 알레산드라는 예의 바르게 미소 지으며 못 본 척했다. 무엇을 보아야 하는지 아는 사람의 눈에는 식당이 위장용이라는 게 빤히 보였다. 미국인 연락책들에게 들은 얼마 안 되는 이야기에 따르면 아컴은 범죄와 거리가 먼 곳이 아니었다. 미스캐토닉 강을 낀 데다 보스턴 및 킹스포트와도 가깝다는 지리적 이점 덕분에 아컴은 밀수업에서 밀주업까지 온갖 범죄의 요충지가 될 잠재력을 갖추고 있었다.

지배인이 식당을 통과해 뒤쪽에 있는 문으로 알레산드라를 안내했다. 표면상으로는 주방으로 통하는 문이었지만 문 너머로 모퉁이 뒤에 교묘하게 가려진 두 번째 문이 있었다. 문이 열리자 아래로 돌아내려가는 나무 계단이 나왔다. 아래쪽에서 희미하게 음악과 웃음소리가 들려왔다.

"방음문이군요." 알레산드라가 감탄했다.

"직접 만든 겁니다." 지배인은 그렇게 말하며 문 뒤편을 두드렸다. 신문지와 단열재로 속을 채운 마대 자루들이 문에 못 박혀 있었다. "내려가십시오. 문을 두드리시고요. 새미가 괜찮다고 했다고 말씀하십시오."

"그렇게 하지 않으면 어떻게 되죠?"

"그럼 아주 험난한 밤을 겪으시겠지요. 즐거운 시간 보내십시오, 손님."

알레산드라는 튀어나온 못이나 솟아나온 벽돌에 걸리지 않도록 드레스 자락을 끌어 올리고 계단을 내려가기 시작했다. 뒤쪽에서 지배인이 문을 닫자 잠시 사방이 캄캄해졌다. 눈이 어둠에 적응하고 나니 아래쪽에서 비치는 뿌연 빛이 보였다.

빛은 리넨 가리개를 두른 전구에서 나오고 있었다. 침침한 조명 아래서 알레산드라는 축축한 벽돌벽 속에 자리 잡은 강화 철문을 발견했다. 눈높이에 엿보기 구멍이 있었다. 그녀는 직업적 호기심에서 경첩을 살폈다. 문과 달리 경첩은 보강하지 않았다. 손가락으로 경첩 하나를 훑었더니 모르타르가 묻어났다. 그녀가 가볍게 혀를 찼다. 누군가 문 너머에서 귀를 기울이고 있었는지, 미닫이 쪽문이 덜커덕 열렸다. 알레산드라가 뒤로 물러섰다.

"새미가 괜찮다고 했어요." 그녀가 말했다.

알았다는 웅얼거림이 들리더니 묵직한 빗장을 당기는 소리가 뒤따랐다. 문이 안쪽으로 열리면서 음악이 쏟아졌다. 소울 넘치는 재즈의 울부짖음이 잠시 계단통을 타고 위층으로 울려 퍼지다 알레산드라의 등 뒤로 문이 쾅 닫히자 다시 방 안에 갇혔다. 문지기는 얼굴이 누렇게 뜬 치였다. 얼굴과 체형이 갸름했지만 옷차림은 괜찮았고 무장을 감추지 않았다. 그의 손짓에 알레산드라가 두 팔을 벌렸다.

문지기가 제법 꼼꼼하게 몸을 더듬으며 수색하는 동안 알레산드라는 주위를 둘러보았다. 언뜻 보기에 클로버 클럽은 미국인들이 "스피크이지바"[8]라고 부르는 것의 전형이었다. 은색 야자나무

---

8 1920~30년대 금주법 시대 미국에서 무허가 술집, 밀주를 판매하는 가게를 가리키는 단어로 통용되었으며, 술집 주인이 경찰의 이목을 피하기 위해 소란스러운 손님에게 "조용히 말해(speak easy)"라고 말한 데에서 유래했다.

로 장식했고 은은한 조명이 비추는 작은 무대 앞의 플로어에는
십수 개에 달하는 원형 테이블이 자리했다. 무대 위에서는 무덤
덤한 열정이 담긴 밴드의 연주와 함께 토치송[9] 가수가 최신 재즈
스탠더드 곡을 불렀다. 구석에 위치한 바에는 손님이 가득했고,
밀주의 무게 때문에 선반이 아래로 꺼져 있었다.

방 저편에 카드실로 통하는 출입구가 보였다. 포커 칩을 달그
락거리고 카드를 뒤섞는 소리가 귀에 들어왔고, 이따금 기쁨에
겨운 함성이나 좌절 섞인 신음도 들렸다. 또 다른 문틈 사이로는
커다란 가죽 소파와 마호가니 가구를 갖춘 일종의 라운지가 흘끗
보였지만, 이내 누군가가 문을 닫았다.

문지기가 틀림없이 고되었을 업무를 마치고 뒤로 물러섰다. 그
가 알레산드라에게 능글맞게 웃어 보이자 그녀도 마주 미소 지었
다. 그런 다음 그녀는 확실하게 고의를 담아 구두 뒷굽으로 그의
발등을 내리쩍었다. 문지기가 숨죽여 욕설을 내뱉으며 방방 뛰었
다. 알레산드라는 그가 뭐라고 대꾸할 틈도 주지 않고 목표를 찾
아 테이블을 헤치고 나아갔다.

클럽은 붐볐지만 숨 막힐 정도는 아니었다. 기차역에서 보았던
얼굴 몇이 눈에 들어오는 듯했고, 오는 길에 읽은 신문에서 보았
던 얼굴도 몇 보였다. 전시회 덕분에 외지 손님이 많아졌을까 궁
금했다. 알레산드라는 요즘 미국인들이 금주에 집착하는 모습을
살짝 재미있어 했다. 그녀가 보기에는 이런 장소에 흐르는 알코

---

9 보답 받지 못한 사랑에 슬퍼하는 내용을 담은 감상적인 노래를 가리키는 표현으로,
   연정을 불태운다는 뜻의 "횃불을 들다(carry a torch)"라는 표현에서 유래했다.

올의 양이 그 어느 때보다도 많았다.

　사마코나는 바 맞은편 테이블에서 알레산드라를 기다리고 있었다. 하나부터 열까지 편지에서 느꼈던 스페인 이달고[10]의 모습 그대로였다. 키가 크고 마른 체형에 칼날 같은 얼굴선과 까만 눈. 머리는 최신 유행을 따라 반지르르했고 값비싼 정장을 입었다. 하지만 가까이 다가가자 사소하게 어긋나는 점들이 눈에 띄었다. 그는 몇 주째 햇빛을 보지 못한 사람처럼 창백했다. 손목은 굵었지만 몸 군데군데 정장이 늘어진 부분이 보였다.

　처음에는 병에 걸린 걸까 싶었다. 사마코나 같은 남자들은 자신의 고용주를 위해 말라리아가 들끓는 야생 지역을 끝없이 돌아다녔다. 하지만 그는 눈에 열기를 띠지도 않았고, 클럽의 후끈한 실내 공기에도 전혀 개의치 않는 듯했다. 그는 유리잔 가장자리를 손가락으로 두드리며 가수를 바라보고 있었다. 시선은… 무미건조했다. 흥미는 보였지만 흔히 생각하는 식의 흥미 있는 눈빛은 아니었다.

　알레산드라가 자리에 앉자 사마코나가 흘낏 시선을 던졌다.

"늦으셨군."

"예의 차릴 정도로만요. 술은 주문했나요?"

"내 것만."

　알레산드라가 얼굴을 찌푸렸다. "기사도 정신은 어디 갔담."

"기사도 정신은 다른 쓸모없는 가식들과 함께 오래전에 내다

10　스페인의 귀족을 가리키는 표현.

버렸소. 게다가 당신은 취향이 확실한 여자라고 들어서. 직접 주문하도록 두는 게 안전하겠다 싶었지." 사마코나의 미소는 날카롭고 불편했다. 완벽한 치아를 볼 때면 알레산드라는 늘 신경이 곤두섰다. 완벽한 치아는 돈과 허영을 뜻했지만, 또한 실용적인 성격을 가리키기도 했다. 그는 양쪽 뺨에 움푹 팬 흉터나 부러진 뒤 흉하게 아문 코는 손보지 않았다. 치아만 관리했다. 알레산드라는 새롭게 발견한 점들을 마음에 새기며 상대방에 대한 첫인상을 수정했다.

알레산드라가 웨이트리스를 불렀다. 주문을 마치고 돌아보니 사마코나의 관심은 다시 무대로 향해 있었다. "편지 내용은 솔깃하더군요." 그녀가 말했다. "확신은 서지 않았지만."

사마코나는 알레산드라를 바라보지 않았다. "그렇지만 여기에 왔군."

"분명 이 동네에도 그런 일을 할 사람들은 있을 텐데요. 그것도 반값으로."

"하지만 당신만큼… 전문적이지는 못하지." 사마코나가 술을 한 모금 마셨다. "내 고용주들의 눈길을 끈 건 당신이 지닌 도둑으로서의 능력은 아니오. 그보다는 당신이 선택한 목표가 관심을 끌었지. 가령 몇 달 전 데를레트 백작의 개인 서재라든가."

술이 나오자 알레산드라는 사마코나에게서 시선을 떼지 않은 채 웨이트리스에게 고맙다고 말했다. "그걸 안다고요?

"2년 전 비욘[11] 대성당에서 모종의 그로테스크[12]를 절도했다는 것도 알지. 다시 한 달 뒤에는 메이페어의 어느 집에서 뱀 모양으로 세공한 구리 반지를 훔친 것도 알고."

"그건 꽤 까다로웠죠." 알레산드라는 그렇게 말하며 조심스럽게 술을 홀짝인 다음 다시 조금 더 길게 한 모금 마셨다. "준비에 두 주가 걸렸어요. 하녀로 들어가야 했죠."

사마코나는 그녀의 설명을 무시했다. "그리고 앞서 언급한 데 를레트 백작을 포함한 많은 이들이 당신에게 포상금을 걸었다는 사실도 알지. 무슨 수를 쓰든 잡기만 하면 된다고."

알레산드라가 몸을 굳혔다. "그래요. 그렇다는 소문은 들었죠."

"소문이 아니오." 사마코나가 그녀에게 나른한 미소를 지어 보였다. "보다시피 우리는 많은 걸 알고 있소, 백작. 심지어 오제이유 거리[13]에서 당신 부모가 죽은 날 밤에 관해서도…"

알레산드라가 테이블 밑에서 지갑을 열었다. "날 협박하려고 여기까지 부른 건가요, 사마코나 씨? 그렇다면 솜씨가 형편없다고 말해 줘야겠네요." 손가락에 웨블리의 형체가 닿았지만 꺼내지는 않았다. 아직은 아니었다. "그럭저럭 괜찮은 이력서를 만드는 것쯤이야 그쪽 업계에서 적당히 실력 있는 졸개라면 누구나 할 수 있는 일일 줄 알았는데요."

사마코나의 얼굴에 짜증이 언뜻 스쳤다. "원한다면 그날에 관해 얘기해 줄 수 있는데. 보수의 일부라고 치고."

---

11 H. P. 러브크래프트와 더불어 《위어드 테일스》를 대표하는 작가였던 클라크 애슈턴 스미스가 창조한 가상의 공간 아베르와뉴에 위치한 도시.

12 상궤를 벗어난 기이하고 환상적이고 신비하고 흉측하고 불쾌한 것을 뜻하는 개념이지만 여기에서는 특히 건축물에 쓰이는 기괴한 형태의 장식용 석상을 가리킨다.

13 H. P. 러브크래프트의 단편 소설 「에리히 잔의 선율」의 배경이 되는 거리.

"아뇨, 고맙지만 난 돈이면 만족하고도 남아요."

"참 호기심이 없는 여자로군."

"내 경험상 도둑을 고용하는 사람들은 호기심이 없는 쪽을 선호하던데요. 그만 본론으로 들어가죠. 나더러 뭘 훔쳐 달라면서요. 뭘, 어디서, 언제, 누구에게서인지 말해 봐요."

사마코나는 잠시 말이 없었다. 그러더니 한숨을 내쉬며 몸을 앞으로 기울였다. "전시회." 그가 말했다. "우리가 보낸 뉴스 스크랩은 읽었소?"

"대충은."

"그자들이… 뭔가를 찾았소. 그자들의 것이 아닌 물건을."

"미국인들이 좋아하는 말 중에 가진 사람이 임자라던가 뭐 그런 말이 있었는데." 알레산드라가 술을 한 모금 홀짝이고 잠깐 쉬었다가 다시 한 모금 마셨다. 미국에 온 뒤로는 제대로 된 술을 구하기가 어려웠다. 이건 진짜 술이었고, 그녀는 그 맛을 음미할 작정이었다.

사마코나가 날카롭게 손짓했다. "어떻게 보더라도 우리 소유권이 그쪽보다 먼저요."

"그럼 법적인 수단을 시도해 보지 않고요?" 알레산드라가 진심으로 궁금해져 물었다.

"왜 시도해 보지 않았을 거라고 생각하지?"

"그렇다면 실패한 모양이군요." 그렇게 말하는 순간 알레산드라는 사마코나의 눈에서 무언가가 번뜩이는 것을 보았다. 분노였다. 진짜 분노. 아픈 곳을 찔린 게 분명했다. 그녀는 앞으로를 대

비해 이 점을 유념해 두기로 했다. "아니면 날 찾을 리가 없잖아
요?"

"그 점에서는 우리가 실수한 게 아닌가 하는 생각이 들기 시작
하는군."

알레산드라가 미소 지었다. "아뇨. 실수하지 않았어요. 그럼 나
더러 미라를 훔쳐 달라는 거군요." 그녀가 잠시 생각에 잠겼다.
"아니면 그냥 가면만? 값나가는 물건 같던데."

"아니." 사마코나가 손바닥으로 테이블을 거칠게 내리쳤다. "절
대로, 어떤 상황에서도, 가면을 벗기려고 하지 마시오. 그건 신성
한 물건이니까. 당신 손은 그런 일에 적합하지 않소." 그렇게 말
하는 그의 두 눈이 의분으로 불타오르는 것을 보니 한 마디 한 마
디가 진심임을 알 수 있었다. 다른 손님들이 두 사람 쪽을 돌아보
았다가 사마코나의 표정을 보고 황급히 눈길을 돌렸다. 알레산드
라는 다시 술을 한 모금 마시며 그에게 진정할 시간을 주었다.

사마코나가 다시 차분해지자 알레산드라가 말했다. "명심하
죠." 그녀는 지갑에서 호텔 이름이 새겨진 메모지 한 장을 꺼냈
다. "난 이곳에 묵어요. 펜트하우스. 참고로 숙박비는 그쪽에서
내는 거예요."

사마코나는 메모지를 받았지만 보지는 않았다. "당신 숙소는
알고 있소. 언제 할 거요?"

"내일 미스캐토닉 박물관에서 전시회 개회식이 열리죠. 티켓을
구해 줘요. 거기서 뭐가 날 기다리고 있을지 확인도 하고 제대로
계획도 짜야 하니까."

"언제 할 거요?" 사마코나가 다시 물었다.

"하루, 아니면 최대 이틀 뒤." 알레산드라가 잔을 비운 뒤 내려 놓았다. "나는 도둑이지만 멍청한 도둑은 아니에요. 상황을 미리 확인하지도 않고 뛰어드는 법은 없어요."

사마코나는 순간 알레산드라의 말에 반박하고 싶은 것처럼 보였다. 이윽고 그가 자리에서 일어섰다. "내 고용주들과 상의해 봐야겠군. 여기서 기다리시오." 그는 성큼성큼 바로 걸어가더니 바텐더에게 뭐라고 말했다. 바텐더가 유리 상자에 든 전화기를 꺼내 왔다.

"저걸 꺼내 오는 걸 보면 저 남자 거물인가 본데."

그 말에 알레산드라가 깜짝 놀라 눈을 깜빡이며 아래를 보았다. 페퍼가 바닥에 웅크린 채 그녀를 올려다보며 씩 웃었다.

"대체 뭘 하고 있는 거야?" 알레산드라가 놀람과 짜증이 반씩 섞인 목소리로 낮게 말했다. 페퍼가 접근하는 것조차 알아차리지 못한 터였다.

"나더러 스파게티 사 먹으라며."

알레산드라가 페퍼를 노려보았다. 페퍼는 슬그머니 웃음을 거두었다. "알았어. 당신에게 무슨 일 없나 보고 있었어. 여긴 험한 곳이라고." 페퍼가 눈을 가늘게 뜨고 테이블 너머를 살펴보았다. "오늘밤 여기엔 골칫거리가 많아."

알레산드라가 정돈된 테이블과 부유한 손님들을 훑어보았다. "그래. 확실히 *야만적인* 분위기네."

"당신은 여길 누가 운영하는지 모르잖아."

"실은 알아. 오베니언이라는 패밀리에서 운영하지."

페퍼가 눈을 휘둥그레 뜨고 알레산드라를 보았다. "오베니언 조직을 알아?"

"친하다는 건 아니고." 알레산드라가 공식적으로 오베니언 패거리와 얽힐 만큼 운이 나빴던 적은 없었다. 하지만 그녀는 항상 가능한 한 지역 범죄 생태계에 대해 미리 알아 두고자 했다. 그러면 나중에 시간을 절약하는 경우가 많았다. 오베니언 조직은 아컴에서 활동하는 여러 밀주 조직 중 가장 규모가 컸고, 그녀는 되도록이면 그들과는 거리를 둘 작정이었다. "아무튼, 걱정해 주는 건 고마운데, 난 널 운전사로 고용했지 경호원으로 고용한 건 아냐."

"이것 보세요, 당신은 아컴을 모른다고요, 백작님." 페퍼가 말했다. 웨이트리스가 바를 향해 미끄러지듯 테이블 옆을 지나치자 그녀가 몸을 숙였다. "저기, 한잔만 줄래? 계속 기어 다녔더니 목이 말라."

알레산드라가 인상을 썼다. "네 술은 네가 사. 돈은 충분히 주고 있잖아."

"나는 여기 있으면 안 되는 몸이라고. 지난 번 일 이후로는."

알레산드라는 그 말은 못 들은 척 넘기기로 했다. "애초에 어떻게 들어온 거야?"

"아는 사람이 있어. 뒤로 들여보내줬지."

알레산드라는 추가 설명을 기다렸다. 하지만 페퍼는 그럴 생각이 없는 모양이었다. 알레산드라가 한숨을 내쉬었다. "장담하는데 내 몸은 내가 돌볼 수 있어. 그러니까 걱정은 고맙지만 그만 가."

"하지만…"

"저 인간 돌아온다. 가. 당장."

페퍼가 욕설을 중얼거리며 잽싸게 옆 테이블 아래로 기어가 테이블보 밑으로 사라졌다. 알레산드라는 고개를 가로저으며 눈길을 들어 자리에 앉는 사마코나를 보았다. "뭐래요?"

"당신 조건을 받아들이겠소. 내일 아침까지 티켓을 마련해 두지."

"훌륭해요. 그럼 내 보수는?"

"당신이 요구한대로, 반은 이미 당신 호텔에 준비해 뒀소. 나머지 반은 일이 만족스럽게 완료되면 당신 계좌로 송금할 거요."

"신속하기도 하셔라. 당신 내가 제일 좋아하는 고객으로 등극할 수도 있겠는걸요."

"일이 잘 된다면 우리가 다시 볼 일은 없을 거요." 사마코나가 몸을 불쑥 일으켰다. "일을 끝내면 우리 쪽에서 접촉하지."

"그러시겠죠. 공연 마저 안 봐요?"

"됐소." 사마코나가 미소 지었다. "음악이 내 취향이 아니라서. 하지만 당신은 보고 가시오. 계산은 나중에 내가 하기로 했으니." 그가 건성으로 고개를 숙이더니 자리를 떠났다. 알레산드라는 그가 가는 모습을 지켜보았다. 움직임이 부드러웠다. 댄서, 혹은 검객처럼. 어린 시절 그녀의 펜싱 교사가 저런 식으로 움직였더랬다. 재빠르고 우아하게. 사마코나가 위험한 인물이라는 데에는

의심의 여지가 없었다. 이번 일은 빨리 마무리할수록 모두에게
좋았다.

하지만 그건 그거고, 음악도 듣기 좋고 술값도 이미 지불했다
니까. 알레산드라가 지나가는 웨이트리스를 손짓해 불렀다. "한
잔 더요. 사마코나 씨 앞으로 달아 둬요."

"두 잔으로." 페퍼가 사마코나의 자리를 차지하며 말했다. 그녀
는 그가 사라진 방향을 응시했다. "으으으, 소름 돋는 남자야."

"어디까지 들었지?"

"계산은 나중에 자기가 한다는 말만. 이 아래에서도 음식을 주
문할 수 있으려나?"

알레산드라가 편하게 앉으며 웃음을 터뜨렸다.

"어디 한 번 알아볼까?"

5장

티켓

다음날 아침 알레산드라가 접수대에 가 보니 마일로가 아직도
근무 중이었다. "돌아갈 집이 없는 건가요, 마일로?" 그녀가 물었
다. "아니면 밤새 내내 근무했어요?"

마일로가 처량하게 고개를 가로저었다. "실은 둘 다요. 안쪽에
있는 간이침대 하나, 하루에 식사 두 끼, 거기에 팁까지가 제 몫
이죠. 요샌 이만한 자리도 흔치 않아요." 그가 눈을 비비며 하품
했다. "뭘 도와드릴까요, 손님?"

"내게 온 티켓이 있을 텐데요."

마일로가 고개를 끄덕였다. "아, 맞아요. 아침 일찍 어떤 사람이
두고 갔어요. 객실로 연락하려다 방해하지 말라고 하셨던 게 생
각나서." 그가 씩 웃었다. "클로버 클럽에서 늦게까지 노신 거죠?"

"좀 지나치게 친한 척하는군요, 마일로. 하지만 맞아요. 요란한
밤이었죠." 알레산드라가 전날 밤을 떠올리며 미소 지었다. 페퍼

는 자신이 더없이 유쾌한 동반자임을 증명했다. 그 아가씨는 음
주와 소원하지 않은 관계였다. 노래를 부르려는 시도에는 청중
과 직원 양쪽 모두가 반대했지만. 두 사람은 새벽 1시쯤 클럽에
서 함께 쫓겨나 좀 더 질이 떨어지는 술이 기다리는 호텔로 돌아
왔다.

　알레산드라는 술판을 벌여도 후유증이 없었다. 그녀는 작업 전
날 밤 진탕 취하곤 했다. 일종의 의식이었다. 다가올 승리를 위한
축하랄까.

　마일로가 티켓을 꺼내더니 구슬픈 미소를 지으며 건넸다. "와,
으리으리하겠네요. 나도 가고 싶다."

　"미라에 관심이 있나요, 마일로?" 알레산드라는 사마코나가 어
떻게 티켓을 그렇게 빨리 구했을까 생각하며 티켓을 살펴보았다.
사마코나에게, 아니, 그보다도 아마 사마코나를 고용한 자들에게
상당한 재원이 있는 게 분명했다.

　"미국 미라라면요." 마일로가 말했다. "낡은 이집트 뼈다귀들보
다는 낫겠죠?" 그가 말을 멈추더니 덧붙였다. "어젯밤 외출하셨
을 때 손님이 찾아왔어요."

　"오? 이름을 남기던가요?"

　"위틀록 씨라던데요."

　알레산드라의 미소가 흐려졌다. "무슨 일로 왔다고 했죠?"

　"손님 방에 들어가고 싶어 하던데요. 손님 물건이 자기에게 있
으니 놓고 가겠다면서요." 마일로가 알레산드라의 표정을 보더니
잽싸게 손을 내둘렀다. "걱정 마세요. 호텔에서 그런 일은 철저하

게 금지하거든요."

"그 물건이라는 걸 여기 맡기던가요?" 위틀록이 실제로는 누구를 위해 일하는지 궁금했다. 알레산드라에게 걸린 현상금을 노린다기에는 접근 방식이 아무래도 묘했다. 혹시 모르니 페퍼에게도 경고해 둬야 할 터였다.

"아뇨." 마일로가 이맛살을 찌푸렸다. "제가 보기엔 아무것도 안 갖고 있던데요."

"물론 그랬겠죠." 알레산드라가 티켓을 들어 보였다. "이건 누가 두고 갔죠? 키 큰 남자? 가무잡잡하고 옷을 잘 차려 입은?"

마일로가 고개를 가로저었다. "전혀 아닌데요. 키 작은 남자요. 검은 레인코트를 입었어요. 챙이 처진 모자를 썼고요." 마일로가 잠시 생각에 잠겼다. "저는… 제대로 보지는 못했어요. 어쩐지 그러고 싶지도 않았고요."

"어째서?"

마일로가 어깨를 으쓱했다. "아컴에 오래 살다 보면 그럴 때 감이 와요. 안 보는 게 더 낫겠다 싶은 느낌요. 그런 거 있잖아요." 그가 이번에는 미안하다는 듯 어깨를 으쓱했다. 알레산드라는 이해했다. 페퍼도 비슷한 말을 했다. 파리에서부터 슈바르츠발트의 이름 없는 작은 촌락에 이르기까지, 모든 마을, 모든 도시에는 저마다 불문율이 있었다.

알레산드라가 데스크 위로 동전 몇 닢을 밀어냈다. "고마워요, 마일로. 위틀록 씨를 주의 깊게 지켜봐 주겠어요? 다시 나타나거든 내게 알려줘요."

마일로가 동전을 사라지게 만들었다. "암요, 백작님. 맡겨만 주
세요."

객실로 돌아갔을 때 페퍼는 알레산드라가 두었던 자리에 그대
로 누워 있었다. 아가씨는 옷을 입은 채 디젤 엔진처럼 코를 골며
침대 발치에 대자로 뻗어 있었다. 알레산드라가 쿡 찔렀지만 반
응이 없었다. "일어나." 그녀가 아가씨의 뺨을 다독이며 말했다.

페퍼는 알아들을 수 없는 소리를 내며 몸을 굴리려 애썼다. 알
레산드라가 한숨을 내쉬고 아가씨의 발목을 잡아 침대 밑으로 끌
어내렸다. 바닥에 부딪힌 페퍼가 꺅 하는 소리를 냈다. "뭐야? 무
슨 일인데?" 그녀가 정신없이 사방을 둘러보며 물었다.

"집에 가. 목욕하고."

페퍼는 자신이 입은 셔츠 냄새를 맡아 보았다. "냄새 괜찮은
데." 그녀가 항의했다. "밤샘 한 게 처음도 아니고. 어차피 택시 기
사 꼴이 엉망이라고 해서 신경 쓰는 사람은 없다고."

"그렇겠지. 알았어. 그럼 나가서 신문이라도 사 오셔."

"어느 신문?"

"전부 다."

"그전에 아침부터 먹어도 될까?"

알레산드라가 눈썹을 치켜세웠다. "어젯밤에 네가 먹은 스파게
티의 양을 생각하면 지금 밥 생각이 난다는 게 놀라울 지경인데."

"나야 성장기 소녀니까." 페퍼가 능글맞게 웃었다.

알레산드라가 코웃음을 치며 문을 향해 손을 내저었다. "가. 서
두르고. 몇 시간 뒤면 전시회 시작이야. 가능한 한 일찍 도착하고

싶어." 범죄를 저지를 준비를 할 때는 언제나 잠재적 탈출로를 확
보해 두는 게 최선이었다.

"건물 둘러보게?"

"말하자면 그런 거지. 가 봐. 나 샤워해야 해."

알레산드라는 샤워를 하면서 머릿속으로 필요할지도 모를 물
건의 목록을 만들었다. 나중에 지역 기록보관소에 들러야 할지도
몰랐다. 건물 청사진은 이 업계에서는 긴요한 자산이었고, 그녀
는 가능하면 언제나 다른 이들이 열심히 마련해 둔 자료를 활용
했다.

오늘은 정보를 수집하고 온전한 미라 하나를 챙겨 달아나는 데
에 따르는 어려움을 계산하기만 하면 됐다. 알레산드라로서도 미
라는 처음이었다. 그녀가 훔치는 물건들은 대체로 작거나 운반이
쉬운 편이었다. 책, 조각상, 호부 등 손지갑이나 블라우스 밑에 특
별히 꿰어 놓은 주머니에 쉽게 넣을 수 있는 잡동사니인 경우가
대부분이었다.

이번 일은 그보다는 어려울 터였다. 그렇다고 불가능하지는 않
았다. 그보다는 흥미진진했다. 일종의 도전이랄까. 오랫동안 경
험하지 못했던 기분이었다. 비온 이후로는 처음이었다. 하긴, 가
고일 석상 하나를 훔치는 일은 예상보다 훨씬 쉬웠다. 물건을 빌
린 트럭 뒤에 싣고 도시 밖으로 빼내기까지 약간의 위조 서류, 잡
역부 몇 명, 그리고 주교와 나누는 유쾌한 브랜디 한 병이면 충분
했다.

이번에는 그걸로 충분할 성싶지 않았다. 침투로, 다시 말해 몰

래 파고 들어갈 보안상의 허점을 찾아내야 했다. 커다란 허점일
필요는 없었다. 오늘 오후 전시회에서 바로 그 허점을 발견할 수
있기를 바랄 따름이었다. 샤워를 마친 뒤 계속해서 여러 가지 선
택지를 궁리하면서 가운을 걸치고 침대에 앉았다.

바닥에 놓인 전날 치 신문들을 내려다보았다. 그 중에는《아컴
애드버타이저》와《아컴 가제트》도 있었다. 신문마다 전시회 관련
기사가 실려 있었다. 한 문단에 불과한 경우도 있었지만 두 지방
지에서는 전시회를 양면에 걸쳐 대대적으로 다루었다. 유명 참석
자들의 이름은 아침에 이미 보아 둔 터였다. 잘 알려진 지역 귀족
들 외에 외지인도 많았다.

옛 고객이나 표적이었던 사람들의 이름 몇이 눈에 들어왔다.
뒷골목 세계 언저리를 기웃거리는 남녀들. 희귀 서적 따위의 밀
교적 잡동사니를 모으는 치들이었다. 이런 발견을 그냥 지나칠
수는 없었으리라. 발견이 의미하는 바도 중요하고, 거기에서 뭔
가를 얻어낼 수 있을지도 모를 테니까. 거기에 빈틈이 있을지도
몰랐다.

알레산드라는 잠시 침대 위에 둔 권총을 두고 고민했다. 총이
필요할 것 같지는 않았다. 하지만 총을 치우러 다가가던 중 복도
에서 삐걱거리는 소리가 들렸다. 호텔은 소음으로 가득했으므로
처음에는 대수롭지 않게 여겼다. 그러나 한 번 더 소리가 들리자
그녀는 걸음을 멈추고 귀를 기울였다. 분주한 주변 소음을 걸러
내기 위해 집중했다.

문 밖에 누군가가 있었다. 알레산드라는 웨블리를 손에 쥐고

조용히 침대를 돌아 살금살금 문으로 향했다. 이제는 소리가 분명하게 들렸다. 거친 숨소리였다. 쉿소리에 가까울 정도였다. 문으로 다가가자 숨소리가 갑자기 잦아들었다. 마치 그녀가 다가오는 소리를 들은 것처럼.

알레산드라는 걸음을 멈추고, 한 손을 손잡이에 얹고, 웨블리의 공이치기에 엄지를 올렸다. 기다렸다. 그녀의 인내심에 보답하듯 다시 삐걱거리는 소리가 들렸다. 이어서 또 한 번. 누구인지 몰라도 복도를 따라 멀어지는 듯했다. 문을 살짝 열어 보았지만 아무것도 보이지 않았다. 아무도 없었다. 하지만 공기에서 묘한 냄새가 났다. 친숙하면서도 불길한 냄새였다.

어쩌면 또 위틀록이었을지도. 아니면 누가 방을 착각했거나. 알레산드라는 깊이 숨을 들이마신 뒤 자신의 양손을 내려다보았다. 손이 떨리고 있었다. 모종의 보이지 않는 재난을 아슬아슬하게 피한 것만 같은 기분이었다.

누군가가 문을 두드렸다. 알레산드라가 생각할 겨를도 없이 문을 홱 열어젖히자 페퍼가 눈을 휘둥그레 뜨며 뒤로 펄쩍 뛰다 신문을 바닥에 쏟았다. "깜짝이야!"

알레산드라가 웨블리를 내렸다. "미안해. 너 때문에 놀라서."

"놀란 게 누군데?" 페퍼가 숨을 들이켜며 가슴을 끌어안았다. "총은 왜?" 그녀가 몸을 굽혀 떨어진 신문을 주웠다.

"미국인들은 다들 총을 갖고 있잖아. 나도 따라해 보려고. 들어와." 알레산드라가 물러나자 페퍼가 부리나케 들어오며 경계심 어린 눈빛을 던졌다. "올라오는 길에 누군가 봤어?"

"아니, 왜?"

"그냥." 알레산드라가 공이치기를 풀고 웨블리를 치웠다. "신문 가져왔네. 잘했어. 전시회에 관한 기사가 있는지 찾아봐." 알레산 드라는 그렇게 말하며 가운을 벗었다. 알레산드라가 옷을 갈아입 자 페퍼가 숨 막히는 듯한 소리와 함께 다급히 눈길을 돌리며 돌 아섰다.

"당신, 어, 흉터가 많네?" 잠시 후, 택시기사가 말했다.

"흥미로운 인생을 살았거든. 다 입었어. 돌아봐도 돼."

페퍼가 얼굴을 찌푸린 채 몸을 돌렸다. "옷을 훌훌 벗어 던질 거면 미리 말을 해야 할 것 아냐. 예의 없게시리."

알레산드라가 웃었다. "네가 못 본 게 달린 것도 아닌데 뭘." 그 녀가 드레스를 가지런히 하며 잠시 생각했다. "비율이야 좀 다를 지도 모르겠지만…"

"예, 예. 그나저나 드레스 근사하네. 돈 깨나 들었겠어."

"거저나 다름없었어." 알레산드라가 정색하며 말했다. "신문에 서는 뭐래? 흥미로운 얘기 있어?"

"뭘 흥미롭게 생각하느냐에 따라 다르겠지." 페퍼가 침대에 앉 으며 말했다. 그녀가 《애드버타이저》를 옆으로 치우며 알레산드 라를 쳐다보았다. "정말 밖에서 기다리기만 하는데 나한테 돈을 주겠다고?"

"그래. 일찍 떠나고 싶을지도 모르니까. 몇 시간쯤 때우는 거야 알아서 잘 하리라 믿어."

"나도 파티에 같이 간다면 시간 때우기가 더 쉬울 텐데. 그나저나 시체 갖고 뭘 그리 야단이래?"

알레산드라가 의자에 등을 기대 앉았다. "누가 오클라호마에서 미라를 발견했어. 보통 미라가 발견되는 지역은 아니지." 그건 지나치게 얌전한 표현이었다. 알레산드라는 고고학자는 아니었지만 그런 발견이 얼마나 예기치 못한 일인지 알 정도는 됐다.

"장난질일지도."

"전문가들 말로는 아니라던데."

페퍼가 코웃음 쳤다. "전문가라니. 놈들이 뭘 알아?"

"그래, 아무튼, 장난질이든 아니든 구경할 가치는 있겠지."

"되살아난다면야 그렇겠지, 잡지에서처럼."

알레산드라가 미간을 찌푸렸다. "잡지?"

"그, 왜…《위어드 테일즈》,《언노운》,《스타틀링 스토리즈》,《언스피커블》… 그런 거 있잖아. 고급 문학." 페퍼가 씩 웃었다. "아침에 잔뜩 사 뒀지. 당신이 안에 있는 동안 시간 때울 용도로."

"넌… 그런 잡지를 즐겨 읽어?"

"안 될 건 뭐야?" 페퍼가 변명하듯 말했다. "온갖 재밌는 게 들었는데. 괴물, 총, 로맨스… 여자에게 더 바랄 게 있나?"

"그래, 뭐가 더 있겠니?" 알레산드라가 객실의 전신거울에 비친 자신을 바라보았다. 그녀가 입은 옷은 페퍼가 입고 있는 옷만큼이나 위장용으로는 쓸모가 없었다. 파리나 밀라노였다면 다른 여자들과 구분되지 않았을 옷이었다. 이곳에서는 눈에 잘 띄겠지만, 그게 이점이 될 수도 있었다. 사람들이 옷만 기억하고 얼굴을 기억하지는 못할 테니까. "나도 어렸을 적에는 마르셀 알랭과 피에르 수베스트르[14]의 작품을 즐겨 읽었지. 교회 종에 달린 추 대신에 시체가 매달리고, 쥐떼가 역병을 몰고 오고, 그런 거."

"재밌겠는데." 페퍼가 알레산드라의 옷차림을 살폈다. "총은 어디에 숨길 거야?"

"총은 가져가지 말까 싶네."

"그게 좋을 거야. 사방에 경찰이 깔린다더라."

알레산드라가 움직임을 멈추었다. "오? 어디서 들었는데?"

페퍼가 어깨를 으쓱했다. "아는 사람이 있거든."

"아는 사람이 많나 보네. 경찰은 얼마나?"

"모르지. 왜 묻는 건데?"

알레산드라가 입을 다물었다. 그녀는 페퍼를 신뢰했지만 그 정도는 아니었다. 아직은 아니었다. 이 어린 아가씨가 어떤 의심을 하는지는 몰라도 아직 그걸 입 밖으로 낸 적은 없었다. "호기심에서." 그녀가 마침내 말했다. "만반의 준비를 갖췄나 보네."

"이유는 도무지 모르겠지만. 누가 미라 따위를 훔치고 싶어 한다고, 안 그래?"

알레산드라는 웃음을 감추었다. "그러게. 누가 그럴 것 같지는 않네." 그녀는 모자와 코트를 챙기면서 창밖을 힐끔 내다보았다. 그러다 얼굴을 찌푸리며 동작을 멈추었다.

잠깐 공원 입구에서 누군가를 본 것 같았다. 키가 작고, 몸이 구부정하고, 검은 코트를 입고 챙이 처진 모자를 쓴 남자를. 하지

---

14 프랑스의 소설가 콤비로 '범죄의 제왕'이라 불리는 악당 팡토마스를 주인공으로 한 일련의 소설로 유명하다.

만 이제는 보이지 않았다. 애초에 있기나 했는지 모를 일이었지만. 알레산드라는 고개를 내젓고 페퍼를 향해 돌아섰다. "준비됐으면 출발할까."

"당신 돈이니까." 페퍼가 일어섰다. "그런데 혹시 내가 알아 둬야 하는 일이 있는 건 아니고?"

"무슨 소리야?"

"당신 아까 꽤 불안해 보였거든. 총 든 것도 그렇고." 페퍼가 알레산드라를 유심히 바라보았다. "어젯밤 일하고 무슨 관련이 있는 거야?"

"아니, 전혀." 알레산드라가 억지로 미소를 지으며 말했다. "그냥 조심하는 것뿐이야. 자, 그럼 그 위대한 발견이라는 걸 보러 가 볼까. 기대에 부응할지 어서 확인하고 싶은걸."

6장

미스캐토닉 박물관

페퍼가 경적을 때렸다. "비키지 못해!"

배달 트럭이 마주 경적을 울리면서 불안정한 속도로 옆을 휙 지나쳐 다리를 따라 반대 방향으로 달렸다. 페퍼가 손을 창밖으로 뻗어 외설적인 손짓을 해 보였다. 트럭 운전사가 속도를 늦추며 뭐라고 고함쳤지만, 페퍼는 엔진을 다그쳐 속도를 올렸다.

페퍼는 한낮의 강렬한 빛에 눈을 깜빡였다. 머리가 아팠고 배가 달갑지 않은 소리를 내고 있었다. 아침 먹으러 들르면 좋겠는데. 벨마네 식당의 파이 한 조각만이라도. 파이에다 커피도. 음식 생각을 했더니 두통이 더 심해졌다.

다리를 건너는 길에 페퍼는 강에 떠 있는 길쭉한 섬 쪽으로 눈길을 던졌다. 섬은 비틀린 나무와 우거진 덤불로 뒤덮여 있었고 멀리에서도 우듬지 위로 솟은 돌기둥을 알아볼 수 있을 것만 같았다. 그녀는 살짝 몸서리치고는 도로 상황에 집중했다. 어김없었다. 저 섬은 어쩐지 늘 불편했다. 되도록 번화가에만 머무르며 가능한 한 강을 멀리하려고 하는 것도 그래서였다. 하지만 돈에 는 오랜 습관을 깨도록 하는 힘이 있었다.

뒷좌석에서 알레산드라가 목청을 가다듬었다. "네 고용주는 네가 내 개인 기사 노릇하는 걸 반대하지 않은 모양이네?" 물론, 알레산드라는 전혀 초췌해 보이지 않았다. 페퍼가 이맛살을 찌푸렸다. 둘은 전날 밤을 즐겁게 보냈다. 그렇게 즐거웠던 것도 오랜만이었다. 자신에게 제대로 된 물건이 달리지 않았다는 사실을 아는 사람과 어울린 건 말할 것도 없고.

"보시다시피. 주로 내가 아직 말을 안 해서 그런 거지만." 그리고 말할 생각도 없었다. 드 팔마는 조그만 폭군이었다. 미스캐토닉 택시회사의 주임 배차원은 차고의 자기 사무실에 숨어 지내다 누군가를, 주로 새로 들어온 택시기사를 괴롭힐 때만 밖으로 나왔다. 그는 키가 작고 뚱뚱하고 불쾌했다. 페퍼는 가능한 한 그를 피해 다녔다.

"의심하지 않겠어?"

"아냐. 운행일지만 맞으면 신경 안 써." 드 팔마의 유일한 장점은 그가 양심의 가책을 완전히 결여했다는 것이었다. 그는 지역 조직을 위해 밀주를 날랐는데, 물건을 구매자에게 배달하는 데에 택시를 이용했다. 페퍼도 한두 번 배달에 나선 적이 있었다. 드 팔마는 기사들에게 위험수당을 따로 지급하지 않았다. 싫으면 해고라는 식이었다.

페퍼가 이번에는 좀 더 온화하게 경적을 울렸다. 그녀가 다리를 건너 반대 방향으로 향하는 다른 택시 기사를 향해 손을 흔들었다.

"친구야?" 알레산드라가 물었다.

"아는 사람."

"저 사람은 알아? 네가 남자가 아니라는 것 말이야."

"몰라." 페퍼가 심드렁하게 말했다. 택시기사 중에서는 아무도 몰랐고, 드 팔마는 특히 몰라야 했다. 드 팔마가 그걸 알게 됐다간 그녀를 어떻게 대할지는 하느님만이 아시리라.

알레산드라는 잠시 말이 없었다. 하지만 그 얘기가 그걸로 끝이길 바랐던 페퍼의 소망은 헛된 것이었다. "애초에 왜 남자 행세를 하는 건데?" 알레산드라가 물었다.

"뭐?"

"변장. 뭐 하러 해? 애초에 여자가 운전하는 게 불법도 아니잖아. 운전 실력은 충분한 것 같은데."

페퍼는 잠시 침묵했다. "그냥 이 편이 더 쉬워서." 그녀가 운전대 너머로 몸을 수그렸다. "더 안전하고. 다들 총을 갖고 다니는 건 아니거든."

"하나 구해 두는 게 좋을지도."

"그러는 김에 부자 남편도 하나 구하고 말이지." 페퍼가 그렇게 말하며 창밖을 보았다. 퇴락한 연립주택들이 강을 따라 서 있었다. 허물어져 가는 장엄한 건물 사이사이 웃자란 녹지가 가시덤불과 쓰레기로 뒤덮인 모습을 하고 끼어들었다. 차창 너머로도 물고기와 산업 폐기물의 독기를 맡을 수 있었다. 그녀는 아컴의 이 지역이 싫었다. 지나칠 때마다 더 나빠지는 듯했다.

알레산드라는 잠시 침묵했다. 그러더니 말했다. "하나 갖고 싶어?"

"뭐?"

"남편."

"아니!"

알레산드라가 웃었다. "현명한 반응이야."

페퍼가 그녀를 힐끔 보았다. "당신 속을 모르겠어, 아가씨. 당신은 내가 만나 본 어떤 사람들과도 달라."

"칭찬으로 들을게."

"뭘로 듣든 상관없어. 나야 알 바 아니지." 페퍼는 입을 다물었다. 자신이 옳은 결정을 내린 건지 궁금했다. 환한 빛 아래 있노라니 어젯밤 일은 다른 나라에서 있었던 일처럼 느껴졌다. 알레산드라 초르치가 무슨 일을 꾸미는지는 몰라도 합법적인 일은 아니었다. 페퍼는 그게 무슨 일이든 얻는 것보다 잃을 게 많지는 않기를 소망했다.

강에서 멀어질수록 박공지붕과 붉은 벽돌이 더 두드러졌다. 이곳의 집들은 더 오래됐고 더 커다랬다. 공기에서 돈 냄새를 맡을 수 있을 지경이었다. 택시가 여기까지 오는 일은 많지 않았다. 이곳 사람들은 다들 자가용이 있었다. 개인 기사도 있었고.

대학에 가까워질수록 주변 환경이 더 근사해졌다. 페퍼는 늘 대학에 다닌다는 게 어떤 것일지 궁금했지만, 직접 확인할 기회가 생길 것 같지는 않았다. 그래도 예쁜 동네이기는 했다.

"다 왔어." 페퍼가 차를 천천히 멈추며 말했다. "미스캐토닉 박
물관이야."

알레산드라가 시선을 들었다. 박물관은 캠퍼스 외곽에 세워진
호화롭고 위풍당당한 건물로, 널찍한 계단이 정문까지 이어졌다.
사람들이 입장을 기다리는 듯 박물관 앞과 잔디밭에서 서성였다.
"이 블록을 뒤로 돌아가."

"왜?" 페퍼가 물었다.

"그렇게 하나하나 설명을 요구했다간 아무것도 못 해."

"운전하는 사람은 나라는 거 몰라?"

알레산드라가 한숨을 내쉬었다. "누가 지켜보고 있을지도 몰라
서. 그 사람들이 우리를 연결짓지 않았으면 좋겠어."

"택시를 타서 부끄럽다는 거야?"

"아니. 부탁이니 내가 하자는 대로 해."

페퍼가 들으라는 듯 한숨을 내쉬며 택시를 몰아 캠퍼스에서 멀
어졌다. 그녀는 블록을 돌아 도로 하나 위쪽, 나무 밑에 차를 세
웠다. "준비되실 때까지 여기 있겠습니다요, 백작님." 그녀가 약
간 퉁명스럽게 말했다.

알레산드라는 대꾸하지 않고 차에서 내렸다. 문을 닫으며 주위
를 둘러보던 중 길 건너편의 차 한 대가 눈에 들어왔다. 네 남자
가 차 안에서 굴뚝처럼 담배를 피워 대고 있었다. 학생처럼 보이
지는 않았다. 그 모습에서 알 수 없는 불편함을 느낀 그녀는 다시
택시를 타고 페퍼에게 호텔로 돌아가자고 할까 고민했다. 하지만

잠시뿐이었다.

웨이터들이 마실 것과 카나페를 담은 쟁반을 들고 박물관 앞에 모인 소규모 군중 사이를 돌아다녔다. 알레산드라는 입구로 향하는 길에 웨이터는 포도 주스라고 주장하지만 생김새와 맛은 샴페인을 꼭 닮은 음료가 담긴 샴페인 잔을 하나 빼돌렸다. 금주법이라는 장애물은 가난한 사람들보다는 부유한 사람들 앞에 더 낮았다. 그녀는 박물관으로 들어서면서 출입문을 받쳐 열어 둔 장식용 그로테스크 한 쌍의 값이 얼마나 나갈지 생각해 보았다.

알레산드라 앞으로 커다란 현관홀이 펼쳐졌다. 홀 맞은편에 널찍한 출입구가 자리했고 전시물이 벽을 따라 늘어서 있었다. 홀 양쪽에 위치한 계단은 바깥쪽으로 곡선을 그리며 뻗어 올라갔고, 여러 개의 열린 문은 유리 캐비닛과, 이국적인 조각상 및 기타 장식품들로 가득한 더 작은 방들로 통했다. 그중 한 방에서 잔잔한 음악이 대화의 물결을 타고 흘러나왔다.

중앙 홀에는 이미 사람들이 모여 있었다. 전시회의 성공을 비는 사람들, 사교계에 익숙하지 않은 촌뜨기들, 그리고 질투심에 찬 학자들이었다. 친숙한 얼굴 한둘이 조심스럽게 고개를 끄덕여 인사를 보냈고, 일부는 얼굴을 찌푸리거나 눈길을 돌렸다. 알레산드라는 미소를 지으면서 그중 자신과 같은 호텔에 묵는 사람이 몇이나 될지 생각해 보았다. 알아 둘 가치가 있을지도. 그녀는 그 생각을 머리에 새겨 두었다.

"알레산드라?"

그녀가 돌아섰다. 익숙한 목소리였다. 납작하고 날카로운 얼굴

은 더더욱 익숙했다. "태드." 알레산드라가 다정하게 말했다. 그
녀는 상대를 위아래로 훑어보았다. 남자는 그녀보다 키가 컸고,
몇 살이나마 나이가 더 많았고, 체형은 호리호리했으며 금발 머
리는 기름을 발라 한가운데에서 가르마를 타 단정하게 빗어 넘겼
다. "어떻게 지내요?"

"알레산드라를 보는 순간 더 나아졌지요." 태드가 활짝 웃으며
말했다. 태디어스 비서는 유서 깊은 니커보커 가문 사람이었다.
그의 말에 따르면 그의 집안은 1646년부터 마블 힐에서 살았다
고 했다. 그는 그녀의 고객이기도 했다. 좋은 축에 드는 고객이었
다. 보수도 제때에 지불했고 의뢰도 지나치게 힘들지 않았다. "이
게 얼마만입니까? 수년은 된 것 같은데."

"이 년요. 마지막이 아마 로마였죠."

"아, 맞아요. 내가 찾던 그 성자의 유골을 가져다줬지요."

"굳이 말할 거라면 조용히 말해 줘요, 태드." 알레산드라가 주
위를 둘러보는 시늉을 했다. "누가 듣고 있을지 모르니까."

비서의 미소가 음흉하게 변했다. "그럼 여기도 고매한 목적을
위해 온 겁니까?" 그가 속삭였다. "박물관에서 고대 왐파노아그
족의 보물을 낚아채시려고? 아니면 나도 들은 바 있는 그 인스머
스의 금화를…"

"둘 다 아니에요. 실은 미라를 보려고 온 거예요."

"정말입니까? 숙소는 어디죠? 설마 미스캐토닉 호텔은 아니겠
죠."

"아뇨, 독립 호텔요."

"이런 행운이! 나도 거기 묵습니다. 펜트하우스는 아닙니다만. 요샌 씀씀이에 주의를 기울여야 해서. 시장이 살짝 변덕스럽거든요."

"저런. 펜트하우스가 제법 괜찮던데요."

비서가 웃음을 터뜨렸다. "내가 당연한 걸 생각 못 했군요. 역시 귀족은 최고가 아니면 안 된다는 거군요?"

"그보다는 방이 그것뿐이라서요. 호텔이 가득 찼던데 아마 전시회 때문일 테죠." 알레산드라가 비서를 쳐다보았다. "여기서 만나다니, 좀 뜻밖이군요."

"내 경우에는 일종의 의무라서요. 실은 내가 탐사대 후원자 중 하나거든요. 대학 측에서 뭐라고 주장하든 이건 개인 자본으로 추진한 사업입니다." 비서가 가까이 몸을 기울였다. "당신과 나와 다른 훌륭한 사람들끼리만 하는 말이지만, 우린 스페인 황금을 찾고 있었어요."

"찾았나요?"

"한 푼도 못 찾았죠."

"미라가 황금보다 더 귀하다고 말하는 사람도 있겠죠."

"난 아닙니다." 비서가 낡은 담뱃갑을 꺼내 열었다. "한 대?"

"고마워요." 알레산드라는 비서가 담뱃불을 붙여 줄 수 있도록 몸을 숙였다. "그럼 아무 가치도 없다는 건가요? 홍보 효과는요?"

"알아차렸겠지만 전무합니다." 비서가 자신의 담배에 불을 붙였다. "지방지에 몇 줄 실렸고, 어쩌면 저널 몇 군데에 글이 나갔겠죠. 이름 있는 건 없어요."

두 사람 뒤에서 누군가 헛기침했다. "화폐가 아닌 다른 형태의 가치도 있는 거라네, 비서 군." 알레산드라가 돌아보니 덥수룩한 회색 머리에 머튼찹 구레나룻[15]을 기른 구부정하고 나이 지긋한 남자가 두 사람을 뜯어보고 있었다. 옷차림은 괜찮았지만 다소 마구잡이로 입은 티가 났다. 그녀는 남자가 학자이리라 추측했고, 비서가 소개를 통해 그 추측이 옳았음을 확인해 주었다.

"알레산드라, 하비 월터스 교수님을 소개하지요." 비서가 명랑하게 말했다. "월터스 교수님, 이쪽은 알레산드라 초르치 백작입니다."

알레산드라가 손을 뻗자 월터스가 유럽 예법에 맞게 손을 잡았다. "백작." 그가 반갑게 인사했다. 그가 그녀의 얼굴을 찬찬히 살폈다. "초르치라면… 베네치아 분이시오?"

"맞아요." 알레산드라가 살짝 놀라며 말했다.

"그럴 것 같았지요." 월터스가 따뜻하게 미소 지었다. "베네치아에 비하면 아컴은 촌동네처럼 보이겠구려. 세계적인 중심도시와는 거리가 먼지라."

"요즘은 베네치아도 그렇지 않답니다."

"이곳에는… 미라를 보러 오신 거요?" 그렇게 말하는 월터스의 목소리가 심상치 않았다. 미라라는 단어 앞에 망설임이 있었다. 흥미로운걸.

"그렇답니다. 교수님도 마찬가지시겠지요."

---

15 양쪽 볼 아래를 따라 위는 좁고 아래는 넓게 기른 양고기 모양의 구레나룻.

"놓칠 수 있어야지. 여기 비서 군의 초대를 받자마자 수업을 취소했지요." 월터스가 비서를 힐끔 보았다. "이 친구가 왜 나를 초대했는지는 아직 모르겠지만. 전시 투어에 동행해 달라는 제안은 거절했는데 말이오."

"앙갚음 외에 다른 이유는 없으니 안심하시죠, 교수님." 비서가 씩 웃으며 말했다. "교수님께서 놓치신 게 뭔지 잘 봐 두시라고 모신 겁니다." 그가 알레산드라를 바라보았다. "교수님께서는 고고학에 관해서라면 이 나라 제일가는 지성이시죠. 적어도 미스캐토닉 대학의 고매하신 분들 말로는 그렇다더군요."

월터스는 자신을 비꼬는 듯한 칭찬이 불편한 모양이었다. 그가 조심스럽게 헛기침했다. "에, 그럼, 만나서 반가웠소, 백작. 전시회가 끝나고 다시 환담을 나눌 시간이 있을지도 모르겠구려." 그는 그 말을 남기고 돌아서서 갈팡질팡하며 사람들 속으로 사라졌다. 알레산드라가 비서의 팔을 찰싹 때렸다.

"그럴 필요는 없었잖아요."

"왜요? 저 영감은 그런 소리 들어도 쌉니다." 비서가 담배 연기를 내뿜었다. "난 대단한 기회를 제시했는데, 저 영감이 어쨌는지 알아요? 날 사무실에서 내쫓더군요."

"그렇지만 당신도 방금 가치 있는 건 아무것도 찾지 못했다고 말했잖아요."

"당연히 나한테는 가치가 없지요. 하지만 과학자들에게는?" 비서가 자신의 뺨을 긁었다. "여기 모인 사람들을 봐요. 미스캐토닉, 하버드, 예일에서 거물들이 모였단 말입니다… 심지어 내 모

교인 엠파이어스테이트 대학교에서도 대표 몇을 보냈더군요. 이
런저런 아마추어 고고학 협회 회원들도 보이고." 그가 담배를 지
시봉처럼 사용하며 주위를 가리켰다. "향토 민속학자에, 하원의
원도 하나, 그리고, 그래요, JD 록펠러 쪽 대리인도 하나 왔지요.
그리고 저길 봐요. 외알 안경 낀 사람, 저 사람이 큐레이터인 윌
스테드예요."

"으리으리한 사람들이네요." 알레산드라가 말했다.

"솔직히 말하면 난 이런 자리는 좀 막막합니다. 관심 분야가 아
니라서."

"그럼 왜 왔는데요?"

"아마 당신과 같은 이유에서겠죠. 호기심." 비서가 멀리 있는
문을 가리켰다. "시작할 모양이군요. 드디어. 싸구려 샴페인을 넘
기는 것도 슬슬 지겹던 차였죠."

철회색 머리카락에 맞춤 정장을 입은 키 큰 남자가 방에서 나
와 스푼으로 샴페인 잔을 두드리며 정숙해 달라는 신호를 보냈
다. 청중들의 소리가 차츰 잦아들었다. 남자는 미소를 짓고 목청
을 가다듬었다.

"숙녀 신사 여러분, 저는 매튜 오른이라고 합니다. 미스캐토닉
박물관을 찾아 주신 여러분을 진심으로 환영하는 바입니다."

7장
전시회

"다들 와 주셔서 감사합니다." 오른의 큰 목소리가 거대한 홀에 클라리온처럼 선명하게 울려 퍼졌다. "익숙한 얼굴들을 이처럼 많이 보게 되어 기쁩니다. 물론 새로 오신 분들도요. 이번 기념비적인 발견을 주도하신 애슐리 교수님과 프리본 교수님께서 전시에 앞서 마지막 점검을 하시는 중입니다. 여러분들도 알다시피, 우리의… 친구는 짧은 기간 동안만 이곳에 머무르다가 전국, 어쩌면 유럽까지도 이어질 투어를 시작할 예정입니다."

알레산드라가 한쪽 눈썹을 치켜세웠다. 보아하니 미라들은 지금도 지난 세기만큼 인기 있는 모양이었다. 하기야 하워드 카터[16]가 불쌍한 투탕카멘을 수세기 동안 이어진 잠에서 깨운 것이 불과 몇 년 전 일이었으니까. 그녀는 이곳에 기자들이 더 많지 않다

---

16 투탕카멘의 묘를 발굴한 것으로 유명한 영국의 고고학자.

는 사실에 놀랐다. 사진기자들이 까마귀처럼 문에 몰려들어 플래시 전구를 터뜨렸다.

오른이 잔을 들어올렸다. "그럼 이 기회를 빌려 이 훌륭한 박물관의 큐레이터인 해럴드 월스테드에게 감사를 표하고 싶습니다. 인사하게, 해리!" 월스테드가 희희낙락한 표정으로 손을 흔들자 청중들이 박수갈채를 보냈다.

오른이라, 알레산드라가 생각했다. "왜 저 이름이 귀에 익을까요?" 그녀는 오른이 계속해서 여러 사람에게 감사를 표하는 모습을 지켜보았다. 실로 능숙한 솜씨였다. 이곳은 보기 좋은 미소 한 번이 오래 가는 동네였다.

비서가 콧방귀를 뀌었다. "아마 이 근방 숱한 건물들에 이름이 새겨져 있기 때문이겠죠. 오른 가문은 아컴에 깊이 뿌리를 내리고 있고 일족도 많습니다." 그가 설명을 이었다. "저 사람도 탐사대의 재정 후원자 중 하나입니다. 사실 핵심 후원자지요." 그가 예의상 부끄럽다는 듯한 표정을 지어 보였다.

"저 사람이 당신을 끌어들인 건가요, 아니면 당신이 저 사람을?" 알레산드라가 살짝 장난스럽게 물었다. 태드는 다른 사람의 돈을 써 대는 습관이 있었다. 그가 좋은 고객이지만 형편없는 친구인 것도 그래서였다.

"오른이 나를 끌어들였죠. 나 말고 다른 사람도 몇 명 더."

"당신 말처럼 그렇게 부유하다면 왜 당신을 끌어들인 걸까요?"

"현명한 투자자는 위험을 분산하는 법이니까요." 비서가 어깨를 으쓱했다. "실은 난 몇 달 동안 이런 기회를 기다리던 차였어요. 오른은 인기 있는 사람입니다. 당신이 인기 같은 것에 관심이 있다면 말이지만요. 알아 두면 좋을 만한 사람들을 죄다 알아요. 알아 두면 좋을 만한 나쁜 사람들도 알고." 그가 가까이 몸을 기울였다. "듣자 하니 지역 밀주업자들과도 친하다더군요."

"요즘 같은 세상에 미국 부자치고 안 그런 사람 있나요?"

"난 아닙니다." 비서가 살짝 방어적으로 말했다. 알레산드라가 그를 지그시 바라보았다. 비서의 미소가 흐려졌다. "그래요, 나도 기회만 있으면 친해지고는 싶죠…"

알레산드라는 웃음이 터져 나오려는 것을 참았다. 그녀는 제복 경관 하나가 안쪽 출입문 근처에 서서 보안 요원과 조용히 대화를 나누는 것을 알아차리고 눈살을 찌푸렸다. 젊고, 우락부락한 느낌으로 잘생겼다. 제복을 입으려고 태어난 듯한 유형의 청년이었다. "경찰이네요." 그녀가 중얼거렸다. 비서가 그녀의 시선을 좇았다.

"네, 오른은 니콜스 서장과 엥글 보안관을 이름으로 부르는 사이라더군요. 덕분에 보안에 있어서 좋은 평가를 받죠."

"파티에서 알코올을 내놔도 모른 척해주고요?"

"그것도 있고요."

"저 경관은 즐거워 보이지 않네요."

"차라리 나가서 범죄자를 잡고 싶은 심정일 겁니다." 비서가 쿡 찔렀다. "가죠. 입장시켜 줄 모양입니다. 가까이 붙어요."

"내가 당신 창피하게 만들까 봐 걱정돼요?"

"당신이 호주머니를 몇 개쯤 털려고 할까 봐 걱정이죠." 비서가 미소를 지으며 말했기 때문에 알레산드라는 기분 나빠 하지 않았다. 그녀는 그와 팔짱을 끼고 그가 이끄는 대로 전시실로 들어섰다. 비서는 다른 건 몰라도 훌륭한 위장이었다. 혼자 다니는 여자는 쉽게 눈에 띄었다. 많은 사람들이 남자와 팔짱을 낀 여자는 배경의 일부로 간주했다.

전시실은 커다란 정사각형이었다. 유리를 씌운 전시 케이스들이 장식 기둥과 장식용 조각상들 사이로 벽을 따라 늘어서 있었다. 공간을 실제보다 더 커 보이게 하려고 온갖 노력을 아끼지 않았지만, 그렇지 않아도 이미 큰 공간이었다. 알레산드라는 전시실 뒤쪽으로 커다란 문이 하나 있고 그 왼쪽에 더 작은 문 하나가 일종의 원주민 모포 뒤에 일부 가려진 채 숨겨져 있다는 사실에 주목했다.

계산이 줄줄이 이어졌다. 알레산드라는 언제나 기하학에 능했고 눈대중으로 치수를 재는 데에 재능이 있었다. 그간 요긴하게 사용했던 그 능력들이 이번에도 도움이 될 듯했다. 위쪽으로 최소한 두 개 층이 더 있으니 지붕으로 들어오기는 까다로울 터였다. 두 층을 내려오는 동안 많은 것이 틀어질 수 있었다. 하지만 뒷문은 가능성이 있었다. 만약 뒷문이 주방이나 하역장으로 통한다면 뒷뜰과 그 너머의 거리로까지 이어질 수도 있었다.

경비견이 있다는 낌새는 없었다. 적어도 뚜렷한 흔적은 없었다. 사람이 경비를 설 가능성이 더 컸다. 야간 경비원. 보수도 박하고, 아마 실력도 변변찮을 터였다. 어쩌면 가욋돈을 받는 경찰일지도. 그거라면 도둑이 생각을 고쳐먹을 만했다. 평범한 도둑이라면. 하지만 그녀는 평범한 도둑과는 거리가 멀었다.

경비가 누구인지 알아낼 수만 있다면 알레산드라 쪽에서 이용할 수도 있었다. 이전에도 톡톡히 효과를 보았던 수법이었지만, 그 방법에는 시간이 필요했다. 상대가 술꾼이거나 지나칠 정도로 어수룩하다면 몰라도. 근무 중인 경찰 쪽을 슬쩍 보았다. 어렸지만 특별히 어수룩해 보이지는 않았다. 오히려 그 반대에 가까웠다. 시선이 매처럼 예리했다. 사람들을 훑는 눈길에서 어쩐지 불안한 마음이 들었다. 만약 저 경관이 밤에도 근무한다면 다른 접근법을 찾아야 할 터였다. 평소에 쓰는 수법들은 통할 것 같지 않았다.

경찰을 관찰하던 중, 익숙한 얼굴이 사람들 사이에서 나타났다. 위틀록이었다. 보험회사원은 경찰에게 뭐라고 말하더니 주변을 둘러보았다. 알레산드라는 잽싸게 고개를 숙이며 비서가 자신과 위틀록 사이에 서도록 했다.

"문제가 있나요, 알레산드라?" 비서가 알레산드라를 보지 않은 채로 낮게 말했다.

"달갑잖은 추종자요."

"정말입니까? 누굽니까?"

"경찰 옆에요. 회색 정장 입은 남자. 누구인지 아나요?"

"안다고 할 수는 없겠군요. 당신에게 어울리는 부류가 아니란 건 확실하지만. 눈을 낮추기로 한 겁니까?"

알레산드라가 인상을 썼다. "아뇨, 저 사람 보험회사원이에요."

"아, 그럼 설명이 되는군요. 오른은 절대 위험을 감수하지 않죠.

저 말라비틀어진 물건에 두둑한 보험을 들었답니다. 혹시 모르는 일이라면서요. 뭐가 혹시 모르는 일이라는 건지 나도 알고 싶습니다만." 비서가 알레산드라를 바라보았다. "하지만 당신을 생각하니 슬슬 그림이 그려지는군요."

"내가 여기 온 건 호기심 때문일 뿐이에요, 태드."

"그야 당신이 하는 말이고. 설령 아니라고 해도 내게 사실대로 말했겠습니까?"

알레산드라가 주춤했다. 정곡을 찔렸다. 뭐라고 답할 새도 없이 비서가 그녀의 팔을 붙잡았다. "저기 칼 샌포드가 있군요." 그가 말했다. 알레산드라가 보니 왜소하지만 세련된 분위기를 갖춘 나이 든 남자가 오른과 격하게 대화를 주고받고 있었다.

"저 사람이 누구…?"

"은빛 황혼회의 우두머리요." 비서가 알레산드라의 손에서 빈 잔을 받아 지나가는 쟁반 위에 놓았다.

알레산드라가 그를 멍하니 보았다. 비서가 이맛살을 찌푸렸다. "이 도시에서 프리메이슨에 가장 가까운 단체예요. 보스턴과 뉴욕에도 지부가 있지만. 활동은 뭐 뻔합니다… 자선 활동, 빵 바자회, 매년 명절에 만찬도 열고요."

"이해했어요."

비서가 알레산드라를 보았다. "이해 못 했을 겁니다. 은빛 황혼회 회원 명단은 이 도시에서 가장 부유하고 가장 영향력 있는 사람들의 인명록이나 다름없어요."

"오른도 회원인가요?"

비서가 멈칫했다. "음… 아뇨."

"샌포드가 언짢아 보이는 건 그 때문?"

비서가 얼굴을 찡그렸다. "아마 샌포드는 오른이 자신에게 탐사대에 투자하라고 제의하지 않아서 약간 화가 나 있을 겁니다."

"그래요?" 알레산드라가 그 사실을 머릿속에 넣어 두며 소곤거렸다. "왜 그랬대요?"

"모르겠군요." 비서가 웨이터에게서 샴페인 두 잔을 낚아채 한 잔을 알레산드라에게 건넸다. 그녀는 고맙게 술을 홀짝였다. "오른은 내가 아는 회원은 아무도 받아들이지 않았습니다. 이 도시에서 발에 채는 게 회원이긴 합니다만."

"어쩌면 아주 현명한 방침은 아니었을지도." 새로운 목소리가 끼어들었다. 우아한 옷차림에 가는 콧수염을 기른 젊은 남자가 슬그머니 합류했다. 비서가 미소 지었다.

"반갑군, 프레스턴, 잘 지내나?"

"언제나처럼 가난하지, 태드." 새로 온 남자가 알레산드라에게 미소를 돌렸다. "일행분을 소개해 주겠나?"

비서가 웃음을 터뜨렸다. "프레스턴 페어몬트, 알레산드라 초르치 백작을 소개하지." 그가 몸을 기울였다. "프레스턴은 흔히 말하는 금수저입니다. 크로이소스[17]만큼 부유하죠."

"그 정도는 아닙니다." 페어몬트가 고개를 가로저었다. "그런데 백작님이시라고요? 아쿰에?"

17　거부로 알려졌던 리디아의 마지막 왕.

"베네치아를 거쳐 왔답니다." 알레산드라가 능숙하게 말을 받았다. 그녀가 손을 뻗자 페어몬트가 받아 쥐고 입술을 그녀의 손마디에 가볍게 스쳤다.

"만나서 반갑습니다. 백작님의 교우관계에 대해서는 의문을 표해야겠습니다만."

"어이." 비서가 뭐라 말하려 하자 페어몬트가 그의 어깨를 찰싹 때렸다.

"농담이야, 이 친구야." 페어몬트가 주위를 둘러보았다. "오른의 제안을 거절했던 게 슬슬 후회되기 시작하는걸. 세기의 발견이 될지도 모르겠어."

"적어도 신문에서는 그러던걸요." 알레산드라가 소곤거렸다. 페어몬트가 소년처럼 씩 웃었다.

"신문에서 그 표현을 퍼뜨리려고 열심이긴 하죠?" 그가 콧수염을 매만졌다. "그렇더라도 대단한 구경거리인 건 사실입니다. 매튜가 전력을 쏟았어요. 말이 나와서 말인데…" 그가 비서를 보았다. "잠시 태드를 빌려야겠습니다만, 백작님. 괜찮으실까요?"

"기꺼이 내어 드리죠."

비서가 두 손을 들어 보였다. "내 취급이 이렇다니까."

혼자 남게 된 알레산드라는 위틀록과 거리를 두는 데에 유념하면서도 전시 케이스 사이를 돌아다니며 내용물을 감상했다. 대다수는 여느 지역 박물관에서 기념할 법한 것들이었다. 도자기 파편과 화살촉, 구슬 목걸이와 부식되어 가는 모카신, 권총 탄환과 옛 성서. 아마존 유물과 동물 뼈. 역사 속의 덧없는 물건들.

더 흥미로운 잡동사니들도 있었다. 중요한 의미를 지녔음이 분명한, 보다 최근에 만들어진 물건 같은. 하지만 알레산드라가 이제껏 보았던 어떤 것과도 닮지 않은 낯선 그 전시물들은 그녀가 평소에 훔치는 유형의 물건들을 떠올리게 했다.

고개를 들자 가까운 곳에서 오른이 한 전시 케이스를 내려다보면서 마치 내용물이 자신을 개인적으로 모욕하기라도 한 것처럼 인상을 쓰고 있었다. 그는 나이에 비해 잘생긴 남자였다. 알레산드라가 충동적으로 그의 옆으로 다가갔다. "박물관에 이런 물건들이 있다니 이상하네요." 그녀가 말했다.

오른이 흠칫했다. 생각에 잠겨 있었던 모양이었다. 그가 힘없이 미소 지었다. "칼 샌포드라는 사람의 입김 때문이지요. 그가 새로운 전시를 제안했습니다. 이것들은 은빛 황혼회의 역사와 관련이 있는 물건들입니다. 적어도 그의 주장에 따르면요."

"그 말을 믿지 않으시나요?"

"저는 본래 의심이 많습니다, 숙녀분은…?"

"백작이에요. 알레산드라 초르치 백작." 알레산드라가 페어몬트에게 그랬듯이 손을 내밀었다. 오른은 손을 잡았지만 입을 맞추지는 않았다. 맞잡은 손이 따뜻하고 강인했다. 정직한 사람의 악수였다. 이것도 연습했을까 궁금했다.

"그렇군요, 백작. 저는 매튜 오른이라고 합니다. 만나 뵈어 기쁘군요." 오른이 알레산드라를 응시했다. "죄송합니다만… 낯이 익으시군요. 전에 어디서 뵈었을까요?"

"그랬다면 틀림없이 제가 기억했을걸요."

오른이 간접적인 칭찬에 기뻐하며 미소를 지었다. "별 수 없지요. 제가 나이가 드는 모양입니다. 기억력이 예전 같지 않군요." 그가 말을 이었다. "테드와 함께 오셨더군요. 친구입니까?"

"그런 셈이에요." 알레산드라가 고개를 돌렸다. "사실 대발견이라는 걸 보러 왔답니다. 세기의 발견이라죠."

오른이 쿡 웃었다. "그렇다더군요. 더 가까이서 보고 싶으십니까?"

알레산드라가 미소 지었다. "좋고말고요."

애브너 위틀록은 사람들의 얼굴을 하나하나 머릿속 캐비닛에 든 파일의 이름과 대조해 보았다. 특별히 찾는 사람이 있기는 했지만, 그가 생각하기에는 모든 사람을 주시할 필요가 있었다. 그가 만나 본 부자치고 감추고 싶은 비밀 하나쯤 없는 사람은 없었다. 매튜 오른도 예외는 아니었다.

위틀록의 눈이 고객을 찾아 떠돌았다. 홀은 관람객으로 북적였지만 그는 오른이 문 근처에서 누군가와 대화를 나누는 것을 포착했다. 상대방을 더 제대로 확인하기 위해 목을 길게 뺐지만 고운 어깨선이 언뜻 보일 따름이었다. 그가 신음을 흘렸다. 오른은 여자들과 어울리기를 즐기는 사내였다. 그는 여자들을 좋아했고, 여자들 앞에서 으스대기를 좋아했다. 그게 문제였다.

전날 밤 오른을 만나서 받은 첫인상은 그다지 호의적이지 않았다. 전문가인 위틀록의 식견에 따르면 오른은 돈은 너무 많고 지각은 부족했다. 말이 많았지만 제대로 된 말은 거의 없었다. 오른에게는 여자 말고 다른 문제들도 있었다.

그래도 오른은 아거스 보험사의 고객이었고 위틀록에게는 회사의 투자 대상을 무사히 지켜야 할 의무가 있었다. 그렇게 생각하니 다시 지난밤 일이 떠올랐다. 식사를 마친 후 그는 초르치를 볼 수 있을까 싶어 독립 호텔을 탐색하러 갔다. 그녀와 정면으로 부딪쳐 보스턴으로 가는 다음 기차를 타도록 설득할 작정이었다.

초르치가 외출 중임을 확인하자 한편으로는 반가웠다. 위틀록은 자신이 그녀가 뭔가를 시도하기를 바라고 있음을 깨달았다. 이번에는 그 여자를 잡을 작정이었다. 반드시.

"멋 부린 사람들이 많네요." 멀둔이 옆에서 말했다. 위틀록이 제복 경관을 보고 인상을 썼다. 멀둔 경관은 착한 청년이었지만 아직 신참에 불과했다. 위틀록이 바라는 지원군은 아니었다.

"그걸 위한 자리이기도 하니까." 위틀록이 짧게 대꾸했다. "린치와 얘기해 봤나?" 린치는 박물관의 보안팀의 책임자였다. 팀이라고 할 만한 것도 없었지만. 총 인원 네 명 중에서 한 명은 병가 중이었고 또 한 명은 린치였다.

"얘기했죠."

"그래서?"

멀둔이 툴툴거렸다. "그 사람은 보안 요원이라고요."

위틀록이 고개를 끄덕였다. "그래서, 이 자리에 있으면 안 되는 사람을 봤다던가?"

"네, 저요."

"웃기는군." 위틀록이 미소 한 점 없이 말했다. "자넨 여기에 농담하러 온 게 아니야."

"제가 여기에 왜 있는지 아직도 통 모르겠는데요."

"우리 회사의 고객이 보호를 요청했고, 자네 상관이 기꺼이 보호를 제공하기로 했으니까." 위틀록이 돌아섰다. "기운 내게. 이보다 나쁠 수도 있었어."

"어떻게요?"

위틀록은 그 질문에 대해 생각해 보았다. "그건 자네 스스로 생각해 보게." 마침내 그가 말했다. "이제 그만 두 눈 크게 뜨고 카나페에서 손 떼." 멀둔은 어릴지는 몰라도 눈에 굶주린 빛이 깃들어 있었다. 그는 이름을 떨치고 싶어 했다. 그 심정에는 위틀록도 공감했다. 하지만 그렇다고 신참 경찰의 말대꾸를 받아줄 생각은 없었다.

"전 카나페가 뭔지도 모르는데요." 멀둔이 항의했다.

"카나페는 맛있는 거라네." 두 사람의 뒤에서 목소리가 들렸다. 위틀록과 멀둔이 돌아보았다. 퍼디낸드 애슐리 교수가 엷은 미소를 지으며 입가에 묻은 부스러기를 닦았다. 그는 기름을 발라 빗어 넘긴 머리에 둥글고 뚜렷한 이목구비를 지닌 땅딸막한 사내였다. "방어 태세는 어떠신가, 여러분?"

"방어 태세요?" 멀둔이 영문을 몰라 하며 말했다.

"더할 나위 없이 탄탄합니다." 위틀록이 끼어들었다. 겨우 오늘 아침에 처음 만났을 뿐이지만 그는 애슐리가 마음에 들지 않았다. 교수는 전전긍긍하는 타입이었다. 위틀록은 그가 무엇 때문에 그렇게 초조한지 궁금했다. 그냥 전시회 때문일지도. 그가 알기로는 애슐리가 미스캐토닉 대학에서 계속 경력을 이어 나갈 수 있는지는 이 떠들썩한 파티의 성공에 달려 있었다. "미라 옆에 계셔야 하는 것 아닙니까?"

"배가 고파서." 애슐리가 퉁명스럽게 말했다. "어차피 그쪽에 관해서라면 타일러, 그러니까 프리본 교수가 충분히 잘 하고 있고." 그가 근처에 있던 웨이터를 손짓으로 불러 샴페인 한 잔을 들었다. 멀둔은 인상을 쓰면서도 못 본 척했다. "샴페인 좀 마시는 걸 반대하지는 않을 테지, 경관?"

"금주법은 국법입니다." 멀둔이 애슐리를 쳐다보지 않은 채 말했다. 애슐리가 지원을 바라는 듯 위틀록을 돌아보았다. 위틀록은 어깨를 으쓱했다.

"전 술을 안 마셔서요."

애슐리가 코를 킁킁거리더니 샴페인을 들이켰다. 위틀록은 교수의 얼굴이 이미 약간 홍조를 띠는 데다 다리가 흔들리는 것을 보고 이번이 첫 잔일 리 없다고 생각했다. 애슐리는 입술을 쩝쩝거리더니 누군가를 찾기라도 하는 듯 돌아섰다. 그가 멍하니 손수건으로 얼굴을 훔쳤다. 온몸에서 땀을 뻘뻘 흘리고 있었다.

"뭐가 걱정되십니까, 교수님?" 멀둔이 물었다. 그도 알아차렸던 것이다.

애슐리가 흠칫했다. "아니, 아닐세. 그냥… 살짝 긴장돼서 말이야. 난 이런 자리에서는 항상 그렇다네. 영 파티 체질이 아니라서."

"파티 음식만 좋아하시나 봅니다?" 위틀록이 말했다. 애슐리는 잠시 이해하지 못한 얼굴로 그를 쳐다보았다. 그러다 웃음을 터뜨렸다. 웃음소리가 딱딱했다. 불안정했다.

"하, 그래. 그런 거지. 그만 실례해야겠네. 가 봐야겠군. 그럼 이만." 애슐리가 몸을 돌려 다시 중앙 전시 홀로 향했다. 위틀록은 멀어져 가는 그를 지켜보았다.

"자네도 이상하다는 걸 느꼈나?" 그가 나직하게 말했다.

"네, 살짝요." 멀둔이 코트를 가다듬고 엉덩이에 찬 근무용 리볼버 언저리에 손을 가져갔다. 그가 주변을 둘러보았다. "안절부절 못하던데요."

"그 이유가 궁금해." 위틀록이 말했다. 그가 주변을 둘러보았다. "뭔가 잘못된 느낌이야."

멀둔이 고개를 끄덕였다. "저기 있는 우라지게 못생긴 녀석 때문인 게 분명해요." 그가 말했다.

"미라 말인가?"

"보셨어요?"

"가까이서는 아니고." 위틀록이 말했다. 그가 이맛살을 찌푸렸다. 오른은 여전히 같은 자리에 있었지만 이제 상대방도 위틀록의 시선에 더 잘 들어왔다. 그리고 그가 본 것은 마음에 들지 않았다. 대담무쌍한 알레산드라 초르치 백작이었다. "왜?" 그가 자신도 모르게 덧붙였다.

"딱히 이유는 없고요. 그냥 소름이 끼쳐서요." 멀둔의 심상치 않은 말투에 위틀록이 그를 돌아보았다. 멀둔은 얼굴이 창백했고 시선이 텅 비어 있었다. 마음이 다른 곳에 가 있는 것처럼. 신경이 쓰인 위틀록이 그를 다그쳤다.

"그럼 미라는 보지 말게. 관람객들을 봐." 위틀록은 가운데 문으로 한 무리의 사람들이 들어오는 것을 알아차렸다. 다들 차림새는 멀끔했지만 어째서인지 경계심이 들었다. 그가 얼굴을 찌푸렸다. "가령 저치들이라든가."

위틀록의 시선을 따라간 멀둔의 얼굴이 딱딱하게 굳었다. 그도 위틀록이 느낀 기운을 감지했다. 새로운 관람객들에게서 말썽의 예감이 전해졌다. "더 가까이 가서 봐야겠습니다."

"그렇게 하게." 위틀록이 돌아섰다. "나는 혹시 모르니 오른에게 붙어 있지."

8장

위틀록

관람객들이 중앙의 커다란 전시 케이스 주변에 무리지어 얽혀 들었다. 사진기자들은 이미 왔다 간 뒤였지만 기자들 상당수는 여전히 손님들과 어울리면서 수첩에 글을 휘갈기고 있었다.

"그럼 우리의 훌륭한 도시에 대해서는 어떻게 생각하십니까?" 오른이 물었다. "유럽의 고풍스러운 도시들과 비교하면… 견줄 만하다고 보시는지요?" 그가 기대 어린 눈빛으로 알레산드라를 보았다.

"물론 이보다 못한 도시도 보긴 했지요."

오른의 미소가 바스라질 듯했다. "칭찬 같은 험담을 하시다니."

알레산드라가 그의 팔을 다독였다. "정말이지 그럴 의도는 아니었답니다."

관람객들은 웅얼거림 한 번 없이 두 사람에게 길을 틔워주었다. 키가 크고 호리호리한 남자가 정중한 태도로 근처에 서 있었다. 학자임이 분명했다. 학자의 완벽한 표본이네, 알레산드라가 생각했다.

"프리본 교수입니다." 오른이 그녀의 귀에 대고 속삭였다. "제가 지은 죄가 많아 프리본 교수와 애슐리 교수를 떠맡게 됐지요." 그가 웃음을 터뜨리자 알레산드라도 그의 팔에 손을 대며 따라 웃었다. 그녀보다 최소한 20년은 연상이기는 했지만 오른은 매력적인 사람이었다. 혹은 적어도 그는 자신을 매력적이라고 여겼다. 그 점은 쓸모 있을지도 몰랐다.

알레산드라는 무단침입을 선호하지 않았다. 자주 해 오기야 했지만 그보다는 표적이 그녀를 안으로 초대해 자신의 귀중품을 보여주는 편이 훨씬 쉬웠다. 문제는 누군가의 신뢰를 얻는 데에는 시간이 걸리는 법인데 사마코나는 인내심이 부족한 부류 같다는 것이었다. 그녀가 너무 뜸을 들인다 싶으면 직접 행동에 나설지도 몰랐다.

교수는 암탉처럼 주변을 맴돌면서 아무도 전시물에 지나치게 가까이 다가가지 못하게 했다. 두 사람이 다가가자 교수가 쳐다보았다. "애슐리 교수님은 어디 가고 혼자 계십니까?" 오른이 큰 목소리로 물었다. "또 다과를 습격하고 계신답니까?"

"그 양반 성격 알잖습니까." 프리본이 말했다. "그래도 슬슬 돌아올 때는 됐어요."

"가서 찾아보십시오." 오른이 살짝 명령조로 말했다. 그는 상대가 자신에게 복종하는 데에 익숙한 남자였다. 프리본은 인상을 썼지만 시키는 대로 했다. 오른이 그녀를 돌아보았다. "아름답지 않습니까?" 그가 말했다.

알레산드라가 고대의 존재를 내려다보았다. 분명 아름다웠지만 고야의 소위 "검은 그림들"처럼 추상적이고 불쾌한 방식으로 아름다웠다. 알레산드라는 시체가 그 자체로 무섭다고 생각해 본 적은 없었다. 무서워지려고 마음먹은 산 사람들 쪽이 훨씬 무시무시했다.

그것은 전시 케이스 안에 모로 누워 몸을 태아처럼 둥글게 말고 있었다. 예상보다 작았다. 언뜻 보기에는 바스라질 것만 같았다. 전에도 이런 시체들을 본 적이 있었다. 하느님과 인간들 모두에게 잊힌 채 쥐들만을 벗 삼아 참호의 진흙 벽 속에 몸을 웅크린 시체들. 그런 시체들을 너무 많이 보았다.

"괜찮으십니까?" 오른의 물음에 알레산드라가 흠칫했다.

그녀가 눈을 깜빡였다. "네. 그냥… 참 놀라워서요." 가면은 기억 속의 사진에서처럼 흉측했다. 가면을 보니 두꺼비가 떠올랐다. 아니면 박쥐나. 아니면 나무늘보일지도. 이런 가면을 깎으려면 고도의 기술이 필요하다는 정도는 그녀도 경험을 통해 알고 있었다. 일종의 오닉스로 보이는 물질을 깎아낸 솜씨는 실로… 유기적이었다. 뺨과 이마를 구성하는 평평한 판은 설형문자를 떠올리게 하는 기묘한 표식들로 뒤덮여 있었다.

맞는 고객만 있다면 값을 후하게 쳐 주겠는데, 알레산드라가 생각했다. 하지만 가면에 손대서는 안 된다고 강조했던 사마코나의 말을 떠올리는 순간 갑자기 뱃속 깊은 곳에 희미하고 불쾌한 기운이 느껴졌다. "더없이 흥미롭지요." 오른이 말했다. 그녀는 생각을 돌릴 수 있게 된 것에 고마워하며 그를 바라보았다.

"어떤 점에서요?"

"미라는, 적어도 이집트 미라는, 보통 감싸는 방식이… 표준적입니다. 시체에 수지를 넘치도록 바르고 긴 천 여러 장으로 몸을 수직으로 싼 뒤 얼굴이 가려지도록 고개를 굽힙니다. 그런 다음 나머지 부분은 목부터 시작해 수평으로 감싸는데, 이때는 아무 천이나 잡히는 대로 사용하지요. 심지어 낡은 옷을 이용한 사례도 있습니다."

"대중 소설에 나오는 화려한 의식과는 거리가 멀군요." 알레산드라가 말했다. "이 미라는 어떻게 다르죠?"

"일단 천이 없습니다. 전혀 감싸질 않았지요. 저기 팔다리 부근을 묶은 흥미로운 끈을 제외하면 말입니다. 대신 이 미라는 공기가 없고 습도가 낮은 환경에 보관해 조직이 수축되어 육포와 흡사한 상태가 되도록 만들었습니다." 오른이 그녀를 보았다. "천연 방식으로 미라화한 겁니다."

"대단하네요. 이런 일에 대해 뭔가 아시나 봐요?"

"저는 제 자신이 죽은 자들을 공부하는 학생이라고 생각합니다." 오른이 조금도 겸손한 기색 없이 말했다. "제대로 듣기만 한다면 죽은 자들에게서 배울 건 많아요."

"피부에 난 자국은요?" 알레산드라가 얕게 홈처럼 패인 흉터들을 가리켰다. "뭘 뜻하나요?"

"전투에서 얻은 상처가 아닐까요."

"전 뭔가 제의적인 게 아닐까 상상했어요."

오른이 살짝 깔보는 듯한 미소를 머금었다. "그러셨습니까?"

알레산드라는 그의 말투를 무시했다. "네. 태드에게 듣자니 저걸 오클라호마에서 발견하셨다죠?"

"제가 발견한 건 아닙니다." 오른이 말했다. "하지만 제가 탐사기금 마련에 도움을 주긴 했지요. 애슐리 교수가 찾아와 믿기 힘든 이야기를 들려주더군요. 대학 도서관에서 기증 받은 오래된 필사본에 관한 이야기였습니다. 자금이 필요하다기에 관심이 가더군요, 정말입니다."

"태드는 스페인 황금 얘길 하던데."

오른이 웃음을 터뜨렸다. "아, 그것도 있긴 했지요."

"그럼 황금은 없었나요?"

"가면에만요."

알레산드라가 가면을 보았다. "가면을 안 벗기셔서 놀랐어요."

오른이 미간을 좁혔다. "벗기고 싶었지만 그랬다가는 우리의 성과물이 바스라질 수도 있다는 얘길 들었지요. 위험 부담이 너무 커서 그대로 두기로 했습니다. 약간 그로테스크하긴 하지만 덕분에 저 늙은 신사분이 좀 위풍당당해 보이지 않습니까?"

"묘한 분위기를 더해주기는 하네요." 알레산드라가 고대의 존재를 바라보았다. 오른의 말처럼 메마르고 갈색에 가죽질인 것이 육포를 닮았다. 생전에 그 혹은 그녀는 키가 컸는지는 몰라도 어깨가 넓지는 않았다. 육중하지 않고 마른 체형이었다. 애초에 잃을 만한 몸이랄 게 별로 없었다. 갈색으로 쪼그라든 로인클로스[18] 혹은 시스 스커트[19]였던 것의 잔재를 제외하면 가면 외에는 아무것도 걸치지 않았다.

전시 케이스에서 꺼내려다가는 미라가 바스라지리라는 확신이 들었다. 꺼내는 것 자체는 문제가 아니었다. 자물쇠는 따면 되고 유리는 자르면 됐다. 하지만 목표를 온전히 건사할 방법이 필요했다. 그냥 자루에 담는 건 답이 아니었다.

그게 문제였다. 극복할 수 없는 문제는 아니었지만 빠르게 들어왔다 나가는 데에는 확실한 장애물이었다. 생각이 필요했다. 보면 볼수록 이번 일은 신속하지도 간단하지도 않을 듯했다. 알레산드라가 다시 오른의 팔에 손을 댔다. "당신이 발견물을 자랑하기 위해서 이 장소를… 독차지… 독차지라는 말이 맞나요? 이 장소를 독차지할 수 있었다는 게 놀라운데요."

"우리 가문은 아컴에서 오랫동안 살아왔습니다. 오른 도서관은 우리 가문의 이름을 땄고 대학에도 오랫동안 돈깨나 기부했지요." 오른은 상냥하게 미소 지었다. "우리가 아컴을 돌보면 아컴도 우리를 돌봐 주는 겁니다."

"노블리스 오블리주." 알레산드라가 말했다.

오른이 고개를 끄덕였다. "그렇게 말할 수도 있겠지요. 저는 *퀴 드 프로 퀴*[20]라고 여기는 편입니다만." 그가 그녀를 관찰했다. "하

18　천 한 장을 허리에 두르거나 벨트로 고정해 생식기와 볼기를 감싸는 형태의 의복.

19　하나 혹은 두 개의 어깨 끈을 달아 가슴에서 발목까지 내려오며 몸에 붙는 형태의 스커트.

20　원래 실수 혹은 고의로 상대가 원하는 것 대신에 준 다른 것을 뜻하는 라틴어였으며 일부 언어권에서는 지금도 그렇게 쓰이지만, 영어권에서는 무엇에 대한 대가, 신세를 주고받는 것, 즉 대가성을 가리키는 표현으로 쓰인다.

지만 당신은 이곳 분이 아니시죠. 이탈리아 분 같습니다만. 밀라노일까요?"

"베네치아요."

"아, *라 세레니시마*. 훌륭한 도시지요. 돌마다 지혜가 스며 있는."

"가 보셨나요?"

"한두 번요. 어릴 적에. 우리의 조그마한 도시는 어떻게 생각하십니까?"

"그렇게 조그맣지도 않은걸요."

오른이 미간을 찌푸렸다. "하긴, 그렇지요. 많은 게 변하는데 항상 좋은 방향으로 변하지는 않는군요." 그가 손마디를 꺾었다. 지나치게 많은 미국인들, 그리고 많은 몸집 큰 남자들이 지닌 못난 습관이었다. "그럼 순수하게 이 전시회를 보러 오신 겁니까?"

"일 때문에 보스턴에 있다가 기사를 읽었답니다. 재밌는 농담처럼 들리기에 계획을 변경했지요."

오른이 싱긋 웃었다. "재밌는 농담이라. 그럴지도요." 알레산드라는 그가 미소를 짓기는 했지만 약간 모욕당한 기분임을 알 수 있었다. "여기서 그렇게 생각하는 건 당신만이 아닐 겁니다. 금세기의 가장 위대한 고고학적 발견이 카니발의 구경거리로 전락했지요."

"그렇게 말씀하실 것까지야."

"그럴까요. 그렇더라도 일반 대중에게서 제대로 보호하려고 만전을 기울이기는 했습니다." 그가 문 곁에 선 경찰을 가리켰다.

"니콜스 서장이 대단히 협조적이었죠. 가장 실력 있는 부하가 근무 중입니다. 그리고 물론 보험사에서도 조사원을 파견해 상황을 감독하도록 했고요… 그렇지요, 위틀록 씨?"

알레산드라가 돌아섰다.

애브너 위틀록이 그녀에게 엷은 미소를 보냈다.

"백작." 위틀록이 말했다. 그는 순간 초르치의 얼굴에 떠오른 경악한 표정을 잠시 음미했다. 하지만 그녀는 재빨리 표정을 수습했다.

"위틀록 씨." 그녀가 그를 위아래로 훑어보았다. "그건 새 정장인가요?"

그는 얼굴을 찌푸렸다. 실제로 새 정장이기는 했지만 그걸 밝힐 이유는 없었다. "회사를 대표해서 온 자리니까요. 상황에 맞는 옷을 입는 게 좋겠다고 생각했지요."

오른이 눈썹을 치켜세웠다. "이미 만난 사이입니까?" 위틀록은 오른의 목소리에서 무언가를 감지했다. 어쩌면 약간의 질투일까? 여자가 그새 손을 썼군. 그가 제때에 끼어든 것이다.

"같은 기차를 탔답니다." 초르치가 말했다.

"피터슨 부인이라는 분이 오른 씨를 찾으시더군요." 위틀록이 부드럽게 말했다. "저쪽, 내러갠셋족의 화살촉 컬렉션 근처에 계십니다." 순 거짓말이었지만 효과는 있었다. 오른을 사선 밖으로 대피시켜야 했다.

"아, 고마워요. 백작, 제가 이번 주에 사적인 파티를 개최할 예정입니다… 축하연이라고 할 수 있겠군요." 오른이 미소 지었다. "참석할 의향이 있으시다면 가시기 전에 저를 찾아 주시길. 기쁜 마음으로 환영하겠습니다. 그럼, 저는 이만 실례하지요…" 그가 돌아서 멀어졌다. 위틀록은 오른에게 말소리가 들리지 않을 정도로 멀어지기를 기다렸다가 초르치를 돌아보았다.

"손이 빠르시군."

"실례지만 저는 미국식 관용 표현에 익숙하지 않아서요." 그녀가 짐짓 상냥하게 말했다. "무슨 말씀이신가요?"

위틀록은 그녀가 잠시 마음을 졸이도록 뜸을 들이다 말했다. "건물을 살피는 걸 봤어. 약점을 찾고 있더군. 오른을 통해 들어올 생각이겠지?"

그녀가 어리둥절한 표정으로 주위를 둘러보았다. "난 이미 들어왔다고 생각했는데요."

"실컷 웃으시지. 그래봐야 눈 동그랗게 뜨고 순진한 아가씨인 척하는 연기에는 안 넘어가. 오른 같은 자에게는 통할지 몰라도 난 꽤 하드보일드하거든."

"당신… 달걀이에요?"[21]

뜻하지 않게 냉정을 잃은 위틀록의 얼굴이 살짝 달아올랐다. 그런 식으로 나오겠다면 좋아. 기꺼이 세게 나가 주지. "바보 시늉 그만하시지. 영어 실력은 완벽하잖아." 그가 미라를 내려다보았다. "우라지게 못생겼군."

---

21 하드보일드에는 비정하다는 뜻 외에 달걀 완숙이라는 뜻도 있다.

"아름다움은 보는 사람의 눈에 달렸다던가, 뭐 그런 얘길 들었는데요."

"그럼 당신에겐 뭐가 보이지?"

그녀가 미소 지었다. "우라지게 못생긴 거요."

위틀록이 앓는 소리를 냈다. "당신이 백작이라는 걸 내가 안다는 사실에 놀라지 않은 모양이군." 그는 그녀가 지금보다 더 걱정하길 바랐다. 뒷걸음질 치기를. 하지만 그녀는 태연하게 대응하고 있었다.

"제가 왜 놀라야 하죠?"

"어떻게든 내게 이름을 말해 주지 않으려고 했으니 조금쯤은 신경 쓰일 줄 알았지."

"그보다는 어젯밤 위틀록 씨가 제 호텔 방에 침입하려고 했다는 게 더 신경 쓰인답니다." 그녀가 전시 상자를 들여다보았지만, 위틀록은 그녀가 거울에 비친 그를 보고 있다는 걸 알았다. 그는 놀란 기색을 드러내지 않으려 조심했다. "그나저나 왜 찾아왔던 거죠? 그리고 제가 머무는 곳은 어떻게 알았나요?" 그녀가 그를 바라보았다. "저를 따라다니셨던 건가요, 위틀록 씨?"

"그랬다면?

"추행죄로 경찰에 신고해야겠지요." 그녀가 몸을 돌렸다. "아까 함께 말씀 나누시던 경관님은 어디 계시죠?"

"누구? 멀둔 경관? 그래, 당신 얘기를 들으면 그 친구가 틀림없이 기뻐하겠군. 원한다면 같이 가서 얘기하자고." 그가 딱딱한 미소를 지어 보였다.

"그래야겠네요. 경관님이 틀림없이 위틀록 씨의 이런저런 태도
에 대해서 무척 흥미로워하시겠죠…" 그녀가 가볍게 말했다. 거
의 그를 비웃듯이.

화가 난 위틀록이 그녀의 손목을 붙잡아 자신과 마주보도록 돌
려세웠다. "난 당신이 누군지 알아." 그가 낮게 말했다. "진짜 당신
이 누구인지. 그리고 여기에 왜 왔는지도 알지."

그녀가 그의 손을 슬쩍 보더니 그에게 시선을 던졌다. "놔요."

"질문 몇 가지에 대답부터 하시지, 백작."

그녀는 손목을 확 잡아당겨 그의 손아귀에서 벗어나며 물러섰
다. "소동을 일으키시는군요, 위틀록 씨. 위틀록 씨네 회사에서
그런 일을 원할 것 같지는 않은데, 안 그런가요?" 그녀가 날카롭
게 주변을 둘러보자 위틀록도 그녀의 시선을 좇았다. 주변의 시
선이 두 사람의 눈길을 황급히 피했다. 하지만 다들 위틀록의 폭
발을 목격했으니 곧 입방아를 찧을 터였다. 위틀록의 주름이 더
욱 깊어졌다. 그가 벽을 향해 거칠게 고갯짓했다.

"저쪽으로."

그녀가 어안이 벙벙하다는 표정으로 그를 따라갔다. "원하시는
게 뭐죠, 위틀록 씨?"

위틀록은 그녀를 쳐다보지 않았다. "회사에서는 나더러 반드시
이번 전시물이 제자리에 온전히 있도록 하라고 했어. 그 말인 즉
내가 잠재적 위협을 확인해야 한다는 뜻이지." 그가 의미심장한
눈빛으로 그녀를 지긋이 노려보았다. 이제 그녀도 볼 장 다 봤다
는 걸 알았을 테니 여기서 빠져나가려고 하는 건 시간 문제였다.

어느 방향으로 갈 것인지가 궁금했다. 앞으로, 아니면 뒤로?

"내가 잠재적 위협인가요?" 그녀가 미소 지으며 물었다.

"여기서 가장 큰 위협이지. 실로 교과서적인 수법이더군." 위틀록이 보란듯 다시 주위를 둘러보았다. 그녀에게 선택지를 고민할 시간을 주기 위해서였다. "웬 멋쟁이 하나를 대동해 들어오더니 전시실을 한 바퀴 돌았지. 출입문을 점검하고 창문을 확인했고. 내가 다 지켜봤어. 그런 다음 오른을 찍어서 수작을 걸기 시작했지. 이유가 뭘까?"

"무척 잘생긴 분이시니까요."

"무척 부유하지. 그리고 당신을 매력적이라고 생각하고."

"정말요?"

"바보 시늉은 그만하라고 했던 것 같은데."

초르치가 미간을 찌푸렸다. "당신은 나에 대해 아무것도 몰라요, 위틀록 씨. 우리는 처음 보는 사이잖아요. 그러니 내게 그렇게… 친한 척 말하지 않았으면 좋겠군요."

"오, 하지만 우린 사실상 서로 이름을 부를 만한 사이잖나." 위틀록이 그녀에게만 들리도록 목소리를 깔며 말했다. "난 당신을 기차에서 알아봤어, 백작. 보자마자 당신이 골칫거리라는 걸 알았지. 그리고 당신을 마지막으로 본 곳이 어디인지 떠올리자마자 당신이 여기에 온 이유도 알았고. 내 장담하는데 이 미라에는 손대지 못할 거야."

그녀가 뭐라고 대답하기도 전에 총성임이 분명한 날카로운 소리가 허공을 갈랐다. 두 사람 모두 소리를 따라 돌아섰다. 음악이 갑자기 멈추자 사람들은 순간 어리둥절한 모습이었다. 이어 근심 섞인 웅성거림이 홀을 휩쓸고 지나갔다. 잠시 후, 총성의 메아리가 사라지고 복면을 쓴 총잡이 삼인조가 사람들을 밀치며 전시실로 들어서자 비명이 시작되었다.

"다들 바닥에 엎드려." 한 총잡이가 고함쳤다. "우리는 강도다!"

9장

강도

위틀록이 알레산드라를 붙잡아 새로 나타난 자들의 눈에 보이지 않는 기둥 뒤쪽 벽으로 밀쳤다. "뭐 하는 짓…" 그녀가 입을 열었지만 그가 입술 앞에 손가락을 세워 보였다. 의도를 이해한 그녀는 입을 다물었다.

사람들이 어지러이 쓰러졌다. 일부는 비명을 지르고 일부는 무릎을 꿇었다. 일부는 문을 향해 달려갔지만 문은 이미 잠겨 있었다.

"소리 그만 질러." 또 다른 총잡이가 고함쳤다. 그는 다른 둘보다 키가 작았지만 소화전처럼 다부진 체격이었다. 그가 톰슨 기관단총임이 확실한 물건을 한 손으로 들고 성큼성큼 전시실로 들어섰다. "호도로프스키, 홀에 있는 녀석들을 감시해. 그 망할 경찰 녀석이 멍청한 짓 않도록 하고. 핍스, 날 따라와."

"우리 이름을 쓰면 어떡해, 고메스." 핍스라고 불린 자가 빽 소리 질렀다.

"닥쳐. 누가 신경 쓴다고." 고메스가 주변을 둘러보았다. "고개 숙이라고 했다!" 그가 톰슨을 한바탕 갈기자 천장 회반죽이 한 무더기 떨어져 나갔다. "내가 안 쏠 거라고 생각하나? 생각 고쳐 먹어. 총알을 잔뜩 먹여 덜덜거리게 해 주는 건 일도 아니니까." 그가 알레산드라와 위틀록을 발견하고 말을 멈추었다. "바닥에 엎어지라고 했어." 그가 두 사람 쪽으로 무기를 휘두르며 으르렁 거렸다.

"잠깐, 잠깐만." 위틀록이 두 손을 들며 말했다. "뭘 원하는 건 가? 내가 도울 수 있을지도 몰라." 그가 총잡이를 향해 한 발 다가 갔고, 알레산드라는 위틀록의 속셈이 궁금해졌다.

"바닥에 엎드리라고 했어!"

위틀록이 한 발 더 다가갔다. "이건 새 정장이라서 말이지. 더 럽히고 싶지 않군."

알레산드라는 뒤로 물러섰다. 무기를 두고 온 자신에게 화가 났다.

"어이, 내가 못 볼 것 같아, 아가씨?" 총잡이가 소리쳤다. "바닥 에 엎드려."

"숙녀분은 빼고 얘기하세." 위틀록이 말했다.

"닥쳐." 총잡이가 톰슨 개머리판을 위틀록의 복부를 향해 내질 렀지만, 보험조사원이 아슬아슬하게 손으로 붙잡았다.

"이봐, 그거 안 봐?" 위틀록이 총을 빼앗으려 실랑이를 벌이자 총잡이가 고함쳤다.

순간, 알레산드라는 이해했다. 위틀록은 머저리였다.

두 남자는 톰슨을 사이에 두고 앞뒤로 비틀거렸다. 드잡이 도중 방아쇠에 걸린 총잡이의 손가락이 당겨져 무기가 불을 뿜었다. 총알 세례를 받은 벽이 뜯겨 나가고 전시 케이스들이 박살났다. 값을 헤아릴 수 없는 유물들이 흩뿌려지는 납탄 속에 형형색색의 조각으로 변하며 순식간에 가치를 잃었다. 사람들이 비명을 질렀다.

경보기가 울리면서 초청객들의 아우성과 도둑들의 욕설을 파묻다시피 했다. 알레산드라는 톰슨이 바닥에 떨어지고 위틀록이 비틀비틀 뒤로 물러나는 것을 보았다. 총잡이가 균형을 잃고 비틀거리며 코트 밑에 있는, 어쩌면 또 다른 무기일지도 모를 무언가를 손으로 더듬었다. 잠시 후면 위틀록은 더는 말썽을 일으키지 못할 터였다. 그녀로서는 반겨 마땅한 상황이었다.

하지만 알레산드라는 자신도 모르게 톰슨을 향해 뛰어들었다. 그녀는 바닥을 미끄러져 가 톰슨을 낚아챘다. 그녀가 몸을 일으켜 방아쇠를 당기는 동안 총잡이는 놀란 눈으로 보고만 있었다. 고통스러운 비명과 함께 총잡이의 몸이 빙글 돌았다. 처음 쏴 보는 건 아니었지만 겨냥이 빗나갔다. 그녀는 권총 실력은 훌륭했지만 그보다 큰 총을 다루는 솜씨는 떨어졌다.

다른 도둑이 산탄총을 들고 문간에 나타났다. 도둑이 응사하자 알레산드라는 톰슨을 손에서 놓으며 옆에 있던 전시 케이스 뒤로 몸을 숙였다. 바닥에 웅크린 그녀 위로 유리 파편이 쏟아져 내렸다. 그녀는 위틀록이 엄폐물을 찾을 머리는 있기를 기원했다. 산탄총이 두 번 더 불을 뿜었고, 근처에 있던 전시 케이스 하나가 폭발했다. 빈 탄피가 배출되며 내는 딸깍 소리를 들은 그녀가 위험을 무릅쓰고 고개를 내밀었다.

실수였다. 아마 권총일 듯한 무언가가 알레산드라의 뒤통수를 때렸고, 그녀는 쓰러졌다. 전시실이 빙글빙글 돌았고 세상의 모든 종이 두개골 속에서 일제히 울리는 것만 같았다. 그 일격을 맞고도 머리뼈가 깨지지 않았다는 사실이 놀라울 따름이었다.

"저 빌어먹을 케이스 이리 가져와, 어서." 고메스가 으르렁거렸다. 그는 알레산드라를 때린 리볼버를 성한 손으로 들고 곁에 서 있었다. 반대쪽 소매에는 피가 묻어 있었다. "누가 그 경찰 놈 잘 감시하고."

"앞쪽은 폴란스키가 맡고 있어." 핍스가 말했다. 전시 케이스 뒤에 쓰러진 알레산드라의 눈에 핍스가 선원용 사물함처럼 보이는 물건을 낑낑거리며 전시실로 끌고 들어오는 모습이 들어왔다. "호도로프스키, 이거 좀 거들어." 산탄총을 휘둘렀던 자가 돌아보더니 상자 반대편을 잡았다. 둘은 신속하게 알레산드라 쪽으로 다가왔다. 그녀는 정신이 혼미한 가운데 눈길을 들다가 한 쌍의 검은 눈과 마주쳤다. 물기 어린 두 눈이 그녀를 노려보고 있었다.

미라의 위치는 전과 동일했지만 지금은 머리가 기울어진 채 알레산드라를 내려다보고 있었다. 언제 움직였지? 어떻게 움직였지? 그녀는 고개를 흔들며 시선을 돌리려고 했지만 그럴 수 없었다. 공허한 눈길을 마주하는 수밖에 없었다.

단, 지금은 그렇게 공허하지도 않았다. 세상이 덜덜 떨리며 어둑해지는 것처럼 보였다. 마치 릴 막바지에 이른 영화 같았다. 차가운 불에 휩싸인 듯 열기와 냉기가 동시에 치밀어 올랐다. 검은 눈길이 그녀의 지각을 확장하고 채우는 듯했다.

암흑 속에서 무언가가 움직였다. 꿈틀꿈틀 뒤틀린 움직임에 죽은 동물의 뱃속을 갉아먹는 구더기 떼가 떠올랐다. 숨이 목구멍에 걸렸다. 유리가 천둥소리를 내며 으스러졌다.

움직임이 점점 광포해졌다. 심장이 경련했다. 무언가가 그녀를 향해 뻗어왔다. 눈을 깜빡이고 눈길을 돌리려 해 보았지만 암흑이 그녀를 붙들었다. 한줄기 그림자가 뻗고… 뻗고… 뻗어왔다.

거미줄이나 나방의 날개 같은 뭔가가 스쳐 지나가는 기분이 들었다. 그녀는 얼굴을 거칠게 훔치고 눈을 깜빡이며 물러섰다. 누군가가 눈에 칠리 파우더를 불어넣은 것만 같았다. 그녀는 자신이 비명을 질렀다고 생각했다. 으르렁거리는 목소리가 들렸고, 뒤덮인 눈물 너머로 그녀를 겨누는 권총의 차가운 총열이 보였다.

"이 여자 일으켜." 고메스가 말했다. "왜 이러는 거지?"

"그걸 내가 어떻게 알아?" 호도로프스키가 대꾸했다. "때린 건 너잖아. 뇌가 덜커덩 했나 보지. 핍스, 이 염병할 것 상자에 넣게 좀 도와줘. 조심하라고, 망가지면 돈 못 받아!"

알레산드라는 정신을 차리려고 고개를 흔들었다. 눈을 깜빡이자 무언가가 시야에 어른거렸다. 눈앞이 선명해지고 보니 두 남자가 부서지기 쉬운 미라의 몸을 나무 상자 속에 조심스럽게 내리고 있었다. 고메스가 근처에 서서 그녀를 노려보았다. 톰슨은 회수한 뒤였다. "이 여자는 어쩔까?" 그가 상자를 봉하는 동업자들에게 으르렁거리듯 말했다.

"놔둬." 핍스가 말했다. "원하는 건 얻었잖아."

"이 여자가 날 쐈다고!" 알레산드라는 주변을 더듬던 손에 유리 파편이 걸리자 잽싸게 낚아챘다. 변변찮으나마 놈이 보복하려 들 경우 쓸모가 있을 터였다.

"여자가 널 긁었지만 너도 한 방 갈겼잖아. 그 정도면 빚은 갚은 거 아닌가. 됐으니까 얼른 이 망할 것이나 거들어."

"팔이 아파서 둘이 알아서 해야겠는데. 난 엄호할게."

현관홀에서 고함이 들리더니 잠시 후 한 차례 총성이 터졌고 겁먹은 관람객들의 비명이 뒤따랐다. "폴란스키?" 고메스가 소리쳤다. "무슨 일이야?" 그는 문 쪽으로 가려다 제복을 입은 형체가 리볼버를 들고 나타나자 멈칫했다.

"손들어, 자식들아!" 멀둔 경관이 외쳤다. 다른 두 총잡이가 이에 반응한 순간, 알레산드라는 빠져나갈 기회를 잡았다.

고메스가 문 쪽으로 총을 난사하자 멀둔이 자세를 낮추며 숨었다. "물건 챙겨, 토니." 고메스가 외쳤다. "뒤쪽으로 가!" 핍스와 호도로프스키가 그렇게 했다. 둘이 서둘러 뒷문으로 향하는 동안 고메스는 계속해서 탄창을 비워 댔다. 먼지와 파편이 잔뜩 흩날리자 그가 돌아서서 일행을 좇아 내달렸다.

알레산드라는 두꺼비처럼 생긴 조각상 뒤에 웅크린 채 그들이 가는 모습을 지켜보았다. 좇아갈까 생각도 했지만 잠시뿐이었다. 멀둔이 근무용 리볼버를 재장전하며 문간에 붙어 서는 게 보였다. "놈들이 내빼는 모양이군요." 그가 누구에게랄 것도 없이 외쳤다. 턱에 상처가 났고 제복은 헝클어진 채였다. "하지만 한 녀석은 잡았습니다. 개자식에게 한 방 제대로 먹였죠."

소란이 전시실을 휩쓸었다. 사람들은 질문을 외치거나 울거나 서둘러 문으로 향했다. 알레산드라의 귀에 멀리 사이렌 소리가 들렸다. 그리고 이쪽을 노려보는 위틀록이 눈에 들어왔다. 그가 사람들을 밀치며 다가오려 들자, 그녀는 몸을 일으켜 서둘러 문으로 향했다.

비서에게 작별 인사를 건네지 않아 살짝 죄책감이 들었지만 그라면 이해할 터였다. 경찰과 얽히고 싶은 생각은 추호도 없었다. 물론 위틀록과 말하고 싶은 생각도 없었고. 이미 이 사건을 어떻게 그녀 탓으로 돌릴지 궁리 중일 게 뻔했다.

폴란스키라는 이름의 죽은 강도가 바닥 가운데에 공처럼 몸을 만 채 쓰러져 있는 것이 눈에 들어왔다. 한 방 제대로 먹였다는 멀둔의 말 그대로였다. 사람들은 폴란스키를 흐르는 물속의 바위처럼 멀찍이 돌아 지나갔다.

알레산드라는 사람들 사이에 섞여 밖으로 나와 거리로 향했다. 경찰차들이 사이렌을 울리고 경광등을 번뜩이며 멈춰 섰다. 이후 벌어질 일을 지켜볼 마음은 없었다.

알레산드라가 택시로 가 보니 페퍼가 차 지붕 위에 서 있었다. 목을 길게 빼고 상황을 확인하려 애쓰는 중이었다. "무슨 일이야?" 그녀가 땅으로 뛰어내리며 외쳤다.

"강도." 알레산드라가 말했다. "출발해. 지금 당장." 그녀가 미끄러지듯 뒷좌석에 탔다.

페퍼가 운전석에 올랐다. "강도? 그래서 경찰들이 온 거구나. 정말 더 안 있어도 돼?"

"되고말고."

"경찰들이 질문을 할지 모르니까?"

"그래. 다른 이유도 있고."

"이해했어. 강도가 들기에는 묘한 시간인걸." 페퍼가 콧방귀를 뀌었다. "저 한복판에 뛰어들었다고? 잘못되고 싶어서 환장했나 보네."

"아니. 거칠긴 해도 영리한 수법이었어. 혼란이 심할수록 더 나아. 목격자마다 다른 소리를 할 테니까." 알레산드라가 고개를 가로저었다. "권총을 가져왔어야 했는데."

"왜 안 가져왔는데?"

"누가 보면 왜 가지고 있는지 설명하고 싶지 않았거든." 알레산드라가 담배를 꺼내 그중 한 대를 뽑아 들었다. 새까만 티끌 같은 것이 눈앞을 가로지르기에 눈을 빠르게 여러 번 깜빡였다. 유리 파편은 아니길 바랐다. 그것만은 사양이었다.

"그래서 왜 가지고 있는 건데?" 페퍼가 물었다. "진짜 이유 말이야. 문을 두드렸을 때 총이 나를 겨누는 게 날마다 있는 일은 아니거든."

"그건 미안하다고 말했잖아."

"실은 안 했어."

"안 했던가?"

"안 했어."

"그럼 사과할게." 알레산드라가 페퍼에게 담뱃갑을 내밀었다. 대답하지 말까 생각도 했지만 총에 맞을 뻔한 뒤라 그런지 입이 가벼웠다. "전쟁 이후로 쭉 가지고 다니던 거야. 그게 없으면… 발가벗은 느낌이 들거든."

담뱃갑을 받아 든 페퍼가 한 손을 운전대에 얹은 채 입술로 담배 한 개비를 물어 뺐다. "참전했어?" 그녀가 조심스럽게 물었다. 오래된 상처가 다 아물었는지 확인하듯이.

알레산드라는 미라를 보았을 때처럼 옛 기억들이 솟아오르자 멈칫했다. 갑자기 입이 말라 입술을 핥아 적셨다. "구급차 운전병이었어. 오래는 아니고. 몇 달. 그만하면 충분했지. 전쟁은 추악하고 그 뒤에 오는 것은 대부분 전쟁보다 더 끔찍하거든."

"왜 참전했는데?"

"돕고 싶었어." 알레산드라가 머뭇거렸다. "아니, 그건 거짓말이야. 신날 줄 알았거든. 실제로 잠깐 동안은 신났고." 그녀는 기억을 떠올리지 않으려 애썼지만 실패하고 얼굴을 찡그렸다. 비처럼 쏟아지는 날카로운 총격. 하늘에서 떨어지는 불. 발목과 정강이에 달라붙는 진흙. 항상 진흙투성이였다. 며칠씩 비가 오지 않을 때조차도.

그중에서도 최악은 냄새였다. 냄새는 가시는 법이 없었다. 지금까지도 냄새가 그녀를 따라다녔다. "한 번은 내가 몰던 구급차가 고장 났어. 너무 나가다가 탄공을 들이받았지." 걷잡을 수 없는 공황에 휩싸였던 순간을 떠올리는 그녀의 목소리는 점점 멀어

져갔다. 그녀가 침을 삼켰다. "화학탄 연막 속에서 사람들이 나타
나 서둘러 내 쪽으로 다가왔어. 마스크를 쓴 모습이 괴물 같았지.
어쩌면 정말 괴물이었는지도."

"독일군이었어?"

알레산드라가 고개를 저었다. "어느 편도 아니었어. 쓰레기들
이었지. 죽은 사람들과 죽어가는 사람들을 약탈하는 쥐새끼만도
못한 놈들이었어." 그녀는 잠시 기억에 잠겨 담배 연기를 내뿜었
다. "전쟁은 어떤 사람들을 짐승으로 만들지." 그녀가 웨블리를
가만히 두드렸다. "총 쏘는 법을 배운 게 바로 그때야. 다들 만일
에 대비해 총은 소지하고 있었지. 그날 난 내 총을 사용했어."

페퍼가 그녀를 뚫어져라 바라보았다. "놈들을 쐈어?"

"일부는. 나머지는 달아났지." 알레산드라가 페퍼를 보았다. "운
이 좋았어. 그뿐이야. 놈들이 조금만 더 용감했더라면, 내 조준이
조금만 더 형편없었더라면, 우리는 지금 이 대화를 나누고 있지
않았을지도 몰라." 말을 너무 많이 했다. 너무 편하게. 그녀는 그
것을 깨닫고 덧붙이려던 설명을 집어삼켰다.

페퍼가 고개를 절레절레 저었다. "난 내가 누굴 쏠 수 있을지
모르겠어."

"그럴 일이 없기를 바랄게." 알레산드라가 차창 밖으로 담배를
튀겨 보냈다. 깊이 숨을 들이쉬며 몸을 떨었다. 토하고 싶은 기분
이었다.

"호텔로 돌아가자."

10장

도주

알레산드라가 택시에서 내리자 페퍼가 말했다. "정말 이래도 괜찮겠어?"

"뭐가? 경찰이 오기 전에 도시를 뜨는 거? 그래, 그래도 괜찮을 것 같은데." 알레산드라는 주변을 둘러보았다. 기차역은 전에 보았을 때와 마찬가지로 음침했지만, 도착하고 출발하는 저녁 기차들로 조금 더 부산스러웠다.

호텔로 돌아간 그녀는 꼭 필요한 것들만 챙겨 잽싸게 짐을 꾸렸다. 마음을 굳게 먹고 짐 대부분을 두고 가기로 했다. 행장은 가볍게, 이동은 빠르게. 아버지가 말한 대로였다. 다 해서 겨우 몇 분밖에 걸리지 않았다.

페퍼가 얼굴을 찌푸렸다. "슬슬 운전기사 노릇에 익숙해지던 차였는데."

"원한다면 보스턴까지 동행해도 좋아. 그리고 그 뒤로도 쭉."

알레산드라가 말했다. 그녀는 자신이 그런 제안을 했다는 사실에 놀라 멈칫했다. "표는 사 줄 수 있어."

페퍼가 의심스러운 눈초리로 알레산드라를 바라보았다. "진심이야?"

"진심이 아니면 제안하지도 않았어."

페퍼가 고개를 가로저었다. "아니, 난… 난 여기서 해야 할 일이 있어. 직업도 있고."

"더 나은 직업을 찾으면 되지." 그렇게 말하는 와중에도 알레산드라는 자신이 왜 이렇게 이 아가씨를 곁에 두려고 고집을 부리는지 알 수 없었다. 누가 두 사람 간의 연결고리를 알아차리기 전에 당장 헤어지는 편이 페퍼에게나 자신에게나 더 나았다.

"말도 안 돼."

"그럴 것 같았지." 알레산드라는 살짝 안도하며 미소 지었다. "만나서 반가웠어, 페퍼. 이제부터 말썽은 피하면서 살겠지?"

"이 동네에서? 어림도 없네요, 아가씨." 그렇게 말하면서도 페퍼는 망설였다. "기다릴게. 혹시 당신이 마음을 바꾼다든가 할지도 모르니까, 알았지?"

"그럴 일은 없지만, 그래도 고마워."

역에 들어서자마자 소음이 쏟아졌다. 돌벽 너머로 철커덩거리는 기차의 울부짖음과 증기 엔진의 새된 비명이 먹먹하게 들렸다. 허둥지둥 승강장으로 향하거나 느긋하게 출구로 이동하는 사람들의 목소리가 알레산드라 주위로 소용돌이쳤다. 저녁 승객의 수는 킹스포트나 프로비던스만큼 많지는 않았지만 그래도 제법

되었다. 그녀는 보스턴으로 가는 다음 기차에 자리가 남아있기를 기원했다.

알레산드라는 문득 희미하고 익숙한 냄새를 느끼고 걸음을 멈추었다. 썩은 고기 같은 냄새였다. 아침에 호텔 복도에서 맡았던 것과 같은 냄새였다. 택시 대기 줄 근처의 벤치에 웅크리고 앉은 형체에 눈길이 갔다. 검은 코트를 입고 챙이 처진 모자를 쓴 사내. 그는 기형을 타고 났거나 척추를 다친 사람처럼 기묘한 자세로 몸을 앞으로 수그리고 있었다.

알레산드라의 시선을 깨달은 듯, 사내가 고개를 젖혔다. 그의 얼굴은 어딘가… 잘못돼 있었다. 희미하게 비정상이라는 느낌이 들었다. 다음 순간, 사내는 기묘하게 휘청거리는 동작으로 일어나더니 새로 도착한 승객들 사이로 슬금슬금 사라졌다.

기적이 울리자 알레산드라가 멍한 기분으로 고개를 돌렸고, 증기가 승강장을 휩쓸고 지나갔다. 그녀는 기묘한 남자를 마음속에 담아둔 채 매표원이 남아있기를 바라면서 서둘러 매표소로 향했다. 다행히 졸린 눈을 한 매표원이 창구에 있었다. 보스턴으로 가는 다음 기차표를 사는 동안, 그녀는 철도 경찰이 없는지 주변을 살폈다.

떠나야 할 때였다. 실력 있는 도둑은 가야 할 때를 아는 법. 유물은 사라졌고 경찰이 개입했다. 남아서 이득 될 건 없고 붙잡힐 위험만 있었다. 위틀록은 그녀의 정체를 알았고, 원한을 품고 사는 타입 같았다.

이제는 그녀도 그가 누구인지 알았다. 전에 한 번 엇갈린 적은 있지만 정식으로 인사한 적은 없는 사이였다. 그의 회사에서 보험을 맡은 골동품 컬렉션을 빈의 어느 신사를 위해 훔친 적이 있었다.

위틀록이 찾아와 문을 두드리기 전에 당장 빠져나가는 게 최선이었다. 오래 걸리지 않을 터였다. 경찰이 참석자들을 전부 면담하면서 진술을 비교하고 있으리라. 지금쯤 그녀에게 수갑을 채우려고 객실 문을 두드리고 있을지도 몰랐다.

감방에 갇힌다고 생각하니 등골이 오싹했다. 평생 체포된 경우는 손에 꼽을 정도였고, 기록이 남는 곳에 잡혀 간 적은 한 번도 없었다. 그래도 경험은 흔적을 남겼다. 빠져나갈 곳 없는 좁디좁은 공간에 갇힌다는 건 생각할 수도 없었다. 달아나 또 하루를 훔치며 살아가는 편이 나았다.

역은 크지 않았고, 알레산드라는 입구가 보이는 벤치를 선택했다. 같은 기차를 기다리는 사람들이 몇 명 더 있었다. 멀리 승강장 맨 끝에서 영업 중인 신문 가판대의 신문 장수가 크고 고통스러운 기침을 연거푸 뱉었다.

알레산드라는 승강장 위에 걸린 커다란 시계를 확인했다. 보스턴행 기차가 도착하기까지 5분 남았다. 자유까지 5분 남았다. 보스턴에서는 뉴욕으로 갈 작정이었다. 어쩌면 캐나다행 배를 탈지도. 캐나다에도 그녀가 제공하는 유형의 서비스를 늘 필요로 하는 지인들이 여럿 있었다. 거기서 다시 영국으로 돌아가거나 오스트레일리아까지 갈 수도 있었다. 아니면 미국에 남되 캘리포니아 같은 서부로 가거나.

떠올리지 않으려 애썼지만 생각이 자꾸 강도 사건으로 돌아갔다. 사건을 모든 각도에서 분석하려 들었다. 그녀는 도둑이었고, 도둑들은 통계학자들이 인구 조사 자료를 대하듯 도둑질을 분석했다. 조직적이었지만 엉성한 솜씨였다. 네 사람이면 군중을 통제하고 물건을 처리하기에는 충분한 수였다. 하지만 결국 한 명이 죽은 걸 보면 이번 상황을 완전히 통제하기에는 충분하지는 않았던 셈이다. 그래도 보수를 다섯이나 여섯이 나누는 것보다는 넷이 나누는 편이 더 쉬웠다. 또 네 사람도 다섯 사람 못지않게 일할 수 있었다. 폭력을 사용할 의향만 있다면.

그녀는 항상 폭력에 대해서는 선을 그었다. 천성이 평화주의자라서가 아니라 일단 선을 한 번 넘으면 무슨 일이 벌어질지 알 수 없기 때문이었다. 호신용으로 권총을 휴대하기는 했고 한 번 이상 쏜 적도 있었다. 하지만 악의나 상대를 해치려는 의도에서 쏜 적은 한 번도 없었다. 총을 해결책으로 여기기 시작하면 모든 걸림돌이 문제가 되는 법이었다.

그녀가 아는 동종업계 종사자 중에는 그런 이들도 있었다. 폭력적이고 절제를 모르는 이들. 예를 들어 터키인 바예지드가 그랬다. 사기꾼 람피니도 그랬다. 그들은 도둑이자 도둑보다 더 악질이었다. 그녀는 자신이 적어도 그들보다는 더 낫다고 여겼다. 하지만 때로는… 과연 그럴까 하는 의문도 들었다. 그걸로 밤잠을 설칠 정도는 아니었지만 어쨌든 생각은 해 보았다.

기습적으로 들이닥쳐 물건을 갖고 튀는 수법을 쓴 것치고는 가져간 것이라고는 금전적인 가치가 없어 보이는 물건 하나뿐이었

다. 물건을 운반할 준비도 미리 해 두었다. 누군가가 의뢰한 일이
었다. 그것 말고는 설명이 되지 않았다. 그녀는 강도들의 이름도
알았다. 고메스. 호도로프스키. 핍스. 폴란스키. 경찰에서 그 이름
들을 확보했을지 궁금했다.

아직 확보하지 못했다면 안전한 곳까지 간 뒤 전화로 익명 제
보를 남겨도 좋을 듯했다. 그게 시민의 의무라서가 아니라, 이를
테면 위틀록 같은 자들이 그녀를 쫓아야 한다고 생각하지 않도록
확실히 해두기 위해서였다. 가는 곳마다 어깨 너머를 조심해야
한다면 미국 체류가 하나도 즐겁지 않을 테니까. 그건 이미 유럽
에서 겪을 만큼 겪은 몸이었다.

벤치가 삐걱거렸다. 옆을 슬쩍 보니 커다란 검은 코트를 입고
챙이 처진 낡은 모자를 쓴 작은 형체가 벤치 반대편 끝에 앉아 있
었다. 지나치게 창백한 얼굴이 이쪽을 돌아보더니 초점이 맞지
않는 두 눈으로 그녀를 응시한 순간 심장이 살짝 널뛰었지만, 이
내 도착하는 기차가 뿜어낸 증기가 잠시 시선을 가려주었다. 코
트를 입은 자가 일어서며 부스럭거리는 소리가 들렸다. 그녀는
펄쩍 일어났다가 도로 앉았다.

어색하게 발을 끄는 소리가 들렸고, 옅어져 가는 증기 장막 사
이로 검은 얼룩 같은 형체가 가까이 다가오는 모습이 보였다. 지
갑에 든 권총이 떠올랐지만 이렇게 탁 트인 곳에서 위험을 무릅
쓸 수는 없었다. 대신 도와줄 사람을 찾아 주위를 둘러보았지만,
필요할 때는 안 보이는 게 경찰이라는 옛말 틀린 것 하나 없었다.

형체가 움직임을 멈추었다. 알레산드라는 상대가 다시 다가오

려는 낌새만 보이면 달아날 각오로 주의 깊게 상대를 지켜보았다. 낮게 끙끙거리는 소리가 들렸다. 그러더니 기이한 형체는 황급히 발을 끌며 승강장 저쪽으로 가 버렸다. 증기가 걷히자 그가 왜 그렇게 서둘렀는지 알 수 있었다. 경찰관 여럿이 그녀가 앉은 벤치로 다가오고 있었다.

알레산드라는 재빨리 승강장을 가로질러 역 가장자리로 갔고, 벽을 따라 톱니 모양으로 쌓은 벽돌 장식 뒤에 숨을 곳을 찾았다. 튀어나온 벽돌 장식에는 아마도 역사적 사건을 그린 것으로 보이는 조각이 새겨져 있었다. 몸이 완전히 가려질 정도로 크지는 않았지만 그 정도면 충분했다. 여전히 기차가 도착하면 그쪽으로 달아나도 될 만큼 가까운 위치였다.

경찰들이 더 나타났다. 이제 다섯 명이 된 경찰들은 승강장 주변을 돌면서 기차를 기다리는 승객들을 주시했고 몇몇에게는 질문도 던졌다. 알레산드라는 뱃속이 차갑게 오그라드는 기분을 느꼈다. 어쩌면 강도들을 찾는 건지도 몰랐다. 하지만 이내 그녀는 신문 장수에게 질문을 던지는 위틀록을 발견했고, 운이 따라주지 않음을 깨달았다.

알레산드라는 나지막이 욕설을 내뱉고 고개를 돌려 눈길을 끌지 않고 빠져나갈 길을 찾았다. 밖으로 나갈 수만 있다면 페퍼가 아직 기다리고 있을지 몰랐다. 그녀는 승산을 따져 본 다음 앞으로 나섰다. 고함도, 호각 소리도 들리지 않았다. 기차 한 대가 멈춰 섰지만 그녀가 기다리던 기차는 아니었다. 그래도 일단 기차에 탄 다음 승무원이 표를 확인하러 오면 표가 어디 있는지 모르겠다며 둘러댈 수도 있었다. 하지만 그런 위험은 무릅쓰지 않기로 했다. 기차까지는 탁 트인 공간이 너무 넓었고, 위틀록이 이미 신문 장수에게서 돌아서고 있었다.

알레산드라는 기차가 도착하면서 일어날 잠시 동안의 혼란이 자신의 탈출을 가려주리라 믿으며 서둘러 먼 출입구로 향했다. 승객들이 내리면서 소음이 더해졌다. 그녀는 고개를 숙인 채 이른 아침 도착한 승객들[22]의 흐름에 합류했다.

그리고 멀둔 경관과 부딪쳤다. 그가 자동적으로 알레산드라를 부축하고자 손을 뻗었고, 사과의 말이 입술에 올랐다. 그의 눈이 휘둥그레졌다. 그녀는 그의 발을 짓밟고 여행 가방으로 옆머리를 가격해 휘청거리게 만들었다.

알레산드라는 소리 지르는 경관 옆을 쏜살같이 지나쳤다. 힐을 신고 달리느라 애를 먹었지만 힐을 벗기 위해 속도를 늦추는 것보다는 나았다. 떠나기 전에 작업복으로 갈아입었더라면 좋았겠지만 벽돌공 같은 차림을 한 여자에게는 불편할 정도로 시선이 쏠렸을 터였다.

멀둔이 고개를 흔들며 일어섰다. 다른 경찰들이 그녀 쪽으로 모여들고 있었다. 다행히 위틀록은 보이지 않았다. 역 밖으로 나가 추적자들과 거리를 벌려야 했다.

사람들 사이를 누비며 나아가던 알레산드라의 눈에 구부정한 검은 형체가 거미처럼 빠르게 한 승강장으로 이동하는 모습이 들

---

22 이 장 도입부에서는 배경이 늦은 저녁으로 설정되어 있다. 작가의 착오로 보인다.

어왔다. "어딜 가시려고?" 그녀가 그를 따라가며 중얼거렸다. 그가 누구든 간에 빠져나갈 길을 안다면 이용해 줄 작정이었다. 찜찜한 상대이기는 했지만 경찰이 더 걱정이었다.

사내는 그녀를 바깥쪽 승강장 가장자리까지 안내했고, 그곳에서 옆으로 넘어가 사라졌다. 그는 선로를 건너 달아나고 있었다. 알레산드라가 뒤를 흘끗 보았다. 경찰은 아직 그녀를 발견하지 못한 상태였다. 멀둔의 머리를 세게 때린 덕분에 그녀가 어느 쪽으로 갔는지 보지 못했던 것이다.

알레산드라는 조심스럽게 선로로 내려서서 검은 옷을 입은 형체를 따라 멀리 있는 무개화차 쪽으로 나아갔다. 무개화차를 지나자 객차 조차장이 나왔다. 이제 사내의 의도는 명확했다. 빈 객차 중에 숨을 곳이 있을 터였다. 적어도 한두 시간 정도는. 사내는 가끔 뒤를 흘끔거렸다. 그녀가 따라오는 걸 눈치 챘을까? 따라오기를 바라는 걸까?

뒤쪽에서 외치는 소리가 들리자 알레산드라가 돌아보았다. 번쩍이는 푸른빛을 발견하고 욕설을 집어삼켰다. 멀둔이었다. 생각보다 빨리 회복한 모양이었다. 눈길이 순간 여행 가방으로 향했다. 가방 안에 지갑이 있었다. 권총을 꺼내는 데에는 잠깐이면 됐다. 하지만 그런 다음에는? 경찰과 총격전을 벌이는 건 영리한 도둑이 할 짓은 아니었다. 그녀는 자신도 모르는 사이 안내인이 된 사내를 놓치지 않으려 신경 쓰며 계속 나아갔다. 사내는 몸이 그렇게 구부정한 딴에는 움직임이 재빨랐고, 여러 차례 그녀의 시야에서 벗어났다. 조차장은 산업적 미궁이나 다름없었다. 방수포 밑에는 방직공장으로 갈 섬유 다발들이 어마어마하게 쌓여 있었다. 고맙게도 생선을 싣지 않은 냉동차들이 연결을 기다리고 있었다. 검은 코트를 입은 친구가 이곳으로 피신한 것도 당연했다. 경찰이 이곳을 뒤지는 데에만 몇 시간이 걸릴 터였다.

해가 회색 먹구름 뒤로 미끄러져 숨었고, 쌀쌀한 가랑비가 후드득 쏟아지기 시작하면서 뺨과 목 뒤를 찔렀다. 알레산드라는 코트 깃을 세우고 자갈과 진흙 위로 미끄러지지 않도록 주의를 기울였다. 멀리서 인부들이 그녀는 안중에도 없이 느긋하게 지나갔다.

객차 조차장에 이르자 머리 위로 솟은 철로 된 벽들에 숨이 막혔다. 줄줄이 늘어선 지저분한 차창들이 선로를 따라 걷는 알레산드라를 매섭게 내려다보았다. 객차에 오를까 생각해 봤지만 그늘지고 사방이 막힌 차 안으로 들어가는 것이 어쩐지 망설여졌다.

호각 소리가 허공을 갈랐다. 내달리는 발걸음 아래로 자갈이 바작거렸다. 그 소리가 그녀 대신 결정을 내려 주었다. 알레산드라는 마음을 단단히 먹고 객차에 올랐다. 필요에 몰리면 싫은 일도 해야 하는 법.

알레산드라는 몸을 숙이고 좌석 사이에 숨어 기다렸다.

11장

이빨

알레산드라는 객차 바닥에 숨죽이고 앉아서 작업복을 입었더라면 좋았겠다고 다시 한 번 생각했다. 드레스는 지금 상황에서 썩 편리한 복장은 아니었다. 팔다리와 등이 점점 아파 오자 그녀는 자세를 바꾸었다.

충분히 기다린다면 길을 건너 강까지 갈 수 있을지도 몰랐다. 강에 도착하면… 강변으로 갈까. 강을 따라 킹스포트나 마틴 해변으로 내려가는 배를 찾을 수 있을지도. 기차만은 못했지만 이것저것 가릴 형편이 아니었다. 아컴에서 빠져나가는 게 중요했다.

알레산드라가 강도 사건과 어떤 식으로든 관련이 있다며 위틀록이 경찰을 설득한 게 틀림없었다. 그게 아니라면 경찰이 찾으러 올 리가 없잖은가? 경찰이 쫓는 상대가 그녀가 아닐지도 모른다는 생각은 떠오르지도 않았다. 우연은 좋은 것이었지만, 이건 우연이 아니었다. 그녀가 미신을 믿었더라면 일종의 징조라고 생각했을 것이다.

일부 고객들이 뭐라고 주장하든 간에, 징조와 신비주의는 헛소리에 불과했다. 하지만 전에도 알레산드라가 설명할 수 없는 일들이 있기는 했다. 비욘의 석조 가고일이 잠시 살아있는 생명체처럼 느껴졌다든가. 데를레트 백작의 자택에서 들었던 소리들이라든가. 그리고 물론, 그날 밤 오제이유 거리에서 있었던 일도.

알레산드라의 마음이 너덜너덜해진 그날 밤의 기억을 피해 갔다. 거의 10년이 지난 지금까지도 그날 일어난 일을 희미하게 떠올릴 수 있었다. 혹은 그녀가 그날 일어났다고 생각하는 일을. 굶주린 새떼처럼 몰려들던 그림자, 아버지의 말다툼 소리, 어머니의 비명, 전깃불이 아닌 무언가 다른, 거의… 이 세상 것 같지 않았던 불빛, 그리고 뒤따른 침묵. 끔찍하고 무거웠던 그 침묵.

박물관에서도 비슷한 기분을 느꼈다. 미라의 텅 빈 시선과 마주쳤을 때 그 두 눈은 조금도 텅 빈 것 같지 않았다. 알레산드라는 그런 생각을 한쪽으로 치워 두었다. 아까 맞았던 머리가 아직도 아팠다. 뭘 보거나 느꼈다고 생각하든 사실이 아닐 터였다. 그날 밤 오제이유 거리에서 있었던 일처럼.

달려오는 발소리에 음울한 상념이 끊겼다. 알레산드라는 긴장하며 귀를 기울였다. 부츠 소리가 점점 크게 메아리치더니… 다시 선로를 따라 지나갔다. 위험을 무릅쓰고 창밖을 내다보니 두 경찰이 조차장 반대편 끝으로 향하고 있었다. 갑자기 들려온 목소리에 그녀가 돌아보았다. 다른 경찰들이 차량 반대편에서 다가오고 있었다. 멀둔도 그중 하나였다. 그녀는 몸을 웅크리고 그들이 지나가기를 기다리며 여행 가방에 눈길을 주었다. 저들이 차량을 확인하기로 한다면 선택의 여지가 없을지도 몰랐다.

금속이 끼익 거리는 소리에 알레산드라가 어깨 너머를 곁눈질했다. 희뿌연 눈이 그녀의 눈을 들여다보고 있었다. 너덜너덜한 입술 뒤로 썩은 이가 갈리면서 악취가 진동하는 숨결이 밀려왔다. 다음 순간, 검은 코트를 입은 남자가 종종걸음 치며 다가오는 혐오스러운 모습에 소름이 끼쳤다. 그녀는 멀둔에게 그랬듯 본능적으로 반응했다. 여행 가방이 위로 휘둘러지자 챙이 처진 모자가 날아갔다.

창백한 두 손이 알레산드라의 목을 향해 달려들었다. 얼룩덜룩한 두피와, 듬성듬성 난 무덤이끼 빛 머리카락이 눈에 들어왔다. 그녀가 뒤로 넘어지면서 공격자의 가슴팍에 힐을 꽂아 넣었다. 상대는 폐에 공기가 충분히 들어오지 않는 듯한 특이한 신음을 흘리며 뒤로 주춤 물러났다. 그녀는 잽싸게 몸을 일으켜 여행 가방을 방패삼아 내밀었다.

"원하는 게 뭐지?" 알레산드라가 낮은 목소리로 말했다.

"떠나지… 마라…" 사내가 꾸룩거렸다. 차량 안의 그림자 때문에 상대가 자세히 보이지는 않았다. 그럼에도 그가 발작적으로 다가오는 모습에 소름이 돋았다. "너… 떠나지… 마라."

"안됐지만 그건 네가 결정할 문제가 아니야." 알레산드라가 가장 가까운 차창을 곁눈질하며 말했다. 고함 소리와 자갈이 선로에 튀며 자그락대는 소리가 들렸다. 공격자 때문에 경찰이 그녀의 존재를 알아차렸다. 어쩌면 처음부터 그것이 목표였을지도.

"넌 누구를 위해 일하지?"

"일… 한다…" 사내가 거친 목소리를 내며 좌석 등받이를 할퀴듯 당겨 몸을 끌어 그녀 쪽으로 다가왔다. 때 묻은 차창으로 들어온 회색빛의 띠가 그를 가로질렀다. 코트에는 오물이 말라붙었고 얼굴은 기묘하게 늘어진 데가 있었다. 흡사 무슨 신경 질환을 앓고 있는 것 같았다.

알레산드라가 물러섰다. "내겐 총이 있어. 더 가까이 다가오면 네가 누구든 간에 쏘는 수밖에 없어."

"나를… 쏴…" 사내가 신음했다. 알레산드라는 처음에는 조롱이라고 생각했다. 하지만 거의 애원처럼 들렸다. 휘청휘청 또 한 걸음. "쏴… 나를… 쏴…" 그의 눈동자가 그녀와 마주쳤을 때 그 속에는 아무것도 보이지 않았다. 그림자 외에는.

순간이 늘어났다. 박물관에서 그랬듯, 순간이 펼쳐지며 그녀를 감쌌다. 바로 그 순간, 그녀는 다른 장소에서 젖은 바위와 그림자에 둘러싸여 있었다. 강렬한 푸른 광채가 어둠을 꿰뚫자 그녀는 움찔하며 물러섰다. 절규가 들렸다. 그녀가 알아들을 리 없는 언어로 토해내는 절규였지만 그녀는 알아들었다.

차토구아 엔 이느 안 야 프타근 느카이!

기이한 말들이 어둠을 뚫어냈다. 형체들이 빠르게 움직였다. 이제는 달리고 있었다. 어둠에게서 달아나고 있었다. 그녀에게서 달아나고 있었다. 알레산드라인지 아니면 다른 누구인지 모를 그녀는 그들을 쫓아가서 붙잡아 두 팔로 감싸려고 열심이었다. 하지만 팔이 팔 같지 않았고 팔처럼 움직이지도 않았다. 그럼에도 그녀는 그들 모두를 창조한 이를 보기 위해 그들을 취할 작정이었다. 애초에 그것이 그들이 온 이유였다. 그들 또한 먹히기 전에 마지막 선물을 바치는 게 당연했다.

그녀가 눈을 깜빡였다. 먹힌다고? 그 말이 머릿속에 메아리쳤고, 순간이 산산조각 났다. 시야가 울렁거렸고, 알레산드라는 머리를 감싸 쥐고 온몸을 떨면서 비틀비틀 물러섰다. 뱃속이 매듭을 지을 듯 꼬여 토하고 싶은 기분이었다. 목구멍이 깨진 유리를 삼킨 듯 쓰라렸고, 추악한 리듬이 두개골을 두들겼다.

검은 코트를 입은 사내가 축 늘어진 얼굴에 호기심 어린 표정을 띄우고 알레산드라를 응시했다. 그는 그녀가 알아듣지 못한 말을 읊듯이 내뱉으며 마지막으로 휘청 한 걸음을 내딛었다. 그가 달려들었을 때 그녀는 이미 차 반대편 끝 쪽으로 움직이고 있었다.

사내가 비틀거리며 쫓아오는 소리가 들렸지만 알레산드라는 돌아보지 않았다. 사내에게서 가능한 한 멀어지고 싶을 뿐이었다. 그녀는 바깥에 있는 자들의 눈에 띄지 않기 위해 자세를 낮추고 최대한 빠르게 차량에서 차량으로 이동했다.

뒤에서 추격자가 사납게 끙끙거리는 소리가 들렸다. 마지막 차량에 이른 그녀가 멈춰 섰다. 반대편 끝에서 누군가가 그녀를 기다리고 있었다.

사마코나가 차 뒤쪽에 앉아 있었다. 무기는 보이지 않았고 표정은 더없이 온화했지만, 어쩐지 목 뒤의 털이 곤두섰다. 어떻게 알레산드라가 있을 곳을 미리 알았는지는 알 수 없었지만, 그가 그녀를 이곳으로 유인했다는 건 분명했다. 등 뒤에서 불평 섞인 신음이 들렸다.

"조용." 사마코나가 조용히 말했다. "망을 보고 있어."

알레산드라는 돌아보지 않았다. 그녀는 검은 옷을 입은 사내에게서 풍겨 온 악취에 얼굴을 찡그렸다. 사마코나가 옆자리를 가리켰다. "이쪽으로. 앉으시오."

알레산드라가 리볼버를 꺼내 그를 겨누었다. 그가 왜 여기 있는지는 몰라도 그녀를 위해서일 것 같지는 않았다. "지금은 인사를 나눌 시간이 없어서. 정말 가야겠는데요."

사마코나가 일어서자 차량 안의 그림자가 그에게 모여드는 듯했다. 알레산드라는 자신도 모르게 물러서다가 검은 옷을 입은 사내의 구부정한 몸에 부딪칠 뻔했다. "당신은 실패했소." 그가 말했다. 리볼버는 알은 체도 하지 않았다.

화가 치밀어 오른 알레산드라가 인상을 썼다. "실패하지 않았어요. 성공할 기회가 없었죠. 누가 선수를 쳤다고요."

"누가?"

"내가 어떻게 알아요? 난리 났단 얘기는 들었을 텐데요? 무장 강도에 총격전에, 생각나는 거 없어요?"

"그건 아오. 그렇다고 당신이 실패하지 않은 건 아니지."

"그건 불공평한데."

사마코나의 미소는 차가웠다. "공평하다고 할 수도 없지. 당신은 계약 조건을 달성하지도 않고 떠나려고 하지 않았나. 당신이 유죄라는 뜻이지."

"내가 떠나려고 계획 중이었다는 것 말고는 아무 뜻도 없어요. 난 당신도 마찬가지일 거라고 생각했다고요. 물건이 사라졌으니까. 남아 있을 이유가 없죠."

"겁을 먹었군."

"실리적인 거죠."

"나도 마찬가지요. 나는 모든 일에서 가장 간단한 설명을 찾지." 사마코나는 뱀이 쥐를 관찰하듯 그녀를 관찰했다. 지금 잡아먹을지 아니면 나중을 위해 남겨둘지 결정하려는 듯이. "원한다면 우리 거래는 아직 유효하오." 마침내 그가 말했다.

"아직도 내가 미라를 훔쳐 주기를 바란다고요?" 알레산드라가 깜짝 놀라 물었다.

"그렇소, 우리는 아직도 그걸 손에 넣고 싶어 하오. 전과 마찬가지로 방법은 당신에게 달렸고."

"하지만 이미 도난당했잖아요."

"그랬지. 당신이 그걸 우리에게 가져올 테고. 그게 우리가 당신을 고용한 이유니까." 사마코나가 손가락 하나를 세웠다. "하지만 그걸 훔쳐간 자들의 이름도 함께 가져오도록. 당신의 비겁함에 대한 대가로. 둘 다 해낼 능력이 있다는 건 믿어 의심치 않겠소."

알레산드라는 잠시 고민했다. 좋은 거래였다. "두 배."

사마코나가 미간을 찌푸렸다. "두 배?"

"원래 요금의 두 배라고요. 난이도가 올라갔으니까."

사마코나는 잠시 침묵했다. "내가 거절한다면?"

"그럼 난 여기서 손을 떼고 보스턴으로 가는 다음 열차를 타야겠죠."

"그럼 난 지금 여기서 당신을 죽여야겠군."

사마코나의 말투에 알레산드라가 순간 움찔했다. "총을 가지고 있는 게 나라는 걸 생각하면 그건 쉽지 않을 텐데요." 그녀가 고민하며 방아쇠를 톡톡 두드렸다. "지금 여기서 당신을 쏘고 정당 방위를 주장하는 게 나을지도. 그럼 나중에 골치 아플 일도 없겠죠."

"당신은 안 쏠 거요."

"어떻게 알죠?"

"전에 말했듯이 난 당신을 잘 알거든. 당신은 도둑이지 살인자는 아니지. 가엾은 야부아틀도 쏠 기회가 있었지만 쏘지 않았잖소." 사마코나가 검은 옷을 입은 사내를 가리켰다. 알레산드라가 고개를 돌려 구부정한 형체에게 힐끔 시선을 던졌다. 다시 고개를 돌리자 사마코나가 코앞에 와 있었다. 움직임이 어찌나 신속했는지 거의 알아차리지도 못했다.

순간 사마코나가 더욱… 커 보였다. 어떻게 해서인가 주변의 공간을 가득 채운 것만 같았다. 그 순간 그는 거인이었다. 검은 눈에 다이아몬드 같은 이가 달린 장대한 거인. 그의 손가락이 무언가를 감싸 쥐어짜고 싶다는 듯 꿈틀거렸다. "이 문제에 대해 우리가 만족하기 전까지는 당신이 떠나는 것을 허락할 수 없소. 하지만 지금까지는 실적이 실망스럽군."

알레산드라가 한 발 더 물러나 차량 벽에 기대어 섰다. 사마코나가 다가왔다. "내 마음 같아서는 너를 입에 넣고 뼈가 가루가

되도록 갈아 먹고 싶지만." 미처 알아차리기도 전에 그의 두 손이
그녀 머리 좌우의 벽을 세게 쳤다. 권총이 그의 가슴을 누르고 있
었지만 어째서인지 방아쇠를 당길 수 없었다. 이제 그의 체취가
느껴졌다. 향수만이 아니라 다른 냄새도 함께였다. 향기 아래로
그의 종복이 풍기던 부패의 악취 비슷한 썩은 내가 훅 끼쳤다.

그의 두 눈이 부풀어 오르는 것처럼 보이더니 시야를 가득 채
워 그녀가 눈길을 돌리지 못하게 했다. 두 눈 안에 든 것을 보고
있을 수밖에 없었다… 별들과 별이 아닌 것들을. 홍채가 점점 커
지며 갈라졌다. 하나가 둘이 되고, 둘이 넷이 되고, 넷이… 무한이
되었다. 얼어붙은 강물 속에 빠진 것만 같은 한기가 찾아왔다. 그
가 입을 벌렸고, 턱이 팽창했다. 그의 이는, 맙소사, *그의 이빨*
은…

"가루가… 되도록." 그가 다시 말했다.

다음 순간, 사마코나는 팔에 코트를 걸치고 손에 모자를 든 채
차량 저편에 서 있었다. 그가 예의 바르게 미소 지었다. 온몸이
덜덜 떨렸고 손에 든 권총이 흔들렸다. 뱃속이 뒤틀려 오그라들
었다. "어떻게…?" 알레산드라가 입을 열었다.

"조건을 받아들이지. 또 연락하리다. 행운을 빌겠소."

사마코나는 소리 하나 없이 떠났다. 조금 전까지 있었건만 다
음 순간에는 사라져 있었다. 검은 옷을 입은 사내도 함께 사라졌
다. 알레산드라가 벽을 따라 미끄러져 주저앉았다. 권총이 손가
락에서 흘러내렸다. 발사되지 않은 건 순전히 운이었다. 그녀는
방금 일어난 일을 이해하려 애쓰며 차량 저쪽 끝을 바라보았다.

"최면이야." 알레산드라가 중얼거렸다. 그 말이 조금이나마 위안이 되었다. 사바코나는 일종의 스벵갈리[23]였다. 그게 틀림없었다. 전에도 그런 사람들을 만난 적이 있었다. 교묘한 속임수로 순진한 사람들을 몰아세우는 트릭스터[24]와 파키르[25] 같은 사람들.

예기치 않게 의표를 찔린 거다. 그 뿐이었다. 알레산드라가 떨리는 손으로 권총을 주워 꺾어 열었다. 약실을 확인하고 다시 찰칵 닫았다. 다음에는 먼저 쏘고 볼 테다. 결과는 개나 주라지.

하지만 그러기 전에, 평소 요금의 두 배였다. 구미가 당겼다. 거부하기에는 너무 매력적이었다. 알레산드라는 돈이 필요했고, 이 일에는 많은 돈이 걸려 있었다. 이미 도난당한 물건을 훔치기만 하면 됐다. "그야 쉽지." 그녀가 중얼거렸다. 하지만 일단 해야 할 일이 있었다. 경찰을 피해야 했다. 살며시 문을 열고 밖을 내다보았다. 추격자들의 낌새는 없었다. 권총을 도로 여행 가방에 넣고 바닥에 떨어뜨렸다.

그 순간 45구경 자동권총 특유의 공이치기 당기는 소리가 들렸다. 알레산드라는 얼어붙었다.

"어디 가시나, 백작?" 위틀록이 말했다. 고개를 돌리자 그가 겨눈 총의 총구 속까지 들여다보았다. 그는 주저 없이 쏘겠다는 표

---

23 영국 작가 조지 듀 모리에의 소설 「트릴비」에 등장하는 캐릭터에서 유래하여 악한 의도를 가지고 타인을 지배하고 조종하는 인물을 가리키는 말.

24 신화에서 질서를 깨뜨리고 고약한 장난을 좋아하는 캐릭터.

25 본디 가난을 뜻하는 아랍어 파크르에서 유래하여 자급자족하는 신에 대한 인간의 영적 필요, 혹은 그에 따라 자신을 온전히 신에게 의탁하는 사람을 뜻하는 말이었지만 여기에서는 신비한 힘을 지닌 수행자라는 뜻으로 쓰였다.

정이었다. "나 때문에 겁먹고 달아나려고 했다고 생각하긴 싫은데."

"그 말은 못 믿겠는걸." 알레산드라는 항복 의사가 잘못 전달되지 않도록 두 손을 천천히 들어올렸다. "당신은 여자들을 겁주기좋아하는 남자 같단 말이지. 적어도 얼마 안 되는 그간의 만남을 생각하면 그래."

위틀록이 인상을 썼다. "자, 자… 무례하게 굴 필요 없잖나. 가방 내려 놔." 그가 차량 쪽을 돌아보았다. "안에 또 누가 있었지? 공범인가?"

"절대 아니야."

"그건 두고 보지. 일단 손부터 들어."

"이미 들었는데."

"그럼 더 높이 들어." 위틀록이 흘끗 뒤를 보았다. "멀둔, 내가 잡았네." 그가 외쳤다. "이쪽이야!" 그가 잽싸게 다시 고개를 돌렸다. "허튼 생각 마."

"꿈도 안 꿔."

위틀록이 싱긋 웃으며 가까이 다가왔다. "방에 그렇게 가방을 두고 떠나면서 자신이 똑똑하다고 생각했겠지. 케케묵은 수법이야."

"그래도 거의 통할 뻔했잖아."

위틀록의 미소가 흐려졌다. "그래. 보기보다 운이 좋은지도."

"보다시피 그건 아닌데." 알레산드라가 주변을 돌아보자 파란 제복들이 우르르 나타났다. 멀둔도 그중 하나였다. 그가 그녀를 보더니 위틀록을 바라보았다.

"다른 녀석은?" 위틀록이 물었다. "본 사람 있나?"

"다른 녀석이라뇨?" 멀둔이 물었다.

"검은 코트 입은 키 작은 녀석. 어디로 갔지?"

"전 저 여자만 찾고 있었는데요." 멀둔이 말했다.

"그럴 만도 하지." 한 경찰이 그렇게 중얼거리자 동료들이 웃음을 터뜨렸다.

멀둔은 동료들을 무시했다. 그가 수갑 한 쌍을 들고 알레산드라에게 다가섰다. "얌전히 따라오셨으면 좋겠군요, 아가씨."

"백작이에요." 알레산드라가 부드럽게 정정했다.

"그렇군요, 백작님." 멀둔은 그녀의 몸을 수색하고 수갑을 채우는 내내 완벽한 신사처럼 행동했다. 위틀록은 체포 과정이 조금 더 거칠기를 바라는 표정이었지만 아무런 말없이 총을 집어넣었다. "자, 이걸로 다 끝났습니다." 멀둔이 말을 이었다. 그가 위틀록을 바라보았다. "그 대포 소지 허가증은 가지고 있으시길 바라겠습니다."

위틀록이 알레산드라의 여행 가방을 뒤지며 낑낑거렸다. "여기에 총이 들었군그래." 잠시 후, 그가 말했다. 그가 희미한 미소를 지으며 그녀를 올려다보았다. "백작은 어떠신가? 이 딱총 소지 허가증은 갖고 계시고?"

"물론이죠. 난 준법시민인걸요."

위틀록이 신랄하게 웃었다. "퍽도." 그가 기대 어린 눈으로 멀둔을 바라보았다. "이 여자가 달아나고 있을 거라고 했잖나." 그가 의기양양하게 말했다.

멀둔이 고개를 끄덕였다. "그러셨죠." 그가 알레산드라를 보았다. "왜 달아나신 겁니까?"

"달아나지 않았어요. 당일치기로 킹스포트에 다녀오려던 것뿐이에요."

"보스턴을 경유해서?" 위틀록이 말했다.

"매표소에서 실수한 거예요." 알레산드라가 대수롭지 않다는 듯 말했다. 들통 나기 쉬운 시시한 거짓말이었다. 하지만 그 말이 위틀록의 부아를 돋운 게 분명했고, 그것만으로도 가치가 있었다. "풀려나는 대로 철도 회사 측에 항의하겠어요."

"내가 할 말은 아니겠지만 당신은 풀려날 일 없어."

"다행히 당신이 할 말은 아니죠." 알레산드라가 멀둔에게 두 손을 들어 보였다. "이럴 필요 없어요. 얌전히 따라갈 테니."

"가방으로 저를 때리실 때는 그렇게 얌전하지 않으시던데요."

"당신이 놀라게 했잖아요. 평범한 상황이라면 전 언제나 기쁜 마음으로 경찰 여러분의 질문에 협조한답니다."

멀둔이 알레산드라를 오랫동안 바라보았다. 그러더니 위틀록의 반대를 무시하고 수갑을 풀었다. "후회하게 하지 마십시오." 그가 말했다.

"그럴 생각은 추호도 없답니다." 알레산드라가 거짓말했다.

12장

취조

멀둔 경관이 알레산드라를 취조실로 안내한 뒤 문을 닫았다. 그가 방 한쪽 귀퉁이에 자리를 잡고 벽에 기대어 섰다. "앉아요." 그가 말했다. 알레산드라가 앉았다.

알레산드라 맞은편에 앉은 애브너 위틀록은 어쩐지 정사각형 회색 콘크리트 방과 어울려 보이지 않았다. 벽에 묻은 감출 수 없는 얼룩이나 나무 의자와 책상에 난 흠집과는 대조적으로 깨끗한 정장 차림에 정직한 얼굴을 하고 있기 때문인 듯했다.

그들은 알레산드라를 거의 온종일 유치장에 내버려두었다. 바깥에서는 오후가 저녁에 자리를 내주고 있었다. 여행 가방은 내용물과 함께 압수당했다. 위틀록이 압수한 물건들을 샅샅이 살펴보았으리라는 데에는 의심의 여지가 없었다. 범죄와 연결될 가능성이 있는 물건들은 전부 버리고 온 가방 안에 숨겨 두었기에 다행이었다.

경찰서는 번화가에서도 독립 호텔에서 멀지 않은 곳에 있었다. 붉은 벽돌로 된 위풍당당한 건물이 야트막한 오르막에 선 모습이 마치 중세 해자와 성곽 안뜰의 현대판 후손 같았다. 알레산드라가 상상했던 것보다 작았고, 사무실에는 경찰이 얼마 없었다. 눈에 보이는 제복은 두 종류였는데 어떤 차이가 있는지는 알 수 없었다. 멀둔에게 물어보았지만 그는 질문을 무시했다.

"알레산드라 초르치 백작." 잠시 후, 위틀록이 말했다. 그의 앞에는 커다란 봉투가 놓여 있었다. 펼쳐진 봉투 덮개 속으로 톱니바퀴처럼 겹쳐진 사진 여러 장과 더불어 특유의 갈겨쓴 글씨로 적힌 프랑스 경찰 보고서가 보였다.

"위틀록 씨." 알레산드라가 예의 바르게 미소 지으며 말했다. 그가 그녀를 놀라게 할 작정이었다면 그녀의 이름이 담긴 보고서 하나로는 부족했다. "다시 만나서 반갑네요. 그것도 이렇게 빨리."

"그래." 위틀록이 봉투의 내용물을 꺼내 책상에 펼쳐 놓기 시작했다. "당신 친구들이 전시회장에서 난리를 쳤더군."

"장담하는데 제 친구들은 아니랍니다."

"장담 따위는 자루에나 처넣으시지." 위틀록이 알레산드라를 노려보았다. "내가 기차에서 당신을 알아본 건 순전한 우연이었어. 운 좋게도 우리 회사의 이곳 지점이 열려 있더군. 보스턴발 야간 기차로 이 파일을 보내 달라고 해서 내가 도착한 지 몇 시간 만에 받았지."

"그거 우쭐해지는걸요."

위틀록이 의자에 등을 기댔다. "그럴 것 없어. 어떤 범죄자를 상대하더라도 똑같이 했을 테니까."

"저는 범죄자가 아니지만요."

"그럼 왜 여길 뜨려고 했지?"

"말했듯이 당일치기 여행을 다녀올 생각이었다니까요."

"퍽도 그렇겠군. 당신은 도둑이고 도둑들은 도망을 치지. 그게 하는 일이니까."

알레산드라가 미간을 찌푸리며 손가락으로 입술을 두드렸다. "그건 모욕인가요? 아니면 명예훼손? 제가 잊어버려서."

"둘 다 아냐. 당신이 이번에 가명을 쓰지 않은 건 메사추세츠에서 본명을 알아볼 사람이 없다고 생각했기 때문이겠지." 위틀록이 서류 여러 장을 꺼냈다. "알레산드라 초르치 백작, 1901년 베네치아에서 페로 초르치 백작과 그의 아내 베아트리체 사이에서 출생. 자매가 둘 있고 둘 다 결혼했지. 물론 초르치는 당신의 진짜 이름도 아니고 당신 부모도 진짜 귀족이 아니지."

"지금은 귀족이랍니다." 알레산드라가 말했다. "담배 피워도 되나요?"

"안 피웠으면 좋겠군. 역겨운 습관이야." 위틀록이 계산하는 듯한 눈길로 그녀를 응시했다. "페로는 도박사였어. 실력이 좋았지. 베아트리체는 쇼걸이었고…"

"벌레스크[26] 댄서셨죠." 알레산드라가 무심코 정정했다. "역시

---

26 처음에는 진지한 문학, 음악, 무대 공연 양식에 대한 패러디로 출발한 개념이지만 여기서는 카바레, 극장 등에서 유행했던 하층 계급을 대상으로 하는 코미디, 곡예, 마술, 노래, 춤 등을 모은 버라이어티 공연을 가리킨다.

실력이 좋으셨고요. 아무튼 계속해 봐요."

"1900년경, 페로는 어느 방탕한 귀족에게 사기를 쳐 땅과 작위를 얻어내 자기 것으로 삼은 다음 이후 십 년 동안 다른 사람 행세를 하지." 위틀록이 미소 지었다. "그 아버지에 그 딸이군."

"실은 어머니 아이디어였답니다." 알레산드라가 흥미를 보이며 미소로 화답했다. "그리고 작위를 구매한 건 범죄가 아니에요. 지금도 수많은 당신네 동포들이 성과 문장을 사려고 유럽을 샅샅이 뒤지고 있는걸요."

위틀록이 고개를 가로저었다. "하지만 작위에 딸린 땅은 없지, 안 그런가? 재산도 없고."

"작위가 곧 재산이에요, 땅이란 끔찍하게 따분한 물건이고." 특히 세력가의 파티에 장식용 귀족으로 참석하면 돈이 들어왔다. 신흥 재벌들은 너나 할 것 없이 작위를 지닌 친구와 지인들에게 딸려오는 품위의 광채를 원했다. 주로 미국인들이 그랬지만 영국인들도 귀족을 대단히 사랑했다. 프랑스인들은 그 정도는 아니었다.

"바로 그게 당신이 절도에 의지하게 된 이유지. 특히 예술품 절도에."

"무슨 말을 하는 건지 전혀 모르겠네요." 그런 이유가 아니었지만, 굳이 위틀록을 깨우쳐 줄 필요는 없었다. 사실을 말하자면 알레산드라에게는 범죄자 집안의 피가 흘렀다. 아버지가 도둑이었고 어머니도 도둑이었다. 할아버지 할머니도 마찬가지였다. 그녀는 그저 선대가 남긴 발자국을 따라가고 있을 뿐이었다.

"상관없어, 아직 안 끝났으니까." 위틀록이 봉투에서 또 다른 서류를 꺼냈다. 알레산드라는 그가 지금 이 과정을 즐기고 있다는 기분이 들기 시작했다. 앞서 무례하게 굴었던 그녀에 대한 약간의 복수일까. 아니면 그녀가 그의 목숨을 구해주었다는 사실에 대한 보답일지도. 목숨을 구해준 것이 후회되기 시작했다. "여기 있는 보고서들은 파리, 런던, 빈, 비욘, 마라케시, 그 외 십수 곳의 경찰에서 보낸 거야." 그가 또 다른 서류 뭉치를 꺼냈다. "진술서들도 있지. 그 중에는 데를레트 백작도 있어. 기억나나?" 그가 그녀에게 기대 섞인 눈길을 던졌다.

"기억난다고 할 수는 없겠네요." 알레산드라는 놀란 표정을 짓지 않도록 주의했다. 누가 바삐 움직인 모양이었다. 백작이 멀리까지 손이 닿는다는 건 알았지만 이건 예상 밖이었다.

"흠, 그쪽에서는 당신을 기억하던데. 그리고 사람을 보내서 당신을 우리 손에서 치워 주겠다는 제안도 하더군. 그렇지 않나, 멀둔?"

"그랬지요." 멀둔이 천천히 고개를 끄덕이며 말했다. 진심으로 하는 말 같았다. 아니면 그냥 연기 실력이 좋거나. 어느 쪽이든, 백작의 손아귀에 떨어진다는 건 달가운 상상은 아니었고, 갑자기 불편해진 그녀는 공격에 나서기로 했다.

"우리 손이라." 알레산드라가 되뇌었다. "제가 무지해서 그런데 이 나라에서는 보험조사원도 법 집행관으로 간주하나요?"

멀둔이 헛기침을 했고, 위틀록은 침묵했다. 알레산드라가 미소를 지으며 앞으로 몸을 기울였다. "이 말이 하나라도 사실이라면,

제가 당신이 생각하는 사람이 맞다면, 정말 제가 그렇게 쉽게 겁을 먹을 거라고 생각하는 건가요? 봉투에 서류 담는 것쯤이야 누구나 할 수 있어요. 이름 몇 개 주워섬기는 것도 누구나 할 수 있고. 증거는 있나요?"

두 남자가 시선을 교환했다. 멀둔은 불편한 기색이었다. 알레산드라가 판단하기에 그는 남의 영향에 쉽게 휘둘리며 야심이 있는 청년이었다. 위틀록도 야심은 있었지만 방식이 달랐다. 그를 보면 한 번 맡은 냄새를 끝까지 쫓아가겠다고 작정한 사냥개가 떠올랐다. 그녀는 그런 부류를 알았다. 전에도 상대한 적이 있었다. 쉽게 그리고 자주 기가 꺾이기는 해도 골치 아픈 부류였다. 그녀는 의자에 등을 기대며 멀둔을 쳐다보았다.

"경관님, 제가 사기죄로 여기에 온 거라고 이해하면 될까요?"

멀둔이 미간을 찌푸렸다. "아뇨, 수사에 협조를 부탁드리려고 모신 겁니다. 지금 그러고 계시는 거고요." 그가 책상 끄트머리에 앉았다. "강도 사건에 대해 기억하시는 게 있습니까?" 위틀록이 끼어들려 했지만 멀둔이 손을 저어 입을 다물게 했다.

"유감이지만 많진 않아요. 무척 겁이 났거든요."

위틀록이 콧방귀를 뀌었다. "시카고 타자기를 집어들 때는 겁먹은 것 같지 않던데. 아무렇지도 않아 보이던걸."

알레산드라가 미간을 좁혔다. "타자기를 집어든 기억은 없는데요."

"톰슨 기관단총 말입니다." 멀둔이 위틀록에게 다시 경고의 눈길을 보내며 설명했다.

"아, 맞다, 제가 위틀록 씨의 목숨을 구했을 때요!"

위틀록은 알레산드라를 노려보았지만 아무 말도 하지 않았다. 멀둔이 고개를 끄덕였다. "네, 그러셨죠. 그래서 이렇게나마 배려해 드리는 겁니다. 그래서 제가 백작님의 말씀을 믿어 드리는 거고요. 위틀록 씨는 백작님이 도둑이라고 하지요. 하지만 저로서는 백작님이 어떻게 이런 일에 연루되실 수 있었다는 건지 모르겠군요."

"그야 연루되지 않았으니까요." 알레산드라가 턱을 기울여 멀둔을 올려다보았다. "변호사는 언제 배정되죠?"

"변호사가 배정되는 건 미국인들뿐이야." 위틀록이 말했다. "당신은 미국인이 아니지. 변호사는 없어."

"물론 그건 불공정한 처사고요."

"변호사는 필요 없으십니다." 멀둔이 말했다. "말씀드렸듯 백작님은 체포되신 게 아닙니다. 체포되셨다면 지금 순찰 경관이 아니라 하든 형사님을 상대하고 계시겠죠. 백작님은 목격자이십니다. 저는 진술을 받는 거고요."

"그럼 그냥 가도 되나요?"

"원하신다면요."

알레산드라는 멀둔의 말에 대해 생각해 보았다. 그는 분명 야심이 있을 뿐만 아니라 집요하기도 했다. 그녀가 뭔가를 감추고 있다고 판단한다면 어떻게든 그녀를 힘들게 만들어 주겠다는 티를 낼 게 분명했다. 두 사람이 그녀에게 볼 일이 끝났다고 판단할 때까지는 이 헛소동에 장단을 맞춰 주는 편이 최선일 듯했다. "기차역에서 말씀드렸듯이, 기꺼이 질문에 답하겠어요."

멀둔이 미소 지었다. "그렇게 말씀하시리라 생각했습니다. 그럼 톰슨을 집어 드신 다음…"

"그래서 위틀록 씨를 구한 다음에요."

멀둔은 얼굴이 붉어진 위틀록을 흘끗 보았다. "위틀록 씨를 구하신 이후에 기억하시는 건요?"

"총을 쏜 다음 강도들이 마주 총을 쏘기에 숨을 곳을 찾았어요."

"달리 기억하시는 건 없습니까? 강도들이 서로 이름을 부르던가요?"

"제 기억에는 없네요." 알레산드라가 거짓말했다. "그런 걸 신경 쓰기에는 너무 혼란스러웠거든요. 이해하시겠지만, 사방에 유리조각이 날아다녔으니까요."

멀둔이 이해한다는 듯 고개를 끄덕였다. "그럼 왜 상황이 끝난 뒤 현장에 남지 않으셨죠?"

"말씀드렸듯 무서웠거든요. 특히 여기 위틀록 씨가요."

"내가?" 위틀록이 모욕당했다는 목소리로 말했다.

"위틀록 씨가 전시회 도중 저를 대했던 태도 때문에요. 무척 공격적이었어요. 무척 괴로웠고요. 그런데 강도까지 들이닥치니… 실신할 것 같더라고요. 어딘가에 누워야 했어요."

"설마 이런 소리를 믿는 건 아니겠지." 위틀록이 멀둔을 보며 말했다.

"뭐든 무조건 믿지는 않습니다." 젊은 경관이 말했다. "하지만

편견 없이 듣고 있습니다." 그가 자리에서 일어났다. "기억하시는
건 그게 전부인가요?"

"아는 게 있으면 말씀드렸을 거예요." 알레산드라가 애석하다
는 표정을 지어 보였다. "안타깝게도 제가 별 도움이 되어 드리지
못한 것 같네요. 며칠 있으면 또 다른 게 떠오를지 모르겠지만 지
금 당장은… 음." 그녀가 어깨를 으쓱했다. "가도 될까요?"

"아니." 위틀록이 말했다.

"네." 멀둔이 맞받았다. 그가 보험조사원을 노려보며 문을 열었
다. "이 자리에서 할 수 있는 조사는 다 끝난 것 같군요. 하지만
도시를 떠나시면 안 됩니다."

"그럴 생각은 추호도 없답니다."

알레산드라 뒤에서 멀둔이 문을 굳게 닫았다. 그래도 두 사람
이 다투는 소리는 들렸다. 그녀는 미소를 지으며 사무실을 요리
조리 빠져나갔다. 그녀를 주시하는 시선이 느껴졌고, 위틀록이
경찰을 설득해서 체포 영장을 발급받기까지 얼마나 걸릴지 궁금
했다. 그리 오래 걸리지는 않을 것이다. 완고한 사람이라는 인상
을 받았으니까.

위틀록이 관심을 보인 탓에 사태가 복잡해졌다. 그렇게 주목받
는 건 정말이지 사양이었다. 그녀는 지루한 표정의 담당자에게서
소지품을 돌려받는 동안 경찰들이 나누는 대화에 귀를 기울였다.
딱히 흥미로운 이야기는 없었지만 강도 사건 수사에 상당한 노력
이 동원되고 있는 것만은 분명했다.

마침내 경찰서를 나왔을 때는 날이 저물고 있었다. 놀랍게도

페퍼가 계단에 앉아서 기다리고 있었다. "이제야 나왔네." 택시기
사가 말했다. 그녀가 일어나 기지개를 켰다. "틀림없이 큰 집으로
데려 가겠구나 했는데."

"어디?" 계단 양쪽의 커다랗고 하얀 원형 전등에 불이 들어오
자 알레산드라가 올려다보았다. 전등에는 **"경찰"**이라는 글자가
새겨져 있었다. 부드러운 불빛이 짙어 가던 그림자를 몰아내자
고마운 마음이 들었다.

"감방. 콘크리트 휴양지." 페퍼가 의미심장한 손짓을 해 보였다.
"감옥 말이야."

"아. 아냐. 그냥 질문하려고 불렀대. 넌 왜 여기 있어?"

"기다리겠다고 했잖아. 경찰이 오는 걸 보고 당신 때문이겠구
나 싶어 따라갔지. 호텔로 돌아갈 차가 필요할 것 같아서."

알레산드라가 감사의 미소를 지었다. "고마워."

"아직 고마워할 것 없어. 미터기 켜 뒀거든." 페퍼가 택시 문을
열자 알레산드라가 안으로 들어갔다. "어디로 갈까?"

"호텔."

"기차역이 아니고?"

"됐어. 기차는 놓쳤어." 알레산드라가 좌석에 등을 기댔다. "혹
시 검은 코트 입은 키 작은 사람이 널 따라다니지는 않았어?"

"뭐?"

"아냐. 멀둔이라는 경관 알아?"

"토미?" 페퍼가 택시를 몰아 차량 흐름에 합류하며 말했다. "응,
조금. 여기저기 기웃거리면서 말 걸고 다니지. 좋은 사람이야, 경

찰치고는."

"혹시 그 사람이 네 정체를…?" 알레산드라가 운을 뗐다. 페퍼가 웃음을 터뜨렸다.

"그 사람이? 아냐. 관찰력 좋은 사람은 못 돼."

알레산드라가 그 말에 눈썹을 치켜세웠다. "하지만 열심이지? 좋은 경찰관이고?"

"그럼. 아마 이 도시에는 과분한 수준일걸."

"그거 곤란하네." 알레산드라가 좌석에 몸을 묻었다. "그 사람은 전시회장에서 벌어진 일이 내 책임이라고 생각하는 것 같던데. 주동자는 아니어도 어떤 식으로든 관련은 있다고 말이야."

"대체 왜 그렇게 생각한대?"

"나야 영문을 알 리가 있나."

페퍼가 콧방귀를 뀌었다. "아가씨, 난 구라는 들으면 바로 알아."

알레산드라가 눈썹을 치켜세웠다. "구… 라?"

"공갈, 거짓말, 지어낸 말. 당신 무슨 경찰이라도 돼? 그래서 여기 온 거야? 누가 미라를 훔치고 가짜를 대신 갖다 놓기라도 한 거야 뭐야?" 페퍼는 자신의 상상에 신이 난 목소리였다. "아, 잠깐만, 알았다! 미라 안에 든 보석을 도둑맞은 거지?"

"아냐, 그리고 나도 경찰 아니고." 알레산드라는 페퍼의 추측에 살짝 모욕당한 기분이었다. "난 도둑이야, 경찰이 아니라."

페퍼는 잠시 침묵했다. 그러더니 말이 쏟아져 나왔다. "그래서 거길 뜨려고 그렇게 야단법석이었구먼. 그럴 줄 알았지. 그때는 내가 안다는 걸 몰랐지만, 그래도 난 알았어.”

“뭘 알았다는 거야?”

“당신이 범죄자라는 거.”

“조금 전에는 내가 경찰이라고 확신했으면서.”

“범죄자랑 경찰은 근본적으로 같은 거야!” 페퍼가 내뱉었다. “당신 태우고 돌아다닌 것만으로 나도 빵에 가려나?”

“그건 아닐걸.” 알레산드라가 페퍼의 어깨를 두드렸다. “걱정하지 마. 내가 감옥 갈 일 벌일 것 같으면 미리 알려 줄게.”

페퍼가 고개를 설레설레 저었다. “고마워. 아마도.”

알레산드라가 쿡 웃었다. “고맙긴.”

페퍼가 잠시 조용해졌다. 하지만 결국에는 호기심이 이겼다. “그래서, 당신이 도둑이면, 그 미라를 훔치러 온 거야? 그래서 경찰이 당신을 들들 볶는 거고?”

“내가 그러려고 왔든 아니든, 미라는 사라졌어.”

“우리가 찾을 수 있다는 데에 걸게.”

“우리?”

“어, 당신이.”

“말해 봐, 우리가 어떻게 찾는다는 거야?”

“아는 사람들이 있거든. 미라를 훔칠 만한 사람들을 아는 사람들.”

알레산드라가 코웃음 쳤다. “그게 아컴에서는 흔한 일인가 보지?”

“아가씨, 그게 이번 주에 일어난 가장 기묘한 일은 아니랍니다.”

살짝 기가 질린 알레산드라가 말했다. "그 사람들 말인데… 이 지역의 불법적인 활동에 정통한 사람들이야?"

"범죄자냐는 소리?"

"응."

"그렇담 맞아, 범죄자들이야. 엄밀히 말하면 송사리들이지만, 소식은 빠삭해."

"훌륭해." 그녀가 미소 지었다. "그럼 소개가 필요하겠는걸."

13장

계획

"그래서 계획이 뭐야?" 페퍼가 빵 조각으로 접시에 남은 소스를 닦아내며 물었다. 호텔 레스토랑은 거의 비어 있었다. 저녁을 먹기에는 너무 이르고 점심을 먹기에는 너무 늦은 시간이었다. 식당은 화려하면서도 묘하게 황량했고 미완성인 느낌이었다. 테이블 사이의 간격이 너무 넓었고 천장이 너무 높았다.

알레산드라가 주문한 닭 요리를 쿡쿡 찔렀다. 맛이 어쩐지 이상했다. 주방으로 돌려보낼까 고민하다 소란 피우지 않기로 했다. 대신 접시를 한쪽으로 치웠다. "미라 도둑들의 행방을 추적한다는 계획이야. 하지만 그보다 중요한 건 미라를 찾는 거야."

"하나를 찾으면 다른 하나도 찾는 거 아냐?"

"늘 그렇진 않아."

"오." 페퍼가 이해하며 말했다. "녀석들이 누군가를 위해 한 일이라고 생각하는 거구나. 말 되네. 이 동네 조무래기들이라면 누가 시키지 않는 이상 굳이 그런 곳을, 그것도 대낮에 터는 고생을 사서 하지는 않을 테니까."

알레산드라가 페퍼의 빠른 이해에 흡족해하며 고개를 끄덕였다. "그래. 다른 누군가를 위해서 한 일이 거의 확실해. 내가 찾아야 하는 건 바로 그 다른 누군가고."

페퍼가 무언가를 떠올린 듯 이맛살을 찌푸렸다. "그 사마코나라는 녀석은 어때? 이 일을 어떻게 생각하는데?"

불현듯 사마코나의 단단한 손아귀가 떠오르자 알레산드라는 목을 매만졌다. "그는… 나와 원래 했던 계약 조건을 기꺼이 재조정하겠다고 했어."

페퍼가 알레산드라를 유심히 보았다. "그래? 인심도 후하네." 그녀가 의심스럽다는 듯 말했다.

"무척 후하지." 알레산드라가 잔에 든 물을 한 모금 마셨다. 묘한 모래 맛이 났다. "하지만 그 후한 인심에는 암묵적인 마감기한이 딸려 있어. 목표물은 빨리 찾아낼수록 좋아." 이제는 사마코나가 어떤 부류의 인간인지 확신이 서질 않았다. 위험한 인간이라는 것 외에는. 거래가 유지되는 동안은 위험하지 않으리라는 예감이 들었다. 하지만 그게 언제까지일지는 알 수 없었다.

다행히 알레산드라는 언제나 생각이 빨랐다. 그녀는 차를 타고 호텔로 돌아가는 동안 기본 전략을 세웠다. 페퍼는 저녁을 일찍 먹자는 제안을 반겼고, 이탈리아 음식 비슷한 무언가를 접시 째로 흡입하다시피 했다.

"범인 중 하나는 다쳤어. 부상이 심하진 않지만 의사가 필요할

거야." 알레산드라가 페퍼를 보았다. "이 동네에서는 그런 녀석들
이 치료받으려면 어디로 가지? 병원은 아닐 테고."

페퍼가 손가락에 묻은 소스를 핥으며 곰곰이 생각했다. "강변
에 사람이 하나 있어. 아마 원래 수의사였을 거야. 술꾼이지만 그
래도 총알쯤은 쉽게 빼낼 수 있어."

"아는 사이야?"

페퍼가 어깨를 으쓱했다. "꼭 그런 건 아니고. 약간. 어쩌면."

알레산드라가 페퍼의 대답이 재밌다는 듯 눈썹을 치켜세웠다.
"너도 신세 진 적이 있는 거야?"

"두어 번 긁힌 적 있거든."

"그래?"

"이 도시에선 택시기사 노릇도 쉽지 않거든." 페퍼가 챙 모자를
도로 썼다. "데려다 줄까?"

"됐어. 경찰이 이미 찾아갔겠지. 강도 하나가 부상당했다는 건
경찰도 알거든. 경찰이 모르는 건 강도들의 이름이야. 하지만 난
이름도 알지. 놈들이 잠적할 거라는 것도 알고."

"뒤통수가 뜨거울 테지. 아예 이 동네를 뜰지도."

알레산드라가 고개를 가로저었다. "그건 아냐. 경찰이 나가는
길목을 감시할 테니까. 난 놈들이 숨어 있을 만한 곳을 아는 사람
과 얘기하고 싶어. 그게 아니면 놈들에 대해 뭐든 알 만한 사람이
라도."

페퍼가 고개를 끄덕였다. "그건 내가 주선할 수 있어. 아는 사
람의 아는 사람이 있거든. 내일 아침이면 연락이 닿을 거야."

"좋아. 얘기해 보고 나랑 이야기할 의향이 있는지 알아봐." 알레산드라가 뒤로 기대어 앉았다. "그동안 나는 잠을 좀 자야겠어." 그녀가 일어섰다. 페퍼가 미간을 좁혔다.

"나는 어쩌고?"

"너도 잠을 자 두는 편이 좋을 거야."

알레산드라가 계산하고 자리를 떴다. 로비로 들어서니 마일로는 어디에도 보이지 않았고 체크아웃 하려는 손님들만 접수대를 포위하다시피 몰려들어 있었다. 전시회에서 보았던 사람들 몇이 눈에 띄자 그녀는 가볍게 웃었다. 미라가 사라지자 독수리 떼가 다른 먹잇감을 찾는 것이다. 그녀와 다를 바 없었다. 비서도 떠날 계획일지 궁금했다. 사람들 사이에서 그의 모습은 보이지 않았다. 그가 아직 도시에 있다면 도움이 될지도 몰랐다. 하지만 그건 나중에 신경 쓸 문제였다.

일단은 그저 자고 싶었다. 자극적인 하루였다. 알레산드라가 걸음을 멈추고 출입구 너머를 내다보았다. 아컴은 밤에는 덜 근사해 보였다. 추하지는 않지만… 불분명하달까. 길 건너 광장에 짙은 안개가 깔려 광장을 거의 가리다시피 했다. 가로등 불빛이 가볍게 흔들리며 희미한 광채를 뿜어냈다.

그 광경에 어쩐지 심란해져 서둘러 계단으로 향했다. 알레산드라는 운명을 믿지 않았지만, 만약 믿었더라면 오늘 하루는 징조로 가득한 날이었다고 생각했을 것이다. 그녀가 계속 아컴에 남아있기를 바라는 것은 경찰만이 아니었다. 게다가 강도 사건이 어쩐지 자꾸만 신경 쓰이기 시작했다. 솜씨가 엉성해 보였다는 점 외에도 뭔가 맞지 않는 구석이 있었다.

　이런 생각들이 머릿속을 스치는 가운데 알레산드라는 계단실
로 들어섰다. 계단실은 사방이 막혀 있었고 장식용 지주 끝에 달
린 전구가 불을 밝혔다. 등 뒤에서 출입문이 닫히는 순간, 현기증
이라고밖에 할 수 없는 감각이 찾아왔다. 야한 적갈색 카펫으로
덮인 계단이 눈앞에서 물결쳤고, 불빛이 확 솟구치더니 깜빡거리
다 어둑해졌다. 그녀는 시야를 회복하려고 눈을 깜빡였다.

　시야가 돌아오는 대신 불빛이 꺼지기 시작했다. 불이 하나씩
사라지면서 어둠이 그녀를 향해 한 걸음 한 걸음 내려왔다. 등이
부지불식간에 출입문에 닿았고, 가슴 속에서 심장이 옥죄어 들었
다. 이제 그것은 더 빠르게 다가오고 있었다. 전구가 차례로 터지
는 소리가 들렸다. 욕지기가 나고 몸이 떨렸다. 추웠다.

　어둠 속에서 소리가 솟아났다. 부드럽지만 끈질긴 소리였다.
졸졸 흐르는 물소리를 증폭한 듯한 소리였다. 소리는 사방에서
한꺼번에 들려왔다. 건물과 건물 사이로 뱀들이 달려들 채비를
갖추는 듯한 움직임의 기미가 보였다. 무언가가 오고 있었고, 그
녀를 찾아오고 있었다. 그것을 뭐라고 불러야 할지는 알 수 없었
지만 느낌이 왔다.

　차토구아 엔 이느 안 야 프타근 느카이.

　그것은 목소리인 동시에 목소리가 아니었다. 낙엽처럼 말을 휘
몰아 오는 한 줄기 돌풍 같았다. 오랫동안 묻어두었던 기억 같았
다. 그녀는 두 눈을 감고 두려움을 몰아내려 애썼다. 그것은 쥐떼
처럼 평정심의 가장자리를 갉아먹었다. 그대로 내버려 둔다면 그

것이 그녀를 취할 터였다. 숫자를 100에서부터 거꾸로 세기 시작했다. 어머니에게 배운 오래된 수법이었다. 다행히 여전히 효과가 있었다. 맥박이 30 언저리로 떨어지자 눈을 떴다. 불빛이 돌아와 있었다. 꺼진 적이 있기나 했다면 말이지만.

알레산드라는 미심쩍어 하며 눈을 깜빡였다. 환영이나 발작적인 망상에 휘둘리는 습성은 없었다. 정말 식사에 무슨 문제가 있었을지도. 그녀는 자신이 이 판국에 식중독까지 얻었다는 게 과연 있을 법한 일일지 자문해 보았다.

어쩌면 운명이 그녀에게 무언가를 말하려 했던 것인지도 몰랐다.

고메스가 지난 20여분 사이에 스무 번째로 신음을 흘렸다. 팔이 미친 듯이 아팠지만 동업자들의 태도는 사려 깊은 것과는 거리가 멀었다. 오히려 그들은 일이 잘못된 게 그의 책임이라는 듯이 굴었다. 그가 사실은 찰과상 수준에 불과한 부상을 내려다보고 욕설을 내뱉었다.

"염병할, 거 입 좀 다물지, 고메스? 딱 오 분만, 응?" 핍스가 앉아서 호도로프스키와 카드를 치며 말했다. 셋은 강 근처의 한 창고에 틀어박혀 있었다. 물고기와 엎질러진 디젤 냄새가 코를 찔렀지만 조용했다. 주변에는 아무도 없었다. 특히 이런 밤중에는.

고메스가 핍스를 사납게 노려보았다. "닥쳐, 핍스. 팔이 아프다고." 그는 거리가 내다보이는 창문 옆에 앉았다. 때 묻은 유리창 너머로 보이는 거라곤 근처의 건물들을 완전히 뒤덮은 안개뿐이었다. 그가 팔을 문지르며 침을 뱉었다.

고메스는 안개가 싫었고 아컴이 싫었다. 이 동네는 그가 도착한 이래로 골칫거리만을 안겨주었다. 그는 대도시에 맞는 사람이었다. 아컴에는 그가 몰두할 만한 것이 충분치 않았다. 하지만 맥타이어의 생각은 달랐고, 오베니언 조직도 마찬가지였다. 놈들은 이 너절하고 쪼그만 도시에 부동산을 갖고 있겠다며 터무니없는 고집을 부렸다.

고메스는 부동산 따위는 너희나 가지라는 심정이었다. 그는 더 나은 것들을 가져야 할 몸이었다. 욱신거리는 통증이 팔을 타고 흐르자 그가 다시 신음을 흘렸다. 핍스가 한숨을 쉬었다. "염병 좀 긁힌 것 같고. 그만 툴툴거려."

"너도 웬 개년한테 총 맞았으면 툴툴거리고 있었을걸."

핍스가 테이블 대용으로 뒤집어 놓은 상자 위에 자기 카드를 던졌다. "그럼 징징거리기만 할 게 아니라 보답을 해줄 것이지."

"네놈이 날 말렸잖아!" 고메스가 쏘아붙였다. 그는 핍스가 아컴만큼 싫었다. 핍스는 일거리를 물어 온 게 자신이므로 자기가 대장이라고 생각했다. 하지만 모든 일을 계획한 건 고메스였다. 접선책과 만난 것도 고메스였다. 핍스 놈이 한 게 뭐가 있다고?

"그야 네가 시간을 낭비하고 있었으니까." 핍스가 손을 뻗어 호도로프스키의 카드를 받아 더미에 넣었다. 그가 카드를 섞었다. "폴란스키가 뒈졌으니 자리를 떠야 했다고. 너도 별말 없었잖아."

"여기선 언제쯤 나갈 거야?" 호도로프스키가 초조하게 물었다. "경찰들이 아마 이쪽 동네를 이 잡듯 뒤지고 있을 텐데."

"의사가 와서 고메스를 치료하는 대로. 의사를 부른 건 너잖아. 언제 온대?"

"십오 분이면 온다고 했지만 잔뜩 취한 목소리더라고." 호도로프스키가 미안한 기색으로 말했다. "아마 이십 분은 걸리겠지. 아니면 아예 안 오든가."

고메스가 벌떡 일어나며 창문에서 돌아섰다. "그 염병할 말 의사 놈을 부른 거지?" 그가 비난조로 말했다. "난 수의사가 아니라 진짜 의사가 필요해."

"그럼 병원에 가든가." 핍스가 자신과 호도로프스키에게 새 패를 돌리며 말했다. "마음대로 하셔. 병원에 가겠다면 나야 좋지."

"그래, 너야 좋겠지? 경찰이 날 잡아가면 좋아라 하겠지. 네놈이랑 호도로프스키에게 갈 돈이 더 많아질 테니까." 고메스가 귀에 거슬리는 새된 웃음을 터뜨렸다. "어림도 없어."

"보기만큼 그렇게 멍청하진 않군."

"오베니언 조직에서 쓰는 녀석을 불러오면 안 되나? 고메스가 요구했다. "총알도 많이 뽑아 봤을 테고 입 다물 줄도 알 텐데."

핍스가 자신의 카드를 확인했다. "맥타이어가 녀석에게 왜 너를 치료해 줘야 했냐고 물어보면 어쩌려고? 녀석이 늑대 앞에서 입을 다물 것 같아?"

고메스가 침을 삼켰다. 그 생각은 못 했다. 그가 도로 앉았다. "그럼 수의사 놈은 입을 다물고?"

"맥타이어가 수의사에게 물어볼 일은 없지. 존재를 모르니까."

"맥타이어가 폴란스키에 관해 물어볼까?" 호도로프스키가 망설이며 물었다. 핍스가 멈칫했다. 고메스가 다시 웃음을 터뜨렸다.

"그 생각은 안 해보셨구먼?" 그가 심술궂게 말했다. 핍스가 그를 바라보았다.

"너는 해 봤고?"

고메스가 시선을 피했다. "어차피 상관없어. 돈만 받으면 맥타이어는 우리 알 바 아냐." 그는 메사추세츠에서 벗어나기를 고대했다. 서부 어딘가가 좋으려나. 그쪽에 윌마네 식구가 있다. 적어도 그녀가 주장하기로는 그랬다.

윌마를 떠올리자 미소가 지어졌다. 좋은 여자였다. 틱톡 클럽의 웨이트리스에 불과했지만 그는 그걸 나쁘게 생각하지 않았다. 윌마 같은 아가씨는 일을 가릴 처지가 못됐다. 윌마는 고메스만큼이나 이곳을 뜨고 싶어 했고, 캘리포니아에 데려가 달라며 몇 달째 그를 조르고 있었다.

그래. 거기로 가자. 태양과 모래와 파도가 있는 곳. 길게 뻗은 검은 강에서부터 스멀스멀 밀려드는 축축한 안개가 없는 곳. 아컴이 아닌 곳. 고메스가 다시 팔을 만지다 신음을 삼켰다. 머릿속에서 윌마 생각이 사라지고 다른 여자가 떠올랐다. 그를 쏜 여자. 그것도 그의 총으로.

기회가 있었을 때 쏴 버렸어야 했는데. 대체 누구인지 궁금했다. 어쩌면 경찰이려나? 요즘 어떤 지역에는 여자 경찰도 있다는 얘기를 들었더랬다. 하지만 경찰일 것 같지는 않았다. 경찰이라기엔 옷차림이 지나치게 근사 ─

무언가 무거운 것이 떨어지는 소리에 그가 벌떡 일어섰다. 다음 순간 그는 권총을 꺼내 들고 있었다. 다른 둘도 마찬가지였다.

"들었어?" 고메스가 물었다.

"뒤쪽에서 났어." 핍스가 말했다. "호도로프스키, 가서 확인해."

"네가 가." 호도로프스키가 말했다.

"내가 가지." 고메스가 딱 잘라 말했다. 뭐가 됐든 팔 생각은 잠시 잊을 수 있을 터였다. 핍스가 만류했다.

"아니. 넌 앉아서 의사를 기다려. 호도로프스키, 가."

핍스가 그런 말투를 사용할 때면 사람들은 그의 말에 따랐다. 호도로프스키가 갔다. 소리는 트럭이 있는 곳에서 들려왔다. 그들은 현장에서 한 블록 떨어진 곳에 차를 버리고 폴란스키가 노스사이드 어딘가에서 슬쩍해 둔 낡은 배달 트럭으로 갈아탔다. 트럭은 창고의 배달용 문 옆에 세워 방수포를 씌워 놓았다. 상자와 그 안의 소름끼치는 내용물은 트럭 뒤에 실려 있었다. 적어도 아까는 그랬다.

"무슨 소리야?" 핍스가 소리쳤다.

"망할 상자가 트럭에서 떨어졌어." 나무 상자들이 쌓여 만든 어두운 골짜기 안쪽에서 호도로프스키의 목소리가 돌아왔다.

핍스가 고메스를 보았다. "차 세울 때 균형을 잃은 걸 못 봤던 모양이지."

"내가 끈을 단단히 묶었다고." 고메스가 항의했다.

핍스는 대꾸하지 않았다. "저기, 그거는… 어때?"

"뚜껑이 열려 있어. 밖으로 떨어진 모양인데. 하지만 어디 있는지…"

종이가 부스럭거리는 듯한 부드러운 소리가 들렸다. 이어 살짝 더 큰 소리가 들렸다. 험악하게 갈라지고 찢어지는 소리였다. 호도로프스키는 조용해지더니 핍스가 다시 불러도 대답하지 않았다. 고메스가 손전등을 집어 불을 켰다. 그가 핍스를 보았다. "네가 앞장서."

핍스가 인상을 쓰면서도 트럭을 향해 발을 옮겼다. 둘은 금세 호도로프스키를 발견했다. 길게 뤈 핏자국 끝에서. 호도로프스키는 웅크린 미라 옆의 바닥에 사지를 뻗은 채 어둠 속을 응시하고 있었고, 입과 목 앞부분이 사라져 있었다. 무언가가 경정맥을 빠르고 강하게 잡아 뜯어 미처 비명을 지를 겨를도 없었던 것이다. 핍스가 고메스의 손에서 손전등을 낚아채더니 미라를 비춰 보았다.

"이것 손에 피가 묻어 있어." 고메스가 속삭이듯 말했다. 그리고 덧붙였다. "전에는 손을 오므리고 있었는데."

"그래." 핍스가 멍하니 대꾸했다. "팔과 다리에 묶은 끈이 헐거워진 거야. 틀림없이 호도로프스키가… 저것 위에 넘어졌다든가 그랬겠지. 사고야." 고메스는 핍스가 자신이 한 말을 조금도 믿지 않는다는 걸 알 수 있었다. "다시 상자에 넣게 거들어."

"난 저거 안 만져. 난 망 볼게."

"망은 뭐 하러?"

고메스는 대꾸하지 않았고 핍스도 답을 재촉하지 않았다. 뭐라고 대답해야 좋을지 알 수 없었던 고메스로서는 다행이었다. 분명 아까 상자를 끈으로 트럭 짐칸에 단단히 고정했다. 헐거워졌

을 리 없었다… 무언가가 상자를 움직이지 않은 이상은. 고메스
는 시체의 두개골을 감싼 검은 가면에 불을 비춰보았다. 순간 눈
구멍 안에서 무언가 움직이는 것을 본 것 같았다.

　하지만 고메스는 그림자일 뿐이라고 자신을 타일렀다.

14장
꿈

페퍼는 두 손을 호주머니에 꽂은 채 차고를 어슬렁어슬렁 가로질렀다. 탁한 공기에서 배기가스와 묵은 커피 냄새가 풍겼다. 언제나 그랬듯 페퍼에게는 집처럼 편안한 냄새였다. 그 냄새는 페퍼에게 아버지와 지금보다 형편이 낫던 시절을 떠올리게 했다.

이른 시각이었다. 해가 이제 막 떴지만 차고는 이미 소음으로 가득했다. 페퍼는 붐비는 실내를 헤치고 나아가면서 한쪽 눈으로 배차 사무실을 주시했다. 주임 배차원 드 팔마의 눈에 띄고 싶지 않았다. 그다지 답하고 싶지 않은 질문을 받게 될지도 몰랐다.

차고에는 늘 택시가 대여섯 대쯤 있었고 주로 부품을 교환할 때 쓰는 차도 몇 대 있었다. 택시기사의 수는 택시보다 두 배 가까이 많았는데, 상당수는 손님을 기다리며 종일 빈둥거렸다. 많은 기사들이 택시를 공유했다. 한 명은 낮에, 한 명은 밤에 일하는 식으로. 그리고 일부는, 드 팔마가 즐겨 쓰는 표현대로, 특별 근무 중이었다.

특별 근무란 대체로 부두나 기차역에서 술을 받아 시내로 몰래 들여오는 일이었다. 드 팔마는 욕심 많은 난쟁이 트롤 주제에 용케 오베니언 조직의 밀주를 택시 안에 안전하게 숨겨 어디든 필요한 곳으로 배달해 주는 계약을 따냈다. 양자 모두에게 잘 된 일이었다. 다른 조직들은 술을 이 지역에서 직접 양조했지만 오베니언 조직은 공급과 수요 사이에 약간 거리를 두는 편을 선호했다. 그리고 드 팔마는 기꺼이 밀수꾼 역할을 맡았다. 어차피 본인이 직접 위험을 감수하는 것도 아니었으니.

배달원이 경찰에 잡힌다면, 뭐, 혼자 알아서 해야 했다. 배달원들도 그걸로 불평할 만큼 어리석지는 않았다. 드 팔마는 그들이 모는 택시의 소유주였고, 누가 투덜거리기라도 했다간 틀림없이 면허를 잃게 만들 터였다.

페퍼도 한두 번 야간 배달을 한 적이 있었다. 약간의 위협을 기피하지만 않는다면 벌이는 좋았다. 대부분은 드 팔마가 챙겼지만 아무리 드 팔마라도 밀주 배달료에 인색할 정도로 멍청하지는 않았다.

하지만 그건 장기적으로 하고자 할 만한 일은 못 됐다. 적어도 페퍼에게는 아니었다. 그녀에게는 다른 야망이 있었다. 그게 뭔지는 그녀도 아직 확실히 알지 못했지만, 남은 평생 택시를 모는 일은 아니었다. 어쩌면 백작, 그러니까 알레산드라가 아컴에서 빠져나갈 수단이 되어 줄지도 몰랐다. 단, 그러려면 처신을 똑똑히 해야 했다. 알레산드라가 범죄자라고 해도 그녀를 도와야 한다는 뜻이었다.

하기야, 페퍼가 생각하기에는 범죄자에도 급이 있었다. 드 팔마도 범죄자라고 할 수는 있겠지만 알레산드라는 틀림없는 진짜배기 범죄자였다. 가는 장소, 하는 짓, 쓰는 돈… 뭐든지 다. 세상에는 그보다 못한 일도 많았다.

페퍼가 찾던 인물은 한 택시의 열린 후드 아래에 고개를 들이밀고 있었다. 이기 아자리아는 차고 정비공이었다. 자동차 고치는 솜씨가 특출하지는 않았지만 값이 쌌다.

페퍼가 근처 작업대에서 렌치를 집어 들어 택시 옆구리를 가볍게 때렸다. 이기는 꽥 하며 일어서다 머리를 후드에 박을 뻔했다. "우라질, 페퍼, 대체 뭐 하는 짓거리야?" 그가 따졌다.

"관심 좀 끌려고요." 페퍼가 목소리를 거칠게 하며 말했다.

"옛다, 관심 받아라, 이 꼴통 녀석. 뭔 일이냐?" 이기가 멈칫하더니 주위를 둘러보았다. "드 팔마가 널 보진 않았지? 널 찾던데."

"아뇨, 그리고 아저씨가 도와주면 앞으로도 볼 일 없겠죠."

"돕다니?"

"누구한테 줄 좀 대줘요."

"누구?" 이기가 이맛살을 찌푸렸다. "찾는 사람이라도?"

"비질요."

이기가 앓는 소리를 냈다. "왜?"

"그건 신경 끄시고요. 아직도 가로변 식당에서 장사하죠?"

"그래." 이기가 기름기 묻은 걸레로 손을 닦으며 일어섰다. 그는 드 팔마를 찾아 주위를 둘러보았다. "근데 진짜로, 그런 녀석이랑 뭔 얘기를 하려고?"

"그 인간한테 정보를 사고 싶어 하는 사람이 있어서요."

"그런데 왜 나한테 와?"

페퍼가 여전히 두 손을 주머니에 꽂은 채 히죽거리며 택시에 기댔다. "그러지 마요, 이기. 아는 사이인 거 아는데. 자리 좀 마련해 줘요."

이기의 표정이 고집스럽게 변했다. "알지도 모르지. 모를지도 모르고. 내가 왜 부탁을 들어줘야 하는지 아직 말 안 했다만."

"나한테 빚진 거 있잖아요."

"내가 언제?"

페퍼가 이기를 유심히 바라보았다. "지난주에 드 팔마가 아저씨한테 준 승객 내가 받았잖아요. 누군지 아실 텐데." 그녀가 술 마시는 시늉을 해 보였다. 이기의 얼굴이 핼쑥해졌다.

"어쩔 수 없었잖냐, 페퍼. 나 같은 전과가 있는 놈이 경찰한테 걸리기라도 했으면…"

페퍼가 손사래쳤다. "네, 네. 그래서 빚졌잖아요. 그러니까 이번 작은 부탁 하나만 들어주면 갚은 걸로 해요."

이기는 잠시 침묵했다. 그러더니 말했다. "그냥 자리만 마련하면 돼?"

"나머진 알아서 할게요." 페퍼가 말했다.

이기의 주름이 더욱 깊어졌다. "네가 무슨 짓을 하는 건지 알고 있길 바라마."

"그럼 해 주신다는 소리?"

"선택의 여지가 없잖냐." 이기가 말했다. "언제?"

"오늘밤요."

"내가 전화 하마. 그쪽에서 응하겠다고 하면…" 이기가 말을 끊더니 페퍼를 위아래로 훑어보았다. "너 돈은 있는 거겠지."

"전 없지만요, 만남을 원하는 사람한테는 있어요."

"누구 돈이든 있다면야." 이기가 말했다. 그가 페퍼를 뚫어져라 보았다. "그럼 오늘밤. 히브네 가게에서. 하지만 내가 거들었다는 소리는 아무한테도 말고."

"그럴 생각은 꿈에도 없어요, 이기. 아무튼, 고마워요."

"아직 고마워하기는 일러." 이기가 웃음을 터뜨리더니 페퍼의 팔을 툭 쳤다. "넌 괜찮은 녀석이야, 그거 아냐?"

페퍼는 만족스러운 미소를 머금고 팔을 문지르며 돌아섰다. "제가 최고죠, 이기. 그걸 잊지 말라고요."

안개 속에서 형체들이 움직였다. 그녀가 필사적으로 구급차의 기어를 넣으려 애쓰는 사이 그들은 비틀거리며 더욱 가까이 다가왔다. 공포가 전기처럼 온몸을 타고 흘렀고, 공기는 연기와 죽음의 냄새로 가득했다. 멀리서 우레와 같은 포성이 들렸다. 아니, 보이지 않은 거상들의 발걸음 소리였을지도. 그녀가 미친 듯이 구급차를 움직이려 애쓰자 엔진이 낑낑거리는 사이 땅이 뒤흔들렸다.

형체들이 불쑥 시야에 나타났다. 처음에는 곤충 같은 가스 마스크 뒤에 얼굴을 감춘 모습을 보고 독일인들이라고 생각했다.

하지만 그들은 어디가 망가진 것처럼 휘청거리고 꿈틀거리며 다가왔다. 권총을 꺼내려 했지만 몸이 움직이지 않았다. 무언가가 그녀를 꼼짝 못하게 누르고 있었다. 무언가, 아니, 누군가가.

"네 뼈가… 가루가 되도록 갈아 먹을 테다." 사마코나가 그녀의 귓가에서 쉭쉭거렸다. 그녀를 붙잡은 것은 바로 그의 손이었다. 그는 상상했던 것보다 더욱 힘이 셌다. 그의 손아귀가 조여들자 손목뼈가 갈라지는 느낌이 들었다. 그녀는 비명을 질렀다. 혹은 지르려고 했다. 대포들이 우레와 같은 소리를 냈다. 하지만 이제는 대포가 아닌 북소리 같았다.

구급차의 캔버스 지붕이 강풍을 맞은 듯 뒤로 접혀 들어갔고, 무언가가 그녀를 할퀴는 기분이 들었다. 사마코나는 눈에 보이지 않았지만 그가 거기 어딘가에 있다는 건 분명했다. 그가 그녀를 붙들고 있었다. 옥죄고 있었다. 꿈틀거려 보았지만 빠져나갈 수 없었다. 북소리가 점점 커졌고 머리 위의 새카만 하늘이 차가운 별들로 가득했다. 이제 뒤쪽에서 빛이 비쳤지만 어딘가 잘못된 빛이었다. 색깔도 잘못됐고 냄새도 잘못됐다. 전부 잘못됐다. 이곳은 플랑드르가 아닌 다른 곳이었다.

꿈틀거리는 형체들이 더 가까이 다가왔다. 이제 가스 마스크 대신 오닉스와 황금으로 만든 박쥐 가면을 쓰고 있었다. 그녀가 이 사실을 제대로 인지하기도 전에 형체들은 서로를 향해 늘어나며 뒤섞여 하나가 되었다.

그녀는 가차 없이 조여드는 사마코나의 손아귀 안에서 몸부림쳤다. 뼈가 갈라지고 피부가 찢어졌다. 마음속에서 무언가가 무

너져 내리는 기분이 들었다. 새로운 소리가 들렸다. 쏟아지는 물
소리 같았다. 단지 그것은 아래가 아니라 위로 쏟아졌다.

　암흑이 커튼처럼 물결쳤다. 그림자가 눈앞에 일렁였고 머릿속
에서 소리가 울렸다. 심상들이 말처럼 떠올랐지만 그녀가 이해할
수 있는 말은 아니었다. 그럼에도… 그녀는 이해했다.

　차토구아 엔 이느 안 야 프타근 느카이.

　암흑이 펼쳐지고 무언가가 솟구쳤다.

　무언가 굶주린 것이.

　알레산드라가 소스라치며 잠에서 깼다. 숨을 거칠게 헐떡였고
심장이 쿵쾅거렸다. 마라톤이라도 뛴 듯했다. 땀방울이 얼굴에
맺혔고 젖은 머리카락이 쥐 털처럼 엉켰다. 갑자기 뱃속에 메스
꺼운 압력이 느껴져 이불을 걷어 젖혔다.

　알레산드라는 비틀비틀 침대를 벗어나 욕실로 들어갔다. 불을
더듬어 켜는 동안 속이 뒤집어지고 짐승처럼 몸부림쳤다. 세면대
위에 몸을 숙이고 기침을 토했다. 뱃속에서 무엇인가가 움직였
다. 아마 어제 저녁에 먹은 식사겠지.

　무엇이든 간에 그것은 알레산드라가 기침을 하고 침을 뱉는 내
내 목구멍 속에서 마치 달아나려는 듯 꼼지락거렸다. 암흑이 그
녀의 속으로 쏟아져 들어와 몸 안을 가득 채우던 꿈이 떠올랐고,
그러자 욕지기가 더욱 심해졌다.

　무언가가 알레산드라의 입술 사이로 미끄러져 나왔다. 가래처
럼 질척거렸지만 색깔은 새카맸다. 그것은 눈 위에 뿌린 기름처
럼 세면대 배수구에 철퍽 떨어져 흩어졌다. 그녀는 가볍게 헐떡

이며 그것을 바라보았다. 목구멍이 타는 듯했다. 그녀가 지켜보는 가운데 그것의 방울 하나하나가 탈출구를 찾듯 몸부림치며 배수구로 흘러갔다. 재빨리 수도를 틀어 그것을 씻어 내려 보냈다. 얼굴에 물을 뿌리고 그것의 맛을 씻어내기 위해 입 안을 가셨다.

거울 속의 자신에게 눈길이 향했다. 순간 눈이 까맣게 보였다. 어두운 것이 아니라 까맸다. 꿈에 나온 그림자들의 색깔이었다. 눈을 깜빡이자 색이 정상으로 돌아왔다. 애초에 바뀐 적도 없었겠지만.

"말도 안 되지." 알레산드라가 중얼거렸다. 그녀는 진이 빠져 비척비척 방으로 돌아갔다. 이른 시각이었다. 일어나기에는 너무 일러, 그녀가 생각했다. 하지만 어쩐지 다시 잠들 수는 없으리라는 예감이 들었다.

알레산드라는 손으로 머리카락을 쓰다듬었다. 땀으로 축축했다. 더러워진 기분이었다. 더럽혀진 기분이었다. 목욕을 하고 싶었지만 샤워로 참기로 했다. 욕조 위의 은색 분사구에서 미지근한 물이 뿜어져 나왔다. 물이 몸에 쏟아지자 온도와는 무관하게 한기를 느꼈다. 그녀는 배수구를 향해 꿈틀거리던 까만 것을 떠올렸다. 그것이 그녀의 몸속에서 나오던 모습을 떠올렸고, 급기야는 미라를 떠올렸다. 그녀를 응시하던 텅 빈 두 눈을. 검은 두 눈을. 그녀는 얼굴을 문질렀다.

정말로 눈이 있기는 했던가? 눈 달린 미라가 있기도 하다는 건 알고 있었다. 단단하고 조그만 구슬처럼 말라붙어 가죽질의 눈꺼풀 아래 매달린 눈이. 하지만 이 눈은 그렇지 않았다. 이 눈은 검은 오팔처럼 반짝반짝 물기어린 빛을 발했다. 그리고 어쩐지…

알레산드라가 몸을 접으며 물과 닭 요리를 게워냈다. 이번에는 검은색은 없었고 소화액의 옅고 노르스름한 색깔뿐이었다. 쏟아지는 물이 토사물을 쓸어내려 보냈다. 배수구가 막히지 않을까 걱정됐지만 물은 계속 꾸르륵거리며 흘러내려갔다.

알레산드라는 샤워를 마친 뒤 수건을 몸에 두르고 욕실에서 나왔다. 방은 따뜻했지만 그녀는 추웠다. 재빨리 물기를 닦고 가운을 걸쳤다. 잠깐 고민하다 권총을 가운 주머니에 넣었다. 이유는 알 수 없었지만 권총의 무게에 안심이 됐다.

한가로이 창문으로 다가가 커튼을 젖혔다. 햇빛이 2단 맞배지붕 위를 춤추듯 가로질렀다. 아컴에 새 아침이 밝았다. 전날 저녁의 구름은 온데간데없었고, 독립 광장 여기저기 생긴 웅덩이만이 비가 내렸음을 말해주었다.

운이 따른다면 페퍼가 오늘 무언가를 물어 올 터였다. 도둑들이 달아나지 않았다는 건 확신했다. 경찰이 기차역과 강을 감시 중이었고 도시를 빙 둘러 검문소를 설치했다. 그녀라면 미라를 숨겨두고 고객에게 물건을 안전하게 전달할 수 있을 때까지 은신할 터였다. 물론 놈들이 이미 그렇게 하고 있지 않다면 말이다.

하지만 놈들의 고객이 아컴 밖에 산다면? 심란한 생각이었다. 지금쯤 미라는 이미 손닿지 않는 곳에 있을지도 몰랐다. 사마코나가 거기에 의연한 반응을 보일 것 같지는 않았다. 몸이 떨렸다. 그래, 그는 전혀 기뻐하지 않을 것이다.

알레산드라는 웨블리를 손닿는 곳에 둔 채로 옷을 입기 시작했다. 페퍼가 뭔가를 물어 올 것이다. 그 아가씨는 아직 실망시킨 적이 없었다. 이름, 장소, 뭐라도. 뭐든 시작할 만한 게 필요했다.

　빠르면 빠를수록 좋았다.

15장
가로변 식당

위틀록이 창고를 한 번 훑더니 한숨을 쉬었다. 굳이 둘러보지 않더라도 이곳에 있던 자가 이미 사라졌다는 건 알 수 있었다. 문제는 사라진 지 얼마나 됐느냐였다.

"놈들은 현장에서 한 블록 떨어진 곳에 자기네 차를 버렸고…" 위틀록의 목소리가 휑뎅그렁한 공간을 억누르던 침묵 속에 울려 퍼졌다. 그가 돌아서며 손전등으로 창문과 벽들을 비추어 보았다. 도시의 이 지역이 어디나 그렇듯, 창고는 생선 냄새가 코를 찔렀다.

멀둔이 고개를 내저었다. "훔친 차죠. 지난주 킹스포트의 한 거리에서 도난당한 차량입니다. 그걸로 트럭까지 이동했겠죠."

"그리고 여기로 와서 숨었고." 위틀록이 기계 부품을 담은 나무 상자들을 손전등으로 훑었다. "아마 동료를 치료하려던 거겠지."

"백작이 위틀록 씨를 구하려고 쏜 자요?"

위틀록은 그 말을 무시했다. "놈들의 행방은 어떻게 추적했나?"

멀둔이 미소를 지었다. "간단합니다. 트럭 생김새는 확보한 상태였고, 이 창고는 지난 삼 년 간 사용한 적이 없거든요. 지역 주민 중 하나가 저에게 신세진 적이 있어서 특이사항이 있으면 알려주지요."

"자체 첩보망이 있으시다? 존 버컨[27]식 불쏘시개에서처럼?"

"존 버컨을 읽으세요?"

"웃음이 필요할 때만." 위틀록이 입을 다물었다. "저거 자네 눈에도 피 같나?"

"네." 멀둔이 말했다. 그가 무기를 꺼냈다. "물러서시죠. 제가 살펴보겠습니다."

"그러시게." 위틀록이 자신의 권총을 꺼내며 말했다. 멀둔이 그의 총을 흘끗 보았다.

"보험사원은 전부 총을 가지고 다니는 건가요, 위틀록 씨만 그런 겁니까?"

"보험조사원이야. 그래, 적어도 똑똑한 녀석들은 가지고 다니지. 간혹 왜 자기 소유의 창고에 불을 질렀느냐는 질문을 받으면 성을 내는 작자들이 있거든. 말이 나와서 말인데, 기회를 세 번 줄 테니 이 창고 소유주가 누구인지 찍어 봐."

"전 찍기는 잘 못해서."

"매튜 오른."

---

27 스코틀랜드의 소설가, 역사학자, 정치가로, 소설가로서는 대표작 『39계단』을 비롯한 모험소설, 스릴러로 유명하다.

멀둔이 멈칫했다. "그걸 어떻게 아시는 거죠?"

위틀록이 손전등을 휘두르며 말했다. "여기 나무 상자에는 전부 그자의 운송회사 이름이 찍혀 있어. 회사는 이 년 전에 망했지만 부동산이랑 장비는 아직도 전부 그자 소유지."

"그걸 아시는 이유는…?"

"조사를 했으니까. 우리 고객을 조사하는 것도 내 업무 중 하나거든. 오른은 돈은 많은데 머리는 모자라지. 지난 십여 년 간 벌인 사업이 대여섯 개는 되는데 그중 절반 이상은 최근에 고꾸라졌어. 면허 취소, 계약 파기, 분쟁… 이 동네 누군가가 그자를 안 좋아해."

"네, 누군지도 알 것 같군요." 멀둔이 다시 앞으로 나아가면서 손전등 불빛으로 바닥을 훑었다. "칼 샌포드요."

"그게 누군데?"

"은빛 황혼회의 높으신 나리님요."

"거 뭐시기 양반네들 모임?"

멀둔이 걸음을 멈추더니 나직하게 욕설을 내뱉었다. "지원을 요청해야겠군요." 위틀록이 멀둔의 너머를 보더니 더 크게 욕설을 내뱉었다.

"서두를 것 없네. 누구인지는 몰라도 확실히 죽었으니까." 위틀록이 시체 옆에 쭈그려 앉더니 목에 난 상처를 냉정한 눈으로 관찰했다. 전쟁터에서는 이보다 더한 것도 본 몸이었다. 익은 과일처럼 쪼개지거나 포격 지점 가장자리에서 까맣게 그을린 사람들을. 철선에 걸려 조각나거나 참호 바닥에 고인 5센티미터 깊이의 흙탕물에 코를 박고 익사한 사람들을.

그의 또래들이 많이들 그랬듯 위틀록도 모험 삼아 전쟁에 나섰다. 하지만 모험심은 순식간에 달아났다. 그는 세상이 한 인간에게 들이밀 수 있는 최악의 것들을 목도한 뒤 빠져나왔다.

"아무것도 만지지 마십쇼." 멀둔이 말했다.

"시체를 보는 게 처음은 아냐." 위틀록이 말했다. "여기에 트럭이 있었군. 저쪽에 기름얼룩이 있고 말라붙은 진흙 덩어리들도 보여. 바퀴에서 떨어진 걸 테지." 그가 다시 시체를 내려다보았다. "누군지 알겠나?"

멀둔이 고개를 끄덕였다. "호도로프스키라는 녀석입니다. 삼류건달이죠. 오베니언 조직에서 일합니다. 이젠 일했다고 해야겠군요." 그가 몸을 굽혀 시체를 찬찬히 보았다. "확실하진 않지만 도둑들 중 하나였을 겁니다."

"여기서 발견하다니 묘하군."

"이 창고에서요?"

"그래. 오른이 보험금을 타 내려고 자기 물건을 훔쳤다고 해도 놀랄 일은 아니겠지만." 위틀록이 시체에서 시선을 들며 말했다. "내 말 믿게. 그런 일은 자네가 생각하는 것보다 흔하거든."

"오른이 용의자라고 생각하세요?"

"아니, 난 우리의 손버릇 나쁜 백작이 배후에 있다고 생각하네. 어쩌면 이 동네의 그 오베니언 조직이라는 무리와 함께, 아니면 그쪽에 고용돼서 일하고 있는지도 모르지."

멀둔이 돌아보았다. "하지만 증거는 없죠."

"아직 찾지 못한 거야. 그게 증거가 없다는 뜻은 아니지." 위틀록이 심술궂게 미소 지었다. "아예 그 여자와 오른이 한 배를 타고 있는지도 모르지. 파일을 읽어 봐. 그게 그 여자가 일하는 방식이거든… 자기가 갖고 싶어서 이런 쓰레기를 훔치는 여자는 아냐. 쪼그라든 머리 따위를 갖고 놀기 좋아하는 부자 머저리들에게 파는 거지."

멀둔이 입술을 깨물었다. "니콜스 서장님은 그 가설을 달가워하지 않으실 텐데요. 오른과 퍽 긴밀하시거든요."

"그럼 증거를 찾아야지." 위틀록이 일어섰다. "이봐, 우리 둘 다 원하는 건 같잖나? 미라를 찾아서 국민들에게 감사하다는 소리 듣는 거 말이야. 이번에는 나랑 같이 일하세."

멀둔이 시선을 피했다. "정말 그 여자가 관련됐다고 생각하세요?"

"필시 그 여자가 급하게 달아날 만한 이유가 있었겠지. 직접 물건을 훔친 게 아니더라도 아마 누구 짓인지는 알고 있을 거야." 위틀록이 시체를 내려다보았다. "모르긴 몰라도 아마 누가 이랬는지도 알걸."

"그럼 감시하죠." 멀둔이 말했다. 그가 턱을 긁었다. "거기까지는 서장님을 설득할 수 있을 것 같군요. 서장님이 안 된다면 엥겔스라도요."

"이제야 머리가 돌아가는군." 위틀록이 말했다. "이미 내가 자네 상관에게 말해서 허락을 받았네. 그 점은 걱정하지 마."

"이미 말씀하셨다고요?"

"만전을 기하는 게 좋겠다 싶었지. 혹시 그 여자가 다시 달아나려고 할 때를 대비해서." 위틀록이 멀둔을 보았다. "무슨 생각 하나?"

"그 여자는 사람 목을 잡아 뜯을 타입 같지는 않다는 생각요."

"그래, 하지만 그런 타입을 고용할 만한 여자라는 데에는 의심의 여지가 없지." 위틀록이 주위를 돌아보았다. "내 생각을 알고 싶나?"

"싫다고 해도 어차피 말씀하실 거라는 예감이 드는데요." 멀둔이 말했다.

위틀록이 돌아섰다. "내분이 일어났을 거야. 셋보다는 둘이 돈을 나누기 더 쉽지. 그리고 내 생각엔 우리가 이 사건을 해결하기 전에 시체가 더 나올 것 같군." 그가 고개를 절레절레 저었다. "이런 직업 범죄자들은 항상 서로에게 칼을 겨누거든. 명심하라고."

"저, 그럼, 왜 그냥 총으로 쏘지 않았을까요?"

위틀록이 멈칫했다. 그도 그 질문에는 답하지 못했다. 확실히 이상했다. "우발적인 범죄였겠지." 마침내 그가 입을 열었다. "아니면 아무리 이런 동네라도 총성은 주의를 끌 거라고 판단했거나. 상관없는 일 아닌가? 놈들은 멀리 가지 못할 거야."

"그렇겠죠." 멀둔이 미심쩍다는 듯 말했다. 주위를 둘러보는 그의 얼굴이 손전등 불빛을 받아 창백하게 빛났다. "하지만 이건 마음에 안 드는데요."

"내 말 믿게. 전에도 이런 사건을 맡은 적이 있어. 놈들은 언제나 실수를 저지른다네." 위틀록이 불빛 속에 일그러지는 그림자들을 바라보며 미소 지었다. "언제나."

그녀는 어두운 곳에 있었다. 숨이 막혔다. 옴짝달싹 할 수 없었다. 알레산드라는 그것이 석관의 벽처럼 자신을 향해 밀려오는 걸 느낄 수 있었다. 더운 동시에 추웠고, 몸이 벌레 떼에 물린 것처럼 끔찍하게 가려웠다. 긁고 싶은 마음이 간절했지만 움직일 수 없었다. 메마른 팔다리를 꿈틀거리는 것조차 할 수 없었다. 좌절감에 비명을 내지르고 싶었지만 말라붙어 오므라든 입에서는 아무 소리도 나오지 않았다.

메마른?

오므라든?

그녀는 자신의 모습을 보려 애썼다. 하지만 보이는 것은 암흑뿐이었다. 눈이 먼 걸까? 아니, 주위를 삐뚤빼뚤하게 에워싼 바위들은 보였다.

생매장당한 것이다. 그렇게 생각하자 한 줄기 공포가 온몸을 관통했다. 이건 어떤 감방보다도 나빴다. 그녀는 다시 비명을 지르려 했다. 하지만 나오는 것이라고는 인간의 혀가 냈다고는 할 수 없는 일그러진 꺽꺽거림뿐이었다.

차토구아 엔 이느 안 야 프타근 느카이

느카이.

느카이.

알레산드라가 눈을 번쩍 떴고, 숨을 날카롭게 들이쉬며 리볼버를 찾아 손을 더듬었다. 그녀는 자신의 얼굴 앞에 떠 있는 다른 얼굴을 알아보고는 손을 도로 가져왔다. 페퍼였다. 그녀는 페퍼의 택시 안에 있었다. 다른… 어딘가가 아니었다. 그녀는 가볍게 헐떡이며 신음과 함께 몸을 바로 세웠다.

"어이구야, 괜찮아? 곧 비명을 지를 것 같던데." 페퍼가 걱정스러운 표정으로 그녀를 살폈다. 알레산드라는 두 눈을 만지며 남아있는 꿈 혹은 악몽의 흔적을 지워내려 했다. 마음이 요동쳤다. 화가 나는 동시에 겁이 났다.

"괜찮아. 악몽을 꿨어." 알레산드라는 드레스가 아니라 작업복을 입고 있었다. 남자 옷에 남자 신발. 위장을 위해서가 아니라 그 편이 달리고, 매달려 오르고, 그래, 필요하다면 싸우기에도 더 편리하기 때문이었다.

식중독이 아니었다. 그렇게 믿고 싶은 마음은 간절했지만 이제는 그렇게 믿는 척조차 할 수 없었다. 호흡을 고르자 몸에서 긴장이 서서히 빠져나갔다. 어린 시절에 그녀는 일을 마무리하고 쓰러져도 안전한 곳에 이를 때까지 두려움을 분리해 가두어 놓는 법을 배웠다.

이건 두려움이 아니었다. 그녀가 아는 두려움은 아니었다. 그것은 그녀가 침착하게 쌓아 놓은 벽을 갉아먹는 산과 같았다. 이 도시와는 완전히 연을 끊고 싶었다. 손가락으로 머리카락을 훑었다. 땀으로 두피가 따가웠다. "깜빡 졸아서 미안. 잠들 생각은 아니었는데."

"에이, 내가 뭐라고 판사질을 하겠어? 난 만날 근무 중에 자는데."

알레산드라가 잠시 멍해 있다가 자신이 모르는 영어 표현인가보다 하며 고개를 흔들었다. 그녀는 뻔한 질문을 던지는 대신 물었다. "여기야?" 빗물이 흘러내리는 차창 너머로 과거 마차 차고로 쓰였던 건물이 보였다. 히브의 가로변 식당은 더욱 번창했던 시절도 있었지만 아직도 활기가 돌았다. 창문으로 환한 불빛이 비쳤고, 희미한 리듬 기타 소리가 축축한 공기 사이로 흘러들었다.

"바로 여기지. 이 도시와 보스턴 사이에서 가장 거친 땅." 다른 차 한 대가 비포장도로를 따라 지나가며 물을 튀기자 페퍼가 좌석에 몸을 묻었다. 전조등 불빛이 택시를 휩쓸어 잠시나마 차 안의 그림자를 몰아냈다. 어둠에서 빛으로의 갑작스러운 변화에 알레산드라가 움찔했다. 피부에 소름이 돋았다. "괜찮아?" 페퍼가 물었다.

"난 괜찮아." 알레산드라가 의도했던 것보다 날카롭게 대꾸했다. "그만 좀 물어봐. 네가 안다는 사람이 도착했는지는 어떻게 알지?"

"간단해. 가서 보면 되지." 페퍼가 운전석 문을 열고 뛰어내렸다. 알레산드라도 따라서 내렸다. 기지개를 켜고 싶어졌고, 담배가 필요했다. 그녀는 자기 담배에 불을 붙인 다음 묻지도 않고 페퍼의 담배에도 불을 붙였다.

주정뱅이 셋이 알아들을 수 없는 발음으로 쩌렁쩌렁 노래를 부르며 비틀비틀 거리로 나왔다. 알레산드라는 사이좋게 휘청거리며 갈지자로 오가는 그들을 바라보았다. "경찰이 가게를 닫지 않왔다는 게 놀라운걸."

"엥글 보안관은 닫고 싶어 해. 경찰서장이 반대하지." 페퍼가 코트 주머니에 두 손을 꽂으며 어깨를 으쓱했다. "아컴에 온 걸 환영해."

알레산드라가 쿡 웃으며 허공에 구불구불한 담배 연기 한 줄기를 내뿜었다. 연기가 흔들리며 가늘어지는 모습을 보니 어쩐지 꿈 생각이 났다. 짜증이 치솟아 서둘러 손으로 연기를 흩어버렸다.

다시 내뿜은 담배 연기가 밤안개 사이로 섞여들었다. "들어가야겠네. 그 사람 이름이 뭐라고?"

"비질. 조이 비질. 친구들은 생쥐라고 불러."

알레산드라가 멈칫하며 페퍼를 보았다. "그럼 적들은 뭐라고 부르는데?"

페퍼가 눈을 깜빡였다. "어… 생쥐?"

"그렇구나. 고급 정보네." 그녀가 거리를 건너기 시작하자 페퍼가 따라왔다. 알레산드라가 멈춰 섰다. "넌 어딜 가는 거지?"

"같이 가려고. 조이는 날 알지만 당신은 몰라. 내가 소개해 줘야지."

알레산드라는 망설였지만 잠시뿐이었다. 페퍼의 말이 옳았다. "좋아. 하지만 눈 크게 뜨고 있어."

페퍼가 우아하게 절을 해 보였다. "걱정 마시와요, 백작님. 눈꺼풀 활짝 열어 놓겠사옵니다."

두 사람이 가로변 식당에 들어서자 사나운 눈길이 쏟아졌지만 뭐라고 하는 사람은 없었다. 어둑한 조명은 우중충한 실내 장식을 가리는 데에 별 소용이 없었다. 물론 알레산드라는 이보다 못한 곳도 본 적이 있었다. 그렇다고 이곳이 쾌적해지지는 않았지만. "걱정 마." 페퍼가 중얼거렸다. "아무도 우리한테 신경 안 써. 술 마시고 당구 치거나 포커 판에서 돈 잃으러 온 사람들이니까."

알레산드라는 고개만 끄덕일 뿐 대꾸는 하지 않았다. 라이브 재즈 밴드가 멀리 벽을 따라 널빤지로 조잡하게 세운 무대를 차지하고 있었다. 음악에 집중하는 손님은 없다시피 했지만 몇몇은 무대 앞 빈 공간에서 춤을 추고 있었다. 이곳은 지저분한 부두 노동자들이 이주 노동자 및 외지에서 온 사기꾼들과 어깨를 맞대는 장소였다.

비질은 출입문이나 무대와는 떨어진 뒷방의 테이블에서 두 사람을 기다리고 있었다. 방은 작았고 바닥에 톱밥이 깔려 있었다. 알레산드라와 페퍼가 들어서자 테이블에 있던 두 남자가 일어섰다. 두 남자는 말없이 두 여자를 지나쳐 소란스러운 밖으로 나갔다. 그중 하나가 걸음을 멈추더니 뒤를 돌아보았다. 둘 중 더 키가 작은 쪽으로, 호리호리하고 말쑥했다. 가로변 식당에는 어울리지 않게 맵시 있는 옷차림이었다.

알레산드라와 페퍼가 테이블에 자리를 잡을 즈음에는 두 남자 모두 방에서 나간 뒤였다. 비질은 별명과 딱 들어맞았다. 그가 쥐처럼 길쭉한 얼굴로 페퍼에게 소심한 미소를 보냈다. "잘 살지?" 그가 무언가를 코트 속으로 집어넣으며 물었다.

"그건 알 바 아니고." 페퍼가 우스울 정도로 낮은 목소리로 말했다. 그녀가 알레산드라를 엄지로 가리켰다. "이쪽이 내가 말한 숙녀분. 백작님이시지. 몇 가지 질문을 하고 싶으시대."

"숙녀분을 돕는 거야 언제나 큰 기쁨입죠." 비질이 알레산드라를 돌아보며 말했다. 그의 팔꿈치 옆에는 술병 하나가, 앞에는 유리잔 두 개가 놓여 있었다. 그가 잔을 채우며 말했다. "한 모금 하실는지?"

"고맙군요." 알레산드라가 잔을 받아 단숨에 들이켰다. 물을 탔지만 여전히 어느 집 욕조에서 만든 맛이 났다. "페퍼 말로는 아는 게 많다던데."

"귀를 활짝 열어두고 사는지라." 비질이 살짝 우쭐거리며 말했다. "현찰만 있으시다면야 바로 얘깃거리를 쏴 드립죠." 알레산드라가 코트 속에서 봉투를 꺼내 테이블 밑으로 건넸다. 그는 순식간에 봉투가 사라지게 만들었다. "세어 봐야 하려나?"

"날 모욕하고 싶다면."

비질이 씩 웃었다. "귀족 나리를 못 믿으면 누굴 믿겠습니까? 질문 쏘십쇼."

"고메스라는 남자를 찾고 있어요." 머릿속에 가무잡잡하고 족제비 같은 얼굴이 스쳐지나갔다. 그녀를 때렸고 총으로 쏘려고 했던 남자. 그 공격에 대한 대가로 팔을 긁어주는 정도로는 성에 차지 않았다.

비질이 뜸을 들였다. "고메스를 두엇 알긴 하는데."

"이 고메스는 최근에 박물관을 털었죠. 그 와중에 총을 맞았고."

"오. 그 고메스." 비질이 미간을 좁혔다. "평소엔 잘 안 오는 녀석입죠. 여기선 환영받지 못하는지라. 오베니언 패거리 밑에서 총잡이 노릇을 하는데다 어찌나 무게를 잡고 돌아다니는지 셸든 애들이 봐주질 않거든요."

"하지만 최근에 온 적이 있겠죠."

"그랬죠. 다른 오베니언 떨거지들이랑 같이. 핍스라는 놈이랑 또 하나는… 아마 풀란스키일 겁니다요." 비질이 잔을 단숨에 들이켠 뒤 다시 채웠다. "총이랑 트럭 한 대를 구했습죠." 비질이 주위를 둘러보았다. "여기선 둘 다 쉽게 구할 수 있는지라. 전 주인만 가리지 않는다면."

"강도 사건의 배후가 오베니언 조직이다?"

비질이 웃었다. "밀주업자 놈들이 미라를 어디다 쓰겠습니까요?"

"하긴 그렇죠?" 알레산드라가 몸을 앞으로 기울였다. "오베니언 쪽에 물어봐야 할지도 모르겠군요." 날개 뼈 뒤쪽이 따끔거리는 기분이 들었다. 감시당하고 있었다. 굳이 상대를 확인하기 위해 돌아보지는 않았다. 비질이 얼굴을 찌푸렸다.

"거 목소리 낮추십쇼, 아가씨. 질문 잘못 하다가 죽는 수가 있어요. 특히 이런 곳에서는. 나도 같이 죽을 테고."

"그럼 당신도 빨리 대답하는 게 좋겠군요. 강도 사건에 대해 또 아는 건?"

"그만 가시는 게 좋겠는데."

알레산드라가 비질에게서 병을 빼앗아 자기 잔을 채우고 페퍼의 잔도 채웠다. "돈 받은 만큼은 정보를 내놓는 게 좋을 텐데."

더 설명하지 않아도 비질은 그녀가 암시하는 바를 알아들었다.

그가 자리에서 꼼지락거리더니 주저하며 말을 이었다. "강도 사건 며칠 전에 고메스가 여기 왔습죠. 누굴 만나러요."

"생김새를 말해 봐요."

"키 작고, 동그랗고, 여기서 자주 보는 부류는 아니었습죠. 긴장 한 티가 났고. 이름이 애슐리라고 합디다. 무슨 대학 교수라던가."

알레산드라는 가만히 이 말을 곱씹어 보았다. "둘이 무슨 얘기 를 했죠?"

"그건 저도 모릅니다요. 저희들끼리만 얘기해서. 물론 제 추측 이 궁금하시다면야…"

"말해 봐요."

비질이 다시 빙긋 웃었다. "그치가 내부인이었습죠."

알레산드라도 아는 표현이었다. 하지만 만약 강도를 주선한 사 람이 애슐리였다면, 그건 자기 자신을 위한 일이었을까, 아니면 누군가 다른 사람의 중개인 노릇을 했던 걸까? "고메스는 보통 어디 드나들죠?"

"상업 지구 쪽에 가게가 있습죠. 틱톡 클럽이라고. 금요일마다 시계 바늘처럼 거길 갑니다요. 들리는 말론 여자가 있다던가."

"남자들은 대체로 그렇죠." 알레산드라가 말했다. "이런 얘기 경찰에게도 했나요?"

비질은 살짝 모욕당했다는 표정이었다. "절 뭔 얼간이로 아십 니까요?"

알레산드라가 미소 지었다. "좋아요. 경찰이 오더라도 내 이름은 말하지 말고." 그녀가 접은 지폐 하나를 술잔 아래 깔고 테이블 너머로 밀었다.

"그건 걱정 마십쇼. 제 기억력엔 가끔씩 안개가 잔뜩 끼는지라."

"안개 걷히지 않게 해요." 알레산드라가 일어섰다. "많은 도움이 됐어요, 비질 씨."

"별말씀을요." 비질은 코트 위로 불룩 튀어나온 부분을 두드렸다. "언제든지 또 오십쇼, 백작 나리."

16장

미스캐토닉 대학

"한 주에 저녁으로도 모자라 브런치까지 쏘다니." 다음 날 아침 간이식당에 앉아 페퍼가 말했다. 도시 이편에 있는 여러 간이식당 중 하나로, 대학과 가까운 곳이었다. "누가 보면 오해하겠는걸." 식당은 작고 깔끔한 편으로, 크롬으로 상판을 얹은 카운터 테이블을 갖추었고 창문에는 대학의 여러 행사 포스터가 붙어 있었다.

"네게 든든한 식사가 필요할 것 같아서." 알레산드라가 메뉴를 보았다. "나도 어쩐지 배가 고파 죽겠고."

"그럼 비질이 말했던 그 교수랑 이야기하고 싶어서 이러는 건 전혀 아니다?" 페퍼가 메뉴를 대충 훑으며 물었다.

"애슐리, 맞아." 알레산드라가 말했다. 그녀는 지나가던 웨이트리스를 향해 고개를 들었다. "뗏목 탄 아담과 이브는 뭐죠?"

"수란이랑 토스트요." 웨이트리스가 느릿한 말투로 말했다. 앙

196

상한 몸에 좁고 초췌한 얼굴이었지만 미소는 환했다.

"그거 맛있겠네요. 그걸로 할게요."

"윤활유도 뿌려드려요?"

알레산드라가 페퍼를 바라보자 페퍼가 설명했다. "버터 얘기야."

알레산드라가 웃음을 터뜨렸다. "윤활유라고! 그거 재밌네. 네, 윤활유도 조금 뿌려주세요. 커피도 조금 주시고요. 우유랑 설탕 넣어서."

"모래 묻은 금발 하나. 그쪽은요?" 웨이트리스가 페퍼의 대답을 기다렸다.

"그걸로 두 개 줘요." 웨이트리스가 자리를 뜨자 페퍼가 말했다. "교수도 한통속일 것 같아?"

"네 정보원 말이 맞다면 그런 것 같아." 알레산드라가 창밖을 보았다. 그녀가 고른 부스는 길 건너의 대학과 마주보고 있었다. 대학을 방문한 적은 많았지만 다닌 적은 없었다. 그건 여자가 할 수 있는 일이 아니었지만, 어머니는 어떤 식으로든 고등 교육을 받아야 한다고 주장했다. 주로 가정교사를 통해서였다. 알레산드라는 영어와 프랑스어 외에도 라틴어와 그리스어를 배웠다. 양서를 읽고 그 가치나 결함을 논하는 장황한 에세이도 썼다. 전부 무척 교육적인 경험이었다.

다른 가정교사들도 있었다. 아버지의 아이디어였다. 그쪽 선생들이 더 흥미로웠다. 크리켓을 지나치게 사랑하는 나이 지긋한 영국인. 아편을 적신 담배를 피우는 우수 어린 알비노. 그리고 물론, 무슨 말로도 설명할 수 없는, 비할 상대가 없는 누스 선생도.

알레산드라는 그들의 가르침도 익혔다. 어떤 가르침은 다른 가르침보다 더 오래 남았다. 그리고 어떤 가르침은 허무맹랑하기만 했다. 그래도 알레산드라는 배웠고, 배운 것을 응용했다. 선생들이 보면 자신의 발전에 흐뭇해하리라 생각했다.

"그래서 다음은 뭐야? 식사를 마치면 말이야."

"언젠가 내가 아는 한 신사가 했던 말처럼, 진흙 없이는 벽돌을 만들지 못하는 법이지." 알레산드라가 페퍼를 보았다. "도둑들을 찾기가 힘들면 대신 녀석들에게 도둑질을 시킨 사람을 찾아야지."

"교수가 놈들이 어디 있는지 말해 줄 것 같아?" 음식이 나오자 페퍼가 미심쩍게 말했다. "썩 협조적으로 나오지 않을지도 몰라."

"내가 한 설득 하거든."

페퍼가 코로 커피를 뿜고는 콜록거렸다. 알레산드라는 페퍼가 진정되기를 기다리며 포크로 달걀을 찔러 보았다. 노른자가 흔들리는 모양새에 식욕이 떨어졌지만 워낙 배가 고파 가릴 처지가 아니었다. 새벽에 구토한 뒤로는 며칠 굶은 기분이었다. "하지만 네 말이 맞을지도." 알레산드라가 음식을 한 입 베어 물고 조심스럽게 씹어 삼켰다. 속이 요동치지 않는 것을 확인한 다음 한 입더 먹었다. "섬세하게 접근할게."

"그 말인즉?"

"그 말인즉 거짓말을 하겠다는 거지. 그게 실패하면 매수를 시도하고."

"그것도 안 되면?"

알레산드라가 어깨를 으쓱였다. "더 투박한 수단에 의지해야지."

페퍼가 눈썹을 치켜세웠다. "쏘면 안 돼."

"난 길거리 깡패가 아냐, 페퍼. 정당한 이유 없이 사람을 쏘진 않는다고." 알레산드라가 의자에 등을 기댔다. "나랑 같이 갈 여유는 있고?"

"그럼. 그 구경을 놓칠 수야 없지." 자기 달걀을 다 먹은 페퍼가 알레산드라의 남은 달걀을 가리켰다. "그거 먹을 거야?"

알레산드라가 페퍼 쪽으로 접시를 밀었다. 페퍼는 달걀을 입에 쑤셔 넣으며 목소리를 낮춰 말했다. "카운터에 앉은 경찰이 우리 감시하고 있는 거 알지?"

"그래, 알고 있어. 호텔에서부터 따라왔어."

"걱정 안 해?"

"뭐 하러?" 알레산드라가 말했다. "필요하다면 따돌리기는 쉬워."

"전에도 이런 일을 해본 적이 있는 것처럼 말하네."

"한두 번. 로마 경찰이 제일 끈질겼지, 아마."

페퍼가 눈을 휘둥그레 떴다. "로마? 그… 로마? 콜로세움 있는 거기?"

"그 로마 맞아."

"로마 가 보고 싶다." 페퍼가 부럽다는 듯 말했다.

알레산드라가 미소 지었다. "언젠가 가게 될지도 모르지."

"아닐걸. 난 보스턴까지만 가도 성공한 거야." 페퍼가 식당 안을 둘러보았다. "엄마가 보스턴 출신이었어. 거길 좋아했지." 페퍼는 눈을 가늘게 뜨고 창에 비친 자신의 모습을 보았다. "여기서 죽었지만." 이상적인 환경에서 맞이한 죽음은 아니었다는 암시가 말투에서 묻어났다.

알레산드라는 동정심이라는 사치를 좀처럼 용납하는 법이 없었다. 그간 인생을 통해 얻은 교훈 덕분이었다. 하지만 페퍼에게는 그러기 힘들었다. 이 아가씨는 순진한 동시에 야무졌다. 그 모습은 마치, 그래, 그녀 자신을 보는 듯했다. 부모님이 돌아가신 뒤 알레산드라도 마찬가지였다. 방향은 없었지만 어딘가로 가야 했다. 무언가를 해야 했다. 무언가를. 무엇이든.

"나도… 이해해." 알레산드라가 그렇게 말하며 천장에 남은 갈색 물 자국을 올려다보았다. 잠깐 망설여졌지만 말해 버리기로 했다. "우리 부모님도 내가 네 또래일 때 돌아가셨지. 언니들과 나는 운이 좋았어. 할아버지께서 거둬 주셨거든."

페퍼가 알레산드라를 보았다. "어쩌다 돌아가셨는데?"

"아직도 확실히는 모르겠어." 그날 밤에 대한 기억은 알레산드라의 머릿속 상자 안에 단단히 잠겨 있었고, 계속 잠근 채로 둘 참이었다. "굳이 파헤치고 싶지 않은 수수께끼라고만 해 둘게." 알레산드라는 화제를 돌리고 싶은 마음에 벌떡 일어섰다. "다 먹었으면 가자."

페퍼가 남은 커피를 마저 꿀꺽 삼키고 알레산드라를 따라 카운터로 갔다. 계산을 마치고 식당을 나서는 내내 경찰이 은밀하게 두 사람을 지켜보았다.

연철 울타리가 담쟁이로 뒤덮인 캠퍼스의 상당 부분을 도시의 나머지 지역과 갈라놓았다. 미스캐토닉 대학에는 구식과 신식 건축 양식이 잡다하게 뒤섞여 있었다. 이곳에는 아컴 대다수 지역에서는 찾아볼 수 없는 생동감이 있었다.

아직 이른 시간이었다. 학생들은 수업을 들으러 가거나 벤치와 계단에 모여 있었다. 알레산드라는 적지 않은 눈길을 끌었고, 그 사실을 유리하게 활용했다. 다양한 학생들이 기꺼이 역사학과와 애슐리 교수의 연구실로 가는 길을 가르쳐주었다. 페퍼는 걸어가는 동안 속내를 알 수 없는 표정으로 주변을 둘러보았다. 알레산드라가 그런 페퍼를 쿡 찔렀다. "대학에 다니고 싶다고 생각해본 적 있어?"

"뭐, 여기?"

"꼭 여기가 아니더라도. 다른 대학도 있잖아."

"고등학교도 겨우 마쳤는걸." 페퍼가 얼토당토않다는 투로 대꾸했다. 말과는 다르게 목소리에서 갈망의 흔적이 묻어났지만, 알레산드라는 더 캐묻지 않았다.

미스캐토닉 대학 역사학과는 한때는 더 근사했을 정사각형 벽돌 건물에 자리 잡고 있었다. 두 사람의 발소리가 타일을 깐 복도 바닥을 타고 울려 퍼졌다. 쉬는 시간이었고 건물은 거의 비어 있었다. 교수 연구실들을 찾기는 어렵지 않았다. 버리지 않고 다시 가열한 커피 냄새를 따라가기만 하면 됐다.

애슐리의 연구실 문 옆에는 그의 이름이 적힌 작은 명패가 붙어 있었다. 살짝 열린 문 안쪽에서 누군가가 돌아다니고 있었다. 알레산드라는 주춤하며 손을 내저어 페퍼를 뒤로 물렸다. 상대는 아직 두 사람의 존재를 눈치 채지 못한 상태였다. 그녀는 지갑을 열고 손가락으로 웨블리를 더듬었지만, 이내 단호하게 지갑을 닫았다. 상대방이 누구인지도 알 수 없었고, 최근 들어 사람에게 총을 겨누는 일이 너무 잦았다.

"실례합니다." 알레산드라가 큰 목소리로 말하며 문을 열었다.

연구실에 서 있던 젊은 여자가 꺅 소리를 질렀고, 안고 있던 서류 뭉치가 바닥에 떨어져 흩어졌다. 알레산드라도 상대와 마찬가지로 놀라 멈춰 섰다.

"놀라 죽는 줄 알았잖아요!" 젊은 여자가 허리춤에 손을 얹은 채 알레산드라를 쏘아보았다. "그쪽 때문에 이게 뭐예요." 여자는 키가 작고 동글동글했으며 턱을 씰룩일 때마다 곱슬거리는 금발이 함께 들썩였다.

"죄송합니다. 애슐리 교수님을 뵈러 왔는데요."

"여기 안 계세요." 여자가 몸을 숙여 떨어진 서류를 모으며 말했다.

"그렇군요. 언제쯤 돌아오실까요?" 알레산드라는 그렇게 물으며 애슐리의 행방을 알려 줄 단서가 있는지 연구실을 둘러보았다. 연구실은 뒤죽박죽인 서재였다. 책과 서류들이 바닥에도, 벽을 따라 늘어선 서류 캐비닛 위에도, 심지어 창턱 위까지 사방에 쌓여 있었다. 책상은 작고 갑갑했고, 그 위에 몸을 수그린 채 몇 시간을 쉬지 않고 앉아 있는 상상만으로도 몸서리가 쳐졌다. 이 연구실은 알레산드라에게 감방을 떠올리게 했다.

"누구신데요?"

알레산드라가 멈칫했다. "저는… 작가예요. 《라 나치오네》에 글을 쓰는."

여자가 어리둥절한 얼굴로 알레산드라를 보았다. "신문이에요." 알레산드라가 상냥하게 미소 지으며 설명했다. "이탈리아 신문요."

여자가 페퍼를 보자 페퍼도 자기소개에 나섰다. "저는 통역입니다."

"이미 영어를 완벽하게 하시는 것 같은데요." 여자가 말했다.

"제 통역 솜씨가 뛰어나거든요." 페퍼가 말했다.

여자가 미간을 좁혔다. "저기, 원하시는 게 뭐죠?"

"교수님과 대화하고 싶은데요."

"아마 그 우라질 미라에 관해서겠죠."

그 반응에 살짝 놀란 알레산드라가 페퍼를 슬쩍 보고 고개를 끄덕였다. "네. 제가 처음이 아닌가 보네요?"

"아가씨, 당신은 두 번째도 아니거든요." 여자가 다시 모은 서류를 책상에 올려놓고 주변을 둘러보았다. "전 교수님 조교 들로리스예요."

"알레산드라라고 해요." 알레산드라가 페퍼를 가리켰다. "이쪽은 제 친구 켈리 군."

들로리스는 미소 없이 고개만 끄덕였다. "교수님은 오늘 안 나오셨어요. 안타까운 일이죠. 채점하셔야 할 시험지들이 있는데 교수님이 안 하시면 제가 해야 하거든요."

"교수님께 연락할 방법이 있을까요?"

들로리스가 시끄럽게 한숨을 내쉬며 고개를 가로저었다. "아뇨. 전화 안 갖고 계세요. 천문대에 숨어 계실지도 모르죠. 아니면 도서관이나. 많은 교수들이 혼자만 있고 싶을 때면 그러거든요."

"프리본 교수님은요? 애슐리 교수님이 어디 계시는지 아실까요?"

"난들 아나요? 제가 그 인간 조교도 아니고."

알레산드라는 그 말은 못 들은 척 넘겼다. "제가 처음 온 기자가 아니라고 하셨는데… 다른 사람들은 언제 왔나요?"

"왜요?"

알레산드라가 미소 지었다. "궁금해서요."

들로리스가 콧방귀를 뀌었다. "오늘 아침 일찍요. 남자였어요. 연구실에 와 보니 기다리고 있었죠. 좋은 모자를 쓰고 좋은 정장을 입었더군요. 자기 말로는 《아컴 애드버타이저》에서 왔다던데 내 생각은 달라요. 너무 번지르르했거든." 어딘가 희미하게 익숙한 인상착의다 싶었지만 이유는 알 수 없었다. 사마코나나 검은 옷을 입은 그의 종복 같지는 않았다. 어쩌면… 위틀록일까?

"혹시 이름이 위틀록이었나요?"

"안 물어봤고 그 남자도 말 안 했어요." 들로레스가 서류 더미를 가지런하게 매만졌다.

"그 사이에 또 다른 사람이 오지 않은 건 확실한가요?"

들로리스가 잠시 침묵했다. "왔을지도 모르죠. 나도 그쪽이 노크하기 몇 분 전에야 돌아온 참이거든요. 왜요?"

"담배 피워요?"

"아뇨. 왜요?"

알레산드라가 창턱을 두드렸다. "여길 봐요."

페퍼가 목을 길게 뺐다. "담배꽁초네. 그게 왜?"

"아직 연기가 나잖아." 알레산드라가 꽁초를 보았다. "조금 전까지 누가 여기 있었어."

복도에서 문을 쾅 닫는 소리가 들렸다. 창문 밖을 내다보니 옅은 시어서커 정장을 입은 형체가 허둥지둥 뜰을 가로질러가고 있었다. 어쩐지 익숙한 모습이었지만 이렇다 할 얼굴이 떠오르지는 않았다. 알레산드라가 들로리스를 돌아보았다. "저 남자 알아요? 아침에 찾아왔다는 남자인가요?"

"그, 그건 잘 모르겠네요." 젊은 여자의 표정에 당황한 기색이 역력했다. "여기서 뭘 하고 있었을까요?"

알레산드라는 대답하지 않았다. 다시 한 번 연구실을 둘러보았다. 무엇이든 특이해 보이는 것을 찾기 위해서였다. 하지만 아무것도 눈에 띄지 않았다. 애슐리 교수에게 뭘 아느냐고 대놓고 물어봐야 할 모양이었다.

누군가가 문을 두드렸다. 알레산드라가 돌아보자 복도에 키 큰 남자가 서 있었다. 그녀는 애슐리의 동료인 프리본 교수를 바로 알아보았다. "들로리스, 애슐리 교수 아직 안 나왔…" 연구실에 들로리스 혼자만이 아님을 깨달은 프리본이 말을 멈추었다.

"프리본 교수님." 알레산드라가 말했다. "이런 반가운 우연이.

마침 교수님과 말씀을 나누고 싶었는데요."

"당신은…" 프리본이 입을 열었다. 그러더니 더 아무 말 없이
돌아서서 허둥지둥 가 버렸다. 알레산드라는 예기치 못한 무례에
잠시 멍해졌다. 들로리스에게 눈인사를 건넨 뒤, 알레산드라는
페퍼와 함께 프리본을 쫓아갔다. 프리본은 긴 다리로 성큼성큼
하이킹하듯 걸었지만 계단에 이르러 두 사람에게 따라잡혔다.
"따라오지 말아요." 그가 돌아보지도 않고 말했다.

"잠시만 멈춰주시면 저희가 따라가지 않아도 될 텐데요."

페퍼가 선수를 쳐 프리본과 계단 사이를 가로막았다. 프리본이
한숨을 내쉬고 돌아섰다. "미안하지만, 아가씨…"

"실은 백작이에요."

프리본이 인상을 썼다. "백작. 미안하지만 퍼디낸드는 여기 없
고 나는 수업에 늦었어요. 이만 실례…" 알레산드라는 그가 암시
하는 바를 꿋꿋하게 무시했다.

"잠깐이면 돼요, 약속해요."

알레산드라가 꿈쩍도 하지 않자 프리본이 다시 한숨을 내쉬었
다. "그럼 잠깐만입니다. 그 이상은 안 됩니다. 뭘 알고 싶은 겁니
까?"

"강도 사건에 관해 이야기하고 싶은데요." 알레산드라가 말했
다.

"미안하지만 그 일에 관해서는 할 말이 없습니다." 프리본이 돌
아서서 페퍼를 의미심장하게 바라보았지만 페퍼는 움직이지 않
았다. "비켜요."

"질문에 답부터 하시고." 페퍼가 두 주먹을 들어 보이며 말했다.

프리본이 끙 하는 소리를 내며 다시 알레산드라 쪽으로 돌아섰다. "이것 봐요, 백작은 매튜 오른과 친밀해 보이더군요. 그 사람에게 묻고 나는 내버려 두면 안 되겠습니까?"

"그럴까요." 알레산드라가 잠시 프리본을 뜯어보더니 손짓했다. "보내드려, 페퍼." 페퍼가 망설였지만 잠시뿐이었다. 페퍼가 옆으로 비켜서자 프리본이 질주하다시피 문으로 향했다.

페퍼가 알레산드라를 보았다. "이해가 안 되는데… 그냥 보내준다고?"

"지금은. 저 사람 말이 맞아. 오른과 얘기를 해봐야 해. 애슐리는 오른을 위해 일하고 있었잖아. 사라진 교수가 어디에 숨었는지 알지도 모르지."

"미라는 어쩌고?"

"오늘이 금요일 맞지?"

"응." 페퍼가 영문을 몰라 하며 대답했다.

"비질은 고메스가 금요일마다 틱톡 클럽에 간다고 했어. 오늘밤에 가서 그 말이 사실인지 보자고."

"재미있겠는걸." 페퍼가 말했다. "그럼 이젠 뭐 해?"

"호텔로 돌아가자. 이야기를 나눠야 할 사람이 있어."

17장

비서

아컴 번화가는 밤에 보이는 것보다 낮에 더 생기가 넘쳤다. 거리와 면한 상점들의 모습은 여느 번창하는 마을이나 소도시에서 볼 수 있는 모습과 다르지 않았다. 화물을 실은 트럭들이 우르릉거리며 오후 운행 루트를 돌면서 음식점과 식료품점에 물자를 배달했다. 거리가 붐비지는 않았지만, 아직 점심시간이 끝나기 전이었다.

알레산드라와 비서는 카페 바깥에 친 넓고 하얀 차양 아래의 작은 원형 테이블에 앉았다. 한낮이었음에도 그녀는 그를 호텔 방에서 끌고 나와야 했다. 간밤에 흥청댔던 비서는 꼴이 말이 아니었다. 지금 모습만 봐서는 아무도 알아차리지 못할 테지만. 남자들은 남 앞에 나서기에 부끄럽지 않은 외양을 갖추기가 더 쉬웠다.

카페는 알레산드라가 사마코나를 만났던 곳에서 가까웠고, 가로수가 늘어선 샛길을 따라 작은 지역 백화점 맞은편에 위치해 있었다. 프랑스식 우아함을 내세우는 가게였지만 실상은 알레산드라가 가 본 파리의 어떤 카페와도 한참 거리가 멀었다. 사실 여기는 라 벨라 루나보다 더 이탈리아식에 가까웠다.

커피와 패스트리가 금세 나왔다. 패스트리는 반죽의 부족함을 감추기 위해 설탕으로 뒤덮여 있었다. 그나마 커피는 변변했다.

"그날은 참 요란했지요?" 비서가 커피를 마시며 물었다. "젊은 페어몬트는 제대로 겁을 먹었더군요." 그가 몸을 가까이 기울였다. "혹시 당신이랑 관계있는 일은 아니겠지요?"

"내가 한 일이면 당신에게 말할 것 같나요?"

비서가 몸을 바로 했다. "뭐, 그렇진 않겠지요. 하지만 만약 그렇다면 난 당신이 엄청 무례하다고 생각하긴 할 겁니다."

"내가 안 했어요."

"그거면 됐습니다. 왜 만나자고 했지요?"

"강도 사건에 대한 당신 생각을 물어보려고요." 알레산드라가 조심스럽게 말했다. "당신이 어떻게 생각하는지 궁금하군요."

"다들 그렇지요. 어젯밤 클로버 클럽에서도 모두가 그 얘기였습니다." 비서가 담뱃갑을 꺼내 열어 알레산드라에게 내밀었다. 알레산드라는 고맙게 고개를 끄덕이며 한 개비를 들었다. 비서가 불을 붙여준 뒤 은밀한 얘기를 할 것처럼 몸을 앞으로 숙였다. "강도 사건을 그렇게 가까이서 겪은 건 처음이었습니다. 그건 확실하지요."

"나도 처음이었어요."

비서가 눈썹을 치켜세웠다. "정말입니까? 그건 믿기 어렵군요. 당신처럼 거친 여자가."

"총격전을 겪은 게 처음이었다고 하지는 않았어요, 테드. 무장 강도가 처음이었다는 거지."

"당신 취향의 도둑질은 아니다?"

"그런 셈이죠."

비서가 들고 있던 담배로 알레산드라를 가리켰다. "항상 궁금했는데… 왜 오컬트 관련 물품을 훔치는 겁니까?" 그가 물었다. "보석이나 그림이나 희귀 서적이 아니고?"

"보석은 장물아비가 필요하고, 그림은 내력도 확보해야 하고, 희귀 서적은… 글쎄요, 희귀 서적이라면 나도 제법 훔쳤는데요." 알레산드라가 미간을 좁히며 자신의 커피를 내려다보았다. "내가 가장 잘 아는 분야라서겠죠. 내 아버지는… 오컬트에 매혹된 분이셨거든요. 아버지가 당신 같은 사람들이 사는 경계 지대를 가르쳐주셨죠. 수집가와 수집품들이 근친상간을 벌이는 당신들만의 작은 세계 말이에요."

비서가 인상을 썼다. "나라면 그렇게 말하진 않겠습니다."

"하지만 적절한 표현이죠. 당신들은 모두 서로를 알고, 내키든 내키지 않든 끊임없이 귀중품을 맞바꾸잖아요. 가령, 아케이디 코튼우드라는 이름을 아나요?"

"물론 압니다."

"그가 쓴 논문 『가장 오래된 의식』은 현재 몇 부 존재하죠?"

"많아야 서너 부겠죠. 비인가 복제본이 여기저기에 몇 부 더 있을 수도 있고."

"정확해요. 나는 그중에서 똑같은 책 한 권을 세 명의 서로 다른 고객을 위해 다섯 번 훔쳤어요." 알레산드라가 커피를 한 모금 마셨다. "아니면 데를레트 백작의 컬렉션을 생각해 봐도…"

비서가 손가락을 튀겼다. "역시! 당신이 그 일과 관련이 있을 줄 알았죠."

알레산드라가 손을 저으며 비서의 흥분을 물리쳤다. "고명하신 백작 나리와 그 선조들은 도둑질을 통해 컬렉션을 구축했어요. 그리고 백작의 탐욕스러운 천성에 희생당한 피해자 중 하나가 모종의 물품들을 도로 훔쳐달라며 나를 고용했죠. 그 물품들은 해당 고객이 이전에 또 다른 라이벌에게서 빼돌렸던 거였고요. 내 말 뜻 알겠어요?"

"알 것 같군요. 듣고 있자니 게임 같다는 생각도 듭니다만?"

"내 아버지도 같은 말씀을 하셨죠. 그리고 그렇기 때문에 당신들 대다수는 경찰을 개입시키지 않아요. 규칙을 이해하니까. 당신들은 나 같은 사람을 고용해서 물건을 훔치게 하고, 그러면 또 다른 사람이 따로 인수업자를 고용해 빼앗긴 것을 다시 인수하도록 하죠."

"인수업자란 말이지요, 흠?"

알레산드라가 어깨를 으쓱했다. "난 나를 도둑이라고 부르는 게 부끄럽지 않지만 일부 고객들은 덜… 직설적인 용어를 선호하거든요. 그래서 인수업자라고 하죠."

"좋은 표현이군요." 비서가 잠시 침묵하며 컵을 내려놓았다.

"그래서, 당신 정말로 강도 사건과는 관련이 없다는 거지요?"

"태드…"

비서가 장난스러운 제스처를 취했다. "압니다, 알아요. 그냥 참 편리한 얘기다 싶어서요."

"장담하는데 내겐 아니에요."

"경찰과는 얘기해 봤습니까?"

"바보 같은 질문이네요. 당신은 했나요?"

"당연하지요. 아는 걸 전부 말했습니다."

"전부?" 알레산드라가 눈썹을 치켜세웠다.

"전부까지는 아니고요." 비서가 정정했다. "왜 누가 그런 물건을 훔치려 했는지 알고 싶어 하기에 당연히 내가 실마리를 좀 제공했지요."

"그래요? 왜 누가 미라를 훔치려 했을까요?"

"이유야 얼마든지 있지요." 비서가 뒤로 몸을 기댔다. "자, 화가들은 특별한 황토색을 얻기 위해서 미라를 갈아 사용했습니다. 그리고 중세 의사들은 미라가 특정 미약과 치료제에 필요한 성분이라고 생각했지요."

알레산드라가 비서를 빤히 쳐다보았다. 비서가 불편한 기색으로 고쳐 앉았다. "나도 아는 게 있습니다, 알레산드라. 아주 멍청이는 아니에요."

"멍청이라고 한 적 없어요. 계속해요. 날 일깨워 줘요. 또 뭐가 있죠?"

"아, 물론 나의 친애하는 수집가 동료들도 있습니다. 빅토리아

시대 사람들은 미라라면 환장을 했는데, 주로 이집트 계통의 미라였습니다만, 그 전통은 지금까지 계속되고 있지요. 나도 사람을 고용해서 미라를 훔쳐 오게 할 만큼 편집광적일지도 모를 골동품 전문가를 몇 압니다. 그 사람들 컬렉션에 남는 자리가 있다면 말이지만요."

"전시회에서 낯익은 얼굴을 여럿 봤는데요." 알레산드라가 말했다.

비서가 고개를 가로저었다. "그 중에는 없습니다. 정말 집착이 심한 축들은 자기 수집품을 무방비 상태로 둔 채 자리를 비우려 하지도 않아요."

알레산드라가 고개를 끄덕였다. 그건 그녀도 잘 아는 사실이었다. 그녀의 고객 중 상당수는 진정한 의미의 은둔자들이었다. 비싼 펜트하우스나 외딴 목사관에 틀어박혀 문을 닫아걸고 사는 사람들. 돈으로 살 수 있는 최고의 보안 체계에 둘러싸여 사는 사람들. 알레산드라는 그런 사람들에게 고용될 때면 재미 삼아 그네들의 은신처에 침입할 최선의 방법을 계획해 보곤 했다. "그리고 진짜 집착이 심한 사람만이 그렇게 엉성한 작전을 세울 테고요."

"아니면 절박한 사람이나요. 어쩌면 미라 가루가 검버섯을 치료해준다든가 하는 식의 터무니없는 생각을 하는 늙다리 전통주의자일지도 모르지요. 어떤 질병이든 간에 대체 왜 그런 끔찍한 물건이 치료제로 쓰일 수 있다고 생각하는지는 나로서는 도저히 모를 일입니다만."

"확실히 흉측하기가 독보적이더군요." 알레산드라가 동의했다.

갑자기 한기가 느껴져 그녀는 살짝 몸을 떨었다. 요리가 담긴 접시를 보다가 옆으로 치웠다. "그래도 두둑한 값을 치를 만한 사람을 최소한 한 명은 알지만요."

비서가 이마를 찌푸렸다. "당신을 돕지 않는 게 좋을지도 모르겠군요. 지역 경찰들과 마찰을 빚고 싶지는 않아서 말입니다."

"누구랑 이야기를 나누는 게 불법은 아닐 텐데요?"

"당신이 이야기하고 싶은 상대가 누구냐에 따라 다르겠지요." 비서가 침착하게 그녀를 응시했다. "나는 아니겠죠. 설마 그럴 리가. 그럼 누굽니까?"

"애슐리 교수요."

비서가 멈칫했다. "왜지요?"

"강도 사건에 관해서 뭔가 알지도 모르니까요."

비서가 몸을 뒤로 젖혔다. "정말 탐정 놀이를 할 작정이군요?"

"이 문제에 개인적으로 흥미가 있어서요."

"물론 그럴 테지요." 비서가 말했다. "뭐, 솔직히 말하면 나도 애슐리와 이야기를 나누고 싶습니다. 다만 강도 사건 이후로 그 뚱보 난쟁이를 본 사람이 아무도 없으니 문제지요."

"찾아내기가 상당히 어렵더군요. 그래서 교수를 고용한 사람과 이야기를 해봐야겠어요."

비서가 얼굴을 찌푸렸다. "매튜 말입니까?"

"바로 맞췄어요."

"원하는 건 그게 답니까? 매튜랑 이야기하는 것?"

"그 사람 은식기를 훔칠 생각은 없어요, 테드." 알레산드라가 말을 이었다. "오른이라면 미라를 되찾는 데에 얼마를 낼 것 같아요?"

비서는 커피에 사레가 들릴 뻔했다. "당신과는 관계없는 일이라면서요." 그가 열을 내며 말했다. 그는 누가 듣지 않았는지 확인하듯 주위를 돌아보았다.

"관계없다니까요. 하지만 나도… 그걸 뭐라고 말하더라… 판에 끼면 좋지 않을까 고려하는 중이죠. 얼마나 낼 것 같아요?"

비서가 손수건으로 입술을 두드려 닦았다. "멀쩡하게 회수할 수만 있다면 상당한 금액을 치를 겁니다."

알레산드라가 고개를 끄덕였다. "그거 좋은 소식이네요. 고마워요, 태드."

"그럼 실마리가 있는 겁니까?" 비서가 득달같이 물었다. "어디 있는지 아는 겁니까?"

"아뇨. 하지만 곧 알아낼 거예요. 그저 그렇게 노력할 만한 가치가 있기를 바랐을 뿐이에요."

"애초에 당신을 고용했던 사람은 어쩌고요?"

"그건 내가 알아서 할 문제 아니겠어요?" 알레산드라가 무심히 주변을 둘러보며 눈에 담았다. 아컴은 한낮에도 기묘했다. 어쩐지 카니발을 떠올리게 하는 곳이었다. 마치 도시 전체가 가면을 쓰고 있는 듯했다.

비서가 미간을 좁혔다. "그렇겠지요. 그래도 조심하는 게 좋을 겁니다."

"내가 조심하지 않은 적이 있던가요?"

"로마. 밀라노. 피렌체." 비서가 손가락을 하나씩 꼽으며 지명을 댔다. "대여섯 군데는 더 댈 수 있습니다. 솔직히 당신이 아직도 살아있다는 사실에 다들 약간 충격을 받고 있어요."

알레산드라가 순간 아연실색하며 비서를 쳐다보았다. "다들… 내 이야기를 한다고요?" 하다못해 비서와 다른 고객들이 서로 이 야기를 주고받는다는 상상만으로도 심란했다.

"당신 얘기만 하는 건 아닙니다." 비서가 담배 연기를 뿜었다. "가끔은 날씨 이야기도 하지요."

알레산드라가 웃음을 터뜨렸다. 비서가 고개를 절레절레 저었 다. "역시나." 잠시 후, 그가 말했다. "당신이 내게 다가오는 걸 보 자마자 뭔가 계획이 있을 줄 알았습니다. 누군가 그 망할 것을 훔 쳐내라고 당신을 고용했겠지요, 아닙니까?"

"그게 문제가 되나요?"

"약간요. 나도 탐사대 후원을 도왔으니까요." 비서가 의자에 등 을 기댔다. "당신 때문에 내 입장이 난처하게 됐습니다. 지독하게 난처해요. 도와주고는 싶지만…"

알레산드라가 몸을 앞으로 기울였다. "뭘 원해요?"

"뭐요?"

"원하는 게 뭐예요, 테드?"

비서가 순수하게 상처받았다는 표정으로 고개를 돌렸다. "알레 산드라, 무슨 말을 하는지 모르겠군요."

알레산드라가 웃었다. "테드, 당신은 당신 서재에 숨겨 놓은 호 기심의 방[28]에 들어갈 출처가 수상한 물건들을 구해 달라고 나를 세 번이나 고용한 사람이에요. 색다른 거라면 사족을 못 쓰는 까 마귀라고요. 뭘 원해요?"

"손가락 하나요."

"손가락 하나라." 알레산드라가 되뇌었다.

"미라 손가락 말입니다." 비서가 설명했다.

"이해했어요. 이유는 묻지 않을게요."

"어떤 의식에 관한 글을 읽었지요. 상당히 재미있을 것 같더군 요."

알레산드라가 그만 얘기하라는 시늉을 해 보였다. "관심 없어 요. 손가락 하나를 갖고 싶다면 가져다줄게요."

"정말입니까?"

"내가 당신에게 거짓말한 적 있어요?"

비서가 씩 웃었다. "내가 이래서 당신을 좋아합니다, 알레산드 라. 항상 정답을 갖고 있거든." 그가 웃음기를 걷었다. "매튜에게 물어보지요. 강도 사건 이후로 매튜는 말수가 줄어들었습니다. 대서특필을 기대했는데 그런 식으로 기대가 이루어질 줄은 몰랐 겠지요."

알레산드라는 고개를 끄덕이며 무심코 길 건너로 시선을 던졌 다. 무언가가 주의를 끌었다. 시야 가장자리로 그림자 같은 검은 것이 흘끗 지나갔다. 갑자기 불편해진 그녀는 자세를 고쳐 앉으 며 다시 비서를 돌아보았다. "무슨 뜻이죠?" 그녀가 물었다.

28　16, 17세기 유럽 지배층과 학자들이 진귀하고 이국적인 사물들을 수집해 진열했던 공간.

비서가 턱을 긁었다. "아컴에서 매튜의 명성은… 전만 못합니다. 소문을 믿는다면요. 샌포드라는 이름의 빙산과 부딪쳤거든요."

아는 이름이었다. "칼 샌포드." 알레산드라가 말했다. "그 사람도 전시회에 있었죠."

"네. 틀림없이 말썽을 일으키려고 왔을 겁니다."

"당신은 오른이 샌포드를 무시했다는 얘기는 했지만 이유는 말하지 않았어요." 알레산드라가 새침한 표정을 지으며 비서에게 눈길을 고정했다. "더 아는 게 있는 거 아니에요, 테드?"

"어쩌면 조금은요. 샌포드는 시 의원 대다수를 거머쥐고 있습니다. 거기에 은행이랑 적지 않은 수의 사업체도요. 은빛 황혼회 가입 제안은 아컴에서 뭐든 제대로 된 사업을 할 수 있다는 보장이나 다름없지요. 밀주업이 아닌 사업 말입니다. 샌포드를 거절한다는 건… 자기 자신을 제명하는 거나 마찬가지고요."

"하지만 오른은 거절했고요?"

비서가 어깨를 으쓱했다. "매튜는 항상 자의식이 비대하게 부풀어 있는 편이었다고 해야겠지요. 샌포드가 거기에 구멍을 내 온 지도 꽤 됐고요. 샌포드를 전시회에 초대하지 않은 건 선전포고나 다름없었습니다."

알레산드라는 이 말을 곰곰이 생각해 보았다. "샌포드가 강도를 주도했을 수도 있을까요?"

비서가 다시 어깨를 으쓱했다. "나도 모르기는 마찬가집니다." 그가 알레산드라 뒤쪽을 바라보더니 얼굴을 찡그렸다. "아는 사람입니까?"

알레산드라가 어깨 너머로 눈길을 던지자 구부정하고 검은 옷을 입은 익숙한 형체가 길 건너 버스 정류장 벤치에 앉아 있었다. 검은 옷을 입은 남자는 희뿌연 눈으로 그녀를 바라보았지만 다가오려는 기미는 없었다. 잠시 후 트럭 한 대가 그들 사이를 지나갔고, 트럭이 사라졌을 때는 남자도 사라진 뒤였다. 알레산드라는 오한을 느꼈다. 사마코나가 그녀를 감시하고 있었다. "아뇨." 그녀가 대답했다.

"흥미롭군요." 비서가 말했다. "틀림없이 전에 본 적이 있는 사람입니다. 하지만 이곳이 아니라 뉴욕에서였죠. 분명 우연이겠지요."

"네. 우연이겠죠." 알레산드라가 멍하니 말했다.

18장

공동묘지

"난 여기가 싫어." 고메스가 함께 상자를 영묘 안으로 옮기던 중 내뱉었다. 공동묘지는 대낮에도 불길해 보이기는 매한가지였다. 발치에 뼈들이 굴러다니고 덤불이 바지자락을 잡아당기는 가운데 그들은 상자를 깨지고 지저분한 바닥에 내려놓았다. "왜 여기서 해야 하는 건데?"

핍스가 뒤에서 영묘의 문을 닫았다. 경첩이 귀가 찢어져라 끼익 거리는 소리에 둘 다 움찔했다. "그치가 여기랬고, 돈 주는 게 그쪽이니까 여기서 해야지. 저 석관을 열어." 핍스가 영묘 한가운데를 차지하고 있는 조지 양식의 석관 셋 중 하나를 가리켰다.

"네가 해. 난 팔이 아파."

핍스가 고메스를 거칠게 떠밀고 지나가 석관 뚜껑을 들어 올리자 마모된 돌계단이 나왔다. 계단은 어둠 속으로 쭉 뻗어 내려갔다. "예전에 밀수꾼들이 이런 터널들을 파곤 했지." 핍스가 말했다. "프랑스 언덕, 아니, 강 이쪽 편 전체가 커다란 벌집이나 다름 없어."

"대단하셔라. 상자를 어떻게 저 밑으로 내리지?"

"네가 앞장서, 따라갈 테니."

"왜 내가?"

"아까부터 계속 성한 팔이 하나뿐이라고 말하던 게 누구였더라. 내가 무게를 지탱할 테니 네가 길을 안내하라고. 이해가 됐냐, 이 멍충아?"

고메스가 툴툴거렸다. "알았다고." 그가 상자를 보다 멈칫했다. "그냥 그렇게 두고 와도 되는 건가? 호도로프스키 말이야."

"데려왔으면 좋았겠냐?"

"적어도 강물에 담가 준다든가 할 순 있었잖아. 고인에 대한 예의 몰라?"

핍스가 짜증 섞인 소리를 냈다. "시간 없었다는 거 알면서 그만 소릴. 게다가 폴란스키를 두고 올 때는 아무 말 않던 주제에."

"폴란스키야 재수 없는 새끼였고."

"너도 마찬가지야. 나도 그렇고." 핍스가 쭈그려 앉았다. "이빨 그만 까고 얼른 내려가기나 해. 여기 있으면 노출된 기분이라고. 빨리 숨길수록 좋아."

"경찰이 여길 모르는 건 확실해?" 주춤주춤 느리게 내려가는 길에 고메스가 물었다. 계단 끝에 벽돌과 단단히 굳은 흙으로 이루어진 터널이 나오자 고메스는 하수구를 떠올렸다. 공기에서 습기와 흙과 더 고약한 것들의 냄새가 났다. 좋은 냄새는 아니었다.

"그치가 안전하다고 했어."

"말이야 이것저것 많이 했지." 고메스가 멈춰 섰다. "앞에 누가 있어." 그가 상자를 내려놓고 무기로 손을 가져갔다.

"교수야." 핍스가 말했다. "우릴 기다리는 거야." 그가 목청을 가다듬고 상대를 불렀다. 잠시 후 불빛이 벽과 바닥을 가로지르며 춤추었다. 누군가 등잔 혹은 손전등을 켰다.

"이쪽이네." 목소리가 어둠 속에서 으스스하게 메아리쳤다.

"정말 교수 맞아?" 고메스가 물었다.

"그쪽 들고 움직이기나 해." 핍스가 거칠게 말했다. 고메스가 시키는 대로 했고, 둘은 터널을 나아갔다. 뒤쪽에서 쥐 같은 것이 가볍게 쪼르르 달리는 소리가 들렸다. 고메스는 쥐가 달갑지 않았고, 공동묘지도 마찬가지였다. 상자 안에 든 죽은 것들도 그랬고.

고메스는 호도로프스키나 호도로프스키에게 생긴 일에 대해 생각하지 않으려 애썼다. 핍스는 사고였다고 주장했고 고메스도 그 말을 믿고 싶었지만, 가끔 상자가 손아귀에서 불안정하게 흔들렸다. 상자 안에 든 것이 움직이고 있는 것처럼. 빨리 상자를 치우고 아컴을 뜰수록 좋았다.

"어딨어, 뚱보 양반?" 고메스가 외쳤다.

"여… 여길세." 애슐리 교수가 두 사람이 볼 수 있도록 불빛을 흔들며 말했다. "이쪽으로 오시게. 등잔을 설치해 뒀네. 발 조심하고."

"발은 왜?" 고메스는 그렇게 묻자마자 바닥에 굴러다니던 대퇴골에 발을 헛디뎠다. 터널 이쪽에는 사방에 뼈가 흩어져 있었다. 애슐리의 등잔에서 뿜어져 나오는 희미한 빛 아래로 관으로 추정되는 길쭉한 형체가 터널 벽 이편을 뒤덮은 나무뿌리의 장막을 뚫고 튀어나온 것이 보였다. 고메스는 몸서리치며 눈을 돌렸다.

터널 끝에 이르자 구조를 보강한 아치형 입구가 나왔다. 아치 너머로는 더 널찍한 공간이 있었다. 일종의 방이었다. 부서진 관들이 벽에 기대어 쌓여 있었고, 흘러나온 뼈들이 바닥 여기저기에 흩어져 있었다. "이건 대체 뭐 하는 곳이야?" 고메스가 나직하게 중얼거렸다.

"일종의… 상여일세. 죽은 자들이 대기하는 방이지." 애슐리가 등잔을 들어 올리며 방으로 들어섰다. 그는 야트막한 관 무더기 위에 등잔을 올리고 불을 키워 그림자를 몰아냈다. "내 생각… 우리 생각에는 여기가 적절할 것 같았지."

"으흠." 핍스가 어정쩡하게 말했다.

"따라오는 사람이 있었나?" 애슐리가 소심하게 물었다. 터널 안은 쌀쌀했지만 그는 잔뜩 땀을 흘리고 있었다. 고메스는 그가 먹이를 너무 많이 먹은 족제비를 닮았다고 생각했다. 초조한 족제비. "누가 숨는 걸 본 것 같아서 말이네. 자꾸 소리도 들리고."

"없었어." 핍스가 딱 잘라 말했다. "우리가 초짜도 아니고. 그치는 어딨지?"

애슐리가 눈길을 피했다. "여긴 없네."

"그럼 언제?" 고메스가 다그쳤다.

"내일은 꼭 올 거네. 걱정 말게, 그 사람도 이 일을 마무리하고

싫기는 자네들과 마찬가지니. 내가… 어… 자네들 세 사람 아니
었나?"

이번에는 핍스가 눈길을 피할 차례였다. "좀… 사고가 있었어."

애슐리가 긴장했다. "설마 물건이 손상된 건 아니겠지?"

"직접 보시지." 핍스가 상자를 열었다. 고메스가 본능적으로 한
걸음 뒤로 물러섰다. 마음 한편에 그것이 밖으로 뛰쳐나오리라는
예감이 들었다. 하지만 그것은 제자리에 가만히 있었다. 애슐리
가 조심스럽게 안을 들여다보았다. 어쩌면 그 역시 그것이 움직
이리라 예상했는지도 몰랐다.

"피가 묻었군." 애슐리가 겁에 질려 말했다. "묶은 끈도 풀어졌
고!"

"말했잖아… 사고가 있었다고." 핍스가 고메스를 보자 고메스
가 어깨를 으쓱했다. "호도로프스키가 넘어졌어."

애슐리는 잠시 침묵하며 그 말을 곱씹었다. 마침내 그가 입을
열었다. "오클라호마에서도 사고들이 있었지. 시체는?"

"문제없어."

애슐리는 얼굴을 찌푸렸지만 고개를 끄덕였다. "물건을 살펴봐
야겠군. 정말 손상이 없는지 확인해야 하니까. 몇 분 걸릴 걸세."

"그러고 나면 돈을 주고?"

"이미 말했듯 그건 내일이네. 오늘은 여기서 주무시게. 음식도
술도 준비해 뒀네. 내가 알아서 신문도 좀 챙겨 왔고." 애슐리가
신경질적인 미소를 흘렸다.

"여기서 자라고?" 고메스가 되받았다. "농담이겠지. 난 여기서

못 자."

"입 다물어." 핍스가 쏘아붙였다.

"나가는 건 자유네." 애슐리가 재빨리 말했다. "물건은 여기 두면 안전하니까. 여긴 아무도 모르네. 그래서 나는… 우리는 자네들이 이곳에서… 아… 은신하고 싶을 거라고 생각했지. 하지만 싫다면야…"

"여기면 됐어." 핍스가 말했다. "더 형편없는 곳에서도 자 봤으니."

"그건 네 생각이고." 고메스가 투덜거렸다. "난 여기서 나가겠어."

핍스가 고메스에게 벌컥 화를 냈다. "날 저 망할 미라 옆에 놔두시겠다? 아니, 그렇겐 안 돼."

"이봐, 그럼 나랑 같이 가자고. 물건은 여기 둬도 안전할 거라잖아. 아무도 안 건드려. 난 월마를 봐야겠어. 짐을 싸라고 해야지. 내일 같이 아컴을 뜰 거니까."

핍스가 고개를 흔들었다. "돌았냐? 웬 염병할 계집 하나 보겠다고 다 날려먹을 참이야?"

"넌 월마를 못 봐서 그래."

핍스가 고메스에게 몸을 기울이며 이를 드러냈다. "지금쯤이면 누가 한 짓인지 맥타이어도 다 알아. 사방에 사람을 풀어서 우릴 찾을 텐데. 맥타이어가 그 여자를 모를 것 같아?"

"놈이 뭘 알든 난 상관 안 해." 고메스가 자신의 권총이 든 총집을 두드렸다. "팔 하나가 상했어도 총 솜씨는 내가 누구보다 낫지. 그리고 나도 조심히 다닐 거라고. 누굴 머저리로 아나."

"말하는 꼬라지는 머저리 같다만." 핍스가 말했다.

고메스가 인상을 썼다. "틱톡 클럽에는 맥타이어 패거리가 없어. 거긴 도노휴 가게야. 도노휴가 오베니언 조직에 감정 있는 건 너도 알잖아."

"그래, 그리고 도노휴는 너도 아직 오베니언 밑에서 일하는 걸로 알고 있지. 그러니 다시 생각해보시지?"

"도노휴는 날 알아." 고메스가 말했다. "난 윌마를 보러 갈 거고 핍스 넌 날 못 막아. 네가 거칠게 나오겠다면 몰라도. 하지만 난 지금은 거칠게 굴 기분은 아닌데." 그가 재킷 자락을 젖히며 권총 개머리판을 호전적으로 내보였다. "어쩔래?"

핍스가 고메스를 응시했다. "얼마나 있을 건데?"

"내일 아침에는 올게. 혹시 아냐, 너 먹을 도넛도 가져올지." 고메스의 눈길이 핍스를 지나쳐 애슐리에게 향했다. 애슐리는 대립하는 두 사람을 눈을 휘둥그렇게 뜬 채 지켜보고 있었다. 물고기 같은 눈이었다. "그쪽은 어때, 뚱보 양반? 도넛 먹을래?"

"가려면 가든가." 핍스가 내뱉었다. "하지만 돈 처받고 싶으면 내일 물건 교환할 때는 여기 있어야 할 거다. 그리고 맹세하는데 경찰 데리고 오면 내 손으로 죽일 줄 알아."

"그래, 그래." 고메스가 몸을 돌리려다 멈췄다. "호도로프스키처럼 사고나 당하지 말라고, 알았지? 돌아와서 그런 꼴 보긴 싫으니까." 그는 핍스의 답을 기다리지 않았다. 그는 휘파람을 불며 성큼성큼 터널로 돌아갔다. 머릿속으로는 이미 돈 이야기를 들은 윌마의 표정을 상상하는 중이었다.

주위를 둘러싼 그림자가 짙어지는 듯했지만, 고메스는 모른 척했다.

알레산드라는 차갑고 딱딱한 곳에 있었다. 돌이었다. 대포, 아니, 북들이 멀리 어딘가에서 쿵쿵거렸다. 어쩌면 밑에서일지도. 아니면 위거나. 분간할 수 없었다.

그녀 앞으로는 어둠뿐이었다. 광막한 공허가 시야의 한계 너머까지 뻗어 있었다. 몸을 일으키려 하자 무언가 철컹거리는 소리가 들렸다. 사슬… 그녀는 사슬에 묶여 있었다. 누군가가 그녀를 사슬로 돌에 묶어 두었다. 주변을 둘러보았다. 근처에… 사람들이 서 있었다. 남자들, 아니면 여자들일지도. 벌거벗었지만 얼굴에는 그로테스크한 가면을 썼다. 이번에는 가스 마스크가 아니라 오닉스와 황금으로 이루어진 장식용 가면이었다. 그들은 기도하고 있었다. 아니면 영창이라고 해야 할지도. 하지만 조심스러운 목소리였다. 누군가가 들을까 봐 걱정되는 것처럼.

아니면 무언가가.

말을 하려 했지만 소리가 나오지 않았다. 다시 몸을 일으키려 했지만 사슬이 방해했다. 극한 공포가 침착성을 갉아먹었다. 이곳이 어디인지, 어쩌다 이곳에 오게 됐는지 알 수 없었다. 아는 것이라고는 이곳을 빠져나가지 못한다면 죽으리라는 것뿐이었다. 무언가가 오고 있었다. 뒤쪽에서, 영창 소리가 달라졌다. 더 목 뒤쪽에서 내는 소리였다. 그리고 북 소리도… 북의 리듬이 달라졌다. 더 빨라졌다.

더 굶주려 있었다.

사슬을 당겨 보았지만 꿈쩍도 하지 않았다. 멀리 어둠 속에서 움직임의 기미가 흘끗 보였다. 무언가 거대한 것이 구렁을 휘젓는 듯했다. 그녀는 이제 미친 듯이 몸부림쳤다. 몸속에서 냉기가 느껴졌고 어둠에서 눈을 뗄 수 없었다. 주변을 에워싼 포획자들이 자세를 낮추며 희미한 움직임 앞에 절하는 게 느껴졌다. 폐로 숨이 들이쉬어지지 않았다.

차토구아 엔 이느 안 야 프타근 느카이

느카이.

느카이.

느카이.

그 말이 한 줄기 전류처럼 몸을 관통하며 두들겼다. 무슨 말인지 알지는 못했지만 그럼에도 알았다. 그것은 머릿속을 비집고 들어가 골수까지 파고들어 그녀를 가득 채우고 텅 비워냈다.

이번에는 비명을 지를 수 있었고, 동시에 잠에서 깼다. 의자에서 벌떡 일어났다. 심장이 고동쳤고 장이 꼬였다. 비서를 만나고 돌아온 지 얼마 되지 않아 잠이 들었더랬다. 패스트리가 속에 얹혔고, 커피로도 정신을 차리기 어려웠다.

온몸이 땀으로 뒤덮였고, 몸이 화끈거리는 동시에 끈적거렸다. 몸을 내려다보았지만 자국이나 상처는 없었다. 일어나 얼굴에 물을 뿌렸다. 그러는 동안 거울에는 눈길을 주지 않았다.

알레산드라는 작업복으로 갈아입고 페퍼가 오기를 기다리고 있었다. 창밖을 내다본 그녀가 얼어붙었다. 무언가가 저 아래 저녁 안개 속에 모습을 감추고 있었다. 누군가가. 공원에 서서 호텔을 지켜보고 있었다.

아니, 펜트하우스를 지켜보고 있었다. 차디찬 손이 등골을 움켜쥐었다. 알레산드라는 손가락으로 리볼버를 더듬었지만 저들을 쏘려는 것은 아니었다. 안개가 흘러갔고, 그들은 사라진 뒤였다. 커튼을 친 다음 의자에 털썩 주저앉았다. 사마코나의 종복이었다. 틀림없었다.

문 두드리는 소리에 알레산드라가 잽싸게 바로 앉았다. 손에 총을 든 채 일어서서 문으로 다가갔다. 페퍼의 목소리가 들릴 때까지 기다렸다가 문을 열었다. "엉망진창 도로 같은 꼴인걸." 페퍼가 말했다.

"그건 농담이야?"

"안 웃긴 농담." 페퍼가 알레산드라를 지나쳐 방으로 들어섰다. "문제가 생긴 건지도 모르겠어."

"어떤 문제?"

"아까 차고에 있는데 웬 녀석들이 들어왔어. 번지르르한 타입들. 보통은 죽어도 그런 곳에는 안 올 만한 부류였어. 녀석들이 드 팔마의 사무실로 들어가더니 드 팔마가 나를 부르더라고."

"가지는 않았겠지."

"어림도 없지. 이기가 귀띔해 주지 않았더라면 난감할 뻔했어." 페퍼가 모자를 벗고 손으로 머리를 쓸었다. "그래서 뒷간 창문으로 나와야 했다니까. 그 창문 엄청 꽉 낀다고."

"누구였는데?"

"이름을 물어 보지야 않았지만 오베니언네 깡패들이었다는 건 분명해."

"너를 찾고 있었다는 것도 확실하고?"

"우리를." 페퍼가 말했다. 그녀가 알레산드라의 담뱃갑을 집어 한 개비를 뽑아들었다. "말벌집을 걷어차신 모양입니다요, 아가씨."

알레산드라의 미간에 주름이 잡혔다. "무슨 소리야?"

"간밤에 누군가 히브네 가게에서 우릴 봤다는 소리지. 오베니언 조직이 관심을 보이고 있어."

"일이 복잡해질 수도 있겠네."

"그러니까. 어떻게 하지?"

"물론 계속 계획대로 해야지. 지금껏 지역 범죄조직이 관심을 보인다고 포기한 적은 한 번도 없었고, 이제 와서 그럴 생각도 없어." 알레산드라가 자신의 챙 모자를 집어 썼다. "자, 도둑을 찾으러 가 볼까."

19장

틱톡 클럽

틱톡 클럽은 클로버 클럽과 마찬가지로 평범한 눈에는 보이지 않게 숨어 있었다. 입구는, 적어도 페퍼가 아는 입구는, 시계 상점 옆의 특색 없는 계단이었다. 클럽 자체는 아마 근처 식료품점 아래에 있는 듯했다. 길 건너편에 세운 차 안에 있는 알레산드라의 귀에도 가까운 어딘가에서 흘러나온 재즈 트럼펫의 울부짖음이 들려왔다.

"여긴 한 번도 안 와봤는데." 페퍼가 운전대 너머로 몸을 숙이며 말했다.

"그래?"

"하다못해 손님을 내려준 적도 없어." 페퍼가 알레산드라의 담배에서 나온 연기를 뿜었다. "이곳에 관한 이야기는 들었지만."

"아컴에는 이야기가 참 많은 것 같아."

"그렇지." 페퍼가 알레산드라를 돌아보았다. "이제 어떡해?"

"나는 들어가서 고메스를 찾아 원하는 대답을 들을 거야."

"놈이 쌩까면?"

"그럼 태도가 잘못됐다는 걸 가르쳐줘야지." 알레산드라가 대답했다. "너는 여기 있어."

"뭐? 하지만 뒤를 지켜줄 사람이 필요할지도 몰라!"

"여기서 지켜줘."

페퍼는 인상을 썼지만 따지지 않았다. 대신 그녀가 말했다. "이 일이 끝나면… 뭘 할 거야? 미라를 찾은 다음에 말이야."

"아마 떠나겠지." 알레산드라가 잠깐 망설이다 물었다. "너는?"

"다시 택시기사 노릇으로 돌아가겠지, 아마." 페퍼가 한숨을 쉬며 의자에 몸을 묻었다. "하지만 이런 일을 겪은 뒤니까 아마 지루하게 느껴질 거야." 그녀가 덧붙였다. "그리고 돈도 아쉬울 테고."

알레산드라가 미소 지었다. "그래, 그렇겠지." 그녀가 운전석으로 손을 뻗어 페퍼의 어깨를 움켜쥐었다. "이제 들어갈게. 나오면 바로 출발할 수 있게 준비해 둬."

"놈들이 안 들여보내주면? 딱히 파티에 어울리는 복장은 아니잖아."

"난 필요할 때는 한 설득 해."

알레산드라가 차에서 내려 거리를 건넜다. 아컴에 밤이 짙게 깔렸고 불빛 언저리로 그림자가 모여들었다. 그 어둠은 어쩐지 그녀가 꾼 꿈을 떠올리게 했고, 순간 그녀는 다른 곳에 있었다. 머리 위의 별들은 불가능한 구조물이 발하는 빛이었고, 밤하늘은 거대한 동굴의 천장 같았다.

위를 올려다보자 그녀 안의 무언가가 안식처를 찾는 듯 어둠을 향해 뻗어 나가는 기분이 들었다. 그녀는 손으로 입을 막으며 억지로 걸음을 옮겼다. 이곳에서, 거리 한가운데에서 구토하는 건 정말이지 사양이었다.

문을 두드리자 키가 크고 알레산드라와 비슷한 차림새를 했지만 사방에 흉터가 난 남자가 문을 열었다. 문 옆에 산탄총이 있었지만 그 외에 다른 무기는 없었다. 체격을 보니 무기가 필요하지도 않을 듯했다. 남자는 그녀를 위아래로 훑어보았지만 용건을 묻지는 않았다. 왜 왔는지는 뻔했으니까.

남자가 끙 소리를 내며 옆으로 비켜섰고, 알레산드라가 안으로 들어갔다. 남자가 문을 닫더니 어수선한 가게 반대편에 우뚝 선 대형 괘종시계를 가리켰다. 시계로 다가갔지만 그 너머에 있을 것으로 추정되는 통로로 진입하는 방법은 알 수 없었다. 그녀가 돌아보았다. "어떻게…" 그녀가 입을 열었다.

"자정." 남자는 문 옆의 등받이 없는 의자에 앉으며 그렇게 말하고는 접어 둔 신문을 집어 들었다. 그는 귀 뒤에 꽂아 두었던 연필을 빼서 혀끝에 대더니 다시 십자말풀이로 돌아갔다.

알레산드라가 눈을 깜빡이다 돌아서서 시곗바늘을 자정에 맞췄다. 커다란 딸각 소리가 났고, 시계 전면이 안쪽으로 활짝 열리면서 좁은 계단이 나타났다. 음악 소리가 올라와 그녀를 감싸며 아래로 초대했다.

계단을 내려가자 등 뒤에서 시계가 닫혔다. 압력판 같은 게 있

겠지, 그녀가 생각했다. 싸구려 소설에 나올 법했지만 무척 영리
한 시스템이었다.

내려가는 길은 잠깐이었다. 계단실은 밀실공포증을 자아낼 정
도로 비좁았다. 하지만 적어도 조명은 환했다. 끝에 이르자 또 다
른 문이 나왔다. 이번에는 몸에 맞지 않는 턱시도를 입은 남자가
지키고 있었다. 위층에 있던 남자만큼이나 어깨가 떡 벌어졌고
덩치가 컸으며 얼굴은 화강암 덩어리 같았다. 하지만 흉터는 없
었다. 적어도 눈에 보이는 곳에는 없었다.

남자가 알레산드라를 멈춰 세우고 수색했다. 하지만 그는 웨블
리를 발견하는 대신 자신이 입고 있던 재킷 주머니에서 갑자기
접힌 지폐가 솟아나오는 것을 발견했다. 그가 씩 웃었다. "어서
들어가십쇼."

"고마워요. 참 친절하시네요."

안으로 들어가자 음악이 알레산드라의 감각을 난타했다. 소리
가 너무 크다 싶을 정도였다. 밴드 연주가 저렇게 제멋대로 울려
대는데 가수의 노래가 들리기나 하는지 의문이었다. 온갖 형태,
크기, 스타일의 시계들이 벽을 뒤덮고 있었다. 자세히 보니 그중
작동하는 것은 얼마 되지 않았고 그나마 각자 다른 시각을 가리
켰다. 똑같은 시각은 하나도 없었다. 기묘했다. 그녀는 아컴이 그
런 기묘한 것들로 가득하다는 사실을 슬슬 깨닫고 있었다.

알레산드라는 금세 고메스를 찾아냈다. 그는 맞은편에 앉은 여
자를 향해 활짝 웃고 있었다. 아마 웨이트리스거나 가수이리라.
고메스에게 여자가 있다던 비질의 말이 떠올랐다.

누구든 간에, 여자가 때마침 일어나 자리를 비웠다. 화장실에
가는지도 몰랐다. 이유야 어떻든 알레산드라는 기회를 활용하기
로 했다. 그녀는 사람들을 가능한 한 빠르게 헤치며 테이블로 다
가갔다.

고메스가 다가오는 그녀를 보았다. 그가 눈을 가늘게 떴다. 그
녀를 알아보기는 했지만 누구인지는 떠오르지 않는 게 분명했다.
알레산드라는 초대를 기다리지 않고 자리에 앉았다. "안녕, 고메
스 씨."

"넌 뭐야?"

알레산드라가 모자를 벗으며 미간을 찌푸렸다. "기억 못 하는
구나." 그녀는 차분한 눈길로 고메스를 살폈다. 다친 팔을 감싸고
있었지만 부상이 심하지는 않았다. 하기야 살짝 긁은 정도이긴
했다.

"내가 기억해야 하나?" 고메스가 시비조로 말했다.

"아니. 그렇진 않겠지. 넌 좀 둔하니까. 아마 넌 너희 패거리의
두뇌는 아니겠지. 이렇게 말하는 거 맞나? 두뇌?" 알레산드라는
미끼를 던지고 있었다. 나쁜 아이디어라는 건 알았지만, 그가 그
녀를 쏘려고 한다면 그녀도 사소하나마 작은 보답쯤은 해줄 수
있었다.

고메스가 험악한 표정으로 벌떡 일어섰다. "너 뭐라고 했어?"
그가 으르렁거렸다.

"게다가 귀까지 잘 안 들려? 운명이 자기한테 너무 가혹하네."
알레산드라가 의자에 등을 기대며 조심스럽게 고메스를 살폈다.

이런 부류는 총에 먼저 손을 대는 경우가 드물었다. 그들은 주먹이 살에 닿는 느낌을 좋아했다.

"네가 누군지는 몰라도 널 닥치게 하는 방법은 알지." 고메스가 손을 뻗자 알레산드라가 몸을 튕겨 일어섰다. 그녀의 두 주먹이 그의 신장을 가격했다. 그가 비틀거리자 그녀는 그의 셔츠 앞자락을 잡아 가까이 끌어당겼다. 정신을 차리기 전에 무릎으로 두 다리 사이를 쳐 올렸다. 고메스가 목이 졸리는 듯한 꽥 소리와 함께 쓰러지면서 테이블을 뒤엎었다. 알레산드라는 모자가 바닥에 떨어지기 전에 낚아챘다. 그녀가 모자를 쓰고 물러서는 사이 고메스가 쌕쌕거리며 눈물이 가득 고인 얼굴을 하고 기다시피 일어섰다.

알레산드라가 권총을 뽑았다. 고메스의 몸이 굳었다. 음악 소리가 흔들렸다. 알레산드라는 두 사람들의 눈길이 쏟아지는 것을 느꼈지만 상대에게서 눈을 떼지 않았다. "내가 누군지 말해 주지." 그녀가 말했다. "난 답을 찾는 여자고, 너는 내게 그 답을 들려 줄 행운아야. 네 능력이 아무리 모자라도 그 정도는 충분히 할 수 있거든."

"무슨 소리를 하는지 모르겠는데."

"내가 아직 질문을 하지 않았으니까."

"그리고 앞으로도 못 할 테고." 새로운 목소리가 끼어들었다. 알레산드라가 어깨 너머로 시선을 던지자 초췌한 얼굴에 검은 머리를 한 여윈 남자가 그녀를 노려보고 있었다. 그보다 덩치가 훨씬 크고 정장을 빼 입었으며 풀 먹인 칼라가 불편해 보이는 한 무리의 사내들을 거느린 채였다. 재킷이 불룩한 것으로 미루어 보아 다들 무기를 소지한 듯했다.

키 작은 남자가 알레산드라를 가리켰다. "넌 대체 누구고 내 클럽에서 뭐 하는 짓거리지? 두 번째 질문부터 대답해."

"도, 도노휴 씨." 알레산드라의 상대가 안절부절하며 입을 열었다. "전 모르는 여잡니다. 느닷없이 저한테 오더니 절… 절 공격했다고요!"

"닥쳐, 고메스." 도노휴가 고메스를 보지도 않고 말을 잘랐다. "이 여자가 너 때문에 여기에 온 거면 이건 네가 벌인 문제야, 알았나?" 그는 어두운 시선을 알레산드라에게서 떼지 않았다. 알레산드라는 예전에 보았던 굶주린 여우를 떠올렸다. "대답해."

"정보를 구하는 중인데."

"요샌 여자한테도 사립탐정 면허를 내주나?" 도노휴가 그렇게 말하며 웃음을 터뜨렸다. 부하들도 따라 웃었지만, 도노휴가 날카롭게 손짓하자 웃음이 뚝 그쳤다. "고메스는 전혀 아무것도 몰라."

"이중부정이네." 알레산드라가 말했다.

도노휴가 인상을 쓰며 주위를 둘러보았다. "여기가 문법학교로 보이나?" 그가 고개를 저었다. "장비 집어넣어. 뭘 알고 싶지?"

알레산드라는 도노휴를 살피며 형세를 가늠했다. 그녀가 무기를 권총집에 넣었다. "미라 전시회." 그녀가 말했다.

"그래, 그 얘긴 나도 들었지. 다들 들었지." 도노휴가 고메스를 흘끗 보자 고메스가 움츠러들었다. "네 짓이냐, 고메스?" 도노휴

가 휘파람을 불었다. "못된 짓을 했군그래. 멍청한 짓이기도 하
고." 고메스는 사냥 당하는 동물 같은 표정이었다. 도노휴의 미소
가 날카롭고 추악하게 변했다.

고메스가 겁에 질린 고함을 내지르며 재킷 밑에서 콜트를 잡아
뺐다. 그가 총을 난사하자 사람들이 비명을 질렀다. 도노휴와 부
하들이 흩어졌고, 고메스가 출입문을 향해 쇄도했다. 그 뒤를 쫓
아 알레산드라가 내달렸다. 고메스를 잡은 다음에 어떻게 할지는
확실하지 않았지만 달아나게 둘 생각은 없었다.

고메스가 테이블을 엎자 알레산드라가 펄쩍 뛰어넘었다. 고메
스가 문지기를 밀치고 총알처럼 밖으로 튀어나갔다. 뒤를 쫓는
알레산드라의 등 뒤에서 도노휴의 외침이 들려왔다. 서둘러 계단
을 오르는 그녀의 위쪽으로 고메스가 어렴풋하게 보였다. 포르투
갈어로 낮게 욕설을 내뱉고 있었다. 그가 층계참에 멈춰 서서 무
기를 겨누었다.

달리 갈 곳이 없었던 알레산드라는 뛰기 시작했다. 자동권총의
폭음이 사방이 막힌 계단실을 우레와 같이 울렸고, 무언가가 머
리에 썼던 모자를 낚아채는 느낌이 들었다. 알레산드라는 몸을
숙이고 계속 움직였다. 거리를 좁히는 것만이 살 길이었다.

고메스가 다시 총을 쏘았지만 공황 상태인데다 어둑한 조명까
지 더해져 겨냥이 빗나갔다. 총알은 계단실을 따라 튀며 바닥을
향해 애처롭게 사라져갔다. 다음 순간 고메스에게 다가선 알레산
드라가 두 손으로 자동권총의 총열을 붙잡고 위로 밀쳤다. 가속
도가 실린 움직임에 고메스가 뒤로 밀려났다. 두 사람이 문에 충

돌하자 요란한 충돌음과 함께 문이 경첩에서 떨어졌다.

알레산드라는 고메스 위에 쓰러진 채 계속해서 권총을 빼앗으려 다투었다. 고메스가 욕설을 내뱉으며 그녀의 옆구리를 주먹으로 쳤다. 알레산드라는 고통에 몸부림을 치면서도 팔꿈치로 그의 얼굴을 가격했다. 총이 떨어져 나갔다. 아래쪽에서 외침이 들렸다. 고메스도 그 소리를 들었는지 알레산드라를 옆으로 밀치고 코피를 쏟으면서 비틀비틀 거리로 나갔다.

알레산드라가 일어섰을 무렵에는 고메스는 사라진 뒤였다. 타이어 미끄러지는 소리가 들렸고 페퍼의 택시가 그녀를 향해 달려오고 있었다. 아래쪽에서는 쿵쾅거리는 발소리가 올라왔다. 떠나야 할 시간이었다. 알레산드라는 속도를 늦추는 택시를 향해 뛰었다. 문을 세차게 닫는 순간 도노휴의 부하들이 거리에 나타났다. 페퍼가 가속 페달을 밟음과 동시에 포화가 밤을 밝혔다.

"대체 뭔 일이 있었던 거야?" 페퍼가 택시를 몰아 클럽에서 멀어지며 외쳤다. "저놈들 왜 우리한테 총질이야?"

"내가 성가시게 했으려나." 알레산드라가 뒤를 돌아보며 말했다. 고메스가 어디로 갔는지는 알 길이 없었다. 그녀가 사납게 시트를 내리쳤다. "놈을 놓쳤어."

"그럴지도. 하지만 아직 이 도시에 있다는 건 알게 됐잖아? 그럼 수확은 있는 거 아냐?" 페퍼가 알레산드라를 흘끗 보았다. 페퍼는 활짝 웃고 있었다. "그래도 꽤 신나던걸, 안 그래?"

"놈들이 우리에게 총을 쐈다고."

"그러니까! 지금껏 누가 나한테 총질한 적은 한 번도 없었거든." 페퍼가 운전대를 두들겼다. "총질 많이 당해봤어?"

"아니." 알레산드라가 인상을 썼다. "난 그런 거 안 좋아해."

"그럼 이제 어쩔까?" 페퍼가 물었다.

"호텔로 돌아가야겠지." 알레산드라는 눈을 감았다. "시간도 늦었고, 생각 좀 해야겠어." 아침에는 프리본과 이야기할 작정이었다. 그가 또 다른 실마리를 알려줄지도 몰랐다. 그와는 별개로 멀둔과도 얘기해봐야 했다. 혹시 멀둔이 다른 자들의 행방을 알아냈다면 고메스를 잡을 기회가 있을지도 몰랐다.

그렇지 않다면, 사마코나가 실망할 것이다.

"내가 생각할 때 항상 도움이 되는 게 뭔지 알아?"

알레산드라가 한쪽 눈꺼풀을 살짝 열었다. "뭔데?"

페퍼가 알레산드라에게 씩 웃어 보였다. "파이."

20장

파이

늦은 시간이었지만 두 사람이 도착했을 때 벨마네 식당은 거의 가득 차 있었다. 귓가에 스치는 대화 소리도 컸고, 식기의 달그락거림도 끊이지 않았다. 알레산드라와 페퍼는 창문을 끼고 있는 모퉁이 부스를 골랐다. 알레산드라는 커피를 시켰고, 페퍼의 제안에 따라 파이도 한 조각 주문했다.

파이는 맛있었다. 커피는 예상대로 질이 떨어졌다. 영국인들이 차를 이해하지 못하는 것과 비슷하게 미국인들은 커피를 이해하지 못했다. 알레산드라는 혹시 식으면 더 마실 만하지 않을까 생각하면서 커피를 옆으로 치웠다.

페퍼는 자기 커피에 터무니없는 양의 설탕과 우유를 넣었다. 알레산드라는 커피를 대신해 살짝 모욕감을 느꼈다. 맛을 견딜 수 없다면 애초에 왜 마시는 건데? 하지만 그녀는 그렇게 말하는 대신에 물었다. "여긴 왜 기차를 닮은 거지?"

"원래 기차였으니까." 페퍼가 입 안 가득 파이를 우물거리며 말했다. "멋지지 않아?"

알레산드라가 주위를 둘러보았다. 몇 안 되는 부스는 벽에 딱 붙어 있었다. 손님들 대다수는 크롬으로 된 카운터 테이블에 앉아 있었다. 미트로프와 해시의 냄새가 기분 좋게 뒤섞였다. 그녀는 자기 접시를 옆으로 밀어놓고 페퍼가 파이를 마무리하는 모습을 지켜보았다. "재밌기는 했지만, 아직도 좀 당황스럽네."

"놈이 도망갔다. 그래서 뭐? 다시 찾으면 되지. 가로변 식당에 다시 가 보거나 아니면… 맞아! 내가 말했던 수의사한테 가 보면 어때? 뭔가를 아는 사람이 있겠지."

"그럴지도." 출입문에 달린 종이 쩽그랑거리자 알레산드라가 돌아보았다. 낯익은 얼굴이 식당으로 들어섰다. 말쑥한 옷차림에 호리호리한 남자는 희미하게 낯이 익었다. 남자가 알레산드라를 발견하더니 차갑고 딱딱한 미소를 보내며 카운터 자리에 앉았다. 어디서 본 얼굴인지 떠오르는 순간 등골이 서늘해졌다. 가로변 식당이었다. 재킷이 불룩한 걸 보니 무기를 갖고 있었다. 혼자도 아니었다. 비슷한 복장을 한 다른 남자가 식당 밖에 서서 말썽거리를 찾는 듯이 안을 들여다보고 있었다.

"페퍼." 알레산드라가 말했다. "카운터에 저 남자가 차고로 널 찾으러 온 사람이야?"

페퍼가 돌아보더니 얼굴이 굳었다. "응." 그녀가 조용히 말했다. "알았어. 커피 한 잔 더 부탁해."

"아직 그것도 다 안 마셨잖아." 페퍼가 남자에게서 눈을 떼지 않으며 반박했다.

"페퍼, 카운터로 가. 거기 있어. 여기서 무슨 일이 일어나든 상관하지 말고."

페퍼가 창백해졌다. "뭘 어쩌려고?"

알레산드라는 페퍼를 외면했다. "내 말대로 해 줘."

천천히, 마지못해, 페퍼가 일어섰다. 알레산드라는 자리에 앉아 기다렸다. 오래 기다릴 필요는 없었다.

"아까 당신 호텔에 들렀는데." 호리호리한 남자가 부스 맞은편 자리에 들어와 앉으며 말했다. 남자가 접어 가지고 온 《애드버타이저》 아래로 자동권총의 총열이 보였다. 이번에는 만전을 기한 모습이었다. "거기에는 없더라고."

"난 사람들이 예상하는 장소에 있는 법이 드물지." 알레산드라가 커피를 저었다. "협박하려고 온 거야?" 권총 공이치기를 젖히는 특유의 소리가 들렸다. 그녀가 미간을 좁혔다. "설마 이런 곳에서 날 쏠 정도로 초보는 아니지?"

"그러긴 싫지만 필요하다면 쏠 거야."

"원하는 게 뭔데?" 알레산드라가 커피를 한 모금 마셨다. 맛이 썼다.

"같이 일어나서 다정한 친구처럼 여기서 나가는 거."

"내가 왜 그러겠어? 난 여기가 편안한걸. 쏘려면 마음대로 쏴."

"죽이러 온 게 아니야. 내 고용주가 당신과 이야기하고 싶다는 군."

"고용주가 누군데?" 카운터에서 두 사람을 지켜보던 페퍼가 알레산드라의 관심을 끌려 애썼다. 알레산드라는 무시했다.

"따라오면 알게 돼." 남자가 총구를 알레산드라 쪽으로 향한 채 일어섰다. 알레산드라는 잠시 망설이다 부스 밖으로 나갔다. 남자가 그녀의 재킷 밑에서 권총을 빼내 자기 코트 주머니에 넣었다. "이건 내가 맡아두지. 이제 움직여."

"좋아." 알레산드라는 페퍼와 눈이 마주치자 은밀하게 고개를 가로저어 입을 열려는 택시기사를 만류했다. 다행히 페퍼가 눈치를 챘다. "아직 커피 값을 안 냈는데."

남자가 알레산드라를 빤히 보았다. 그녀의 말이 진담임을 깨달은 그는 주머니에서 동전 몇 개를 꺼내 테이블 위로 던졌다. "이러면 됐나? 계속 걸어."

두 사람은 벨마네 식당을 나와 축축한 밤공기 속으로 들어섰다. 모든 것에서 비 냄새가 났다. 식당 맞은편에 자동차가 대기 중이었다. 마찬가지로 잘 차려입은 남자 둘이 타고 있었다. 한 사람은 운전석을, 다른 한 사람은 뒷좌석에 앉아 있었다. 알레산드라는 그리 부드럽지 못한 방식으로 뒷좌석으로 안내되었다. "출발해라, 프랭크." 그녀 옆에 앉은 남자가 으르렁거렸다. 남자는 크고 가무잡잡했다. 미국인들이 말하는 이른바 검은 아일랜드인이었다. 그가 조수석에 앉은, 그녀를 잡아온 남자에게 말했다. "이 아가씨가 말썽을 부렸냐, 지미?"

지미가 고개를 가로저었다. "그럴 틈도 안 줬습니다, 맥타이어 씨."

맥타이어가 니코틴으로 누렇게 변한 이를 드러내며 늑대처럼 웃었다. "좋아." 그가 검은 눈동자를 알레산드라를 쪽으로 휙 돌렸다. "내가 누군지 아나?" 남자는 억양이 강했다. 누가 봐도 아컴 출신은 아니었다.

"아니. 하지만 내 추리에 따르면 이름은 맥타이어겠네."

그는 그런 말을 듣고도 기분 나빠 하지 않았다. "아, 좋아, 나는 아가씨가 누군지 알지. 사실 그보다 훨씬 많은 걸 안다고. 하지만 그건 차차 얘기하고." 그가 손짓했다. "부두로 가라, 프랭크. 어딘 지 알지."

"내게 일행이 있었다는 얘기를 해줘야겠네."

"누구? 그 쥐방울만한 택시기사?" 맥타이어가 어깨를 으쓱했다. "뭐, 좋아. 어차피 아가씨를 죽이려던 건 아니니까."

"아니라고?" 알레산드라가 지미의 얼굴에 떠오른 실망의 기색을 알아차리며 물었다.

"사업가의 첫 번째 규칙. 죽일 필요 없는 사람은 절대 죽이지 말라."

"그래서 당신이 하는 사업이라는 건 뭔데?" 알레산드라는 그렇게 물었지만 이미 답을 알고 있었다. 심지어 맥타이어가 누구인지도 다들 아는 만큼은 알고 있었다. 오베니언 패거리의 2인자는 아컴의 암흑가, 다시 말해 주로 밀주업을 기반으로 하는 세력권의 왕이었다. 하지만 그가 스스로 어디까지 이야기하는지 보고 싶었다.

어떤 범죄자들은 떠버리였다. 그들은 뽐내기를 좋아했다. 다른 이들이라면 경고나 주저함 한 번 없이 상대를 죽일 시간에 그들은 떠벌렸다. 항상 어리석은 짓을 벌이기 전에는 먼저 총을 든 상대방이 둘 중 어느 쪽인지 알아두는 편이 현명했다.

맥타이어가 그녀를 관찰했다. 그러더니 웃음을 터뜨렸다. "뱃심 한 번 좋은 아가씨로군, 안 그러냐, 지미?"

"네, 그렇습니다, 맥타이어 씨. 철판이라도 깐 것처럼요."

맥타이어가 몸을 뒤로 젖혔다. "내 사업이 뭔지는 잘 알잖아, 이쁜이. 대충 크게 보면 아가씨도 같은 업종에 있으니까 말이야." 그가 편하게 뒤로 기댔다. "이제 드라이브를 즐기라고. 프랭크 운전 솜씨는 천사가 따로 없단 말이야, 안 그러냐, 지미?"

"지난번에 크라이스트처치 근처에서 개들을 치었을 때만 빼고요." 지미가 말했다.

"개 따위가 아니었어." 프랭크가 거칠게 말했다.

"그래, 아마 아니었겠지." 맥타이어가 그렇게 말하며 말다툼을 미연에 방지했다. "하지만 그딴 흰소리로 우리 손님을 따분하게 해드릴 필요야 있나. 둘 다 도착할 때까지 아가리 다물고 있어." 그가 팔짱을 끼고 창밖을 내다보았다. 어떻게 해야 좋을지 알 수 없었던 알레산드라도 똑같이 했다.

동부가 강변에 자리를 내주더니 결국 상업 지구로 변했다. 부두에 이르자 차가 느려졌다. 밤은 하얀 솜으로 감싸여 있었다. 전조등 불빛으로는 밤안개에 흠집 하나 내지 못했다. 차가 멈추자 지미가 알레산드라 쪽 문을 열었다. "내려." 그가 말했다.

"예의는 밥 말아 먹었냐, 지미." 맥타이어가 반대편으로 내리며 말했다. "혹시 살아서 돌아갈지도 모르는 아가씨란 말이다."

"그쪽에 돈은 안 걸렸습니다."

맥타이어가 웃음을 터뜨렸다. 그는 코트를 가다듬으며 안개 속을 성큼성큼 헤치고 나아갔다. "따라와." 그가 뒤도 돌아보지 않고 말했다. 알레산드라가 경계하며 주저했다.

"들었잖아." 지미가 알레산드라의 어깨를 두드렸다. 그녀는 돌아서서 이놈을 어떻게 할까 고민하는 눈빛으로 그를 바라보았다. 지미가 현명하게도 두 손을 펴며 뒤로 물러섰다. 그녀는 미소를 짓고 맥타이어를 따라갔다. 그는 약간 떨어진 부두 가장자리에서 그녀를 기다리고 있었다. 밤공기 위로 강물 냄새가 짙게 깔렸고, 멀리서 뱃고동이 희미하게 신음했다. 안개가 파도처럼 강변 위로 밀려들어 근처에 있던 건물들을 감추었다. 이내 그들이 타고 온 자동차도 부드러운 전조등 불빛만을 남긴 채 사라졌다.

"난 밤의 이 시간이 더럽게 싫단 말이지." 맥타이어가 강을 내다보며 말했다.

"그럼 왜 여기로 데려왔지?"

그가 알레산드라를 보았다. "그럼 지미더러 아가씨 목을 자르고 늪에 던져버리라고 했으면 더 좋았겠나? 아니, 그건 아닐걸."

"그건 대답이 아니잖아."

그가 다시 강으로 눈길을 돌렸다. "밀렵꾼 주제에 말은 우라지게 많군그래."

"밀렵꾼?"

"그럼 남의 사냥터에 와서 몰래 사냥감을 빼돌려 대는 사람을 달리 뭐라고 부르겠나?" 맥타이어가 코트에서 은색 시가 케이스를 꺼내 열었다. "내가 아가씨에 대해 아는 게 많지, 안 그래?" 그는 깜짝 놀라는 그녀의 표정을 보고 다시 한 번 이리 같은 미소를 지었다. "그래, 방금 들은 대로야. 우리 오베니언 보스에게는 돈이 많지. 아가씨가 상상하는 것보다 더 많아. 그리고 내가 아가씨 이름을 위쪽에 올려 보내면 시끄러운 소리가 많이 내려올 거란 말이지."

"내가 그 말에 우쭐해져야 하나?"

"아니, 고마워해야지." 맥타이어가 시가를 골라 케이스에 대고 톡톡 두드렸다. "보스가 나더러 아가씨에게 겁을 줘서 쫓아내라 더군. 겁을 못 주거든 돈을 줘서 사고." 그가 그녀를 흘끗 보았다. "내가 얼마나 놀랐는지 짐작하겠지."

"뭐 하러 나를 돈으로 사는데?"

"보스는 실용적인 타입이거든. 아가씨가 겁을 안 먹는다면 그 건 여기 남아 있을 이유가 있단 소리지. 대신 일해 줄지도 모를 사람에게 총알을 낭비할 이유가 있나?" 맥타이어가 웃으면서 시가에 불을 붙였다. 그가 알레산드라에게도 한 대를 건넸고, 그녀는 잠시 고민하다 받아들였다.

"좋아. 말해 봐."

시가는 형편없는 싸구려였지만 알레산드라는 맥타이어가 불을 붙여주도록 내버려두었다. "그건 허가한 일이 아니었어." 그가 말했다. "무슨 뜻인지 알겠나?"

"알아. 놈들이 당신네 허락 없이 움직였다는 거지."

"우라지게 정확한 설명이구먼." 그가 그녀를 보았다. "가끔씩

애새끼들이 주제 넘는 꿍꿍이를 품을 때가 있단 말이지. 대개는 알아내도 내 몫만 떼고 봐주는데. 이번에는…" 그가 고개를 가로 저었다. "이번엔 안 돼."

"왜 안 되는데?"

"그야 죄 엉망진창이 됐으니까." 맥타이어가 강을 내다보았다. "그건 아가씨가 직접 알아보라고."

"난 당신이 내게 정보를 줄 거라고 생각했는데."

"방금 줬잖나." 맥타이어가 말을 이었다. "아가씨가 아컴에 대해 알아야 하는 건 말야, 이 동네에서 우리만 대장이 아니라는 거야. 도노휴도 아니고. 더 큰 그림을 놓고 보면 우린 잔챙이에 불과해. 우린 우리 일만 하고 나머지는 안 건드려. 우리 구역에서만 논달까." 그가 강물에 침을 뱉었다. "다만 가끔씩 말을 안 듣는 녀석들이 있지. 알겠나?"

"밀렵꾼들." 알레산드라가 말했다.

맥타이어가 자신의 코를 두드렸다. "바로 알아듣는군. 고메스랑 다른 녀석들은 밀렵꾼들을 위해 일하고 있지. 그것도 제법 된 모양이야. 난 그걸 양다리라고 부르지. 나쁜 사업이야, 그건. 상식이 없다는 증거지. 나는 우리 애들이 멍청한 짓을 하면 싫어해. 엉뚱한 녀석들의 관심을 너무 많이 끌게 되거든."

"저런, 그러면 쓰나, 안 그래?"

그가 그녀를 응시했다. "그 아가리 좀 싸 물면 안 되나?"

"안 되겠는데. 나도 당신 말에 동의해. 너무 많은 관심은 좋지 않지." 알레산드라는 멀리 안개 속으로 미끄러지는 낚싯배를 바라보았다. 한밤중에 누가 낚시를 하는 건지 궁금했다. "문제는 이제 우리가 그걸 어떻게 하느냐겠지?"

맥타이어는 잠시 침묵했다. "고메스를 찾는 건 일도 아냐. 실은 오늘밤에 지미를 틱톡에 보낸 것도 그것 때문이었지."

"아. 그건 미안."

맥타이어가 손을 휘휘 저었다. "됐어, 뭐, 말했듯이 놈을 찾는 건 일도 아니니까. 내가 알고 싶은 건 놈이 누굴 위해서 일하냐는 거야."

"당신과 나 둘 다 알고 싶은 거지."

맥타이어가 시가를 물에 던졌다. "그래." 그가 손바닥에 침을 뱉고 그녀에게 내밀었다. 알레산드라는 잠깐 망설이다가 그를 따라한 뒤 손을 맞잡았다. 맥타이어는 억센 손아귀로 그녀를 가까이 잡아당기면서 경고를 담아 손을 쥐었다. "나한테 헛짓거리 할 생각 마, 아가씨. 그랬다간 진짜로 지미를 시켜서 천년만년 아무도 못 찾을 곳에 담가 버리라고 할 테니까, 알겠어?"

"그럴 생각은 꿈에도 없어. 그쪽은 얼마나 걸릴 것 같아?"

맥타이어가 어깨를 으쓱하고 코트에 손을 닦았다. "얼마 안 걸려. 아컴은 크지만 그렇게 크진 않지. 숨을 곳은 많지 않아." 그가 그녀를 가리켰다. "녀석을 찾으면 알려 주지." 그가 차로 돌아갔다.

알레산드라가 따라가자 맥타이어가 막아 세웠다. "지금 어딜 처가려는 거지?"

"돌아가는 길에 태워줄 정도의 예의는 있으리라 생각했는데."

"잘못 생각했어." 맥타이어가 씩 웃으며 손가락을 튀겼다. 지미가 알레산드라의 권총을 그에게 건넸다. 맥타이어가 총을 돌려주었다. "혹시 모르니까. 또 보자고, 백작." 그 말과 함께 그는 알레산드라를 부두에 찰싹거리는 물소리밖에 들리지 않는 안개 속에세워 둔 채 가버렸다. 차 엔진이 으르렁거렸고, 전조등이 빛줄기를 그리며 멀어져갔다.

잠시 후 금속이 덜컹이는 소리가 들렸다. 그리고 다른 소리가뒤를 이었다. 소리는 처음에는 은은했다. 어찌나 은은했던지 정말 들었는지 확신할 수 없을 정도였다. 느리고, 질질 발을 끄는,미묘하고도 은밀한 소리였다. 알레산드라는 강가를 떠나 거리를향해 움직이기 시작했다. 소리가 그녀를 좇았다. 누군가 혹은 무언가가 그녀를 따라오고 있었다.

알레산드라가 속도를 높이며 권총을 더듬었다. 멈춰 서서 추적자들을 상대할까도 생각해 보았지만 어쩐지 그건 실수이리라는예감이 들었다.

"날 실망시키는군, 백작." 사마코나의 목소리가 안개 속에서 미끄러지듯 흘러나왔다. 알레산드라가 돌아섰지만 목소리가 어느방향에서 오는지 확신할 수 없었다.

"난 우리가 거래를 했다고 생각했는데요, 사마코나."

"나도 그랬지. 하지만 우리 물건을 찾지 않고 있잖나."

"찾고 있어요." 알레산드라가 권총을 들어올렸다.

"거짓말." 손이 그녀의 손목을 붙잡아 쥐었다. 알레산드라가 비명을 지르며 웨블리를 바닥에 떨구었다. 그녀가 몸을 빙글 돌리며 주먹을 날렸다. 공격자가 그 일격을 피했고, 그녀의 주먹이 그림자를 향해 날아갔다.

다음 순간, 손 하나가 안개를 뚫고 튀어나와 알레산드라의 목을 옥죄었다. 그녀는 창고 벽까지 떠밀려나갔다. 사마코나가 나른한 미소를 머금고 가까이 몸을 기울였다. "아주 훌륭하군. 하지만 충분히 훌륭하진 않아." 그가 나직하게 휘파람을 불었다. 질질 발을 끄는 소리가 점점 커지면서 구부정하고 망가진 형체들이 안개 속에서 나타났다.

알레산드라는 그중에서 챙이 처진 모자를 쓴 사내를 알아보았다. 사내는 혼자가 아니었다. 다른 자들과 함께였다. 안개 때문에 몇이나 되는지 분간할 수 없었지만 적은 수는 아니었다. 그녀가 사마코나를 보았다. "여긴 왜 온 거죠?"

"우리가 지켜보지 않을 줄 알았나? 우리가 안 볼 줄 알았어?" 사마코나는 알레산드라의 목을 움켜쥔 손아귀를 더욱 조이면서 안개 너머를 내다보았다. "물건을 찾고 있었다면 지금 어디 있지, 백작? 왜 클럽이니 식당을 쏘다니며 시간을 낭비하는 거지? 왜 깡패들을 만나러 다니는 거지?"

알레산드라가 사마코나의 손목을 긁었지만 손아귀는 꿈쩍도 하지 않았다. 그는 보기보다 훨씬 힘이 셌고 빠르기까지 했다. "곧 위치를 알아낼 참이에요." 그녀가 쌕쌕거리며 간신히 말을 뱉었다. "정말이에요!"

사마코나가 가볍게 알레산드라를 들어 올려 발이 지면에서 떨어지도록 했다. "어디 있지?" 으르렁거리는 그의 두 눈이 추악한 빛을 발했다. "누가 가져갔지?"

"아… 아직은 몰라요." 알레산드라가 헐떡였다. 시야 가장자리로 어둠이 밀려들었다. "하지만 찾아낼 거예요, 다 찾았는데…!" 그녀가 다급하게 말을 토해냈다. 사마코나가 자신의 말을 의심하는 순간 곧바로 목이 꺾이리라는 끔찍한 확신이 들었다.

하지만 사마코나가 미처 대답하기도 전에 요란한 자동차 경적 소리가 느닷없이 허공을 갈랐다. 불빛이 안개를 뚫고 번뜩이자 사마코나의 추종자들이 흩어졌다. 사마코나가 알레산드라를 놓고 사납게 으르렁거리는 짐승 같은 얼굴로 뒤를 돌아보았다.

자동차가 사마코나를 치자 으르렁거림은 비명으로 변했다. 팅겨져 나간 사마코나가 강물에 빠지는 풍덩 소리가 뒤를 이었다. 페퍼가 택시 밖으로 몸을 내밀었다. "타!" 그녀가 외쳤다. 알레산드라가 웨블리를 낚아채고 서둘러 택시를 돌아 반대편으로 향하는 동안 사방에서 사마코나의 추종자들이 질질 발을 끄는 소리가 들려왔다. 한 놈이 기형으로 일그러진 얼굴을 짐승처럼 찡그리며 안개 속에서 불쑥 튀어나왔다. 알레산드라는 씻지 않은 살과 썩어가는 고깃덩어리가 내뿜는 악취에 구역질을 하다 창백한 두 손에 얻어맞고 택시 옆면에 부딪쳤다.

알레산드라는 웨블리로 남자인지 여자인지 모를 상대를 가격해 축축한 손아귀에서 벗어났다. 생명체가 비틀거리며 낑낑거리는 사이 그녀가 차 문을 향해 손을 뻗었다. 더 많은 손들이 안개 속에서 뻗어 나와 사방에서 그녀를 붙잡았다. 그녀는 그들을 몰아내려고 정신없이 총을 쏘았다. 서둘러 택시 뒷좌석으로 뛰어드는 순간 옷 찢어지는 소리가 들렸다. "가! 가!"

손들이 알레산드라를 향해 뻗어와 다리와 발을 움켜쥐는 차에 페퍼가 택시를 후진시켰다. 택시가 뒤쪽으로 내달리며 부두에서 멀어지는 가운데, 한 생명체가 문 옆을 붙들더니 반은 안에, 반은 밖에 매달렸다. 그것이 알레산드라에게 검은 이빨을 드러냈다. 장의사의 악몽에서 튀어나온 듯한 얼굴이 움푹 팬 눈구멍 속에서 희뿌연 눈을 희번덕거리며 불쑥 다가왔다. 그가, 그것이, 그녀를 잡으려고 더듬으면서 뱀처럼 쉭쉭거렸다.

알레산드라가 웨블리를 겨누고 약실에서 빈 찰칵 소리가 날 때까지 계속 쏘았다. 공격자가 신음과 함께 움츠러들더니 택시 밖으로 나가 떨어졌다. "문 닫아, 문." 페퍼가 외쳤다. 알레산드라가 어찌어찌 문을 쾅 닫자 페퍼가 가속 페달을 밟았다. 택시가 도로를 따라 요동치는 통에 알레산드라는 좌석 위로 나동그라졌다.

"대체 뭐였어? 내가 뭘 친 거야?"

"내 고용주."

"사마코나?" 페퍼가 꽥꽥거렸다. "그게 그자였어?"

"그래." 알레산드라가 헐떡였다.

"죽었어?"

"그랬다면 더할 나위 없이 기쁘겠지만, 아마 아닐걸." 알레산드라가 목을 문질렀다. "기껏해야 안 그래도 화난 사람 성질만 더 긁었겠지." 그녀는 고개를 돌려 자신들이 지나온 길을 돌아보았다. 공격자들의 흔적은 보이지 않았다. 그림자와 안개뿐이었다.

21장
도시 떠나기

알레산드라는 맛도 보지 않고 커피를 마셨다. 피곤한 것에도 이점은 있달까. 그녀는 전날 페퍼와 함께 식사했던 간이식당에 있었다. 오늘 아침 비서와 만나기로 했고, 이후 프리본 교수를 한 번 더 방문하기로 했다. 이번에는 거절은 용납하지 않을 작정이었다. 이를 위해 알레산드라가 비서와 대화를 나누는 동안 페퍼가 교수를 감시하기로 했다. 프리본이 애슐리처럼 사라지도록 내버려둘 생각은 없었다. 적어도 대화를 나눠 보기 전에는.

알레산드라는 하품을 하고는 커피에 설탕을 더 넣은 뒤 건성으로 저었다. 그녀는 아직도 전날 밤에 입었던 옷을 입고 있었다. 전날 저녁의 흥분 이후 잠을 이룰 수 없었던 그녀는 동이 틀 때까지 자신이 알게 된 모든 정보를 검토하며 시간을 보냈다. 페퍼의 표현을 빌리자면, 퍼즐 조각을 맞추려 애쓰면서. 애석하게도 들어맞는 조각은 거의 없었다. 뭔가가 빠졌는데 그게 뭔지 알 수 없었다. 고메스와 동료 도둑들이 누군가를 위해 일한다는 건 분명했다. 그 누군가가 애슐리인지 아닌지는 아직 확실하지 않았다.

알레산드라가 아는 거라곤 맥타이어의 부하들이 고메스를 찾아내기 전까지는 애슐리를 찾는 게 미라를 찾을 가능성이 가장 높은 방법이라는 것뿐이었다. 하지만 애슐리를 찾으려면 프리본, 그리고 가능하다면 오른과도 이야기를 나누어야 했다.

미라 강도를 계획한 자가 누구인지 알아낸 다음 어떻게 하면 좋을지는 알 수 없었다. 그걸로 사마코나와 거래를 해볼까. 어떻든 간에, 그러고 나면 아컴과의 인연은 끝이었다. "다음에는 플로리다로 갈까." 알레산드라가 중얼거렸다. "아니면 캘리포니아나."

"나라면 후자를 택하겠습니다." 비서가 부스 맞은편 자리로 들어와 앉으며 말했다.

"태드, 왔군요. 좀 어때요?"

"바쁩니다." 비서는 초조해 보였다. 웨이트리스가 오자 그가 흠칫 놀랐다. 이번에는 알레산드라도 준비가 돼 있었다. 전날 밤 페퍼에게 이럴 때 쓰는 속어를 물어 둔 덕분이었다.

"뗏목 탄 병아리요." 알레산드라가 자랑스럽게 말했다. 웨이트리스가 고개를 끄덕였다.

"달걀 없은 토스트 하나요. 손님도 주문하실래요?"

비서가 고개를 흔들었다. "아뇨. 아뇨, 됐습니다." 누군가가 식당으로 들어오자 그가 움찔했다. 알레산드라가 슬쩍 문을 돌아보았지만 아는 사람은 아니었다.

"왜 그렇게 긴장했어요?" 웨이트리스가 가자 그녀가 낮게 말했다.

"한 친구에게서 연락을 받았습니다." 비서는 조용히 말하는 내 내 사방으로 불안한 눈빛을 던져댔다. "내가 어디 있는지 아는 친구였는데, 내 동료 투자자 중 하나가 죽었다는 사실을 내가 알고 싶어 할 것 같았다더군요. 경찰이 매튜와 나를 찾았던 모양입니다."

"경찰이?"

"그 투자자가 *살해당했거든요.*" 비서가 소곤거렸다.

"언제요?"

"경찰도 얘기 안 했고 나도 안 물었습니다." 그가 고개를 낮추고 다시 주위를 둘러보았다. "슬슬 대도시로 돌아가야 하려나 봅니다. 대도시라면 어디든지요. 아컴만 아니면 됩니다."

알레산드라가 의자에 등을 기댔다. "뭘 그렇게 두려워하는 거죠, 태드?"

"살인이 일어났다고 했잖습니까?"

"당신처럼 자기중심적인 사람이 그 정도로 겁먹을 리가."

비서가 인상을 썼다. "그거 모욕입니까?"

"집중해요, 태드. 내 질문에 대답해요. 내가 도움이 될지도 몰라요."

비서는 잠시 침묵했다. "내… 내가 미행당하는 것 같아요." 그는 당장에라도 누군가가 뛰어들어 그의 입을 막을까봐 두려운 듯 재빨리 말을 내뱉었다.

"경찰?"

"어쩌면요." 비서가 고개를 가로저었다. "하지만 내 생각엔 아닙니다. 내 생각, 내 생각엔…" 그가 말을 흐렸다. "내가 무슨 생각을 하는지도 모르겠군요." 그가 한 손으로 머리카락을 쓸었다. "뭔가 잘못됐습니다. 이해하겠어요?"

"아뇨. 설명해 봐요."

비서가 머리를 흔들었다. "못 합니다. 매튜가… 난 어쩌면 당신이 우리에게 합류할지도 모른다고 생각했습니다. 전시회에서 당신을 봤을 때 어쩌면 운명일지도 모르겠다고 생각했어요." 그의 웃음소리는 곧 부러질 듯 섬약했다.

"합류하다뇨? 무슨 뜻이죠?"

"내가 매튜에게 말했죠. 내가 말하길, 샌포드가 천시 스완 같은 자를 고용하는데 우리라고 안 될 거 있냐고요. 하지만 그는 귀담아듣지 않았습니다. 내 생각엔… 내 생각엔 만약 당신이 미라를 찾을 수 있다면, 어쩌면… 하지만…" 그가 말을 흐렸다. "하지만 내가 다 망친 것 같군요."

"천시 스완…" 알레산드라가 얼굴을 굳히며 테이블을 세차게 내리치자 식기가 덜커덕거렸다. "그자였군요!"

"누가요?"

"누군가가 애슐리 교수를 찾고 있었어요. 천시 스완의 인상착의와 일치해요. 그는 늘 시어서커를 편애했죠."

비서가 알레산드라를 바라보았다. "그를 압니까?"

"그도 나 같은 인수업자예요. 하지만 이젠 독립적으로 일하지는 않는다고 들었는데. 아컴에는 왜 온 거지?" 알레산드라가 잠시 생각에 잠겼다. "당신이 샌포드 얘기를 했죠. 천시는 칼 샌포드 밑에서 일해요." 그녀는 자신이 들은 정보를 소화하려는 듯 다시 생각에 잠겼다. "당신들에게 합류해요? 무슨 뜻이죠? 오른은 나와 대화하겠다고 하던가요?"

비서가 고개를 저으며 눈길을 피했다. "그 이야기는 꺼내지도 못하게 하더군요. 아마 누군가 당신의, 어, 직업에 대해 그 양반에게 일러바친 모양입니다."

알레산드라가 의자에 등을 기댔다. "위틀록."

"그 보험사원 말입니까?" 비서가 미간을 좁히며 고개를 끄덕였다. "그도 나를 찾아왔습니다." 그가 잠시 침묵하다가 말했다. "당신도 나와 함께 가는 게 좋겠어요, 알레산드라."

"고마운 제안이네요, 태드. 하지만 난 그럴 수 없다는 거 알잖아요." 알레산드라가 미소 지으며 비서의 손을 다독이자 그가 미약하나마 미소로 화답했다. 비서는 한때 그녀를 흠모했었다. 이후 비서의 애정은 더 온순하고 더 친근한 것으로 변해 갔다. 알레산드라는 자신이 그 감정을 이용했고, 때로는 그런 그녀를 그가 독려하기도 했다는 사실을 인지하고 있었다. 그녀가 고객에게 실제로 어느 정도 호감을 느끼는 경우는 드물었다.

"그럼 정말로 탐정 놀이를 할 작정인 겁니까?" 비서가 담뱃갑에서 담배 한 개비를 빼들고 알레산드라에게도 하나를 권했다. 그녀가 고개를 끄덕여 감사를 표하며 받았다.

"지금으로서는 별다른 선택의 여지가 없어요." 알레산드라는 사마코나를 떠올렸고, 택시가 그의 장대한 몸뚱이를 들이박았던 것을 떠올렸다. 평범한 사람이라면 다치거나 죽었으리라. 하지만 그녀는 사마코나가 평범함과 거리가 멀다는 불편한 결론에 이르렀다. 사마코나의 종복들은 말할 것도 없었고. 갑자기 어떤 생각이 떠올랐다.

"미행당하는 것 같다고 말했는데… 상대를 봤나요?"

비서가 고개를 가로저었다. "아뇨. 그냥 느낌일 뿐입니다."

알레산드라가 미간을 찌푸렸다. "조심할 거죠, 태드?"

비서가 다시 미소 지었다. "내일 아침 기차를 탈 겁니다. 좌석을 구할 수 있는 기차 중에는 그게 가장 빠르더군요. 당신만 좋다면 오늘밤 호텔 레스토랑에서 저녁을 같이 먹으면 어떨까 했습니다만."

"갈게요. 그리고 도와줘서 고마워요, 태드. 진심으로."

"별로 도움은 못 됐지요." 비서가 말했다. "내가 한 말 생각해 봐요, 알레산드라. 이 도시는 우리 같은 사람들에게 안전하지 않다고 봅니다." 그가 일어나 자리를 떴다. 마음이 복잡해진 알레산드라는 음식을 반쯤 먹은 접시를 한쪽으로 치웠다.

비서는 분명히 겁을 먹고 있었고, 그래서 걱정스러웠다. 잠시 후 그녀는 계산을 하고 울적한 기분으로 식당을 나섰다.

알레산드라는 프리본 교수가 자신을 생각해서라도 이번에는 대화에 응할 생각이 있기를 기원했다.

고메스는 울적한 기분으로 공동묘지 밑 터널로 내려갔다. 그가 일을 망쳤다. 이제 윌마에게 돌아갈 방법이 없다는 것만큼이나 확실했다. 팔이 전보다 더 아팠고, 등도 아팠다. 밤을 다 보내고 꼭두새벽이 되어서야 공동묘지의 안전 장소로 돌아올 수 있었다. 그중에서도 최악은 핍스가 옳았다는 거였다.

고메스가 움찔하며 팔을 문질렀다. 망할 여자 같으니. 그 여잔 거기서 뭘 하고 있던 거지? 그것보다도, 지미는 거기서 뭘 하고 있던 거지? 그는 맥타이어의 총잡이가 바에 앉아 만남 전체를 지켜보는 것을 눈치 챘다. 지미가 직접 끼어들 것 같은 기미를 보이자 고메스는 총을 뽑아들고 필사적으로 도망쳤다. 이제 도노휴의 왈패들도 그를 찾고 있을 것이다. 핍스가 좋아할 리 없었다.

하지만 다시 생각해 보면 이번에는 핍스가 호도로프스키 같은 사고를 당할 차례인지도 몰랐다. 혼자 먹을 수 있는 돈을 둘이 나눌 거 있나? 그 정도면 윌마를 잃은 것에 대한 보상이 될지도. 생각하면 생각할수록 마음에 드는 아이디어였다. 고메스는 약간 기운을 차리며 자기 권총을 다독였다.

하지만 방에 당도했을 때 핍스는 어디에도 보이지 않았다. 대신 기묘한 적갈색 로브를 입은 남자가 관 무더기 위에 앉아 두 손으로 해골 하나를 안고 있었다. "어디 갔었지?" 로브를 입은 남자가 물었다. 우스꽝스러운 복장에도 고메스는 남자를 알아보았다. "오늘 아침 여기에 있기로 했을 텐데."

고메스는 망설이다 대답했다. "숨어 있었어. 간밤에 어떤 여자가 싸움을 거는 통에. 게다가 맥타이어네 애들도 따라붙었고. 나나 당신이나 맥타이어가 여기 나타나는 걸 바라진 않을 테니까."

로브 입은 남자가 침묵했다. 고메스는 대답을 들었다는 듯 고개를 끄덕였다. "그래, 그럴 줄 알았지. 핍스는 어디 있지? 뚱보 양반은?"

"교수는 다른 볼 일이 있어서. 따라온 자가 없는 건 확실한가?"

고메스가 콧방귀를 뀌었다. "없어. 따라왔으면 또 어때? 그쪽은 미라를 받았고, 나도 돈만 받으면 갈 건데. 걱정할 거 없지."

"걱정하는 게 아니야. 조심할 뿐. 싸움을 걸었다는 여자는 누구지?" 남자의 목소리에 깃든 무언가가 고메스를 긴장하게 했다. 이미 질문에 대한 답을 아는 듯한 목소리였다.

"외국 말씨를 쓰는 여자였어. 미라 훔칠 때 현장에 있었지. 날 쐈던 그 여자야." 고메스가 자신의 팔을 두드렸다. "어젯밤에도 날 쏘려고 했지."

"이유가 짐작도 가지 않는군."

고메스가 웃었다. "난들 아나? 간혹 그렇게 뒤끝 심한 여자들이 있어." 주위를 둘러보았지만 상자나 미라는 흔적도 없었다. "벌써 짐을 실은 거야? 그나저나 그걸로 뭘 할 생각인데?"

"정말 궁금한가?"

"아무렴." 고메스가 미소 지었다. 그가 까칠해진 턱을 긁었다. 뭔가 이상했지만 정확히 뭔지 알 수 없었다. 핍스는 어디 있지?

"먹을 작정이야." 로브 입은 남자가 말했다.

고메스는 자신이 잘못 들었겠거니 생각하며 눈을 깜빡였다. "뭐라고?"

"먹을 작정이라고. 가죽을 한 조각 한 조각 찢어서."

"미쳤군. 농담하는 거 맞지? 아주 웃겼어."

　로브 입은 남자가 한숨을 쉬었다. "죽은 자들이 무엇을 알고 있을지 생각해 본 적 있나? 그들에게 어떤 힘이 남아있을지?" 그가 두개골을 들어 등잔 빛이 어른거리도록 비추며 돌렸다. "매장된 시신의 곪은 골수 속에는 어떤 기이한 연금술이 스며들어 있을까? 고대인들은 알고 있었고 그 지혜를 우리에게 전수했지. 그것도 실로 적절하게 자신들의 몸에 새겨서 전하곤 했어."

　남자가 두개골을 내려놓고 일어서며 계속 말했다. "예를 들어 티베트에서 주술사가 되고자 하는 자들에게는 다른 주술사의 시신을 구해다 소름끼칠 만큼 친밀한 의식을 거행하며 그 혀를 먹는 관행이 있지. 갈리아 사람들은 죽은 자들이 목격한 것이 사라지지 않도록 눈을 뽑아 섭취하곤 했고."

　고메스가 황당하다는 눈길로 그를 쳐다보았다. "뭐?"

　"애초에 지식이라는 것도 또 하나의 영양분이니까. 생존에 필요한 요소지. 무언가를 먹는 행위는 그것의 생명과 경험… 영혼을 받아들이는 행위야. 상대의 총합을 자신의 총체에 더하여 지혜를 살찌우는 것이지."

　고메스가 무기를 꺼내자 로브 입은 남자가 말을 멈추었다. 확실하지는 않았지만 남자가 가면 뒤에서 얼굴을 찌푸린 듯했다. 잠시 후, 로브 입은 남자가 즉석 강의를 이어나갔다. "물론 자네는 이해하지 못할 테지. 자네의 제한된 이해력을 넘어서는 관념일 테니." 그가 돌아섰다. "죽은 자들에게는 힘이 있어. 그들은 와인처럼 묵을수록 더 깊어지지."

　고메스가 주위를 둘러보았다. "뭔 개소리야? 핍스는 어딨어?"

"핍스 씨는 이미 보상을 받았지. 이제 자네 차례군."

고메스는 무기를 내리지 않았다. "그렇게 나오셔야지. 현금은 어딨지?"

"누가 현금을 준다고 했나?"

고메스는 무언가에 뒤통수를 강하게 얻어맞고 풀썩 거꾸러졌다. 머리가 울리는 가운데 몸을 일으키려 해보았다. 두 번째 타격이 양 어깨뼈 사이에 떨어지자 그는 다시 쓰러졌고, 권총 떨어지는 소리가 들렸다. 그는 눈앞이 보이지 않고 정신이 혼미한 가운데 총을 더듬어 찾았다.

"세 방이면 될 것 같군요, 교수님." 로브 입은 남자가 부드럽게 말했다.

고메스는 몸을 굴려 애슐리의 붉게 달아오르고 축 늘어진 얼굴을 올려다보았다. 애슐리가 두 손에 든 대퇴골을 곤봉처럼 치켜들었다. 고메스는 뭐라 말하려 했지만 꺽 하는 소리밖에 나오지 않았다. 타격이 가해졌고, 그림자들이 밀려들었다.

22장

스완

알레산드라와 페퍼가 도착했을 때 프리본은 연구실에 없었다. 연구실 자체는 찾기 어렵지 않았다. 애슐리의 연구실과 같은 건물이었고, 한 층만 더 올라가면 됐다. 프리본의 연구실은 애슐리의 연구실과는 뚜렷한 대조를 이루었다. 크기는 딱히 더 크지 않았지만 한결 깔끔했다. 문이 잠겨 있지 않았기에 둘은 안으로 들어갔다.

간단한 수색에 나선 알레산드라가 책장을 훌훌 넘기고, 서랍을 뒤지고, 숨은 칸이나 이중 바닥이 없는지 책상 밑을 확인했다. 페퍼는 보고만 있었다. "뭐가 있어?" 잠시 후 그녀가 물었다.

"리볼버 하나랑 탄약 한 상자." 알레산드라가 둘 모두를 책상에 올려놓고 프리본의 의자에 앉았다. "문이 잠겨 있지 않았으니 돌아올 거야. 너는 내려가서 안뜰 건너편에 앉아 있어. 내가 창문에서 볼 수 있게. 프리본을 발견하면 신호해 줘. 아니면 아무나 수상해 보이는 사람이 있으면."

　페퍼는 얼굴을 찌푸렸지만 반발하지 않았다. 그녀가 문을 닫으며 나갔다. 알레산드라는 의자에 등을 기대며 벽을 가로질러 들어오는 아침 그림자를 지켜보았다. 그림자들이 빛을 등에 업고 길어지면서 사방으로 스멀스멀 기어들었다. 일그러졌다.

　움직였다.

　알레산드라가 눈을 깜빡였다. 아냐. 말도 안 돼. 움직이지 않았어. 적어도 그녀가 생각한 것처럼 움직이지는 않았다. 그녀는 고개를 흔들었다. 나쁜 꿈의 너덜거리는 마지막 조각일 뿐이었다. 그럼에도 생각이 떠나질 않았다. 그녀는 저 아래 안뜰에서 미친 듯이 신호를 보내는 페퍼를 발견하고서야 자신이 얼마나 오랫동안 그 생각에 사로잡혀 있었는지 깨달았다.

　누군가 복도를 따라 다가오는 소리가 들렸다. 알레산드라가 리볼버를 쥔 채 일어서서 문 뒤로 갔다.

　잠시 후 프리본이 어찌할 바를 모르는 모습으로 들어왔다. 알레산드라는 그가 책상에 이를 때까지 아무 말도 하지 않았다. 그가 서랍을 열더니 욕설을 내뱉었다. 그녀가 문을 밀어 닫자 그가 소스라쳤다. "이걸 찾나요?" 알레산드라가 그에게 리볼버를 겨누었다.

　프리본이 얼어붙었다. "당신."

　"나예요."

　"여긴 왜 온 겁니까?"

　"몇 가지 질문이 있어서."

"난 당신에게 할 말 없습니다." 그의 눈길이 순간 문으로 향했다. 초조한 모습이었다.

"무슨 일이죠?" 알레산드라가 물었다.

"누가 날 쫓아옵니다."

"누가?"

"모릅니다. 하지만 총을 가지고 있어요."

"당신도 마찬가지죠." 알레산드라가 리볼버를 건넸다. "상대가 오면 말은 내가 할게요. 알겠어요?"

프리본이 급하게 고개를 끄덕였다. "왜 날 돕는 겁니까?"

"그야 내가 돕고 나면 당신이 내 질문에 대답할 거니까요. 그럼 공평한가요?"

프리본이 침을 삼키고 다시 고개를 끄덕였다. "그럽시다."

"좋아요. 앉아요." 알레산드라는 다시 문 뒤로 가서 주머니 속의 곤봉에 손을 얹고 기다렸다. 이윽고 누군가가 다가오는 발소리가 복도를 타고 메아리쳤다. 그녀가 프리본에게 가만히 있으라는 신호를 보냈다. 문이 열리자마자 발로 걷어차 다시 닫자 욕설과 함께 작은 권총이 침입자의 손에서 빠져나와 바닥에 떨어졌다. 권총을 차서 연구실 안쪽으로 보내며 문을 열었다. 하얀 것이 휙 지나가는가 싶더니 프리본을 쫓아왔던 자가 계단을 향해 달아나고 있었다. 누구인지 쉽게 알아볼 수 있었다. 애슐리의 연구실에도 찾아왔던 남자, 천시 스완이었다.

천시가 계단에 당도했지만 알레산드라가 쉽게 따라잡았다. 지나치게 편안한 생활이 그의 체력을 갉아먹은 뒤였다. 그녀가 난

간을 잡고 뛰어넘어 그의 앞에 내려섰다. 깜짝 놀란 그는 물러서
다가 계단을 밟고 미끄러져 엉덩방아를 찧었다.

"안녕, 천시. 잘 지내?"

인수업자가 일어서려 했다. 알레산드라는 방심하지 않았다. 그
녀가 손바닥으로 천시의 가슴뼈 바로 밑을 찌르자 헉 소리와 함
께 천시의 얼굴이 창백해졌다. 그가 무릎을 꿇고 무너지면서 걸
신들린 듯 숨을 들이쉬었다. 알레산드라는 그의 모자를 빼앗아
날려버렸다. "왜 교수를 쫓고 있었지, 천시?"

그가 상스러운 말을 중얼거리며 다시 일어서려 했다. 천시는
그리 크지도 힘이 세지도 않았지만, 알레산드라는 힘을 겨룰 생
각은 없었다. 이번에는 곤봉으로 쳤다. 머리 옆을 살짝만 때려도
종소리가 울리게 하기에는 충분했다. 천시가 신음을 흘리며 계단
위로 쓰러졌다.

알레산드라는 옆에 앉아서 그가 꿈틀거리기를 기다렸다. "말썽
을 부리면 또 때려줄 거야, 천시. 왜 교수를 쫓고 있었지?"

"왜겠어?" 천시가 끙 하며 몸을 일으켜 앉았다. 기억하던 대로
뾰로통한 얼굴이었다. 알레산드라와 천시는 활동 영역이 겹치는
경우는 드물었지만 간접적으로나마 서로 알았고, 서로를 좋아하
지 않을 정도로 잘 알았다. "그 작자 친구를 찾고 있어."

"왜?"

"너 멍청이냐?"

"아니, 하지만 이유를 듣고 싶은데."

"미라 때문이지. 내 고용주가 그걸 손에 넣고 싶어 하거든. 너

도 몸 성하고 싶다면 내가 찾게 두고 그 궁둥짝이나 챙겨서 튀는
게 좋을걸." 천시가 몸을 기울여 침을 뱉었다. 알레산드라가 곤봉
으로 그를 다시 툭 쳤다. 그가 기겁했다. "뭐 하는 짓이야?"

"예의를 지켜. 집중해, 천시. 사설은 필요 없어. 사실만 말해."
알레산드라는 쪼그려 앉아 천시를 찬찬히 살폈다. "네 고용주가
관심이 있다, 좋아. 그게 나랑은 무슨 상관이지?" 그녀가 위협적
으로 곤봉을 치켜들었다.

천시가 움츠러들었다. "상관없어! 제기랄. 적어도 아직은. 샌포
드는 그걸 누가 왜 훔쳤는지 알고 싶어 해." 그가 음흉한 표정을
지었다. "샌포드가 누군지 너도 알지? 칼 샌포드, 은빛 황혼회의
높으신 나리님. 들어는 봤으려나?"

"그럴지도. 샌포드는 애슐리 짓이라고 생각하는 건가?"

"직접 물어보셔."

"내가 예의에 대해서 뭐라고 했지?" 알레산드라가 곤봉으로 손
바닥을 두드렸다. 천시가 창백해지더니 그녀를 달래듯 두 손을
들었다.

"알았어, 그래, 샌포드는 애슐리 짓이라고 생각해."

"그래서 네가 애슐리를 찾으면?" 알레산드라가 다그쳤다. "그
다음에는?"

"아무도 은빛 황혼회에서 탈퇴하지는 못한다고나 할까. 배신도
어림없고."

알레산드라가 일어섰다. "다시는 내 눈에 띄지 않는 게 좋을 거
야, 천시. 다음번에는 사랑의 매 정도 안 끝나." 그녀가 재킷 자락

을 젖혀 웨블리를 보여주었다. 천시가 얼굴을 찡그렸다.

"설마 쏘기까지야."

"자신 있어? 난 터키인도 쏜 몸이라고."

천시가 창백해진 얼굴로 사타구니를 가렸다. "그게 네 짓이었어?"

"누군가는 해야 할 일이었다는 건 너도 동의할 텐데." 알레산드라가 곤봉을 주머니에 넣고 옆으로 비켜섰다. "가, 천시. 세 번은 말 안 해."

천시가 비척비척 일어나 계단 아래 있는 출입문으로 향했다. 그는 문을 벌컥 열고 나가려다 페퍼와 부딪칠 뻔했다. 알레산드라가 페퍼를 일으켰다. "문 밖에서 듣고 있었어?"

"도움이 필요할지 확인하려고." 페퍼가 미안한 기색 없이 말했다. "저건 누구야?"

"중요한 사람 아냐."

"그럼 터키인은?" 택시기사가 캐물었다. "또 내가 알아야 할 게 있어? 혹시 살인 수배 중이라거나?"

알레산드라가 미소 지었다. "아냐. 터키인은 잘 살아 있어. 남은 평생 카스트라토[29] 목소리로 노래를 불러야겠지만."

"카스타 뭐?"

"아냐. 가자. 프리본 교수가 위층에서 기다려."

* * *

---

29 변성기가 오기 전에 거세하여 높은 음역대의 목소리를 유지하는 가수.

"안 계시다니, 무슨 소린가?" 위틀록이 따졌다. 오른의 식솔 중 하나인 하인은 그저 고개만 가로젓고는 보험조사원의 얼굴 앞에서 문을 굳게 닫았다. 위틀록은 한참 동안 문을 노려보았고, 화를 가라앉히느라 몇 분을 더 허비했다. 그런 다음에야 그는 계단을 내려와 잔디밭을 지나 대기 중인 순찰차로 향했다.

그 집은 프랑스 언덕의 거의 최정상에 자리한 커다란 삼 층짜리 주택이었다. 이웃집들과 마찬가지로 점잖게 방치되어 생울타리가 웃자라고 나무들이 바로 옆 인도 위까지 가지를 내뻗었다. 진짜로 부유한 사람들만 누릴 수 있는 추레함이었다.

"또 없대요?" 멀둔이 말했다. 그는 팔짱을 끼고 순찰차 옆에 서 있었다. "이번이 두 번째군요. 우릴 피하는 걸까요?"

"틀림없이 그렇겠지." 위틀록이 그렇게 말하며 두 손을 바지 주머니에 꽂았다. 몸속에서 좌절감이 끓어올랐다. 호도로프스키를 발견한 이후로 상황은 복잡해지기만 했다. 아직까지는 경찰이 쉬쉬하고 있었지만 한계가 있을 터였다. 항상 그렇듯 누군가가 발설할 것이다. 그러고 나면 가는 곳마다 기자들이 몰려들리라.

멀둔은 즐거운 기색이었다. "오른에게 그 여자가 도둑이라는 소리를 하지 마실 걸 그랬나봅니다."

위틀록이 그를 쳐다보았다. "내겐 회사 고객들에 대한 책임이 있어." 그가 집을 흘끗 돌아보았다. "아무리 멍청한 고객이라고 해도 말이지."

"서장님께 말씀드려 여기에 경관을 두어 명 배치해 지켜보게 하면 어떨까요. 혹시 모르니까요."

"혹시 교수가 다른 두 투자자들처럼 살해당할지도 모르니까? 그래, 그거 괜찮겠군." 위틀록이 한 손으로 머리카락을 쓸었다. 이번 사건은 완벽한 난장판이 되어가고 있었다. 살인 세 건이 얽혔고, 어쩌면 더 있을지도 몰랐다. 국제적 범죄자가 도시를 돌아다니고 있었다. 그리고 이제는 고객이 그를 피하고 있었다. "어떻게 생각해?" 그가 주저하다 물었다.

"살인 사건들요?"

"아니, 화이트삭스[30] 성적." 위틀록이 말했다. "그래, 살인 사건들 말이야."

"그 다른 투자자라는 사람과 이야기를 해봐야 하지 않을까요. 이름이 뭐였죠? 비서?" 멀둔이 한숨을 쉬었다. "그 사람도 위험할지 모르니까요."

"영문을 모르겠군. 호도로프스키는 이해가 돼. 범죄자들은 노상 서로 죽여 대니까. 하지만 전시회 투자자들? 그 사람들이 뭘 했다고?"

"미라를 발견해서 안식처에서 끌어내도록 돈을 댔죠." 멀둔이 말했다.

위틀록이 그를 쳐다보았다. "뭐야, 자네 말은 무슨 저주라도 된다는 건가? 하워드 카터와 투탕카멘 뭐 그런 거?"

멀둔이 뭐라고 대답하기도 전에 위틀록은 오른의 집 문이 열리는 소리를 들었다. 두 남자가 돌아보자 매튜 오른이 인도로 내려

---

30 시카고를 연고지로 하는 미국 프로야구팀.

오고 있었다. 실크 가운 차림이기는 했지만 그 외에는 하루를 맞이할 준비가 된 기색이었다. "미안합니다, 여러분. 내가 방해하지 말라는 지시를 내려 둬서 그만. 물론 두 분에 대해 내린 지시는 아니었습니다." 그가 성큼성큼 다가와 손을 내밀었다. 위틀록은 마지못해 악수를 나누었고, 멀둔은 그보다는 선선히 응했다.

"방해해서 죄송합니다만 며칠째 오른 선생님께 연락을 드리던 차였습니다." 멀둔이 모자를 벗으며 말했다. 위틀록이 콧방귀를 뀌자 오른이 그를 지긋이 보았다.

"미안합니다. 내가 좀 바빠서. 강도 사건으로… 불편하게 됐군요."

"불편하다기보다도 난감하시겠지요." 위틀록이 말했다.

"나도 그렇고 선생의 회사도 그렇지요. 선생네 회사에서 그런 일을 막아 주기로 했으니 말입니다, 아닙니까?"

위틀록은 침묵했다. 오른의 말은 틀리지 않았다. 위틀록은 지나치게 초르치에게만 매달렸다. 그도 자각하고 있었다. 그녀가 미끼였든 아니든 간에, 자신은 도둑들을 보지 않았던가. 멀둔도 마찬가지였고. 그들이 보다 일찍 힘을 합쳐 맞섰더라면 이 모든 사태를 피할 수 있었을지도 몰랐다.

"왜 날 보자고 하셨는지? 좋은 소식이기를 바랍니다만?"

"좋은 소식은 아닙니다." 멀둔이 정중하게 말했다. "도둑들 중 하나를 찾았습니다."

"그래요? 그런데 좋은 소식이 아니라고요?"

"죽었거든요." 위틀록이 말했다.

오른이 멈칫했다. "어디서?"

"바로 그게 문제라서 말입니다… 도둑들이 오른 씨의 창고 가운데 한 곳에 숨어 있었던 모양입니다. 웃기지 않습니까?"

"딱히 웃기지는 않군요. 내겐 창고가 많습니다. 아마 도둑들이 무단으로 침입했겠지요."

"아마도요." 위틀록이 말했다. "신경 쓰이지 않으시나 봅니다."

"내가 신경을 써야 합니까?" 오른이 지루하다는 듯 눈길을 돌렸다. 하지만 지루한 게 아니었다. 초조해하고 있었다. 많이는 아니고, 딱 위틀록 같은 사람이 눈치 챌 정도로만. "말했듯 난 강가에 창고를 여러 채 소유하고 있습니다. 더 번창했던 시절의 잔재지요. 도둑들이 그중 한 곳에 침입한 건 우연일 테고."

"아닐 수도 있고요."

오른이 위틀록을 뚫어져라 보았다. "그건 뭔가를 암시하는 말입니까, 위틀록 씨?"

"아뇨, 그런 게 아닙니다. 저희도 그래서 뵈러 온 건 아니고요." 멀둔이 끼어들었다. "죽은 사람이 둘 더 있습니다. 오길비라는 사람이 킹스포트에서, 그리고 솜즈라는 사람이 보스턴에서 죽었지요. 아시는 사람들일까요?"

오른의 몸이 뻣뻣하게 굳었다. "그 둘은… 동료 투자자들입니다. 태드 비서까지 해서요. 이번 주에 여기 오기로 했지요. 함께 전시회를 축하하기로 했습니다." 그가 집을 가리켰다. "실은 그것 때문에 바빴던 겁니다. 내일 저녁에 가까운 친구들과 함께 사적인 파티를 갖기로 해서. 으리으리한 파티는 아니지만 그래도 계획을 짜야 했지요."

위틀록이 헛웃음을 흘렸다. "지난 파티에서 있었던 일 때문에 파티라면 질색하실 줄 알았는데요. 하긴, 벼락도 같은 곳에 두 번 치지는 않으니까요, 안 그렇습니까?"

"둘은 어떻게 죽었습니까?" 오른이 위틀록을 무시하며 물었다.

"안타깝게도 살해된 것으로 보입니다."

오른의 얼굴이 새하얘졌다. "그거… 안타깝군요. 태드는 괜찮습니까? 어제 그 친구랑 이야기를 나누었는데."

"오늘 찾아갈 작정입니다." 멀둔이 말했다. "그전에 우선 이곳에 경찰의 보호를 제공해 드리려고 합니다만. 더구나 파티도 여신다니까요. 서장님께 말씀드려서…"

"그럴 필요 없습니다." 오른이 말했다. "나는 내가 알아서 보호할 수 있어요."

"그래도." 멀둔이 입을 열었다.

"경관의 열의에는 찬사를 보내는 바이지만 경찰의 자원을 내 도난당한 소유물을 찾는 데에 활용하는 편이 더 나을 겁니다. 특히 이런 상황이니만큼." 오른이 미소 지었다. "경관에 대해서는 내 니콜스 서장에게 잘 말해 두지요." 그의 미소는 위틀록을 돌아봄과 함께 사라졌다. "그쪽은…"

"저는 오른 씨 밑에서 일하는 사람이 아닙니다." 위틀록이 온화한 목소리로 말했다. "니콜스 밑에서 일하지도 않고. 하지만 저도 그 미라는 찾고 싶군요. 다만 아직 한 가지 의아한 점이 있는데…"

"겨우 하나?" 오른이 말했다.

위틀록은 그 말을 무시했다. "지금까지 저희는 모종의 구매자가 연루되었으리라는 가정 하에 행동해 왔습니다. 하지만 누가 왜 말라비틀어진 미라를 사려고 하는지는 생각해 보지 않았더군요. 그다지 가치 있는 물건은 아니지 않습니까?"

오른이 얼굴을 찡그렸다. "그건 그냥 미라가 아닙니다. 이 대륙의 역사에 담긴 비밀을 풀 열쇠란 말입니다. 선생이 말한 그 말라비틀어진 미라는 사람이 거주했다는 기록이 남아있는 시기보다더 이전에 대지를 거닐었습니다. 훗날 같은 지역에 터를 잡은 원주민들의 가장 오래된 전설보다도 먼저 말입니다."

"탐험가라도 됐나 보지요."

"그럴지도. 하지만 그는 어디에서 왔을까요? 그런 사람을 만든사회란 대체 어떤 사회였을까요? 가령 미라의 치아 상태만 봐도말입니다." 오른의 말이 길어질수록 몸짓도 거창해졌다.

"치아가 어째서요?" 멀둔이 물었다.

"치아가 대부분 남아 있습니다. 그건 위생 관념이 어느 정도 존재했음을 시사하지요."

"전 위생 얘기를 하러 온 게 아닙니다." 위틀록이 끼어들었다. "정보 약간이면 됩니다. 이 도시에서 그 망할 것을 사려고 목돈을 낼만한 사람이 누가 있겠습니까?" 그는 오른을 빤히 응시했다. "이름 하나만요. 그거면 됩니다."

오른은 오랫동안 침묵했다. 그리고는 말했다. "애슐리 교수는아직 못 찾았습니까?"

위틀록와 멀둔이 눈빛을 교환했다. "네. 왜 물으십니까?"

"애슐리는 과거에 은빛 황혼회의 회원이었습니다. 불명예스럽게 쫓겨났지요… 적어도 본인 주장으론 그렇습니다."

"그리고 선생님께서는 샌포드 씨와 사이가 좋지 않으시고요." 멀둔이 말했다.

"유감스럽게도 그건 너무 부드러운 표현이군요. 칼 샌포드는 내 사업이 망하고 내가 아컴에서 떠나기를 바랍니다. 내가 그치의 이류 프리메이슨 집회소에 가입하지 않는다는 이유만으로요."

"그래서 탐사대를 후원하신 겁니까? 샌포드에게 복수하시려고?"

"아뇨, 난 숨겨진 보물을 찾으려고 후원한 겁니다. 애슐리를 찾아봐요. 아직 물어보지 않았다면 샌포드에게 가서 애슐리가 어디 있냐고 물어봐도 좋겠군요." 오른이 엷은 미소를 띠었다. "자, 그럼 나는 이만 실례해야겠습니다… 손님맞이 준비를 해야 해서."

오른이 다시 길을 따라 올라가는 모습을 지켜보던 위틀록이 말했다. "자넨 저 말을 믿나?"

"어쩌면요. 은빛 황혼회 회원들에 관한 얘기가 엄청 많긴 합니다."

"그럼 가서 얘기해 보지."

"아뇨. 적어도 지금은 안 됩니다. 먼저 허락을 구해야 합니다." 멀둔이 순찰차에 탑승하자 위틀록도 반대편으로 돌아가 조수석에 앉았다.

"언제부터 허락이 필요했다고?"

"시장님과 서장님이 가입비를 내고 회원이 된 다음부터요." 멀둔이 기어를 넣었다. "먼저 허락을 구하고 나면 가서 얘기해 보죠."

위틀록이 좌석에 몸을 묻으며 고개를 내저었다.

"이 염병할 도시가 정말로 싫어지기 시작하는군."

23장
프리본

알레산드라가 프리본의 연구실 출입문을 닫고 책상과 마주보는 의자에 앉았다. 페퍼는 서서 자신이 낼 수 있는 가장 흉흉한 기세를 담아 눈을 부라렸다. 프리본은 잠시 두 사람을 살펴보다가 목청을 가다듬었다. "그 사람은 누구였습니까?" 그가 물었다.

"중요한 사람 아니에요. 당신은 안전해요."

"그건 당신 말이고."

"그래요. 내 말이죠."

프리본이 초조하게 손가락으로 책상을 두드렸다. "당신이 경찰로 보이지는 않습니다만." 그가 의심스럽다는 듯 말했다. "어차피 경찰과는 이미 얘기하기도 했지만."

"난 경찰이 아니에요. 하지만 강도 사건을 조사 중이죠."

"무슨 관련이 있기에?"

"어느 개인을 위해 일하고 있답니다."

프리본은 잠시 알레산드라를 응시하며 이 말을 곱씹었다. "당신이… 탐정이란 겁니까?" 그가 헛웃음을 터뜨렸다. "미안하군요. 하지만 내가 만나본 어떤 탐정과도 닮지 않아서."

"얼마나 만나봤는데요?"

"몇 명쯤. 블랙우드 탐정사무소와 한두 번 일한 적이 있지요."

프리본은 그렇게 말하며 살짝 우쭐거렸다. 알레산드라는 그게 뭔지, 프리본이 그걸 왜 그렇게 자랑스러워하는지 알 수 없었다.

"대단하시네요." 그녀가 말했다. "하지만 난 사무소에 고용된 사람이 아니에요."

"사설탐정이라 그 말이시군?" 프리본이 살짝 미소 지으며 말했다. "그 다이아몬드라는 친구처럼?"

"다이아몬드라는 사람은 몰라요." 알레산드라가 부드럽게 말했다. "내 질문을 피하는군요."

"그런 거 아닙니다." 프리본이 항변했다. 하지만 그가 말하는 태도에서 알레산드라는 자신이 정곡을 찔렀음을 눈치 챘다. 그가 머뭇거렸다. "당신 이름도 말해 주지 않았잖습니까."

"묻질 않았으니까요. 초르치예요. 알레산드라 초르치. 만나서 반가워요." 그녀가 책상 위로 손을 내밀자 프리본은 그것이 뱀이라도 되는 것처럼 바라보았다. 아슬아슬하게 무례는 아닐 만큼 망설인 끝에, 그가 결국 손을 잡았다. 악수하는 손에 힘이 없었다. 그가 손을 놓으려 하자 알레산드라가 힘을 주었다. "이제는 시간을 내 주시겠지요?"

프리본은 끙 하는 소리를 내며 몸을 젖혔다. 타이도 풀었다. 그는 페퍼를 흘끗 보기는 했지만 이름은 묻지 않았다. "싫어도 할 수 없는 상황 아닙니까?" 그가 고개를 절레절레 저었다. "빌어먹을, 퍼디낸드."

알레산드라가 의자에 등을 기댔다. "애슐리 교수가 욕을 먹어야 하는 이유가 정확히 뭐지요?"

"날 이 사업에 끌어들였으니까." 프리본이 불쾌한 어투로 말했다.

"사업이 잘 안 됐나보군요?"

"웃기자고 하는 소립니까?" 그가 고개를 내저었다. "난 저주를 믿는 사람은 아니지만 이번 일을 겪고 나니 다시 생각하게 될 지경입니다."

"저주? 뭐, 투탕카멘의 저주 같은?" 페퍼가 다소 지나치다 싶게 열의를 보이며 물었다.

프리본이 그녀를 쳐다보았다. "아니, 그런 건 아니고."

"설명을 부탁드려도 될까요." 알레산드라가 말했다.

그는 얼굴을 찡그렸고, 잠시 대답을 거부하려는 것처럼 보였다. "빙어에서 시작된 일입니다." 프리본이 결국 입을 열었다. "오클라호마에 있는 곳입니다. 혹시 처음 듣는 지명이더라도 신경 쓸 필요 없습니다. 다들 모르는 곳이니. 그 둔덕은 도시 바로 서쪽에 있었습니다. 그 일대에는 둔덕이 여럿 있는데 대개는 자연 형성된 겁니다. 지질학과 사람이 아닌 다음에야 흥분할 것도 못 됩니다."

"하지만 이 둔덕은 자연 형성된 게 아니었군요." 알레산드라가 말했다.

"그게 뭐였는지 지금도 모르겠습니다." 프리본이 고개를 돌려 창밖을 내다보았다. "퍼디낸드는 그 둔덕이 코로나도가 언급한 곳임을 확인했다고 주장했지요." 그가 그녀를 흘끗 보았다. "코로나도가 누군지 압니까?"

"그래요."

"난 모르는데." 페퍼가 말했다.

"프란시스코 바스케스 데 코로나도." 프리본이 말했다. "정복자입니다. 황금의 일곱 도시를 찾아 멕시코에서 캔자스까지 대규모 탐사대를 이끌었습니다. 그랜드 캐년을 본 최초의 유럽인이고."

"대단하네요." 알레산드라가 말했다. "그가 그 둔덕을 발견했고요?"

"지역 주민들이야 이미 둔덕에 대해 알았을 테지만, 맞습니다. 코로나도가 앞서 말했던 도시 중 하나인 전설 속의 퀴비라로 가는 진입로를 찾기 위해 탐사대를 둔덕으로 보냈지요."

"도시가 지하에 있다고 생각한 건가요?"

"퍼디낸드는 코로나도가 그렇게 믿었다고 생각하는 것 같았지요. 그리고… 둔덕의 구조 중에서 일부 요소들이 그의 가설을 지지해 주었고." 프리본이 얼굴을 찡그렸다. "지질학자를 한 명 데려가야 했건만. 다이어라든가. 하지만 애슐리는 들은 채도 하지 않았습니다. 탐사대를 소규모로 유지하자면서."

"왜였죠?" 알레산드라가 물었다. 자신도 모르게 흥미가 생기기 시작했다.

"그게 후원 조건이라고 하더군요."

"그 말을 믿지 않았나요?"

프리본은 책상을 내려다보았다. "당시에는 그 문제에 대해선 생각도 해보지 않았습니다. 여기에 있다 보면 자금이 어디에서 오는지 묻지 않는 법을 배우게 됩니다. 그냥 고맙다고만 하고 넘어가는 겁니다. 아무튼 지역 주민들은 우리를 그리 반기지 않았습니다. 난 그걸 흔히 있는 시골 사람들의 적대감이라고 생각했고, 어쩌면 실제로 그랬을지도 모릅니다. 하지만 탐사대원 몇이 관계자 외 출입금지 구역에서 낯선 사람들이 어슬렁거리는 걸 보았다고 보고했습니다. 첫 주에 우리는 장비 일부를 잃었습니다. 텐트 몇 개가 찢어졌지요. 누군가 우리 차량의 타이어에 구멍을 냈고."

"누군가가 탐사를 방해하려는 것처럼 말이죠."

프리본이 고개를 끄덕였다. "퍼디낸드는 자기가 미행당하고 있다고 생각했습니다. 우리는 매주 빙어에 물자를 보급하러 갔습니다. 몇 번은 퍼디낸드가 지휘를 맡았지요. 맹세컨대 도시에서 누군가 자신의 뒤를 밟았다더군요. 사람들이 우리에 관해 묻는다고 했고. 난 퍼디낸드에게 그건 정상이라고 말했습니다."

"그 사람들이 누구였는지 확인해 봤나요?"

"아뇨. 그런 사람들이 실제로 있기나 했는지도 모를 일입니다." 프리본이 창밖을 내다보았다. "내가 틀렸고 실제로 있었는지도 모르지요. 퍼디낸드는… 마치 그들이 우리가 그곳에 온 이유를 알아내려 하는 것 같다고 말했습니다. 우리의 목적을요." 그가 가

볍게 웃었다. "퍼디낸드는 그들이 자기 노트를 노린다고 생각했
습니다. 우리가 보물을 찾고 있고 그 사람들은 보물을 감춰 두려
는 것처럼 말입니다."

"아니면 자기네가 갖거나요."

프리본이 잠시 침묵했다. "그 말을 들으니 전에 들었던 다른 이
야기들이 떠오르더군요. 고고학자들끼리 서로 겁을 주려고 하는
이야기들 말입니다." 그가 고개를 내저었다. "우리는 우리가 발굴
하는 물건들이 사람들에게서 잊혔다고 생각하고 싶어 하지만 실
제로는 그렇지 않습니다. 어느 백인이 전에 한 번도 본 적 없는
물건이라고 해서 아무도 그걸 본 적이 없다는 뜻은 아니니까요.
또 때로 우리는 누군가가 반대할지도 모른다는 생각은 하지도 않
고서 뭔가를 가져가기도 합니다." 그가 창문을 보았다. "월터스는
우리에게 경고했습니다. 그의 말을 귀담아 들었더라면 좋았을 텐
데."

"월터스? 하비 월터스요?" 알레산드라는 전시회에서 본 남자를
떠올렸다.

"네. 애초에 퍼디낸드가 둔덕의 위치가 적힌 고서를 찾을 수 있
도록 도와준 사람이 바로 월터스였습니다. 난 항상 월터스가 우
리가 찾고 있던 것에 대해 퍼디낸드보다 더 많이 안다는 느낌을
받았습니다. 어쩌면 그래서 우리와 함께 가지 않으려 했는지도
모르지요."

알레산드라가 미간을 좁혔다. 비서가 월터스를 탐사대에 끌어
들이려 했던 게 그 때문이었을까? 만약 그랬다면, 그 노인네는

왜 싫다고 한 거지? "정말 그렇게 믿나요?"

"아뇨, 난 월터스가 심술궂은 영감탱이라서 안 갔다고 생각합니다." 프리본이 의자에 등을 기댔다. "무슨 얘기를 하고 있었지요?"

"땅 속 보물." 페퍼가 냉큼 말했다.

프리본이 코웃음 쳤다. "우리 투자자들이 뭐라고 믿었든 보물 따위는 없었습니다. 아마 퍼디낸드는 정복자의 잃어버린 황금에 관한 이야기로 투자자들의 머릿속을 가득 채웠겠지만, 우리야 현실을 알고 있었습니다. 적어도 안다고 생각했지요. 그러다 그 망할 미라를 발견한 겁니다."

"친구분의 가설에 신빙성을 더해주는 발견 같은데요."

"아니, 그렇게 오래된 물건은 아닙니다. 하지만 그건 침입자였습니다."

"침입자?"

"그 자리에 있어서는 안 되는 것 말입니다." 프리본이 강한 어조로 말했다. "그건 거기에 있으면 안 됐습니다. 그래선 안 됐습니다."

"하지만 거기 있었죠. 필시 그래서 더 가치가 있을 테고요."

프리본이 고개를 가로저었다. "이해를 못 하는군요. 그건 불가능한 일이라는 겁니다."

"불가능하다면?"

"지금껏 그런 문명이 존재했다는 기록은 없습니다. 그건 그저… 전설일 뿐입니다. 민간전승요. 한 세대에서 다음 세대로 전해지는 이야기 같은 겁니다. 하지만 물증은 없습니다. 증거가 없어요."

"그 미라가 나오기 전까지는요."

"그 빌어먹을 미라가 나오기 전까지는요." 프리본이 공허한 눈빛을 하며 몸을 뒤로 기댔다. "그때 뭔가 잘못됐다는 걸 알았어야 했습니다. 그랬더라면 이후에 생긴 모든 일을 피할 수 있었을지도 모릅니다."

"이후에?" 알레산드라가 그렇게 물으며 대화의 흐름을 원래대로 돌렸다.

"그건 뭐랄까… 일종의 구덩이에 들어 있었습니다." 프리본이 기억에 사로잡혀 멍하니 말했다. "과거에도 다른 발굴 작업이 있었다는 증거가 있었습니다. 관목을 쳐 내고 바위를 옮긴 흔적에다… 심지어 도구도 남아 있었습니다. 적어도 1891년에 있었던 발굴에 대해서는 우리도 알았습니다. 그 아마추어 역사가의 이름이… 아마 히턴일 겁니다. 그가 황금을 찾고 있었지요. 찾지는 못했습니다." 그가 잠시 말을 멈추었다. "그는 나중에 미쳐 버렸습니다."[31]

프리본이 그 말을 하는 방식이 어쩐지 소름끼쳤다. 갑자기 뒤숭숭해진 알레산드라가 목청을 가다듬었다. "그래서 미라가 구덩이에 있었다고요."

"묘실에 더 가깝기는 했습니다. 벽을 깎아낸 흔적이 있었습니

---

31 H. P. 러브크래프트가 질리아 비숍의 이름으로 대필한 중편 「둔덕」에 언급된 사건을 가리킨다.

다." 이제 프리본의 목소리는 부드러웠고, 알레산드라는 그가 창밖 풍경이 아니라 그날을 돌아보고 있다는 것을 알았다. "그걸 보니 독수도자의 수도실이 떠오르더군요. 반으로 접은 몸 하나가 겨우 들어갈 만한 크기였지요."

프리본은 잠시 침묵했다. "사고가 있었습니다." 그가 망설였다. "붕괴 사고요. 세 사람을 잃었습니다." 그가 그녀를 흘끗 보았다. "우리는 첫 번째 것보다 더 큰 두 번째 구덩이를 발견했습니다. 사발 모양이었지요. 우리는 발굴을 시작했습니다. 그러다 날씨가 험악해졌고… 강풍이 불었는데, 그 높이에서는 위험했습니다." 그는 말을 느릿하게 끌었다. 눈길을 다시 창문 쪽으로 돌리는 얼굴이 무표정했다. "한순간, 사고가 일어나기 직전에… 그것이 둔덕 밖으로 솟구쳐 나오고 있었다고 맹세할 수도 있습니다… 우리가 더 깊이 파 들어가지 못하게 하려는 것처럼 말입니다." 그가 침을 삼켰다. "마치 피즐리, 퍼디낸드와 함께 오스트레일리아에 있던 시절로 돌아간 듯했지요."

알레산드라는 이야기가 옆으로 새지 않도록 화제를 유도했다. "붕괴 전에 발견한 게 있었나요?"

프리본은 한참 동안 대답하지 않았다. "아뇨." 그가 마침내 입을 열었다. "어쨌든 사람 목숨 셋만큼의 가치가 있는 건 없었습니다." 그가 기침을 하고 목을 가다듬었다. "붕괴 사고가 결정타였습니다. 붕괴 사고와 그 미라 사건 사이에…"

"다른 사건이 있었단 얘기는 안 했는데요."

"안 했다고요?" 프리본은 겁내고 있었다. 알레산드라가 아니라

자신의 머릿속에 든 무언가를. "분명히 했습니다. 당신이 착각했
겠지요."

"장담하는 데 착각한 적 없어요." 알레산드라가 프리본을 정면
으로 바라보자 그가 살짝 움츠러들었다.

"이런 이야기가 지금 그 망할 것을 찾는 일과 무슨 관련이 있는
지 모르겠군요."

"그건 프리본 교수가 걱정할 일이 아니에요. 어떤 정보가 유용
한지 아닌지는 내가 판단할 테니까." 알레산드라는 자신이 의도
했던 것보다 더 날카롭게 쏘아붙였다. 프리본은 뭔가를 말하지
않으려 하고 있었다. "무슨 일이 있었죠?"

"우리는… 현지인 여럿을 고용해서 힘쓰는 일을 맡겼습니다.
파고 들어 올리는 일 같은 것 말입니다. 우리가 미라를 발견하자
그들은 불안해하면서 유령이며 기묘한 빛에 관한 이야기를 하기
시작했습니다. 우리는 전혀 보지 못했습니다만."

"그런 얘기가 나오지 않았다면 그게 더 놀라운 일이겠죠."

프리본이 얼굴을 살짝 찌푸리며 그녀를 관찰했다. "고고학 발
굴 작업 경험이 있는 것처럼 말하는군요."

"약간요." 알레산드라는 이집트의 여러 발굴 현장에서 유물을
훔친 경험이 있었다. 대체로 현지인 복장을 하고 고용된 일꾼들
사이에 섞여 캠프의 배치를 파악하고 특정한 물건들을 보관해 둔
텐트에 잠입하는 게 다였다. 딱 한 번 걸린 적이 있었는데, 그야
말로 스릴 넘치는 밤이었지 뭔가?

훔친 말을 타고, 권총을 손에 들고, 안장 가방은 도기 파편과

미라로 만든 고양이 한 마리로 가득한 가운데 모래 언덕들을 가로지르는 질주. 추격대는 카이로까지, 그리고 카이로를 조금 더 지나서까지 그녀를 쫓아왔다. 이번 일은 그에 비하면 더 얌전한 편이었지만, 큰 차이는 없었다. 그래도 더 짧짤하기는 했다. 특히 사마코나와 오른 중 누가 미라를 갖든 간에 그들에게서 잔금을 받아낼 방법만 떠올릴 수 있다면.

　프리본이 한 손으로 머리카락을 쓸었다. "현지 인부들은 미라를 밝은 곳으로 끌어낼 때 미라가 움직였다고 맹세하더군요. 나는 미라를 묶은 끈이 헐거워져서 그렇다고 설명했습니다."

　"전에 봤을 때는 꽤 단단하게 묶여 있던데요."

　프리본이 머뭇거렸다. "우리가 단단히 묶었지요. 그 사건 이후에."

　"무슨 사건요?"

　그는 침묵에 잠긴 채 알레산드라의 눈길을 피하려 애썼다. 그녀가 다시 다그치려던 찰나, 그가 입을 열었다. "그때 한 번만이 아니었습니다. 미라가 움직인 것 말입니다. 적어도 인부들 말로는요. 내가 직접 본 적은 없습니다. 인부들도 아무것도 못 봤을 겁니다." 그가 재빨리 덧붙였다. "인부들 말로는 미라가 일어났다고 하더군요. 일어나려고 했거나. 미라가… 자기 몸을 할퀴었답니다."

　"인부들 말을 믿지 않았다고요?"

　프리본이 다시 침묵했다. 그리고는 말했다. "안 믿었습니다. 당시에는."

"하지만 지금은 믿고요?"

프리본이 자신의 손을 내려다보았다. "그날 밤, 바람이 불었습니다. 남쪽에서 강한 바람이요. 바람이 등잔들을 꺼트렸고, 모닥불도 꺼질 뻔했습니다. 그리고 어둠 속에서, 무언가가 벌어졌습니다. 우리는 소리를 들었습니다. 뭐랄까… 쉭쉭거리는 소리였습니다. 아니면 낙엽이 바람에 쓸리는 것처럼 바스락거리는 소리였든가. 가까스로 불을 살리고 등잔을 다시 밝혔을 때, 인부 하나가 죽어 있었습니다."

알레산드라는 갑자기 마음이 불편해져 미간을 찌푸렸다. "어떻게 죽었죠?"

"공식적으로는 어둠 속에서 발이 걸려 넘어져 목이 부러졌습니다.

"비공식적으로는?"

프리본이 알레산드라를 보았다. "뭔가가 목을 박살냈습니다. 인부 옆의 바닥에 미라가 있었습니다. 마치… 우리가 올려 두었던 테이블에서 떨어진 것처럼. 미라를 묶고 있던 끈이 지나치게 느슨했습니다. 미라의 두 손은…" 그가 기억 앞에 두 손을 떨며 말꼬리를 흐렸다. "우리는 끈을 더 단단하게 다시 묶었습니다. 이후에는 아무런 문제도 없었습니다. 붕괴 사고 전까지는." 그가 힘없이 웃었다. "그 뒤 우리는 탐사 일정을 단축하기로 했습니다."

"그래요. 이유를 알 만하네요. 투자자들에게 약속했던 보물과는 거리가 멀었으니까."

프리본이 알레산드라를 휙 쏘아보았다. "아까도 말했지만 우린 아무것도 약속하지 않았습니다." 그가 잠시 주저했다. "적어도 나는 안 했습니다. 퍼디낸드가 오른을 끌어들이려고 무슨 말을 했는지는 모를 일이지만." 그가 이맛살을 찌푸렸다. "하지만… 그건 이상하군요."

심상찮은 낌새를 느낀 알레산드라가 몸을 앞으로 기울였다. "무슨 얘기죠?"

프리본이 자신의 콧등을 꼬집었다. "그냥, 퍼디낸드는 내게 와서 이미 자금을 마련했다고 했습니다. 후원자가 누구인지는 말하려 들지 않더군요."

알레산드라가 얼굴을 찌푸렸다. "다른 사람에게는 말했을지도 모르죠. 월터스 교수라든가. 그쪽과도 이야기를 해봐야겠네요."

프리본이 건성으로 손짓했다. "아마 도서관에 있을 겁니다. 거기서 살다시피 하니까. 사서에게 물어보면 어디 숨었는지 가르쳐 줄 겁니다."

"고마워요." 알레산드라가 자리에서 일어나다 멈춰 섰다. "애슐리가 은빛 황혼회 회원이었다는 건 알고 있었나요?"

프리본은 놀란 기색이었다. "아닙니다. 하지만 놀랍지는 않군요."

"칼 샌포드에 대해서는 어떻게 생각하죠?"

프리본이 망설이다 대답했다. "괴짜라고 생각합니다. 그 사람 조직은 괴짜가 이끄는 괴짜들의 집단이고." 그가 입술을 삐죽 내밀었다. "하지만… 나도 어떤 사람들이 들을 만한 자리에서 그런 말을 할 정도로 어리석지는 않습니다."

"어떤 사람들이라면?"

프리본이 아무렇게나 손짓했다. "사람들요. 우리 학장이라거나. 샌포드는 이 도시 사람들 상당수를 움켜쥐고 있으니까. 주로 부유한 쪽을 말입니다. 샌포드와도 이야기를 나눌 작정입니까?"

"어쩌면요."

"충고가 필요합니까?"

"언제든지요."

"하지 말아요." 프리본이 단호하게 말했다. "샌포드는 건드리지 말아요. 집회소와 거기 있는 미치광이들은 피하는 게 좋습니다."

"그 사람들이 관련 있다고 믿는 건 아니겠죠."

"그런 말은 안 했습니다. 하지만 관련이 있다면 내버려 두는 게 제일입니다. 샌포드는 친구로도 고약하고 적으로는 더 고약하니까."

"그럼 오른 씨는?"

프리본이 고개를 저었다. "그 사람은 꾸준히 역사에 관심을 갖고 선뜻 고고학 탐사 자금을 대는 몹시 부유한 사람이지요. 난 그 사람에 대해 나쁜 말은 한마디도 하지 않을 겁니다." 다시 망설임. "하지만… 이 말은 해 두지요. 두 사람은 오른이 샌포드의 초청을 거절한 이래 앙숙이었습니다. 미라를 공개한다며 난리를 쳤지요? 샌포드가 박물관에서 은빛 황혼회 전시회를 개최하는 걸 보고 오른이 떠올린 아이디어일 겁니다." 프리본이 고개를 내저었다. "부자들은 옹졸함을 예술로 승화시키지요."

"애슐리도 알았나요?"

"우리 둘 다 알았습니다. 다들 알았습니다. 그게 아컴이 작동하는 방식이니까. 오른과 샌포드는 몇 달째 상류층을 분열시키고 있습니다. 전선을 형성하는 겁니다. 칵테일파티는 소규모 접전이고 바베큐 오찬은 전면전이지요."

"누가 이기고 있죠?"

프리본이 어깨를 으쓱했다. "난들 압니까. 학계라는 뱀 굴에서 살아남는 것만도 벅찬 판국에."

"호기심도 없고요?"

"없습니다." 그가 잠시 침묵하며 알레산드라의 어깨 너머를 응시했다. "아까 오스트레일리아 이야기를 했지요. 내가 처음으로 참여한 탐사는 아니었지만 가장 기억에 남는 탐사였습니다. 거기서도 발견이 있었습니다. 미라처럼 그곳에 있는 게 말도 안 되는 물건은 아니었지만, 예상치 못한 발견이기는 했습니다. 대단하지는 않더라도⋯ 반신반의할 정도는 됐습니다."

프리본이 그녀를 바라보았다. "그 빌어먹을 미라 때문에 똑같은 기분을 느낍니다. 이 모든 일이 그렇습니다. 마치 그레이트샌디 사막으로 돌아가 그 망할 돌들을 다시 쳐다보는 기분이 든단 말입니다.[32] 난 이제 그런 질문은 하지도 않습니다." 그가 눈길을 돌렸다.

"난 답을 알고 싶지 않습니다."

---

32 H. P. 러브크래프트의 중편 「시간의 그림자」에 등장한 사건을 암시한다.

24장

하비 월터스

오른 도서관은 캠퍼스의 심장부에 번견처럼 웅크리고 있었다. 하얀 화강암으로 된 땅딸막한 건물은 촌스럽고 튼튼해 보였다. 계단을 올라가자 커다란 오크 문 한 쌍이 나왔다. 문 위에는 라틴어 경구가 새겨져 있었다. **룩스 인 옵스쿠로 수무스.**

페퍼가 소리 내어 읽었다. "무슨 뜻이지?"

알레산드라는 그 뜻을 꿰어 맞출 수 있을 정도로는 라틴어를 알았다. "우리는 어둠 속의 빛이다." 그녀가 소리 내어 말했다. 그녀는 미소 지었다. "좋은 말이네. 조금 겉멋 든 말 같기도 하지만. 하기야 그런 데가 대학이니까."

"여기 이름은 그 오른을 따서 지은 걸까?"

"그래, 그럴 거야."

페퍼가 잠시 침묵했다. "이 모든 일에 대해 나쁜 예감이 들기 시작하는걸."

"이제야?"

"저기, 난 은빛 황혼회에 관해서는 잘 모르지만 은빛 황혼회를 잘 안다는 사람들은 알거든. 그 사람들 말로는 맥타이어 같은 인간들도 칼 샌포드는 피한댔어."

"그래, 맥타이어도 어젯밤 비슷한 말을 했지. 어쩌면 그냥 우연일지도."

"정말 우연이라고 생각해?"

알레산드라가 페퍼를 보았다. "넌 식당에서 기다리는 게 어때. 나도 곧 따라갈게. 점심 주문해. 배고파 보인다."

페퍼가 배를 문질렀다. 몇 분 전부터 귀에 들리게 꼬르륵거리던 차였다. "듣고 보니 좀 고프긴 하네. 이렇게 많은 책이 한 곳에 모여 있는 걸 보니까 두드러기도 나려고 하고." 그녀가 머뭇거렸다. "혼자 괜찮겠어?"

"노인 하나 상대하는 게 그렇게 어려울 것 같진 않네." 알레산드라는 계단을 오르기 시작했다. 문을 지나자 중앙 홀이 나왔다. 스테인드글라스 창문 아래로 커다란 마호가니 책상들이 단정하게 줄지어 있었다. 위로는 돔형 유리 채광창이 천장의 대부분을 차지했다. 창문이 있었음에도 햇빛은 거의 들어오지 않았다. 책상과 학습용 열람실마다 전등이 불을 밝혔다.

홀을 따라 우뚝 늘어선 기둥들이 위층을 떠받쳤다. 기둥에 부착된 석조 그로테스크들이 알레산드라를 향해 눈을 부라리는 가운데, 그녀는 한 금발 여자가 서가에 다시 꽂을 책을 분류하고 있는 데스크로 다가갔다.

"실례합니다, 혹시 하비 월터스 교수님이 어디 계신지 알 수 있을까요?" 알레산드라의 질문에 아가씨가 의도치 않게 소스라쳤다.

"오!" 아가씨가 들고 있던 책 여러 권을 떨어뜨렸다. 알레산드라는 함께 책을 주우며 사과했다. "아뇨, 아녜요, 순전히 제 잘못인걸요. 정신이 딴 데 가 있어서." 아가씨가 손을 내밀었다. "데이지 워커라고 해요. 성함이?"

"알레산드라 초르치예요."

"월터스 교수님을 찾으신다고요?"

"여기 물어보면 알지도 모른다고 들었어요."

데이지가 웃음을 터뜨렸다. "대강 짐작 가는 곳은 있죠. 따라오세요."

사서가 앞장서서 서고를 누비며 도서관 안쪽으로 향했다. "여기 있는 연구실 대부분은 이제 자료실로 써요." 그녀가 말했다. "하지만 개인실로 쓰겠다고 고집을 부리시는 분들이 몇 분 계시죠. 책은 더 가까이하고 귀찮은 학생들은 멀리하겠다는 심보랄까요."

알레산드라가 쿡 웃었다. "그렇겠죠."

"아직도 버티시는 건 월터스 교수님과 다른 두세 분 정도뿐이에요. 난방이 썩 좋지 않거든요." 데이지가 한 책상을 가리켰다. "여기서 기다리고 계시면 자리에 계신지 확인해 볼게요." 알레산드라는 의자에 앉았다.

도서관은 조용했다. 학생 몇이 중앙 홀 군데군데 있었고, 위층을 돌아다니는 발소리도 들렸다. 누구 하나 크게 말하기는커녕 속삭이지도 않았다. 건물이 주는 텅 비고 고요한 느낌에 괜히 조바심이 났다. 소리치고, 노래하고 춤추고, 침묵을 채우고 싶었다.

대신 알레산드라는 앉아서 기다렸고, 이내 월터스 교수가 데이지를 대동하고 쿵쿵거리며 나타났다. 알레산드라가 그를 올려다 보았다. "안녕하세요, 교수님. 만나주셔서 고맙습니다."

월터스가 상냥하게 미소 지었다. "아가씨 같은 여성이 나를 보자고 하는 일은 많지 않지. 내 하루는 대개 안절부절 못 하는 학생들과 지루한 동료들로 가득하거든. 아가씨라면 적어도 그보다는 흥미로운 일을 기대해도 될 것 같습니다."

"그래도 어쨌든 고맙습니다."

월터스가 돌아서며 지팡이를 들어 보였다. "자, 자. 더 조용한 곳으로 자리를 옮깁시다. 내 연구실이 이쪽이오." 그가 사서에게 고개를 끄덕였다. "고맙네, 워커 양. 백작과 내가 방해받지 않도록 해 주겠나?"

그의 연구실이라는 것은 알고 보니 뒷벽을 따라 자리한 어수선한 벽감이었다. 벽감은 프리본의 연구실보다 컸지만 벽을 따라 늘어선 책장이 과포화 상태라서 더 비좁게 느껴졌다. 월터스의 책상은 공간에 비해 너무 큰데다 골동품이었다. 하얀 서류의 탑과 책 더미가 책상 위에 쌓여 있었다. 책장 사이 틈새에는 나무로 만든 가면들이 걸려 있었고, 책장 선반에는 티크 나무, 동석, 그리고 흑요석으로 만든 기묘한 우상들이 위태롭게 웅크리고 있었다.

월터스가 의자에 쌓인 서류들을 치우고 쿠션에 얹힌 먼지를 털어냈다. 그가 의자를 가리키며 책상을 돌아 자기 자리로 갔다. "앉아요. 먼지 알레르기가 있지는 않길 바라오만?"

"제가 아는 한은 없답니다."

"뭐, 곧 알게 되겠지요. 요즘엔 대학 본부에 있는 내 연구실보다 이 방이 더 좋습니다. 여기선 아무도 내 책을 건드리지 않고 방해도 한결 덜한지라." 월터스가 알레산드라를 잠시 뜯어보았다. "그래, 강도 사건을 목격하셨다고." 그가 말했다. "경찰과 얘기는 하셨겠고."

그녀가 미소 지었다. "여러 번요."

월터스가 툴툴거렸다. "그래요. 여기도 다녀갑디다." 그가 책상 한쪽 끝에 있던 서류 더미를 반대쪽 끝으로 옮겼다. "난 총소리는 들었지만 본 건 거의 없다오. 아마 그편이 나았을 테고." 그가 그녀에게 눈길을 던졌다. "나는 왜 보자고 하셨는지?"

"애슐리 교수를 아셨나요?"

월터스가 의자에 등을 기댔다. "내게 그걸 물은 게 아가씨만이 아닌데."

"전 경찰이 아니에요."

월터스가 고개를 끄덕였다. "그야 그렇지. 그럼 당신은 누구요?"

"관계자요."

월터스가 끙 하는 소리를 냈다. "난 시간 낭비를 싫어한다오, 백작. 내게 남은 시간 중에서 애매모호한 재담에 쓸 시간은 얼마 없지. 퍼디낸드 애슐리에게는 무슨 관심이시오?"

"죄송해요. 제가 미국식 직설 화법에 익숙하지 않아서. 전 애슐리 교수가 강도와 관련이 있다고 봐요. 그래서 교수님과 이야기해 봐야겠다고 생각했죠."

월터스가 눈을 깜빡였다. "오." 그러더니 미간을 찌푸렸다. "놀랍지는 않은 얘기군. 그럼 그 어린 바보 프리본과 얘기를 하셨겠군?"

"네, 즐거운 대화를 나누었죠."

"그 친구가 아가씨에게 내가 애슐리의 연구를 도왔다는 말을 했을 테고."

"그랬죠."

"틀림없이 맨 먼저 그 소리부터 했을 테지. 궁금할까봐 말해 두자면 나는 애슐리가 어디 있는지는 몰라요." 월터스는 책들을 향해 몸을 돌리더니 손가락으로 책등을 훑으며 특정한 책을 찾았다. 그가 찾은 책을 책상에 털썩 내려놓았다. 알레산드라는 얼굴 앞에서 손을 휘저어 피어오르는 먼지를 걷어냈다. 월터스는 먼지를 무시한 채 누렇게 변해 바스락거리는 책장을 훌훌 넘겼다.

"오랜 세월 나는 수많은… 뭐랄까, 흥미로운 공통성을 밝혀 왔다오. 에… 소위 말하는 집단 기억의 존재를 시사하는 상징체계나 발음 등의 유사성 말이오. 애슐리가 가장 관심을 두었던 것도 바로 그런 공통성이지."

"많은 문화권의 민간전승이 어떤 형태로든 대홍수에 관한 내용을 담고 있다든가요."

월터스가 반색했다. "정확해요! 그래, 바로 그거요. 일종의 공

유된 경험이랄까. 태고에 발생한 어떤 강렬한 사건이 셀 수 없는
세월 동안 무수한 세대를 거치며 거듭 되새겨지고 걸러지며 내려
오는 거지."

"아주 흥미롭긴 하지만, 그게 애슐리가 발견한 것과는 무슨 상
관이 있나요?"

"이제 얘기할 거요. 애슐리는 북아메리카의 선사시대에 대한
자신의 연구에서 그와 유사한 공통성을 발견했소. 토착 부족들의
이야기가 모종의⋯ 기록되지 않은 역사를 암시하고 있었다오. 애
슐리는 그 역사를 밝혀낼 작정이었고. 그래서 날 찾아왔지."

"프리본이 무슨 책 이야기를 하던데요."

"그래요." 월터스가 책을 두드렸다. "바로 이 책이오." 알레산드
라가 한눈에 알아볼 수 없는 언어로 적힌 글이 책장에 빼곡하게
들어차 있었다. "이건 사본의 사본이오. 판필로 데 사마코나 이
누네스라는 인물의 증언이지."

"네?" 알레산드라가 깜짝 놀라 고개를 들었다. "누구요?"

"딱히 주목할 것 없는 아스투리아스의 한 탐험가요. 그 시절 아
메리카 대륙에 황금 왕국을 찾아 몰려든 수많은 스페인 사람 중
하나지."

"대부분은 중앙아메리카와 남아메리카에 국한된 줄 알았는데
요."

"대부분에 방점을 찍으셔야지. 일부는 더 서쪽, 더 북쪽까지 왔
소. 우리는 탐욕스러운 종족이오, 백작. 이득을 위해서라면 불사
하지 못할 일이 거의 없지." 월터스가 책장을 넘겼다. "이 책 대부

분은 사마코나가 멕시코를 거쳐 북아메리카로 향한 여정을 담고 있다오. 내용이 흥미롭기는 하지만… 관련 있는 내용은 끝에 나오지. 사마코나는 원주민 남자 하나를 안내인으로 삼았소. 안내인이 그를 어느 높은 바위 언덕 안에 있는 비밀 문으로 안내한 모양이고. 그 문이 어디로 통했는고 하니… 그것 참." 그가 그녀를 보았다.

"뜸들이지 마시고요, 교수님." 알레산드라가 말했다. "사마코나는 뭘 발견했죠?" 그녀는 이미 답을 알면서도 질문을 던졌다.

"광대한 지하 제국이오. 지상에 있는 어떤 왕국보다도 더 오래된 그림자 왕국. 적어도 사마코나의 말로는 그래요." 월터스가 책을 덮었다. "왕국 사람들은 악독한 자들로, 가학적인 오락을 즐겼다는군. 내가 어느 더 오래된 라틴어로 된 문헌들에서만 읽어보았던 일종의 신비로운 사령술을 포함해서 말이오."

"사령술요?"

"그들은 죽은 자들을 노예로 삼았소."

알레산드라는 자신을 붙잡던 창백하고 축축한 손과 눈구멍 속에서 희번덕거리던 희뿌연 눈을 떠올렸다. 썩어가는 고깃덩어리의 냄새도. 그녀는 아무 말도 하지 않았다.

월터스가 고개를 내저었다. "솔직히 나는 항상 이 책이 교묘한 허구에 불과하다고 생각했다오. 문학적 날조라고 말이지."

"하지만 지금은?"

"지금은 확신이 없구려." 월터스가 손가락으로 책을 두드렸다. "미라를 발견한 곳은 이 기록에 나온 것과 얼추 같은 장소였다오.

이 책에 묘사된 가면들은 우리의 메마른 친구가 썼던 것과 무척 흡사하고. 그래서 내가 그런 자리를 혐오하는데도 전시회에 참석했던 거요. 내 눈으로 봐야했거든. 앞서도 말했지만 애슐리가 옳다면 이 대륙의 역사를 다시 쓸 수도 있었으니까."

"하지만 지금 교수님께서 암시하시는 내용이 진실일 리는 없겠죠. 아닌가요?"

월터스가 고개를 저었다. "진실이란 아름다움과 마찬가지로 지각에 달린 문제요. 한때 거짓이라고 알려졌던 것이 진실로 밝혀지지. 틀림없는 진실로 받아들여지던 것이 거짓이 되고. 새로운 정보가 나오고, 새 맥락이 생기고. 과거란 미지의 영토이고 우리의 지도는 완벽하지 않아요."

알레산드라가 의자에 등을 기대며 고개를 흔들었다. "그런 물건을 훔칠 이유는 뭘까요?" 강도 사건 이후 마음 한구석에서 곱씹어 왔던 질문이었다.

월터스는 잠시 침묵했다. "어떤 사람들은 그런 유물을 고대의 지식을 여는 열쇠로 간주하기도 해요." 월터스가 몸을 뒤로 젖히며 손깍지를 껴 가슴 위에 얹었다. "한때 특정 종파들은 미라를 일종의 통화로 썼고. 그들은 미라를 다양한 의식에 쓰거나… 먹었다오."

알레산드라가 눈을 깜빡였다. "먹어요?"

"그래요. 예를 들어 렝 고원의 시체를 먹는 사교[33]가 있지. 그들

---

33 렝은 H. P. 러브크래프트의 중편 소설 「미지의 카다스를 향한 몽환의 추적」에 등장하는 고원의 이름이며, 시체를 먹는 사교는 단편 소설 「사냥개」에서 언급된다.

은 영능력자와 현자들의 지혜를 흡수하기 위해 그들의 시체를 탐닉했다고 알려졌소. 보르네오의 다약족에도 비슷한 의식이 있고. 악명 높은 헬파이어 클럽은 크게 축하할 일이 있을 때 미라를 구매해 축연을 연다고들 하지. 벤저민 프랭클린이 그에 대한 글을 남겼다오. 자기 말로는 심지어 직접 참석도 했다지."

월터스가 웃으며 말을 이었다. "그리고 물론 세일럼과 프로비던스의 마녀 숭배 집단이 있고. 커웬[34]이라는 사람은 십여 년에 걸쳐 무려 백오십 구의 미라를 불법적으로 사들였는데 그중 하나도 되찾지 못했답디다."

알레산드라가 얼굴을 찌푸렸다. "그럼 그런 집단이 벌인 짓이라고 생각하세요?"

월터스의 미소가 걷혔다. "확실하게 말할 수는 없어요."

"아컴에도 그런 집단이 활동 중인가요?"

"그렇지 않아야겠지요."

알레산드라는 잠시 생각에 잠겼다. "은빛 황혼회는 어떤가요?"

"그들이 뭐요?"

"거기도 일종의 오컬트 집단 아닌가요?"

"난 아가씨가 오컬트에 관해서는 아무것도 모르는 줄 알았는데." 월터스가 말했다.

"그들이 강도의 배후일 수도 있을까요?"

"왜 그렇게 생각하시오?" 그가 조용히 물었다.

---

34 H. P. 러브크래프트의 장편 소설 『찰스 덱스터 워드의 사례』에 등장하는 마법사.

"프리본 교수는 자신과 애슐리가 미행당하고 있다고 믿어요. 태디우스 비서도 마찬가지고. 그리고 오늘 아침 저는 은빛 황혼회의 일원과 마주쳤어요. 천시 스완이라는 남자요."

월터스는 미간을 찌푸렸지만 아무 말도 하지 않았다. 알레산드라는 그 얼굴에서 무언가를 읽었다. "왜요?" 그녀가 물었다. "뭔가 아시나요?"

"아니오. 어쩌면." 월터스가 그녀를 보았다. "그들이 미행당한다고 믿었다고? 똑같은 사람들에게?"

알레산드라는 머뭇거렸다. "아마도요."

월터스가 근심어린 빛을 띠었다. "나중에 다시 와줄 수 있겠소? 오늘밤이라든가?"

"오늘밤은 안 돼요. 내일 오후는 어떠세요?"

"괜찮겠군." 월터스가 말했다. "그때쯤이면 아가씨에게 알려줄 게 있을지도 모르겠구려. 그때까지 몸조심하시오."

알레산드라는 이유 모를 불안을 느끼며 자리에서 일어났다.

"고맙습니다, 교수님. 조심할게요."

25장

제물

비서는 저녁 약속에 오지 않았다. 알레산드라는 걱정이 되기보다는 짜증이 났다. 혹시 예정보다 이른 기차를 타고 떠난 것으로 밝혀진다면 더욱 짜증을 낼 참이었다. 초조해하던 모습을 생각하면 그러고도 남기는 했다. 그럼 쪽지라도 남기면 좀 좋나. 그렇다고 저녁 식사를 즐기지 말아야 할 이유는 없었다. 단, 이번에는 닭 요리는 멀리했다.

알레산드라는 주문을 마치고 다른 테이블을 둘러보았다. 거의 비어 있었다. 전시회가 끝나자 초청객 상당수가 사방으로 흩어졌다. 아쿰은 관광지라고 할 만한 곳이 못 됐다. 적어도 페퍼 말로는 그랬다.

페퍼는 집에 가서 쉬라고 보냈다. 내일도 긴 하루가 될 듯했다. 다음으로 무엇을 해야 할지 아직 정하지도 못한 상태이기는 했지만. 맥타이어에게 연락이 오지 않는 한은 막다른 길에 처한 셈이

305

었다. 그 전에 먼저 애슐리의 행방을 알아낸다면 모를까. 하지만 그것도 점점 가능성이 희박해 보였다.

월터스가 무슨 얘기를 하려고 했을지 궁금했다. 연구실을 나설 때 그는 크게 동요한 눈치였다. 프리본만큼 심했다. 둘 다 입에 담을 수 없는 무언가를 알기라도 하는 것처럼. 그녀는 포크에 얹은 음식을 입으로 반쯤 가져가다 멈췄다. 머리 위의 조명들이 하나씩 차례로 깜빡이다가 희미해졌다. 그 광경을 보자 뱃속 깊은 곳에 차가운 기운이 들어앉았다.

다른 손님들은 아무도 눈치 채지 못한 기색이었다. 그녀는 포크를 내려놓고 일어서려 했다. 하지만 일어설 수 없었다. 사지가 납덩어리 같았다. 뱃속에 든 묵직한 것은 견디기 힘들 정도였다. 그것은 움직이고 굴러다녔다. 살아있는 존재처럼.

테이블들이 차오르는 물에 뜬 쓰레기처럼 쪼개지고 흩어지기 시작했다. 천장이 치솟아 무한을 향해 쏟아져 올랐다. 그녀는 의자에서 미끄러져 바닥에 떨어졌다. 순식간에 어느 미궁의 심장부에 갇힌 것만 같았다. 적어도 고통을 호소하는 감각들은 그렇게 생각했다. 부러진 나무와 뒤틀린 각도로 이루어진 구조물들이 돌이빨이 달린 하늘을 향해 뻗어갔다. 충만한 암흑이 모든 것을 자신을 향해 끌어당겼다. 이제 다른 손님들은 보이지 않았다.

아귀가 먹이를 유인하기 위해 내는 빛처럼 창백한 빛들이 불가능한 높이에서 춤추었다. 빛들을 보니 어쩐지 오싹한 기운이 등골을 타고 흘렀다. 전에도 그랬듯 이번에도 우레와 같은 북 소리, 포성, 무언가 거대한 심장박동 같은 것이 세계 아래의 어둠 속에서 쿵쿵거렸다. 어떻게 이곳에 왔는지 기억나지 않았다. 이곳이 어디인지도 알 수 없었다. 감각의 경계가 흐려져 간신히 존재만 했다.

창백한 빛들이 주위를 빙빙 돌며 모든 방향에서 그녀를 꿰뚫었다. 사방에서 어둠이 솟아올랐다. 그녀를 집어삼켰다. 그것이 그녀의 속을 텅 비워내고 빈껍데기를 채우는 것이 느껴졌다. 설상가상으로 그녀의 안에서 그것이 내는 소리까지 들렸다. 그것은 그녀에게 말을 걸고 있었다. 소리는 처음에는 속삭임으로 시작하더니 요란한 급류나 울부짖는 바람처럼 점점 커졌다. 전과 똑같은 말이었다.

차토구아 엔 이느 안 야 프타근 느카이

느카이.

느카이.

느카이.

느카이.

느카이!

"무슨 말인지 모르겠어." 알레산드라가 두 손으로 귀를 막으며 절규했다. "그게 무슨 말이지? 뭘 원하는 건데?"

느카이!

그 말이 망치처럼 그녀를 내리치자 그녀는 목이 졸리는 듯한 비명을 토하며 주저앉았다. 흐릿한 시야 속에서 알레산드라는 자신이 식당이 아니라 자기 방에 있음을 깨달았다. 누군가 문을 두드리고 있었다. 몸을 일으켜 가운을 걸치는 동안 뱃속이 조여들었다. 유리조각으로 입을 가신 것처럼 목구멍이 까끌까끌했다. 그녀는 문 앞에서 멈춰 섰다.

이번 꿈은 더 강력했다. 더 생생했다. 꿈이 무언가를 말하려는 것처럼. 그게 뭐든 간에 자꾸 이렇게 아리송한 상징에 의존하지 말고 그냥 와서 말해 버렸으면 좋겠다 싶었다.

다시 더 강하게 문 두드리는 소리가 들렸다. 그럼 마일로는 아니겠네. 알레산드라는 숨을 한 차례 들이쉰 다음 문을 열었다. 그녀의 눈이 가늘어졌다. "위틀록 씨. 이렇게 안 반가울 데가."

"옷이나 입어." 위틀록이 퉁명스럽게 말했다. 뒤로 제복 경관 둘이 서 있었다. "당장."

"왜죠?"

"태디우스 비서랑 아는 사이지?" 말하는 투를 보아하니 이미 답을 아는 모양이었다. 알레산드라가 대답하기도 전에 그가 말을 이었다. "그 친구 죽었어."

"죽어요?" 알레산드라는 잠시 얼어붙었다. 말은 들었지만 뜻을 받아들이지 못한 것처럼. 비서가? 죽어? 말이 안 됐다. 대화한지 얼마나 됐다고. 머릿속에 비서의 이미지가 떠올랐고, 그녀는 다시 그의 얼굴에 어린 표정을 보았다. 두 눈에 두려움이 서려 있었다. 그녀는 숨을 깊이 들이쉬었지만 얼굴에 감정을 드러내지 않으려 애썼다. 머리를 흔들었다. 입이 말랐다. "내가 잘못 들은 모양이군요." 그녀가 입을 열었다.

"제대로 들었어. 그 친구 여기서 묵었던 거 알지? 한 층 아래?"

"그래요."

"마지막으로 만난 게 언제지?"

알레산드라가 자세를 바로 했다. "이제 경찰이 되기라도 했나요, 위틀록 씨?"

"망할 질문에나 대답해."

"어젯밤 저녁을 함께하기로 약속했어요. 그 사람은 오늘 아침 아컴을 떠날 예정이었어요." 알레산드라가 다시 숨을 깊이 들이쉬었다. "떠나지 못했나 보군요."

"그래. 아무래도 기차는 놓치게 생겼는걸."

알레산드라가 위틀록을 노려보았다. "매정한 인간."

위틀록이 멈칫했다. "그럴지도. 하지만 당신은 말하는 것보다 더 많은 걸 알고 있겠지. 그리고 난 그걸 알아낼 거야. 당신에게 족쇄를 채워서라도."

"자꾸만 실행할 능력이 없는 협박을 하는군요." 알레산드라가 화를 억누르지 못한 목소리로 말했다. "결국에는 허풍이라는 게 드러날 텐데요. 그때가 되면 어디 계시려나?" 그녀는 그를 지긋이 노려보았다. "당신은 경찰이 아니에요. 그런데도 자꾸 날 감옥에 처넣겠다는 협박을 하는군요. 불쾌합니다."

"사과를 원하시나?"

"아뇨. 날 내버려뒀으면 좋겠군요."

"어림없어. 당신은 도둑이야. 난 도둑을 잡고." 위틀록이 잠시 말을 멈추었다. "비서만 죽은 게 아니야. 당신도 알고 있겠지?"

알레산드라는 대답하지 않았다. 위틀록은 거의 걱정하는 듯한 목소리였다. 그녀가 대답하지 않자 그가 말했다. "그래, 알고 있겠지. 그렇다고 당황하지는 않는군?"

"비서는 내 친구였어요." 알레산드라의 목소리가 갈라졌다.

위틀록은 잠시 대꾸하지 못했다. "미안." 그가 마침내 말했다. "멀둔이 아래층으로 내려와 달라는군. 비서를… 확인해 줄 사람이 필요해서."

알레산드라는 고개를 끄덕이고 문을 닫았다. 재빨리 일할 때 입는 옷으로 갈아입고 복도로 나갔다. 위틀록은 작업복을 알아보았는지는 몰라도 아무 말도 하지 않았다. "누가 발견했죠?" 함께 엘리베이터에 올라탄 뒤 그녀가 물었다.

"사환이. 불쌍한 꼬마 녀석이 택시가 도착했다고 알려 주려고 갔지. 문이 열려 있어서 방으로 들어갔다가…" 위틀록이 말꼬리를 흐렸다. "거의 실신할 뻔했지. 지금은 의사가 돌봐 주고 있어." 그가 알레산드라에게 흘끗 눈길을 던졌다. "보기 좋은 광경은 아니야."

"내 경험상 죽음이 보기 좋은 적은 없더군요." 클랜시가 엘리베이터를 운전하고 있었지만 어떤 일화도 늘어놓으려 하지 않았다. 그는 침울해 보였다. 겁먹은 듯했다. 엘리베이터가 덜컹이며 아래로 움직이자 알레산드라는 뱃속이 얼음물로 가득 찬 기분을 느꼈다. 엘리베이터 소리가 어쩐지 그녀가 떠올리고 싶지 않은 것을 떠올리게 했다.

"파일을 보니 전쟁 때 구급차 운전병이었다던데."

"그래요. 당신은?"

"유럽에서 총 맞으며 휴가 중이었지."

"나도 마찬가지예요. 아니면 구급차 운전병은 총질에 면역인
줄 알았나요?"

위틀록이 콧방귀를 뀌었다. "당신 꽤 괜찮은 여자야. 타락해서
안타까울 따름이지."

"난 내가 유연하다고 생각하는 편이죠." 엘리베이터가 덜덜거
리며 멈추자 위틀록이 문을 잡아당겨 열었다. 마일로가 맞은편
벤치에 앉아 구겨진 옷을 입고 누르스름한 얼굴을 한 남자에게
검사 받는 모습이 가장 먼저 눈에 들어왔다. 의사려니 싶었다.

"마일로." 알레산드라가 황급히 다가가며 말했다. 위틀록은 놀
랍게도 그녀를 만류하지 않았다. "마일로, 괜찮은가요?" 바보 같
은 질문. 당연히 안 괜찮지. 하지만 달리 할 말이 떠오르지 않았
다. 소년의 시선이 텅 비어 있었다. "좀 어떤가요?" 그녀가 의사에
게 나직이 물었다.

"몸은 괜찮습니다." 의사가 가방을 찰칵 닫았다. "복도 끝 방에
있는 친구는 사정이 다르지만." 그가 위틀록을 보았다. "멀둔 경
관에게 오늘 오후에 보고서를 보내겠다고 전해줘요. 두 버전 다."

"고맙습니다, 모티모어 박사님. 그 얘기를 들으면 경관이 기뻐
할 겁니다." 위틀록이 중얼거리는 사이 의사는 성큼성큼 가 버렸
다.

"두 버전?" 알레산드라가 말했다.

"의사 선생이 그간 운이 나빴던 모양이야. 온갖 괴상한 사례를
맡는다는군. 보고서를 두 종류로 쓰는 습관이 생겼대. 하나는 공
식용이고, 다른 하나는 더… 추측이 많달까." 위틀록이 유쾌하게

웃었다. "정말이지… 이 놈의 도시는. 하루 빨리 뜨고 싶다니까."

"그 점에서는 통하는 게 있네요." 알레산드라가 마일로를 내려다보고 얼굴에 붙은 머리카락을 쓸어 떼어주었다. 그는 움찔했지만 그녀가 보지 못하는 무언가에 눈길을 고정한 채였다.

"가자고." 위틀록이 말했다. "멀둔이 기다리고 있어."

"오래도 걸리셨네요." 멀둔이 말했다. 복도 양쪽 끝에 한 명씩, 제복 경관이 둘 더 있었다. 둘 다 얼굴이 창백하고 동요한 기색이었다. 둘 다 다른 곳에 있었으면 하는 눈치였다.

"이 여자가 잡담한다고 뜸을 들여서." 위틀록이 말했다.

알레산드라가 그를 노려보았다. "마일로를 살펴본 거예요. 사환요."

멀둔이 살짝 표정을 풀며 고개를 끄덕였다. "태디우스 비서와는 아는 사이였지요? 아니라면 시신을 확인할 다른 사람을 찾아야 해서요."

"그와는… 아는 사이였어요. 그래요." 알레산드라가 머뭇거렸다. "가족이 있다는 이야기는 듣지 못했어요."

멀둔이 비서의 방으로 통하는 문 앞에서 멈춰 서서 그녀를 보았다. "얼마나 가까웠습니까?"

"우리는… 친구였어요."

멀둔이 얼굴을 찌푸렸다. "그럼 어쩌면…" 그가 말끝을 흐리며 문을 열었다. 안으로 들어서자 냄새가 훅 끼쳤다. 톡 쏘는, 고약한 냄새, 지나치게 익숙한 냄새였다.

피.

방은 어두웠다. 커튼이 쳐져 있었다. 방에 딸린 욕실에서 물 떨어지는 소리가 들렸다. "어디에…" 입을 연 알레산드라의 목소리가 쉬어 있었다. "그는 어디에 있지요?"

"욕실입니다." 멀둔이 나직이 말했다. 그는 알레산드라가 들어갈 수 있도록 옆으로 비켜섰다. 그녀는 잠시 주저하다가 안으로 들어갔다. 침대는 누군가가 갑자기 잠에서 깬 것처럼 헝클어진 채였다. 풀지 않은 짐이 방 곳곳에 흩어져 있었다. 비서에게는 짐을 풀 시간이 없었다.

알레산드라는 침실에 딸린 욕실로 시선을 던졌다. 냄새가 더 강해졌다. 물 떨어지는 소리가 계속됐다. 그녀는 거의 마지못한 태도로 욕실로 다가가 발로 문을 열었다. 전등 켜는 줄로 손을 가져갔다.

창백한 빛이 빨간 것이 묻은 타일 위로 퍼지며 모든 것을 드러냈다. 물 떨어지는 소리는 수도꼭지가 아니라 욕조에서 들렸다. 더 정확히는 욕조 안에 있는 것에서. 목욕하던 중에 일이 터졌구나, 그녀는 생각했다.

비서의 찢어진 몸통은 뒤집힌 입처럼 바깥쪽으로 활짝 열려 빨간 속살을 드러낸 채 너덜거렸다. 무언가가 그를 흉골부터 사타구니까지 갈라 찢어 열고 속에 든 것들을 빼냈다. 분홍색에 축축하고 물이 뚝뚝 떨어지는 그것들은 욕조 가장자리에 전시품처럼 놓여 있었다. 양팔과 목과 가슴에는 무언가로 표식을 새겨 놓았다. 어쩌면 손가락으로.

비서는 눈을 뜨고 있었다. 입은 벌어져도 너무 크게 벌어진 것이 몸을 갈라 속을 파내는 동안 비명을 지르고 있었던 것만 같았다.

알레산드라는 속이 뒤집히는 기분으로 물러나 돌아섰다. 방금 본 광경을 잊으려 애쓰면서. "오 태드, 미안해요." 그녀는 헐떡이며 비틀비틀 문으로 향했다. 멀둔의 얼굴이 새하얬다.

"그 사람입니까?"

"그래요." 알레산드라는 손수건을 꺼내 입과 코를 막았다. 토하고 싶었지만 뭐가 나올지 몰라 두려웠다. "놈들이… 얼굴은 건드리지 않았군요."

"신원이 알려지기를 바란 거죠." 멀둔이 말했다.

"그걸 어떻게 알죠?"

"제의 살인을 처음 본 게 아니니까요." 멀둔이 방문을 닫아 다시 현장을 보존했다. "이 일에 관해 아는 게 뭡니까?"

"형사랑 얘기해야 하는 거 아닌가요?"

"아뇨. 서장님이 덮고 싶어 하세요. 오른 씨가 덮고 싶어 하니까요. 시장님과 다른 사람들도 다 그렇고. 그래서 모티모어 박사님은 공식적으로는 자살이라는 결론을 내릴 겁니다."

위틀록이 욕설로 들릴 법한 소리를 냈다. 위틀록도 멀둔도 공식적인 설명에 만족하는 것 같지 않았다. "하지만 비공식적으로는 두 분 모두 계속 수사를 하실 거고요." 알레산드라가 말했다.

"공식적으로는 저는 아직도 미라를 찾는 중입니다." 멀둔이 말했다. "하지만 전 이 일이 미라와 관련이 있다고 생각하죠. 그러니 맞습니다."

알레산드라는 주저하면서 앞으로 할 말을 신중히 골랐다. 비서의 방문을 바라보았다. 잠시 눈을 감고 그 광경을 지우려 해 보았다. 속에서 올라오려는 것을 삼켰다. 뱃속이 잠시 꿈틀거리다 가라앉았다. "어제 아침에 태드와 대화를 나누었어요. 다른 투자자 중 한 사람이 살해당했다고 하더군요."

"한 명이 아닙니다." 멀둔이 몸을 기울이고 목소리를 낮추어 말했다. "다른 멋쟁이들 둘 다 지워졌죠. 하나는 며칠 전 킹스포트에서, 다른 하나는 어제 프로비던스에서. 둘 다 탐사 자금을 댔습니다." 그가 잠시 말을 멈추었다. "비서와 마찬가지로⋯ 목구멍이 열리고 피가 쏟아졌죠. 제의 살인입니다."

"확실한가요?"

"제가 직접 시신을 보지 않기는 했지만요. 오른에게 사람을 둘 붙이자고 위에 건의했습니다. 혹시 모르니까요."

"그게 현명하겠네요." 알레산드라가 말을 멈추었다. 슬픔이 굳어져 분노로 변해갔다. "모쪼록 이런 짓을 한 자들을 찾아내시기를 기원할게요, 멀둔 경관님. 그리고 놈들은 저보다 경관님이 먼저 찾으시길 빌어야 할 테고요."

26장

오른

 페퍼는 독립 호텔 로비에 앉아 모자를 눈 밑까지 눌러쓰고 경찰들이 시신을 실은 들것과 함께 로비를 통과하는 모습을 지켜보았다. 지배인이 주변을 맴돌며 손을 휘저으면서 항의했다. 하지만 아무도 그에게 신경 쓰지 않았다.

 로비에는 페퍼 혼자가 아니었다. 투숙객들은 멀찍이 서서 귓엣말을 주고받으며 시신을 덮은 피 묻은 시트에 눈길을 고정했다. 시신이 지나가자 페퍼가 모자를 벗었다. 어떤 불쌍한 인간일까 궁금했다.

 "일이 험악해지는군그래?" 뒤에서 누군가가 말했다. 페퍼가 올려다보니 맥타이어의 부하 지미가 의자 뒤 장식 기둥에 기대어 서 있었다. 그가 미소를 지어 보였다. "네가 그 택시몰이지? 드 팔마네 기사? 솔트였던가?"

 "페퍼야."

"조미료라는 건 알았는데." 지미가 시신을 보며 말했다. "백작 나리는 어디 계시려나? 왜, 네가 회사 모르게 모시고 다니는 아가씨 말이야."

"위층에." 페퍼가 목소리를 깔며 말했다. 모자도 다시 썼다. "왜? 내가 전할 말이라도?"

지미가 가만히 페퍼를 바라보았다. "깡도 좋군. 언제 한 번 내 총에 맞아 봐야 어른을 존경하는 법을 배우려나."

"고관절 안 나가게 조심하시죠, 할아버지." 페퍼가 있는 힘껏 허세를 부렸다. 지미는 보기에도 깡패처럼 보였고, 그건 절대 좋은 일이 아니었다. 조금 과시하고 다니더라도 문제가 되지 않을 정도로 실력이 좋거나, 아니면 누가 자신을 깡패라고 불러도 신경 쓰지 않는다는 뜻이니까. 어느 쪽이든 시비 붙어서 좋을 상대는 아니었다.

지미가 미소 지었다. "깡이 좋아." 그가 되풀이했다. 그가 담배에 불을 붙여 한 모금 빨았다. "남부 성당. 오늘밤. 우리가 보잔다고 해. 넌 아니고."

"전할게. 시간은?"

"일곱 시쯤이면 좋겠군. 내가 데이트가 있어서." 지미의 미소가 커졌다. "고메스가 사라졌으니 애인이 홀몸이지. 내가 데리고 나가서 즐거운 시간을 보내게 해 줄까 하고."

"좋으시겠네." 페퍼가 그렇게 말하며 눈길을 돌렸다. "백작에게 전할게."

"고맙군, 그래." 지미가 손을 뻗어 페퍼의 머리를 두드렸다. "또 보자, 꼬마야." 지미는 휘파람을 불며 성큼성큼 문으로 걸어갔다. 페퍼가 그 모습을 지켜보다 얼굴을 찌푸렸다. 마음에 들지 않았다. 그녀는 맥타이어를 신뢰하지 않았지만, 백작은 양자가 같은 목표를 노린다고 생각하는 모양이었다. 그렇다고 페퍼가 그런 상황을 좋아해야 할 이유는 없었다.

솔직히 말해 페퍼는 지난 며칠 간 자신이 겪은 일이 그다지 마음에 들지 않았다. 물론 처음에는 신이 났지만, 차로 그 남자를 친 다음부터는 어쩌면 감당할 수 없는 일에 휘말렸는지도 모르겠다는 생각이 들기 시작했다.

게다가 누군가가 그녀를 미행하고 있었다. 키가 작고 검은 옷을 입은 남자였다. 그날 밤 부두에서 보았던 무리처럼. 알레산드라에게 말할까도 생각해 봤지만 아직 말하지 못했다. 어쩌면 놈들은 그저 페퍼를 감시하고 있을 뿐인지도 몰랐다. 하지만 어쩐지 곤경에 처했다는 직감이 들었다. 평범한 사람은 택시에 깔린 뒤 그냥 일어나서 사라져버리지 않는다. 하지만 페퍼가 본 바에 따르면 사마코나는 평범하지 않았다.

알레산드라처럼 총이 있으면 좋겠다는 생각이 들었다. 이기가 구해 줄 수는 있지만 부탁하고 싶지 않았다. 그런 부탁은 눈에 띄었다. 남들에게 추궁당하기도 쉬웠고. 그것만은 사양이었다. 페퍼가 무슨 짓을 꾸미는지 궁금해진 드 팔마가 이미 냄새를 맡고 다니는 중이었다. 지난 며칠 동안 수건을 던져야겠다는 생각을 한두 번 한 게 아니었다. 알레산드라에게 돈도 이미 많이 받았으니만큼.

돈과 택시를 챙겨 떠날 수도 있었다. 문제는 갈 곳이 없다는 거였다. 페퍼는 자신이 정말로 무엇을 하고 싶은지 알지 못했다. 아컴을 떠나는 것 말고는. 알레산드라가 제자를 받아 주려나 생각하니 슬며시 미소가 나왔다. 자신과 맞는 삶이긴 했다. 흥분, 낯선 장소들…

"픽이나." 페퍼가 중얼거렸다. "그 사람에게 택시기사가 무슨 필요겠어?" 고개를 들어 보니 엘리베이터 문이 열리고 알레산드라가 밖으로 나왔다. 페퍼가 자리에서 일어났다. "잠 잘 못 잤어?"

"비서가 죽었어."

페퍼의 눈이 휘둥그레졌다. "그게 비서였어?"

"비서만이 아니야." 알레산드라가 잠시 생각에 잠겼다. "이번 일은… 내가 예상했던 것보다 더 위험해졌어. 어쩌면 여기서 우린 그만…"

"됐거든." 페퍼가 알레산드라의 말을 잘랐다.

"끝까지 듣지도 않았잖아."

"무슨 말 할지 알아. 나더러 꺼지라는 거겠지. 어림없네요, 아가씨." 페퍼는 팔짱을 끼고 마주 선 여자를 노려보며 고집을 부렸다. "이 일에서 우린 한 몸이야."

알레산드라는 잠시 페퍼를 바라보다가 느리고 슬프게 미소 지었다. "잘 알았어. 오늘 아침에는 프랑스 언덕으로 데려다 줘."

"거긴 뭐가 있는데?"

"매튜 오른. 이야기를 나눠 봐야겠어."

"오른은 당신을 만나지 않겠다고 한 줄 알았는데."

알레산드라의 미소가 냉혹하고 단단하게 변했다. "선택의 여지를 주지 않으려고."

"정말 여기 맞아?" 얼마 후, 페퍼가 물었다. 두 사람은 오른의 거주지에서 길을 따라 위쪽에 세워 둔 택시에 앉아 있었다. 알레산드라가 동네를 관찰하며 고개를 끄덕였다. 프랑스 언덕은 일종의 고상한 쇠퇴기에 접어든 동네였다. 집들은 컸지만 색이 바랬고 잔디가 웃자라 있었다.

"집밖에 경찰차들이 있는 걸 보면 알 수 있지."

"말이 나와서 말인데, 저 사이를 어떻게 지나가려고?"

알레산드라는 부지 가장자리에 잔디가 울타리를 대신하는 지점을 가리켰다. 멋을 부려 방치해 둔 곳으로, 풀이 웃자라긴 했어도 밀림이라고 할 정도는 아니었다. 나무도 여러 그루 있었는데, 전부 길 건너편에 차를 세운 경찰관들의 시선을 가려주었다.

"이쯤이야 애들 장난이지." 알레산드라가 말했다. 그녀는 좌석에 몸을 묻고 자신을 집어삼키려드는 화를 억누르려 애썼다. 생각하면 생각할수록 비서의 죽음이 자신의 책임인 것 같았다. 떠나고만 싶어 했던 비서를 자신이 끌어들이지 않았던가. 비서는 우정을 위해 알레산드라를 도우려 했다. 그리고 이제는 죽었다. 비서와 대단한 친구라고 할 정도는 아니었지만, 알레산드라는 잃어도 될 만큼 친구가 많지 않았다. 화가 활활 뜨겁게 타올랐다. 이 일에 대해서는 화를 내고 싶었다.

알레산드라는 페퍼를 보고 문득 불안감을 느꼈다. "넌 집에 가는 게 좋겠어. 여기는 내게 맡기고."

"농담해? 잽싸게 튀어야 할지도 모르잖아!" 페퍼가 앉은 채로 돌아보았다. "게다가 저기까지 어떻게 가려는 건지 보고 싶기도 하고."

알레산드라는 더 반론을 펼까 하다가 무의미하다는 결론을 내렸다. "그럼 오늘밤에는…" 알레산드라가 입을 열었다. 맥타이어의 전갈은 예기치 못한 희소식이었다. 솔직히 그쪽에서 뭔가 나오리라고는 기대하지 않았다. 비서에게 도움이 될 만큼 빨리 연락이 오지 않은 것은 안타까웠지만.

"어림없어. 그때도 같이 갈 거야."

"좋아. 하지만 내 말대로 해야 해. 알았지?" 페퍼가 고개를 끄덕이자 알레산드라가 한숨을 쉬었다. "좋아. 여기 있어. 만일의 사태가 생기거든…"

페퍼가 경례해 보였다. "잽싸게 튈 테니 걱정 마시죠."

알레산드라는 택시에서 내려 태평한 걸음으로 느긋하게 길을 따라 내려갔다. 항상 경찰과 자신 사이에 나무가 오도록 주의를 기울였다. 타이밍이 맞는다는 판단이 서자마자 그녀는 연철 울타리를 뛰어넘어 반대편에 웅크려 착지했다. 잠시 그녀의 위치를 폭로하는 외침이나 개가 경고하며 짖는 소리를 기다려 보았다. 아무 소리도 들리지 않자 그녀는 바닥을 기어 나무 사이를 통과해서 집 뒤편으로 나아갔다.

이 거리에 있는 집들은 대체로 뒤쪽에 커다란 정원이 딸려 있었다. 오른의 집도 다르지 않았다. 장식용 생울타리 사이를 통과하자 조경 잡지에 나올 법한 광경이 펼쳐졌다. 대리석 조각상들이 깔끔하게 관리된 화단을 굽어보았고, 가지를 널찍이 뻗은 나무 여러 그루가 그 위로 그늘을 드리웠다.

알레산드라의 왼쪽으로 건물 뒷면이 보였다. 유리 아트리움이 정원을 향해 돌출된 구조였다. 안쪽에 움직임이 있었다. 누군가가 밖으로 나왔다. 알레산드라가 모르는 건장한 남자였다. 남자가 담뱃불을 붙이기 위해 아침 산들바람을 등지고 몸을 웅크리며 돌아섰다. 그녀는 주머니에서 곤봉을 꺼내 조용히 다가갔다.

남자를 덮치려던 순간, 정원으로 나온 오른이 알레산드라를 발견했다. "백작?" 그는 놀란 기색을 감추지 못하며 말꼬리를 올렸다. 건장한 남자가 홱 돌아서면서 무기로 짐작되는 것을 향해 손을 뻗었다. 그녀는 웨블리에 손을 가져갔다. "리온, 멈춰." 오른이 짧게 말했다. 알레산드라와 덩치 큰 남자 모두 얼어붙었다. "집으로 들어가게." 오른이 알레산드라에게서 눈을 떼지 않으며 말을 이었다. "맥스웰에게 커피 한 잔 더 내오라고 하고. 손님이 오셨군."

알레산드라가 곤봉을 주머니에 도로 넣고 미소 지었다. "안녕하세요, 매튜."

"백작. 이렇게 만나다니 놀랍군요. 태드에게 분명히…"

"태드는 죽었어요." 알레산드라가 잘라 말했다.

오른은 망설였다. 순간 머리를 굴리는 것이 얼굴에 나타났다. "언제 말입니까?"

"어젯밤요." 알레산드라가 덧붙였다. "빙어 탐사대에 투자한 네 사람 중에서 남은 건 당신뿐이에요."

"그럼 내가 용의자다?" 오른이 미소를 지으려다 말았다. "하지만 당신은 경찰이 아니잖습니까, 백작. 여기는 어쩐 일로 오셨는지?"

"당신을 만나려고요. 당신이 애슐리 교수의 행방을 아는지 확인하려고요."

"그걸 내가 알 이유라도?" 오른은 알레산드라가 대답하기도 전에 돌아섰다. "안으로 들어갈까요? 아침을 준비하라고 일렀습니다." 그가 아트리움으로 들어갔다. 잠시 후, 그녀도 뒤를 따랐다.

오른이 둥근 파티오 테이블을 향해 손짓했다. "앉으시지요." 테이블 위에는 주스를 담은 주전자, 커피를 담은 유리병, 그리고 잔두 개가 놓여 있었다. 알레산드라가 자리에 앉자 오른이 커피 한잔을 따라주었다.

알레산드라는 주위를 둘러보았다. 아트리움은 생동감 넘치는 빛깔과 친근한 냄새로 넘쳐났다. 오른은 난초 애호가였다. 돈이 많다는 증거였다. 또한 인내심의 증거이기도 했다. 어쩌면 집착이라고 할 수 있을지도. 알레산드라는 언젠가 뉴욕에 사는 어느 뚱뚱한 남자에게 시계학에 관한 책을 구해 준 적이 있었다. 그 남자도 난초 애호가였다. "태드가 죽었다는 소식에 놀란 것처럼 보이지 않는군요."

"마지막으로 듣기로는 경찰이 태드를 만나볼 작정이라고 했지요. 제때에 만나지 못했나 봅니다." 오른이 자기 접시에 놓인 크루아상을 결을 따라 섬세하게 풀기 시작했다. 그가 알레산드라의 눈길을 눈치 챘다. "언덕 바로 아래에 빵집이 있습니다. 아컴에서 가장 오래된 빵집이지요. 상시 주문을 해 두었습니다. 일주일에 두 번 갓 구운 빵을 가져오지요."

오른이 페이스트리 한 조각을 입에 집어넣고 씹으며 음미했다. "아마 파리에서 만드는 빵만은 못하겠지만 매사추세츠에서는 이 정도면 훌륭합니다." 그가 손가락을 냅킨에 닦고 알레산드라를 보았다. "위틀록 씨는 나더러 당신을 믿으면 안 된다더군요. 이유가 뭐일 것 같습니까?"

"도무지 모르겠군요."

"위틀록 씨는 내가 당신과 이야기하는 걸 좋아하지 않을 겁니다."

"위틀록 씨는 여기 없잖아요."

오른이 고개를 끄덕였다. "그렇기는 하지요." 그가 잠시 생각했다. "애슐리가 어디 있는지는 모릅니다. 누가 태드를 죽였는지도 모르고. 내 손으로 범인들을 잡고는 싶습니다만." 그가 그녀 쪽으로 몸을 기울였다. "당신도 마찬가지겠지요."

"누군가 탐사를 훼방 놓고 싶어 할 이유가 뭘까요?"

오른이 얼굴을 찌푸렸다. "뭐요?"

"프리본 교수와 이야기했어요. 여러 사건이 있었다던데."

오른은 잠시 침묵했다. 그러더니 미소를 지었다. "당신 정말 대단한 여자군요, 백작." 그가 의자에 몸을 기대며 손에 묻은 설탕 부스러기를 털었다. "그래요, 문제가 좀 있었던 건 사실입니다. 특이하다고 할 만한 일은 없었습니다만. 적어도 그들은 그렇게

장담하더군요." 그가 그녀를 찬찬히 살폈다. "그나저나 젊은 태드
에게 당신에 관해 물어봤습니다."

"그랬더니 뭐라던가요?"

"독보적인 능력과 지략을 갖춘 여자라고." 오른이 알레산드라
를 위아래로 훑었다. "태드가 과장한 겁니까?"

"심하게는 아니고요."

"나중에 당신에게 연락할 생각이었습니다. 하지만 이렇게 당신
이 왔군요."

"왜 연락하려고 했죠?" 알레산드라는 이미 답을 알면서도 물었
다. "낭만적인 저녁을 함께하자고 하려는 건 아닐 테고."

"아닙니다. 태드는 당신이 특정한 내력을 지닌 물건들을 확보
하는 일을 전문으로 한다더군요." 오른이 두 사람의 잔을 다시 채
웠다. "만약 그게 사실이라면 맡길 만한 일이 있을지도 모르겠군
요. 관심이 있다면 말입니다만."

"관심은 늘 있죠." 알레산드라는 아트리움의 유리창을 통과해
여러 줄로 반짝이며 갈라지는 아침 햇살을 바라보았다. "하지만
지금은 이미 맡은 일이 있어서."

"오? 의뢰자가 누구인지 물어도 되겠습니까?"

"아뇨. 애슐리 교수가 은빛 황혼회 회원이라는 사실을 알고 있
었나요?" 알레산드라가 대놓고 물었다. 오른은 지나치게 여유만
만 했다. 지나치게 자신감이 넘쳤다.

"옛 회원입니다."

"확실한가요?"

오른이 망설였다. "왜요?"

"칼 샌포드가 당신에게 원한이 있다는 얘기를 들었어요."

오른이 얼굴을 찌푸리며 손가락으로 테이블을 두드렸다. "이번 일은 물속에 퍼진 피와 같습니다. 상어들이 배회하는 게 느껴지는군요."

"그럼 이 자리를 구명 뗏목이라고 생각해요. 왜 샌포드가 당신을 미워하죠?"

"비슷한 관심사가 늘 빠른 친교로 이어지는 건 아닙니다." 오른이 몸을 젖히며 정문 너머 언덕 아래를 내려다보았다. "프랑스 언덕은 한때 아컴의 고동치는 심장이었습니다. 바퀴의 바퀴살이었고." 그가 알레산드라를 보았다. "나는 아컴이 자라도록 돕고 싶습니다. 샌포드 같은 자들은 아컴이 작게 남아 있기를 원하지요."

"존경스러운 목표네요."

"한번은 샌포드가 내게 자신의 작은 클럽에 가입하라고 권유했습니다. 아컴에서 이름 있는 사람은 다들 회원입니다. 시장까지요. 그뿐만이 아닙니다… 하원 의원, 상원 의원, 심지어 외국인도 몇 있습니다. 은빛 황혼회는 시작은 소도시의 클럽에 불과했을지 몰라도 설립 이래 완전히 다른 무언가로 변해 갔지요." 오른이 잠시 말을 멈추었다. "나는 권유를 거부했습니다."

"왜죠?"

오른이 머뭇거렸다. "샌포드에게는 뭔가… 옳지 않은 구석이 있습니다." 그가 알레산드라를 찬찬히 보았다. "그 일의 배후에, 태드의 죽음의 배후에 샌포드가 있다고 생각합니까?"

"모르겠어요. 그걸 당신에게 물어보려고 온 거기도 해요." 알레산드라가 정원을 내다보았다. 아침 햇살 속에서, 조각상들은 춤을 추는 것처럼 보였다. 그 광경이 어딘가 그녀를 불안하게 만들었다. 오른이 끙 하는 소리를 냈다. 얼굴에는 뭔가를 헤아리는 듯한 표정이 떠올라 있었다.

"샌포드는 내 사업이 망하게 하려고 애써 왔습니다. 내가 권유를 거부한 뒤로 쭉. 그러면 이런 일을 벌일 법도 하지요."

"살인까지도?"

오른의 주름이 깊어졌다. "들은 이야기들은 있습니다. 샌포드에 비하면 지역 밀주업자들은 성가대원에 불과해요." 두 사람 뒤에서 누군가가 헛기침했다. 알레산드라가 돌아보자 하인 하나가 전화기가 든 유리 단지를 들고 본채로 통하는 문간에 서 있었다. "전화 왔습니다. 손님들 중 한 분입니다."

알레산드라가 오른을 보았다. "손님들?"

"우리가 처음 만났을 때 내가 사적인 파티에 초대했던 거 기억합니까?" 오른이 미소를 띠며 말했다. "그나저나 초대는 아직도 유효합니다."

알레산드라가 일어섰다. "고맙지만 사양하죠." 그녀는 왔던 길로 돌아 나가려 했다. 오른이 제지했다.

"그가 관계된 것으로 밝혀지면 어떻게 할 겁니까? 샌포드 말입니다."

알레산드라는 대답 없이 자리를 떴다. 오른은 그녀를 다시 부르지 않았다.

택시로 돌아와 보니 페퍼는 잡지를 읽으며 경찰차를 지켜보고 있었다. 알레산드라가 뒷좌석으로 들어가자 페퍼가 살짝 소스라 쳤다. "어떻게 됐어?" 페퍼가 물었다.

"뭔가를 숨기고 있어."

"그래서?"

"그래서 또 와야 할지도 모르겠네. 하지만 그건 나중에. 일단 가자."

"특별한 목적지라도?"

알레산드라가 권총을 꺼냈다. 총을 꺾어 약실을 확인했다. 그 런 다음 찰칵 닫았다.

"은빛 황혼회."

27장
은빛 황혼회

은빛 황혼회라는 이름이 붙은 집은 프랑스 언덕 높은 곳, 아컴을 굽어보는 자리에 위치했다. 길에서 보면 빅토리아풍 저택으로 보였다. 아니면 장례식장이나.

집은 오른의 집처럼 크지도, 잘 관리된 상태도 아니었다. 잔디는 웃자랐고 바스락거리는 잡초로 가득했다. 철 울타리에는 자유분방하게 녹이 슬었고 우뚝 선 보초처럼 울타리를 둘러싼 나무들은 죽었거나 죽은 흉내를 기가 막히게 냈다.

알레산드라가 페퍼의 택시 뒷좌석에서 집을 살펴보았다. "손님을 환영하지 않는 유형의 집이네."

"그렇게 너그러운 평가를." 페퍼가 말했다. "귀신들린 집 같은걸." 그녀는 잠시 생각했다. "하긴, 이 근방 집은 거의 다 그러니까. 난 이 동네가 싫어." 페퍼가 앉은 채로 돌아보았다. "정말 저기 들어가고 싶어?"

"아니. 하지만 들어가야만 할 것 같네." 그냥 밤이 되기를 기다렸다가 몰래 들어갈까도 생각해 보았지만 어쩐지 이 집은 만만한 상대가 아니리라는 예감이 들었다. 치명적일 수도 있었다. 이런 결사 집회소들은 침입자에게 편집증적으로 예민했다. 알레산드라 같은 부류의 침입자에게는 특히. 그러니 천천히 차츰차츰 접근하여 안전하게 상대할 작정이었다. 이미 생각해둔 구실이 있었다. 그거라면 적어도 집회소에 들어갈 수는 있을 터였다. 샌포드를 만날 수 있다면 더 좋았다.

그런 다음 무슨 일이 일어날지는 아무도 모르는 일이고.

"정말?" 페퍼가 집회소를 향해 손짓했다. "저 안에 있는 녀석들은 삼류 깡패들이 아냐. 진짜로 힘 있는 작자들이라고. 정부 관계자까지 있어. 게다가 당신은 경찰도 아니잖아. 뭘 어쩌려고 그래?"

알레산드라가 어깨를 으쓱했다. "아무것도. 이건 그냥… 정찰이야. 난 정보를 모으고 있어. 오른은 대놓고 그렇다고 말은 안 해도 강도의 배후가 샌포드라고 생각해. 천시 스완이 애슐리의 연구실 주변을 기웃거리고 있었던 것도 우연일 리 없고."

"그래서?"

"그래서 빨리 갔다 오겠다고." 알레산드라가 택시에서 내렸다.

"그래, 많은 사람들이 전에도 했을 법한 소리네." 페퍼가 열린 창문 사이로 외쳤다. "그중에 돌아온 사람은 아무도 없을걸!"

알레산드라는 페퍼의 말을 무시했다. 비관주의가 쓸모 있을 때도 있었지만 지금 여기서는 아니었다. 도둑질에 임하는 사람에게는 일종의 낙관주의가 필요했다. 알레산드라가 야바위 선생이었던 누스 선생에게서 받은 여러 가르침 중 하나였다.

누스는 작고 여윈 사내로, 알레산드라와 만났을 때는 이미 늙은 뒤였지만 영리했다. 정말로 영리했다. 그리고 자기 직업에 능했다. 지금의 알레산드라보다 더 나았다. 알레산드라는 아직 배우는 중이기는 했지만. 배움 없는 하루는 낭비한 하루다. 그 또한 누스 선생의 가르침이었다.

이번 일에 집착하는 알레산드라의 태도를 누스 선생이 칭찬할 성싶지는 않았다. 누스 선생은 언제나 지나치다 싶을 정도로 조심했고, 알레산드라에게도 그렇게 하기를 종용했다. 도둑은 신중하고 세심해야만 살아남는 법이었다. 그래, 누스 선생이라면 일이 잘못되어 간다는 낌새를 느끼자마자 떠났을 것이다. 잡히거나 더 험한 꼴을 당하느니 실패하는 게 나았다.

하지만 알레산드라는 떠날 수 없었다. 이제는 아니었다. 태드가 그렇게 된 뒤로는.

알레산드라가 재빨리 길을 건넜다. 차가 다니지는 않았지만 도로를 따라 주차된 차는 많았다. 모임이 진행 중인지도 몰랐다. 철대문으로 다가가자 심장박동이 빨라졌다. 문 너머로 뻗은 보도는 잡초와 웃자란 풀을 제거한 상태였다. 하얀 돌들이 메마른 잔디 사이로 난 통로를 따라 구불구불 놓여 있었다. 그 광경이 어쩐지 마음을 불편하게 했다. 마치 동물의 식도처럼 보였다.

알레산드라가 대문에 손을 뻗었다. 무언가가 으르렁거렸다. 그녀는 동작을 멈추었다. 풀이 흔들렸다. 또 다른 으르렁거림이 이번에는 왼쪽에서 들려왔다. 그녀는 지갑을 열고 권총을 더듬었다.

"나라면 안 그러겠어요." 웬 여자가 외쳤다. 알레산드라가 고개를 들었다. 키가 큰 빨강머리 여자가 현관에 서서 그녀를 응시하고 있었다. 여자가 입은 회색 드레스는 고급이었지만 디자인은 약간 구식이었다.

알레산드라가 미소를 지으며 지갑을 닫았다. "안녕하세요. 들어가도 될까요?" 으르렁거림이 계속되었다. 마스티프 두 마리가 알레산드라에게서 눈을 떼지 않은 채로 수풀에서 나와 길 위에 함께 섰다. 대문으로 들어가려고 했더라면 무슨 일이 생겼으려나 싶었다.

여자가 길을 따라 내려왔다. 냉담하고 차분한 얼굴이었다. 여자는 손길 한 번으로 개들을 진정시켰다. 옥 조각 같은 두 눈이 알레산드라를 살폈다. 여자가 손짓하자 마스티프들은 다시 수풀 속으로 사라졌다. "오늘은 방문객을 받지 않아요."

"오, 저는 방문객이 아니에요. 지원자랍니다."

여자의 눈이 가늘어졌다. 그러더니 입에 날카로운 미소가 걸렸다. "좋아요. 들어와요."

알레산드라는 망설였다. 여자의 목소리에 어딘가 계산적인 데가 있어 마음에 들지 않았다. 하지만 이제 와서 돌아서기에는 너무 늦었다. 그래봐야 의심만 돋울 터였다. 대신, 알레산드라는 미소를 유지하며 대문을 열었다. 끼익 소리를 예상했지만 아무런 소리도 나지 않았다. 최근에 기름을 칠한 걸까. 쇠락한 장엄함이 느껴지는 집회소의 전면은 말 그대로 가면에 불과한지도 몰랐다.

"나는 사라 반 쇼. 집회소 관리인이에요. 여행자분의 성함은?"
말에서 제의적인 느낌이 묻어났다. 알레산드라는 정직하게 대답
하는 게 최선이라고 생각했다. 적어도 늘 정직했던 정도로는.

"알레산드라 초르치 백작이에요."

반 쇼가 눈썹을 치켜세우더니 알레산드라를 위아래로 훑으며
옷차림과 전반적으로 부스스한 모습을 확인했다. "백작이라… 흥
미롭군요. 따라와요." 그녀는 치맛자락이 다리에 감기도록 홱 돌
아서서 성큼성큼 집으로 향했다. "오늘 모임이 있어요. 안에 알릴
때까지 대기실에서 기다려야 해요."

"그럼요. 모임이 있는 줄 알았더라면 다른 때에 찾아왔을 텐데
요."

반 쇼가 문을 열고 손짓했다. "먼저 들어가요."

알레산드라는 반 쇼를 지나 은빛 황혼회로 들어갔다. 내부는
따뜻해서 거의 정겨울 정도였다. 멀리 외벽에 설치된 거대한 난
로에서 불이 타오르면서 반대편 벽에 늘어선 커다란 서가를 가득
채운 무수한 책등 위로 붉은 그림자를 드리웠다. 불 앞의 황금 가
고일 발 위에는 긴 체스터필드 소파가 가장 가까운 문을 등진 채
놓여 있었다. 두 번째 문은 출입구 반대편, 방의 맞은편에 위치했
다. 공기에서 향냄새가 났다. 언젠가 카이로의 어느 밀실에서 몇
시간을 불편하게 보냈던 기억이 떠오르는 냄새였다.

신기한 조각상들이 방 구석구석을 차지했다. 알레산드라는 그
중 일부가 에트루리아나 바빌로니아산임을 알아보았다. 그밖에
폼페이나 심지어 내러갠셋에서 나온 것으로 추정되는 조각상도

도 있었다. 전부 흉측했다. 그로테스크한 녀석들이 방과 방 안의
모든 것을 마구 노려보았다. 그런 효과를 강화하기 위해 배치한
물건들임을 짐작할 수 있었다. 이 대기실은 손님을 불편하고 초
조하게 만들기 위한 곳이었다. 칼 샌포드는 방문객이 평정심을
잃기를 바랐다.

반 쇼가 소파를 가리켰다. "앉아요, 백작. 주인님께 오셨다고 말
씀드리죠."

"주인님?" 알레산드라가 무성의한 미소를 흘렸다. "그렇게 부르
라고 하던가요?"

반 쇼가 흔들림 없는 눈길로 그녀를 보았다. "당신도 현명하다
면 그렇게 부르게 될 겁니다." 반 쇼는 더 덧붙이지 않고 돌아서
서 소파 반대편 문으로 갔다. 문이 닫히자 알레산드라는 기회를
놓치지 않고 서가를 훑었다. 가끔 의식용 주술서나 마법학 관련
서적을 구해 달라는 의뢰를 받는 경우가 있었다. 물론 전부 허무
맹랑한 내용이었지만 고객들은 자신의 서가에 추가할 새 책에 후
한 대가를 지불했다.

이곳에 있는 책들은 잘 보이는 곳에 비치된 만큼 값어치 없는
것들이리라 예상했다. 예상은 금세 틀린 것으로 판명됐다. 그중
에는 초판본도 여럿 보였다. 조각상과 마찬가지로 책도 모종의
메시지를 전하기 위한 용도였다.

방 건너 멀리 위치한 문으로 다가가 확인해 보았다. 잠겨 있었
다. 예상대로였다.

문 너머에서 소리가 들렸다. 소음은 희미했지만… 지속적이었

다. 알레산드라는 몸을 더 숙이고 귀를 기울였다. 숨소리 같았다. 알레산드라는 호텔에서 있었던 비슷한 상황을 떠올리고는 뒤로 물러나 눈살을 찌푸렸다.

숨소리가 멈췄다. 방 전체가 도약을 준비하는 포식자처럼 긴장하는 것만 같았다. 표적이 보이지도 않았지만 손을 조금씩 웨블리로 가져갔다. "그럴 필요 없어요." 목소리가 말했다. 고개를 돌리니 반 쇼가 살짝 미소를 띤 채 알레산드라를 지켜보고 있었다.

"주인님께서 만나 보시겠답니다." 반 쇼가 말했다. 소파 맞은편 문이 열렸고, 여러 사람이 대화를 나누며 줄지어 나왔다. 이목구비가 크고 눈이 움푹 들어갔으며 무지막지하게 뚱뚱한 남자. 옷차림이 좋고 가는 콧수염을 길렀으며 교활해 보이는 데가 있는 상당히 젊은 남자. 세 번째는 나비넥타이를 하고 팔꿈치를 덧댄 것이 학자 같았다.

세 사람은 알레산드라를 발견하고 목소리를 낮추더니 문으로 가서 그녀 쪽으로 호기심 어린 눈길을 던졌다. 알레산드라는 만일에 대비해 그들의 얼굴을 기억해 두었다. 그녀가 기대한 것은 금기를 탐구하며 흥겨워하는 부유하고 교양 있는 아컴인 무리였다. 하지만 이건 업무상 회의를 마친 분위기에 더 가까웠다.

반 쇼가 알레산드라를 안으로 안내하고 뒤에서 문을 닫았다. 방은 컸고, 짙은 색의 목재로 만들어 금으로 상감한 거대한 직사각형 테이블이 등받이가 높은 의자들에 둘러싸여 있었다. 멀리 테이블 끝에 앉은 칼 샌포드는 나이가 지긋하고 은발에다 턱수염을 단정하게 다듬었고 돈깨나 들인 정장을 입은 모습이 전시회에서 보았던 것과 크게 다르지 않았다. 고상하고 세련된 사람이라는 티가 났다. 아니면 적어도 사람들이 자신을 그렇게 생각해 주기를 바라거나.

샌포드가 일어나 자기 옆의 의자를 가리켰다. "어서 앉아요, 백작. 반 쇼 양에게서 백작이 찾아왔을 뿐만 아니라 회원이 되고 싶어 한다는 소식을 들었을 때는, 정말이지 놀라 쓰러지는 줄 알았지 뭐요."

알레산드라는 자신이 관찰당하고 있다는 사실을 예민하게 의식하며 자리에 앉았다. 샌포드의 눈이 거리낌 없이 그녀를 훑었다. 호색한 눈길이 아니라 그녀의 구석구석을 빠짐없이 기억에 담는 듯한 눈길이었다.

"백작도 전시회에 참석했던 것으로 아오만."

"네. 더없이 자극적인 오후였죠."

"그렇게 말할 수도 있겠지." 샌포드가 쿡쿡거렸다. 그는 알레산드라를 찬찬히 살폈다. "천시 스완이 백작에 대해 좋은 말밖에 하지 않더이다." 샌포드가 그녀를 응시하며 테이블 윗면을 손가락으로 두드렸다. "이곳을 찾아온 건 계산된 도박일 테지."

"효과가 있나요?"

"오 분 드리겠소. 그 시간에 무슨 말을 하느냐에 따라 반 쇼 양의 애완동물들을 백작에게 덤비게 할지도 모르지." 샌포드가 몸을 뒤로 젖혔다. "처음 있는 일은 아니오."

알레산드라도 의자에 등을 기댔다. "천시가 내 정체를 얘기했겠죠, 물론."

"그렇소. 혹시 스탠디시라는 여자를 아시오? 루비 스탠디시. 젊은 여자요. 꽤 영특하고."

"스탠디시? 아뇨. 그런 사람은 모르겠네요." 딱히 거짓말은 아니었다. 루비 스탠디시는 알레산드라가 아는 다른 도둑이 쓰는 가명이었다. 미국인이었고, 실력보다 야심이 더 컸지만, 값나가는 유물을 빼돌리는 데에는 뛰어난 재능이 있었다.

"오? 그럼 신경 쓰지 마시구려." 샌포드가 활짝 미소 지었다. "정문으로 들어와서 놀랐소. 대담하시군."

"여기서 뭘 훔치려고 온 게 아니니까요. 질문을 하러 온 거지."

"강도 사건에 관해서겠지. 알고 있소." 샌포드가 검지로 자신의 입술을 두드렸다. "그런 일이 터지고 나면 백작 같은 여성은 최대한 빨리 도시를 뜰 줄 알았소만."

"그게… 호기심이 생겨서요."

"호기심이 고양이를 죽이는 법이지."

"미국인들 말로는 그렇더군요."

"누구를 위해 일하시오?"

"관련 있는 사람요."

"진심으로 만나보고 싶군."

알레산드라는 그 생각에 거의 미소를 지을 뻔했다. "틀림없이 그럴 테죠." 이곳에 온 목적을 떠올리자 미소가 사라졌다. "퍼디낸드 애슐리."

이번에는 샌포드가 이맛살을 찌푸릴 차례였다. "그가 왜?"

"그쪽 교단의 일원이죠."

샌포드가 못마땅한 기색을 역력히 드러내며 고개를 끄덕였다. "퍼디낸드는 한때 회원이었소. 사실 아직도 그렇지. 공식적으로 떠난 적은 없으니까. 하지만… 알잖소."

"불화가 있었나요?"

"말하자면. 그리고 학자들이 대체로 그렇듯 퍼디낸드도 원한을 간직하는 성격이지. 그게 그 멍청이 오른을 위해 일하기로 한 이유 중 하나일 테고." 샌포드가 손가락으로 테이블을 두드렸다. "난 백작이 퍼디낸드에 관해 물으러 찾아오기를 기다렸다오."

"어디 있는지 아나요?"

"아니, 하지만 알아내기 위해 대가를 두둑하게 지불할 용의는 있소." 알레산드라는 샌포드의 표정을 읽으려 해 보았지만 그의 얼굴은 읽기 어려웠다. 반면 샌포드는 알레산드라의 표정을 읽는 데에 아무런 어려움이 없는 듯했다. "백작은 퍼디낸드가 관여했다고 생각하는군. 무엇보다도 내가 관여했다고 생각하고."

알레산드라가 긴장했다. 방 안의 공기가 갑자기 달라졌다. 불쾌해졌다. 위쪽 어디선가 폭풍이 모여드는 것만 같았다. 샌포드의 시선은 우물처럼 깊고 어두웠다. "놀랍지 않은 가정이라고 해야겠지. 우리에게는 적이 많고, 그들은 우리가 망신당하는 꼴을 기꺼워할 테니. 백작도 그중 하나요?"

알레산드라는 바짝 마른 입으로 대답했다. "그건 두고 봐야겠죠. 당신이 그들을 죽였나요?"

샌포드가 눈을 깜빡였다. 숨 막히던 분위기가 느닷없이 사라졌다. "누구 말이오?"

예상치 못했던 반응을 접하는 순간 알레산드라는 샌포드가 모른다는 사실을 깨달았다. 그녀가 자리에서 일어섰다. "시간 내 주셔서 고맙습니다, 샌포드 씨. 제가 잘못 알고 찾아왔네요."

"뭘 잘못 알았다는 거요?" 샌포드가 일어섰다. 그는 상황을 파악하지 못하는 쪽이 되는 데에는 익숙하지 않았다. 샌포드가 알레산드라 쪽으로 몸을 기울였고, 그러다 무언가에 충격을 받은 것처럼 흠칫했다. 그의 표정이… 불편하게 변했다. 혼란에다 어쩌면 공포까지도 섞인 표정이었다. "날 보시오."

"네?"

"날 보라고 했소." 샌포드가 단호하게 말했다. 그의 상냥하던 가면이 벗겨졌다. 알레산드라는 시킨 대로 했고, 잠시 후 그가 뒤로 물러섰다.

"말해 보시오, 요즘 잠은 잘 주무시오?"

알레산드라는 왜 이런 질문이 나오나 의아해하며 미간을 찌푸렸다. "그게 샌포드 씨와 무슨 상관인지 모르겠군요."

샌포드는 알레산드라를 흔들어 답을 실토하게 하려는 것처럼 손을 뻗었다. 하지만 그의 손이 닿기도 전에 바깥에서 마스티프들이 사납게 짖기 시작했다.

잠시 후, 알레산드라는 문 밖에 있었다.

28장
연줄

문이 열리고 부두 노동자 차림을 한 누군가가 쏜살같이 옆을 지나쳐 보도로 내달리는 통에 위틀록이 비틀거리며 물러섰다. 안에서 외침이 들리더니 검은 형체를 한 커다란 개 한 쌍이 누군지 모를 상대를 향해 달려들었다. "어이." 위틀록이 조심하라는 뜻에서 외쳤다. 그가 무기로 손을 가져갔고, 계단 아래 있던 멀둔도 똑같이 했다.

한 여자가 포치로 나와 날카롭게 휘파람을 불었다. 개들은 즉시 방향을 틀어 보이지 않는 곳으로 사라졌다. 여자가 위틀록을 보았다. "개들을 쏠 작정이었나요?"

"꼭 필요하다면."

"그랬더라면 그쪽만 손해였을 거예요."

"그건 협박입니까?"

여자가 대답을 하기도 전에 멀둔이 위틀록을 밀치며 앞으로 나섰다. "샌포드 씨 안에 계십니까?"

"있소이다." 샌포드가 문간에서 말했다. 눈길은 멀어지는 형체에 고정한 채였다. 그 표정이 어쩐지 위틀록에게 사냥감을 바라보는 사냥꾼을 떠올리게 했다. 위틀록이 흘끗 뒤를 보았다. 어딘가 익숙한 형체였지만, 제대로 보지는 못했다. 그는 그 생각을 한쪽으로 밀어 두었다.

"저희가 방해가 됐습니까?" 위틀록이 물었다.

"방해는 무슨." 샌포드가 말했다. 그가 여자를 돌아보았다. "내가 맡겠네, 반 쇼 양. 고맙네." 여자가 고개를 끄덕이고 안으로 들어가면서 위틀록을 한 차례 쏘아보았다. 그 눈길을 눈치 챈 샌포드가 미소 지었다. "애완동물을 애지중지해서 말이오. 강아지 때부터 손수 키웠지. 훈련도 시켰고. 잘못했다간 치명적이라오."

"그렇겠지요." 멀둔이 말했다. "저희를 보고도 놀라지 않으신 모양입니다."

"니콜스 서장이 친절하게도 미리 연락했다오." 샌포드의 미소는 얼음도 자를 듯했다. 위틀록은 샌포드를 보자마자 그가 싫어졌다. 눈이 어쩐지 마음에 들지 않았다. 입으로는 미소를 지어도 눈은 아니었다. 샌포드는 거짓말쟁이였고, 그것도 숙련된 거짓말쟁이였다. "내가 이주 초에 있었던 강도 사건과 무슨 관계가 있는지 묻고 싶을 테지. 이제야 찾아와서 놀랐소이다."

"그러실 테죠." 위틀록이 말했다. 샌포드가 그를 바라보았다.

"아, 보험업자로군. 내 보험 공제액을 검토하러 온 거요?"

"그렇다고도 할 수 있겠지요." 위틀록이 몸을 기울였다. "호도로프스키라는 사람을 아십니까? 아니면 고메스나?"

"내가 알아야 하오?"

위틀록이 입을 열었지만 멀둔이 손짓으로 제지했다. "최근에 퍼디낸드 애슐리 교수와 말씀을 나누신 적이 있는지 궁금합니다."

"아. 그렇구면. 아니, 없소. 애슐리 교수는 이제 이 집회소 소속이 아니오. 다른 지부도 마찬가지고. 그는… 파문당했다고 할 수 있겠지."

"특별한 이유가 있었습니까?" 멀둔이 물었다.

샌포드가 미소 지었다. "유감스럽게도 그건 사적인 문제요. 교수에게 묻질 않고?"

위틀록이 툴툴거렸다. "교수는 사라졌습니다. 이미 아실 테지만."

"대충 그렇다는 얘기는 들었지. 안타까운 일이오. 퍼디낸드는 보기 드문 지성인이었지."

"이었다?" 멀둔이 말했다.

"지금도 그렇고." 샌포드가 정정했다. 위틀록이 미간을 찌푸렸다. 샌포드는 두 사람을 가지고 놀고 있었다. 즐기고 있었다. 멀둔을 흘끗 보니 딱딱하고 무표정한 얼굴이었다. "궁금하다면 말이지만 나는 교수가 어디 있는지 모르오. 그가 그런… 기만에 연루될 만한 사람이라고 확언할 수도 없고." 그가 잠시 말을 멈추었다. "절대 그럴 리가 없다고 하지는 않겠지만 말이오."

"이쪽저쪽에 다 거시겠다는 겁니까." 위틀록이 말했다.

"현명한 플레이어는 그러는 법이라오, 위틀록 선생." 샌포드의 미소가 더욱 차갑고 날카롭게 변했다. "특히 우리 같은 사람들이 벌이는 유형의 게임에서는 말이오…"

"우리?"

"나와… 누구인지 몰라도 선생에게 날 찾아가라고 말한 사람." 샌포드가 현관 난간에 스스럼없이 걸터앉더니 프랑스 언덕을 내다보았다. "아켐을 하나의 게임판이라고 상상해 보시오, 여러분. 한 플레이어가 말을 움직이면 다른 플레이어가 응수하지. 선생의 존재 역시 대부분의 사람들은 진행 중이라는 사실조차 모르는 게임 속의 한 수라오." 그가 두 사람에게 이번에는 더 상냥한 표정으로 미소 지었다. "나는 무슨 수를 써서라도 그 게임에서 이길 작정이고."

"게임?" 위틀록이 으르렁거렸다. "네 사람이 죽은 걸 게임이라고 합니까?"

"부수적인 피해요." 샌포드가 말했다. "전직 군인인 선생에게도 필시 익숙한 개념일 텐데?"

"그걸 어떻게…?"

"한 사람이 경험한 바는 그 사람의 영혼에 낙인을 찍는다오, 위틀록 선생. 당사자가 의식하든 그렇지 않든 상관없이." 샌포드가 멀둔을 보았다. "그건 두 사람 다 마찬가지요." 그가 위틀록을 다시 돌아보았다. "내가 바란다고 될 일이겠소만, 모쪼록 두 사람이 미라를 찾기를 바라리다. 그건 불운한 사건이었소. 도시 평판에 좋지 않지. 가능한 한 빨리 도둑들이 법의 심판을 받도록 하는 게 모두를 위해 좋을 거요."

샌포드가 자리에서 일어나 거리를 향해 손을 뻗었다. "자, 미안하지만 다른 약속이 있어서 말이오. 실례가 안 된다면 두 분은 이제 그만…"

"시간 내 주셔서 고맙습니다, 샌포드 씨." 멀둔이 뻣뻣하게 말했다. 그는 모자를 손에 쥐고 위틀록보다 앞장서서 오솔길을 내려갔다. 두 사람이 옆을 지나가자 수풀 속에서 지켜보던 개들이 낮게 으르렁거렸다. 위틀록은 만일의 경우에 대비해 손을 권총 가까이 두었다.

두 사람이 안전하게 거리로 나오자 위틀록이 말했다. "그게 다야? 저 인간한테 물어볼 게 그게 다라고?" 그가 집을 돌아보았다. 샌포드는 어디에도 보이지 않았다.

"그것밖에 말해주지 않을걸요." 멀둔이 말했다. 그는 한숨을 쉬며 한 손으로 머리카락을 쓸었다. "제가 잘 압니다. 이 도시는…" 그가 모자를 다시 썼다. "우리가 질문해도 된다는 허락을 받은 건 샌포드 쪽에서 우리가 뭘 아는지 알고 싶었기 때문이에요. 이제는 알았을 테고요."

"녀석이 우리를 가지고 놀았단 말이군."

"샌포드가 하는 말 들으셨잖아요. 우리는 낄 수 없는 무언가가 진행 중이라고."

위틀록이 시선을 돌렸다. "전쟁 때 들었던 이야기가 떠오르는군. 전체 지도를 볼 수 있는 건 장교들뿐이라지. 졸병은 참호에서 도는 입소문만 듣고." 그가 한숨 쉬었다. "좋아. 그럼 우리는 어떻게 되는 거지?"

멀둔이 고개를 가로저었다. "득 본 건 없죠. 서로 돌아가시죠."

"이걸로 끝이라고?" 위틀록이 따졌다. "일단은요."

위틀록이 돌아섰다. 개들이 대문에서 두 사람을 뚫어져라 지켜보고 있었다. 한 마리가 으르렁거리자 위틀록은 무어라 설명할수 없는 오한이 온몸을 관통하는 기분을 느꼈다. 저 동물들에게는 어딘가 잘못된 구석이 있었지만 그게 무엇인지는 알 수 없었다. 총 없이 저 개들 곁에 있고 싶지 않다는 것만은 분명했다.

"그래." 잠시 후 위틀록이 말했다. "어쩌면 자네가 옳을지도."

"어떻게 됐어?" 알레산드라가 택시에 오르자 페퍼가 물었다.

잠시 대답할 말이 떠오르지 않았다. 두 손이 떨렸고 물속에 들어갔다 나온 기분이었다. 거리 위쪽에 자리한 집을 차창 밖으로 내다보자 집이 그녀를 주시하는 것을 느낄 수 있었다. "그만 가자."

페퍼가 눈살을 찌푸렸다. "그래, 그게 좋겠다." 그녀가 택시를 움직였다. "호텔로 돌아갈까 아니면…"

"아니." 알레산드라가 고개를 저었다. "아니. 대학으로."

"또?"

"그래, 월터스에게 다시 찾아가겠다고 약속했어. 지금이 딱 좋겠네." 알레산드라는 눈을 감았다. 머리가 지끈거렸고 속이 역했다. 마치 음식을 너무 많이 먹었는데도 어째서인지 허기가 진 듯한 기분이었다. 거리의 그림자들이 한데 모여 두 사람이 탄 택시 주위에 똬리를 틀었고, 그림자들이 한 번 조여들 때마다 알레산드라의 가슴 속에서 또 하나의 그림자가 응답하는 것이 느껴졌다.

"괜찮아?" 페퍼가 뒤를 흘끗 보며 물었다. "누가 무덤 위를 걸어다니기라도 하는 얼굴인데. 샌포드가 뭐라고 했어?"

"아무 것도."

"샌포드 짓이었어?"

"아니."

"그럼 이제 어쩌지?"

"월터스와 이야기해 봐야지. 월터스가 해 줄 이야기가 제대로 된 길을 알려줄지도 모르니까. 적어도 무슨 길이든 알려는 주겠지." 알레산드라는 차창에 얼굴을 기대고 하늘을 바라보았다. 하늘이 기묘해 보였다. 구름이… 깔쭉깔쭉했다. 거칠거칠했다. 구름이라기보다는 돌 같았다.

택시가 덜컹거렸다. 지면이 울퉁불퉁한지 차체가 들썩였다. 알레산드라는 눈을 감았다. 최근에 알게 된 모든 정보가 머릿속을 돌아다녔고, 정답의 윤곽이 느껴졌다. 정답은 닿을 듯 말 듯 감질나게 가까이에… 그러면서도 멀리에 있었다.

애슐리가 강도를 획책했다는 건 분명했다. 하지만 왜? 누구의 명령을 받고? 프리본은 애슐리를 인도한 후원자가 있었다고 주장했다. 그 후원자가 샌포드가 아니라면, 대체 누구였을까?

그리고 물론, 살인 사건들도 있었다. 누가 왜 저지른 것일까? 알레산드라는 비서를 떠올렸다. 누군가가 비서를 미행하고 있었다. 천시 스완은 아니야, 그녀는 생각했다. 천시 스완이라면 비서가 알아봤겠지.

뭔가가 있었다. 올이 풀린 두 가닥 실마리가 하나로 매듭지어지기를 갈망하는 듯했다. 택시가 다시 덜컹거렸고, 금속이 찌그러지는 소리가 들렸다. 그녀가 눈을 떴다.

암흑. 사방이 암흑이었다. 택시가 터널을 통과하고 있는 것만 같았다. 빛은 먼 곳의 별들처럼 어슴푸레하게 깜빡였고, 돌 바퀴가 쿵쿵거리는 소리가 들렸다. 북소리처럼.

"페퍼." 알레산드라가 말했다.

"*차토구아 엔 이느 안 야 프타근 느카이.*" 페퍼가 꺽꺽거렸다. 뒤를 돌아보는 페퍼는 페퍼가 아니었다. 무언가 다른 것, 박쥐나 개구리나 그저 어떤 것의 그림자에 불과한 것이 운전석에 웅크리고 있었다. 황금색 혈관이 검은 턱을 가로지르며 뻗어나갔고, 순간 오닉스로 깎아낸 사마코나의 얼굴이 되었다.

"느카이." 페퍼였던 것이 낙엽이 떨어지는 것 같은 목소리로 쉭쉭거렸다. "느카이."

알레산드라는 움직이지도 말하지도 못하고 보기만 했다. 총으로 손을 뻗으니 무언가 축축한 게 느껴졌다. 기름 같았다. 억지로 아래를 내려다보았다. 검은 것이 그녀의 갈라진 배에서 나와 무릎 위로 쏟아졌다. 암흑이 일렁이며 분홍빛 창자 타래와 너덜거리는 피투성이 살가죽을 옆으로 밀어내고 바닥에 쏟아져 택시 안을 가득 채웠다. 고통은 없었다. 오랫동안 염원해 왔던 안도감과도 같은 일종의 무감각함뿐.

손에 단도가 들려 있었다. 이게 왜 여기에 있지? 떨리는 손가락 사이로 단도를 떨어뜨리고 고개를 들었다. 펴펴였던 것이 너무 많은 팔다리로 너무 빠르면서도 동시에 너무 느리게 움직여 좌석을 기어 넘어 다가왔다.

"느카이." 그것이 다시 꾸룩거렸다. "느카이." 단어가 소리를 갖추어 입 밖에 나올 때마다 일종의 축도처럼, 기도이자 요구처럼 들렸다.

"느카이." 그녀가 쉰 목소리로 말했다. 단어가 마음속에서 이해할 수 없는 맥락으로 가득 찬 꽃을 피웠다. 그것은 그녀를 가득 채우고 사과 심처럼 파낸 뒤 그녀라는 존재의 과육만을 남겨 놓았다. 그것은 그 과육을 어여삐 탐구하며 그녀를 잡아 찢어 모든 각도에서 살폈다.

그녀는 그것이 작은 존재에 불과함을 깨달았다. 그것은 훨씬 더 거대한 무언가의 한 편린이었다. 그녀 자신을 넘어서는, 그녀가 아는 모든 것을 넘어서는 존재. 하지만 지금 이 순간 그녀는 그 더 거대한 전체의 일부였고 그것의 눈으로 세계를 볼 수 있었다. 한기와 온기, 빛과 어둠의 세계. 가장 거대한 암흑의 세계이자 세계의 표피 아래로 뻗어나간 돌의 바다요, 현실의 모든 비밀을 간직한 세계.

그녀 안의 도둑은 더 알기를, 어둠을 약탈하기를 갈구했다. 하지만 그녀를 붙잡은 것이 그녀를 바다에 풀어놓기를 거부했다. 대신 그것은 손아귀를 조였고, 무수한 입으로 이해할 수 없는 말들을 귀에 속삭였다. 귀를 기울이려 했지만 그녀는 이미 그것의 손아귀 속에 바스라지고 있었다. 그것이 그녀의 남아있는 머리 일부를 잡고 부풀어 오르는가 싶더니, 그녀는 그것의 움켜쥔 손끝에 매달려 아이 장난감처럼 대롱거리는 신세가 되었다. 택시가 사라졌고, 세계가 사라졌다. 오직 암흑뿐.

오직 느카이뿐.

그리고, 거의 상냥하다 싶게, 그것이 그녀를 통째로 삼켰다.

알레산드라는 목이 졸리는 듯한 소리와 함께 몸을 바로 했고, 페퍼를 발견했다. 꿈에 나왔던 반쪽짜리 존재가 아니라 진짜 페퍼가 그녀를 근심 가득한 눈길로 보고 있었다. "안 괜찮네." 그렇게 말하는 페퍼의 목소리가 살짝 갈라져 있었다. "삼 주짜리 마른 주정에 시달린 사람처럼 보여. 대체 무슨 일이야?"

"악몽을 꿨어." 알레산드라가 눈가를 닦으며 말했다. 떨어진 손끝이 까졌다. 눈을 깜빡이고 다시 보았다. 아니, 잘못 본 것이었다. "다 왔어?" 심장박동을 늦추려 애쓰며 창밖을 내다보았다. 심장이 당장에라도 가슴에서 터져 나올 것만 같았다. 캠퍼스의 낯익은 철 울타리가 보였다.

"응, 하지만 이십 분만 거기서 눈 좀 붙여." 페퍼가 계속해서 알레산드라를 빤히 바라보았다. "호텔로 돌아가는 게 좋지 않을까?"

"아니. 아직은 안 돼." 페퍼의 표정에서 심상치 않은 기색을 읽어낸 알레산드라가 멈칫했다. "왜 그래?"

"오늘밤 예감이 안 좋아. 안 가는 게 좋을 것 같은데."

"넌 안 가도 돼."

"당신도 안 가도 되잖아."

알레산드라는 서글픈 미소와 함께 택시에서 내렸다. "유감스럽
게도 선택권이 내 손을 떠난 것 같아. 택시에 있어. 금방 돌아올
게."

29장

크느-얀

알레산드라가 도착했을 때 월터스 교수는 도서관에서 그녀를 기다리고 있었다. 노인은 인장 반지를 문지르고 혼잣말을 중얼거리며 방 안을 초조하게 서성이고 있었다. 책상 위에는 책들이 성의 흉벽처럼 쌓였는데, 상당수는 낡고 바스러져 가는 것들이었다. 알레산드라가 문을 두드리자 그가 고개를 들었다. "오셨구먼. 드디어!"

"늦어서 죄송합니다. 제가… 지체할 수밖에 없는 사정이 있어서." 꿈은, 그것이 정말로 꿈이었다면, 이미 의식에서 희미해져 가고 있었다. 꿈의 세부가 모래처럼 손가락 사이로 흘러나갔고, 그 사실이 고마울 따름이었다.

월터스는 두 사람이 책상 위로 마주볼 수 있도록 책들을 옆으로 치웠다. "어제 대화를 나눈 뒤 아가씨에 대해 알아봤지. 명성이 대단하더구려, 백작. 유럽의 여러 동료들이 백작에 대해 좋은

351

말밖에 하지 않습디다. 하지만 또 다른 이들은…"

알레산드라도 그 정도는 예상한 터였다. 월터스는 꼼꼼한 사람이라는 인상을 받았다. 그녀가 자리에 앉아 담배를 꺼냈다. "피워도 될까요?"

"내게도 한 개비 준다면." 월터스가 말했다. 알레산드라가 담뱃갑을 내밀었다. 그가 한 개비를 뽑아들자 그녀가 불을 붙여주었다. 그가 의자에 등을 기댔다. "사실이오, 사람들이 말하는 게?"

"사람들이 뭐라고 말하느냐에 달렸지요."

"아가씨는 도둑이오?"

알레산드라는 잠시 망설인 끝에 고개를 끄덕였다. "네, 아주 실력 좋은 도둑이죠." 월터스가 안다는 사실이 이상해 보이지 않았다. 아마 그에게도 오른과 샌포드와 유사한 정보통이 있을 터였다. 아컴 사람들은 보이는 게 다가 아니었다. 그들은 알레산드라가 생각했던 것만큼 목가적인 사람들이 아니었다.

"우리가 이 대화를 나누고 있는 걸 보면 아가씨가 미라 도둑질의 배후는 아니리라 짐작하는데." 월터스가 내뱉은 연기가 잠시 그의 얼굴을 가렸다.

"짐작하신 게 맞아요."

"그럼 왜 관심을 보이는 거요?"

"그야 다시 훔쳐내고 싶으니까요."

"그래서 반환하려고?" 월터스가 손을 저었다. "아니, 그 질문은 잊어버려요. 바보 같은 질문이로군. 더 나은 질문을 합시다. 내가 왜 아가씨가 미라를 찾도록 도와야 할까?"

알레산드라는 대답에 앞서 담배에 불을 붙였다. 몸을 뒤로 젖히고 꿈들을 떠올렸다. 사마코나와 미라도 떠올렸다. 하지만 주로 꿈속에서 들은 목소리를 떠올렸다. 어둠 속에서 솟아올라 그녀를 몰아세우던 충동을. 이곳에 도착한 이래 쭉 그랬던 걸까? 자신도 모르게 거미줄 속으로 들어갔던 걸까? 어찌되었든 이제 그녀는 걸려들었다. 그리고 갈 길은 하나뿐이었다. "제 생각에… 저는 미라를 찾아야만 해요. 이 상황에 단단히 얽혀들었는데 빠져나갈 방법이라곤 애초에 이곳에 하러 왔던 일을 하는 것뿐인 모양이니까요."

"애초에 여기에 왜 왔는지 물어도 될까?"

"누가 돈을 두둑하게 주면서 그 미라를 훔쳐달라더군요."

"누가?"

알레산드라는 망설였다. "아마 말씀드리지 않는 게 좋을 거예요."

월터스가 얼굴을 찌푸렸다. "그렇게 심각한 거요?"

"제 생각엔 그래요."

월터스가 벌떡 일어나 쿵쿵거리며 서가를 훑었다. "미라를 찾고 나면 아직도 그들에게 넘길 작정이고?"

알레산드라는 잠시 침묵하다 대답했다. "모르겠군요."

월터스가 쿡쿡 웃었다. "적어도 정직하기는 하구려." 그가 그녀를 흘끗 보았다. "말해 봐요. 왜 망설이는 거요? 심정의 변화라도?"

"그렇게까지 말할 건 아니고요." 말은 그렇게 했지만 사실 알레산드라는 최소한 직업이라도 바꿔야 하나 고민하고 있었다. 이 일이 끝난 뒤 한동안 버틸 돈은 충분했다. 신중하게 쓴다면 몇 년도 버틸 만했다. 회고록이나 써 볼까. 살아남는다면 말이지. 그녀는 허공으로 연기를 내뿜으며 이 노인에게 비밀을 털어놓아야 할지 가늠해 보았다. 월터스가 그녀를 바라보는 눈길과 이 문제를 이야기하는 방식에서 어쩐지 그것도 나쁘지 않겠다는 생각이 들었다. "요즘 들어 꿈을 꿔요."

월터스가 손에 책을 든 채 돌아섰다. 알레산드라는 그것이 그가 전에 보여주었던 다른 사마코나의 일지임을 알아보았다. "어떤 꿈을?"

"악몽요."

"그간 있었던 일을 생각하면 이상한 일은 아니지. 총에 맞을 뻔한 몸 아니오."

"그런 내용이 아니에요. 뭔가 다른 거죠. 제가 이해하지 못하는 거요." 알레산드라는 반쯤 타들어간 담배를 입에 문 채 말을 멈추었다. 꿈을 떠올리려는 노력은 역효과를 낳을 듯했다. 이미 떠올린 것 이상으로 자세하게 떠올리고 싶지 않았다.

월터스가 책을 손에 든 채 다시 자리에 앉았다. "설명해 봐요." 그가 부드럽게 말했다. 그는 무의식적으로 인장 반지를 만졌다. "장소는 어디요? 뭐가 보이고?"

"고고학자지 정신과 의사는 아니실 텐데요."

"지성은 강인한 만큼 유연하기도 해야 하지. 그리고 난 살아오면서 많은 걸 보았다오. 나보다 더 많은 걸 본 사람들과 대화를

나누었고. 시간이라는 대양에는 아직 발견되지 않은 지식의 초가
무수해요."

"제 고객들이 생각나는 말씀이시네요. 그 사람들도 다들 똑같
은 헛소리를 지껄이죠."

월터스가 얼굴을 찡그렸다. "가끔은 나도 헛소리이기를 바란다
오." 그가 담배 연기를 뿜어냈다. "늙은이 장단 좀 맞춰 주구려, 백
작. 꿈 얘기를 해 봐요."

알레산드라는 오랫동안 침묵하며 생각을 정리했다. 그녀가 안
정된 호흡을 뱉으며 말했다. "전 지하에 있는 것 같아요. 거대
한… 동굴요. 쥘 베른[35]의 작품에 나오는 것 같은 동굴요. 아니면
버로스[36]나. 그곳에는… 거대한 종유석과 석순들 사이로 탑들이
허공에 걸려 있어요. 저는 그곳에 누군가 기거한다는 걸 아는데,
왜냐하면… 안에 불빛이 보이거든요. 그렇게 불빛이 비치는 지점
들을 심연과도 같은 어둠 사이로 길처럼 놓인 돌다리들이 연결하
고 있어요." 그녀가 말끝을 흐리며 담배 꽁무니를 씹었다. "꼭 제
가 한 번도 경험해 본 적 없는 무언가에 대한 기억 같아요."

"그런 일도 없잖아 있지요." 월터스가 말했다. "누가 보입니까?
목소리가 들린다거나?"

"아마 어느 정도는요. 기억나지는 않아요. 기억하고 싶지도 않
고." 알레산드라는 갑자기 피로를 느끼며 눈을 문질렀다. "대개는

---

35 프랑스의 소설가로 SF 모험 소설 『지구 속 여행』, 『해저 2만리』 등으로 유명하다.
36 미국의 소설가로 『유인원 타잔』을 비롯한 타잔 시리즈, 『화성의 공주』를 비롯한 바숨
    시리즈 등으로 유명하다.

어떤 소리만 들려요. 속삭임요. 암흑 깊은 곳에서 쏟아지는 물소리 같은. 하지만 때로는 보이는 것도…" 그녀는 순간 저 형체들에 대한 기억에 압도당해 말을 멈추었다. 암흑이 생명을 갖추고 퍼져나가듯 형체 없는 형체들이 위를 향해 끓어올라왔다. 굶주린 채 신속하게.

월터스는 더 자세하게 말해 보라고 채근하지 않았다. 대신 책을 폈다. "내 생각에 아가씨가 말려든 상대는 무언가… 아가씨보다 큰 존재 같구려. 나보다도 크고. 인간의 법칙 너머에 있는 무언가요."

"그건 정말로 제 고객들이 하는 소리랑 똑같은데요."

월터스가 눈살을 찌푸렸다. "나를 그런 자들과 비교하지 않았으면 좋겠구려. 나는 지식의 탐구자이지 싸구려 방물을 모아대는 까치가 아니니까." 그는 책을 두드렸다. "그간 여러 가지 일을 겪으면서 혹시 느카이라는 단어를 들어보았소?"

"아뇨." 알레산드라는 거짓말했다. "왜요?"

월터스가 예리하고 밝은 눈으로 그녀를 뜯어보았다. 그가 그녀의 말에서 거짓말을 감지했음을 알 수 있었다. "차토구아는?" 그가 물었다.

"그것도 못 들어봤어요. 그게 뭐죠?"

월터스가 이맛살을 찌푸렸다. "어떤 사람, 아니, 그보다도 어떤 존재요. 신이지. 느카이의 수면자."

그 표현을 들으니 어쩐지 온몸에 전율이 일었고, 생각지도 못한 이미지가 머릿속을 가득 채웠다. 어마어마한 형체가 산더미처

럼 커다랗고 부서진 주춧돌 위에 앉아 있는 이미지였다. 그것은
비대하고 무시무시하며 얼굴이 달처럼 넓었다. 두꺼비나 박쥐,
아니면 둘을 역겹게 합쳐 놓은 것 같은 얼굴이었다. 그녀는 고개
를 흔들었다.

　월터스가 책장을 넘겼다. 흔들리는 필치로 거칠게 그린 스케치
가 나왔다. 황금빛 혈관이 새겨진 그로테스크한 오닉스 가면이었
다. "같은 가면이군요." 알레산드라가 나직이 말했다. "미라가 쓰
고 있었던 가면요."

　"그렇지. 차토구아의 얼굴과 비슷하게 깎은 거요." 월터스가 고
개를 절레절레 저었다. "그걸 깨닫고 나니 눈면 나 자신을 욕하게
됩디다. 내내 나를 빤히 보고 있었는데 말이오." 그가 책을 두드
렸다. "사마코나의 기록에 따르면, 내가 전에 언급했던 지하 왕국
크느-얀 사람들이 차토구아를 숭배했다는군. 아니, 한때는 숭배
한 적이 있었다고 해야겠지."

　알레산드라는 머릿속에서 이미지를 떨쳐내려 애쓰며 말했다.
"인기를 잃은 건가요?"

　"말하자면 그런 거요." 월터스가 근처에 있던 커피 잔에 담뱃재
를 털었다.

　"전하는 바로는 크느-얀 사람들이 도시 밑 어둠 속에 있는 느
카이라는 장소로 갔고, 그곳에서 자신들이 숭배해 왔던 대상의
진정한 공포를 깨달은 뒤 등을 돌렸답디다. 숭배의 대상을 끔찍
하기는 마찬가지지만 더 멀리 떨어진 다른 신들로 바꾸었다지."

　"전부 교수님의 그 불가사의한 필경사가 기록한 내용인가요?"

"그것만이 아니오." 월터스가 책을 내려다보았다. "사마코나의 증언이 그저 창의적인 장사치의 작품이 아니라 사실이라면 크느-얀이 여전히 존재할 가능성도 농후해요. 바로 우리 발밑에 지하 제국이 뻗어있다는 거요."

알레산드라는 월터스의 설명을 웃어넘기고 싶었다. 대신 그녀는 자신도 모르게 고개를 끄덕이고 있었다. 우연은 존재했다. 도둑이라면 누구나 알았다. 하지만 이건 절대 우연이 아니었다. 그녀는 사마코나가 정말로 누구를 위해서 일하는지 궁금했다. "크느-얀이 아직도 존재한다면 그곳 사람들이 자기네 물건을 되찾고 싶어 할 법도 하고요." 그녀가 말했다.

"어제 내가 좀 조사해 봤다오." 월터스가 말했다. "오클라호마에 전화를 돌렸지. 빙어에서 애슐리, 프리본과 일한 사람들은 죄다 죽었다는군."

"살해당했겠죠." 알레산드라가 말했다. 질문이 아니었다.

"더없이 잔혹한 방식으로. 이 기록이 사실이라면 범인들의 정체는 명백하지."

사마코나, 아니면 그의 주인들이 바쁘게 활동하셨군. 이제 알레산드라의 마음속에는 아무런 의혹도 없었다. 월터스도 마찬가지인 듯했다. "둔덕의 주민들 말이군요."

"그래요. 수천 년 동안 비밀리에 살아왔던 고대 종족이오. 천년쯤 더 살지 못했을 건 뭐겠소? 세상이 그들의 존재를 깨닫는다면 무슨 일이 일어날지 상상이 되시오?" 월터스가 손바닥을 책 위에 얹었다. "그들이 왜 그런 일을 반기지 않을지 아시겠지?"

"그렇다면 왜 미라는 그렇게… 접근하기 쉬운 곳에 뒀을까요?"

"내 생각에 그들은 그렇게 생각했을 것 같지 않구려." 월터스가 열의를 보이며 몸을 앞으로 기울였다. "우리가 땅에 묻은 것들은 우리 밑에 숨어 있는 자들이 접근하기 어려울까? 오늘 이전까지 우리가 그들에게 아무런 주의도 기울이지 않았듯 그들도 우리를 신경 쓰지 않았던 거요. 그저 자신들이 생각하기에 안전하다 싶은 장소에 두었던 거지. 기억에서 잊힌 곳 말이오."

"그런데 누군가 찾아버린 거군요."

"그렇지. 그러면 그런 사람들, 그렇게 무시무시하고 극악무도한 사람들이 어떻게 나올까?"

알레산드라가 의자에 등을 기댔다. 욕지기가 났다. "물건을 찾으러 오겠지요."

"그렇지, 그리고 물건에 대해 알 만한 모든 자들을 침묵시키려 하겠지. 빙어의 인부들, 프리본, 애슐리, 비서, 다른 투자자들… 그리고 아가씨도. 매듭짓지 못한 실이란 아가씨를 두고 하는 말 아니겠소."

알레산드라가 눈을 감았다. "그럴 거라고 생각했죠." 그녀는 침묵했다. "제의는 왜죠?"

"뭐요?"

"살인에 제의적인 성격이 있었어요. 경찰도 제의 살인이라는 표현을 쓰더군요. 왜죠? 왜 그런 식으로 주의를 끈 걸까요?" 알레산드라는 곧바로 자신의 질문에 대답했다. "메시지군요. 도둑들에게 보내는. 경고일지도."

"아니면 약속이거나." 월터스가 잠시 생각에 잠겼다. "아니면 그밖에 다른 것일지도… 시신들은, 이런 표현을 쓰기 망설여지지만, 파내졌지. 마치 뭔가를 찾고 있었던 것처럼." 월터스가 그녀를 응시했고, 알레산드라는 문득 그녀를 관찰하던 샌포드의 눈길을 떠올렸다. 둘 다 무언가를 보았거나 의심하는 것 같은 눈길이었다. 하지만 그게 뭘까? 그녀는 그 생각을 한쪽으로 밀어 두었다.

"그들이 뭘 찾고 있다고 생각하세요?"

"신만이 알겠지."

"어느 신요?" 알레산드라가 무의식적으로 물었다. 그녀가 고개를 가로저었다. "방금 질문엔 대답하지 마세요."

"이제 어쩔 거요?"

"그들은 그들이 노리는 물건을 제가 찾아내기 전까지는 절 찾아오지 않을 거예요. 물건이 아니라 사람이라고 해야 하려나. 저는 말하자면… 위장용 말인 거겠죠." 목을 감싸 쥐던 사마코나의 손아귀가 느껴지자 알레산드라가 미간을 찌푸리며 목을 문질렀다. "그렇다면 제게도 최소한의 기회는 있어요. 협상 카드가 한 장 있죠."

"강도의 배후에 있는 자의 이름 말이로군."

"네. 그들은 미라뿐만 아니라 이름을 원해요. 누구든 그들을 다시 찾아낼 지식을 지닌 사람을 남겨두는 위험을 무릅쓰고 싶지 않겠죠." 알레산드라가 반쯤 빈 커피 잔에 담배꽁초를 던져 넣으며 일어섰다. "고맙습니다, 교수님. 이루 말할 수 없이 도움이 됐어요."

"그래요? 어떻게 도움이 된 건지 난 모르겠는데."

"저도 몰라요. 그냥 예의상 한 말이에요." 알레산드라가 미소 지었다. "그래도 시간 내주셔서 고맙습니다." 그녀는 잠시 생각에 잠겼다. "몸조심하실 거죠?"

월터스가 고개를 끄덕였다. "전에도 비슷한 상황을 겪은 적이 있지. 나는… 보호 받고 있다오. 하지만 아가씨는 아니잖소. 어쩔 셈이오?"

"돈 받고 하기로 한 일을 하려고요. 미라를 찾아야죠. 그 다음에는…" 알레산드라는 말꼬리를 흐렸다. "저도 모르겠네요. 되는 대로 대처해야죠."

월터스가 얼굴을 찌푸렸다. "아가씨를 도울 만한 사람들이 있어요."

"은빛 황혼회처럼요?" 알레산드라가 물었다. 갑자기 마음속에 의혹이 일었다. "교수님도 회원이라서 하시는 말씀인가요?"

월터스가 고개를 가로저었다. "아니오. 하지만 그 사람들을 상대한 경험이 있는 터라. 샌포드는 믿어서는 안 될 사람이지만… 아가씨를 도울 수 있을지도 몰라요."

"유감스럽게도 그럴 단계는 지난 것 같아요. 그리고 저도 그를 믿지 않고요."

"오, 그거 서운한 얘기구려. 기껏 여기까지 왔거늘." 칼 샌포드가 말했다.

30장
동맹

알레산드라가 돌아섰다. 칼 샌포드가 비틀린 미소를 머금고 문간에 서 있었다. 그녀는 월터스를 힐난하듯 돌아보았다. "그럼 이건 매복이었나요? 그래서 오늘 다시 오라고 한 거였고?"

"대륙인들이란, 항상 극적이라니까." 샌포드가 방으로 들어오며 등 뒤로 문을 닫았다. "안녕한가, 하비. 잘 지내나?"

월터스가 한숨을 쉬었다. "하려던 말이나 하게, 칼. 그리고 나가주게." 그가 알레산드라의 이글거리는 눈을 마주보았다. "말했듯 저 사람이 도와줄 수 있을지도 몰라요. 저 사람도 아가씨만큼이나 이 일에서 잃을 게 많을 거요."

"도울 수 있다마다. 그렇지 않으면 굳이 보러 왔을 리가 없지 않겠소." 샌포드가 책 더미를 치우고 책상 가장자리에 걸터앉았다. "오늘 아침 그렇게 무례하게 가버린 사람을 말이오. 반 쇼 양이 참으로 심란해 했더랬소."

알레산드라가 웨블리에 손을 얹은 채 그를 마주보았다. 샌포드는 설령 알아차렸더라도 신경 쓰지 않는 눈치였다. "저는 알현 시간이 끝난 줄 알았죠. 제가 오해했나 보네요."

"오해한 게 맞지만 용서하리다. 그나저나 백작은 여기 오는 길에 미행 당하셨소." 샌포드가 미소 지었다. "원하신다면 내가 처리해 드릴 수 있소만."

알레산드라는 한기를 느꼈다. "아뇨."

"뜻대로 하시구려. 혹시 마음이 바뀌거든 제안은 유효하오. 어쨌거나, 그것 때문에 여기 온 건 아니오." 샌포드의 미소가 가늘어졌다. "아니, 그것 때문일지도 모르겠군. 구분하기가 어려워지는군. 요즘은 게임판이 붐벼서 말이지. 내게 익숙한 정도보다 더."

"요점이 있기는 한가요?"

"하비가 말했듯 난 백작을 돕고 싶소."

"내가 지불해야 할 대가는 뭐죠?"

"별거 아니오… 그저 백작의 영혼이면 되지." 샌포드가 말을 멈추더니 알레산드라의 표정을 보고 쿡쿡 웃었다. "미안하구려. 장난으로 한 말이오. 그런 표정이라니…" 그가 고개를 내저었다. "그것 참."

"칼." 월터스가 무겁게 말했다. 샌포드가 그를 흘끗 보더니 콧방귀를 뀌었다.

"알겠네. 오늘 아침 우리의 대화가 끝난 후, 내가… 모종의 정보를 입수했다고 해야 할까."

알레산드라는 그 목소리에서 주저하는 기색을 읽었다. "어떤 종류의 정보죠?"

"백작에 관한 정보요. 백작이 쫓고 있는 것에 관한 정보. 천시가 조사를 좀 했지. 그나저나 그 친구 백작 덕분에 겁을 잔뜩 집어먹었더구려. 하여간 그 친구가 최근에 도난당한 건 미라뿐만이 아니라는 걸 알아냈소. 다른 절도 사건들이 있었지. 주로 동해안 쪽에 있는 소규모 컬렉션들이 대상이었소. 그리고 이따금 도굴 사건도 있었고."

"그게 이거랑 무슨 상관이죠?"

"범인들. 그중 하나가 핍스라는 이름이었소. 백작도 잘 아는 어느 신사분, 그러니까 고메스라는 밀주업자의 동료로 알려져 있지."

알레산드라가 의자에 등을 기댔다. 맥타이어는 고메스 일당이 양다리를 걸치고 있다고 말했다. 보아하니 그들은 다른 사람들이 알고 있었던 것보다 더 오래 전부터 그래 왔던 모양이었다. "또 천시가 알아낸 게 있나요?"

"백작이 이미 아는 것 외에는 딱히 없소." 샌포드가 턱수염을 쓰다듬었다. "하지만 백작이 서둘러 떠난 뒤에 경찰과 내가 무슨 이야기를 나눴는지 궁금해할지도 모르겠구려."

"물론 강도 사건 얘기였겠죠."

"그렇지, 하지만 누가 경찰에게 내가 사건과 관련이 있다고 말했을꼬? 백작은 아닐 듯하군. 물론 여기 내 친구 하비도 아닐 테고." 샌포드가 클클거렸다. "보이지 않으시오? 패턴 말이오."

"오른이군요." 알레산드라가 나직이 말했다. 바로 그것이 빠진 조각이었다.

샌포드가 고개를 끄덕였다. "역시 똑똑하시군. 녀석은 항상 골 칫거리였지."

"오른이 왜 그런 짓을? 왜 자기 미라를 훔치죠?"

"직접 물어보지 그러시오?" 샌포드가 웃음을 터뜨렸다. "오, 녀석은 자기가 똑똑한 줄 알지. 하지만 이번에는 자기가 씹을 수 있는 것보다 더 커다란 걸 깨문 거요. 말 그대로 말이오."

"그게 무슨 뜻이죠?"

"나만의 농담이오. 신경 쓰지 마시오." 샌포드가 앞으로 몸을 숙였다. "그 미라는 보이는 것 이상의 존재요. 그저 말라비틀어진 고깃덩어리가 아니지."

"그렇겠거니 싶었죠."

"과연 그랬을까." 샌포드가 알레산드라를 바라보았다. "백작에게는 진실을 보는 지혜가 없잖소. 진실이 바로 눈앞에 있을 때조차 말이지."

알레산드라가 눈을 깜빡였다. "뭐라고요?"

"백작은 무분별한 자들을 위해 커다란 힘을 지닌 물건들을 모으는 데에 평생을 바쳤소. 백작이 훔쳐낸 옥 조각상이나 낡아 떨어진 마술서 하나하나가 전부 이루 셀 수 없는 가치를 지닌 유물들이었지. 하지만 백작에게 그것들은 그저… 예쁜 물건에 불과했잖소."

"사실 대다수는 꽤 흉측했어요."

샌포드는 알레산드라의 빈정거림을 무시했다. "그리고 이제 드

디어 백작은 고의적인 무지가 방패 노릇을 해 주지 못하는 지점
에 도달한 거요. 눈을 뜨지 않는다면, 보지 않는다면, 백작은 죽을
거요. 그보다 더 못한 처지가 되거나."

"어떤 처지가 죽음보다 못할 수 있죠?"

샌포드가 알레산드라를 빤히 응시했다. "목록을 드릴까?"

알레산드라는 거의 웃음을 터뜨릴 뻔했지만, 어쩐지 그랬다간
샌포드가 화를 낼 거라는 예감이 들었다. "그 미라는 보이는 게
다가 아니라고 했죠. 그건 무슨 뜻이죠, 샌포드 씨? 제가 이해할
수 있게 소박한 말로 설명해 주시죠."

샌포드는 잠시 말이 없었다. "나는 답을 모르오." 그가 알레산
드라를 보았다. "하지만 백작은 알 것 같소만." 그가 자신의 눈 옆
을 두드렸다. "백작의 눈에서 그게 보인다오."

알레산드라는 망설였다. "뭐가 보인다는 거죠?"

"그게 문제지." 샌포드가 월터스를 흘끗 돌아보자 월터스가 시
선을 피했다. "내가 알아볼 수 있소, 백작이 허락한다면."

알레산드라가 미간을 찌푸렸다. "어떻게요?"

샌포드가 손짓하자 연구실의 조명이 흐릿하게 깜빡였다. 알레
산드라 목 뒤의 털이 곤두섰다. "내가 몇 가지 재주를 안다오." 그
가 거침없이 몸을 앞으로 기울였다. "꿈에 대해 말해 보시오. 하
비에게 말한 것만 말하지 말고. 전부 다 알고 싶소."

"아까 내가 한 이야기가 전부예요."

"내 보기엔 거짓말인 것 같소만. 아니면 적어도 얼버무리고
있거나." 샌포드가 얼굴을 찌푸렸다. "어쩌면 본인도 모르는 건

지도."

"칼…" 월터스가 입을 열었다.

"자넨 얌전히 빠져 있게, 하비. 이 여자는 뭔가를 안다네. 당사자는 자신이 안다는 걸 모르고 있지만." 샌포드가 몸을 바로 했다. 알레산드라도 똑같이 했다. 샌포드는 주저했다. "난 돕고 싶을 뿐이오." 그가 말했다.

"누굴요?" 알레산드라가 냉담하게 대꾸했다. "제안은 고맙지만 이 문제는 내가 알아서 하겠어요."

샌포드가 얼굴을 찌푸렸다. "지금 실수하는 거요. 무엇이 기다리고 있는지 알고 있지 않소. 이름은 모른다고 해도 말이지. 백작 속에서 그게 느껴지오. 기회가 오기를 기다리고 있군."

알레산드라가 꿀걱 침을 삼켰다. 입 뒤쪽에서 녹슨 맛이 났다. "어쩌면요."

샌포드가 그녀에게 손을 뻗었다. 알레산드라가 웨블리를 뽑아 들었다. 그가 입을 살짝 벌린 채 손을 멈췄다. 그녀의 행동에 놀란 모습이었다. 정말로 총을 뽑으리라고는 예상하지 못했는지도. "어쩌면요." 알레산드라가 되풀이했다. "하지만 실수라도 내 실수예요. 다시 한 번 제안은 고마워요. 그리고 정보도. 월터스 교수님…"

월터스가 음울하게 웃음을 터뜨렸다. "무슨 짓을 하는 건지 알고 있기를 바라지요, 백작. 그렇더라도 행운을 빌겠소. 행운이 필요할 것 같구려."

샌포드는 도서관을 나서는 알레산드라를 따라오지 않았다. 그녀는 월터스의 기습을 탓하지 않았다. 그들은 겁먹고 있었고, 월터스가 했던 말이 사실이라면 그럴 만도 했다. 그것은 알레산드라가 집중하기에는 너무나도 거대하고 불가능한 생각이었다.

그녀에게는 너무 컸다. 그녀는 한 사람의 도둑에 불과했다.

알레산드라는 바깥 계단에 멈춰 서서 떨리는 손가락으로 새 담배에 불을 붙였다. 집중해야 했다. 오른. 오른이 문제였다. 오른이 고메스와 다른 자들을 고용해 자신의 미라를 훔치게 했다. 프리본과 비서가 했던 모든 이야기가 우르르 밀려들었다. 애슐리의 탐사를 유도한 것은 오른이었다. 무엇을 발견하게 될지 이미 알고 있었을지도. 그리고 오른은 알레산드라가 샌포드와 대립하게 만들었다. 어쩌면 그녀를 죽이려는 시도였을지도 몰랐다.

어쩌면 비서와 다른 사람들을 죽인 것 역시 오른일 수도 있었다. 아니면 그건 다른 사람 짓일 수도 있었고. 알레산드라가 고개를 들었다. 검은 옷을 입은 형체가 도서관 건너편 벤치에 앉아 그녀를 보고 있었다. 그녀는 잠시 서서 상대를 마주보면서 그가 정말로 시체일지 아니면 그저 시체 같은 사람일지 생각해 보았다. 상관없었다. 결과는 마찬가지였다.

알레산드라가 마지막 한 모금을 빨아들이고 담배를 던졌다. 손을 주머니에 꽂고 손가락을 권총 방아쇠에 얹은 채 검은 옷을 입은 남자를 향해 살금살금 다가갔다. 남자에게 이르러 물었다. "그는 어디 있지?"

남자는 알레산드라를 올려다보았지만 아무 말도 하지 않았다. 주위를 둘러보았지만 아무도 보이지 않았다. 알레산드라는 깊이 숨을 들이쉬며 앉았다. "지난 번 만남은 유감스럽게도 오해로 끝났지." 그녀가 말했다. "이쪽이나 그쪽이나 판단에 착오가 있었어. 그쪽만 괜찮다면 나도 지나간 일은 흘려보낼 용의가 있는데."

검은 옷을 입은 남자는 여전히 아무 말도 하지 않았다. 조차장에서 만났던 자와 같은 인물일까? 알 수 없었다. 알레산드라가 한숨을 쉬고 시선을 돌렸다. "말했듯이 다 끝나 가. 그들이 어디 있는지 알아내는 대로 알려줄게. 그러면 그는 자기 물건을 되찾을 테고 당신들은 전부 오클라호마로 돌아갈 수 있겠지. 아니면 어디가 됐든 왔던 곳으로."

남자가 한숨일지도 모를 소리를 냈다. "언제…" 그가 꾸르륵거렸다.

"일이 다 잘 되면, 오늘밤. 전해 주겠어?"

"전하… 겠다…"

알레산드라가 혐오감에 몸을 떨었다. 남자가 숨을 쉬고 있지 않다는 걸 이제야 깨달았다. 그 생각을 옆으로 치워 두고 고개를 끄덕였다. "좋아." 그녀는 침을 꿀꺽 삼켰다.

"그리고 일이 마무리되는 대로 보수는 전액 지불될 줄로 믿겠다고도 전하고."

"고메스가 저 여자에게 전부 다 얘기했다고?" 위틀록이 취조실을 들여다보며 말했다. 여자는 별 특색 없게 예뻤다. 이름은 윌마이고 아컴의 많은 주류 밀매점 중 한 곳에서 웨이트리스로 일한다는 게 멀둔의 설명이었다. 그녀는 초조해 보였다. 아니, 겁을 집어먹고 있었다. 위틀록은 잠시나마 동정심을 느꼈다. 멀둔이 고개를 끄덕였다.

"그런 것 같던데요. 고메스는 좋은 베갯머리 대화 상대였다는 군요."

"그럼 이렇게 털어놓는 이유는?"

"만나러 오기로 했는데 나타나지 않았답니다. 걱정된다네요."

위틀록이 웃음을 터뜨리며 벽에 기대섰다. "하이고야, 웃겨 돌아가시겠군. 아마 돈 챙겨서 튄 거겠지."

"아니면 호도로프스키와 비슷한 일을 당했거나요." 멀둔이 말했다.

위틀록이 턱을 긁었다. "이제 어쩌지?"

"지금으로선 무슨 일이 일어나는지 기다려 봐야죠."

위틀록이 멀둔을 빤히 쳐다보았다. "뭐? 우린 범인이 오른이라는 걸 알아. 아마 지금 미라를 가지고 있을걸. 함께 찾아가서 자네는 놈을 체포하고 나는 회사 재산을 확보한다. 그래야지?"

"아컴에서는 일이 그렇게 쉽게 돌아가지 않아요." 멀둔이 조용히 말했다. 그는 책상 위에 몸을 숙이고 있거나 다른 일로 바쁜 사무실 안의 경관들을 둘러보았다. 경찰서는 가라앉은 분위기였다. 다가올 위기 앞에 문을 꽉 닫아건 듯한 공기가 감돌았지만 위틀록으로서는 무엇이 원인인지 알 수 없었다. 경관들은 마치 자기네 눈에만 보이는 폭풍을 기다리는 듯했다.

"위에 보고는 했으니까요." 멀둔이 말을 이었다. "어떻게 되나 기다려 보죠." 그가 얼굴을 문질렀다. 피곤해 보였다. 위틀록은 멀둔이 상관들에게 얼마나 쪼이고 있을지 궁금했다. "제가 모르겠는 건 이유예요. 왜 이미 소유한 거나 다름없는 물건을 훔치죠?"

"말했잖나. 많은 부자들이 그렇게 한다니까. 소동 덕분에 홍보 효과도 얻고 보험금도 타지. 그런 다음 아무도 모르는 가운데 자기만 평화롭게 물건을 감상할 수도 있고." 위틀록이 새로운 생각이 떠오른 듯 숨을 뱉었다. "아니면 꽁무니에 붙은 누군가를 떼어 내려고 하는 걸지도."

"살인들 말씀이시군요." 멀둔이 위틀록이 말하고자 하는 바를 이해하며 말했다.

"때로는 이런 물건들을 파내는 걸 반기지 않는 사람들이 있거든. 덩그러니 있다고 해서 주인이 없다는 뜻은 아니니까." 위틀록이 손가락을 튀겼다. "초르치. 그 여자는 재미삼아 이런 물건을 훔치지 않아. 진짜 소유주들이 그 여자를 보냈겠지. 하지만 오른이 선수를 쳐서 자기 미라를 훔친 거야. 오른은 아마 그걸 다른 누군가의 소행으로 몰아가려는 걸 테고…"

"샌포드." 멀둔이 말했다.

"어쩌면. 하지만 원 소유주들은 거기에 넘어가지 않았거나 좆도 신경 안 쓴 거지. 젠장, 아마 아직도 오른을 노리고 있을걸." 위틀록이 멀둔을 보았다. "그쪽에 가 봐야겠어. 혹시 모르니까."

멀둔은 잠시 구미가 당기는 모양이었다. 하지만 이내 고개를 가로저었다. "아뇨. 이젠 우리 손을 떠났어요."

위틀록이 심술궂게 웃음을 터뜨렸다. "그럴 테지. 오른이 연다

는 파티 말이야, 거기 누가 참석하시려나?" 멀둔이 대답하지 않
자 위틀록은 고개를 끄덕였다. "말이 되는군. 나리님들께서 사과
하실 시간을 드려야 한다 이거지? 우리 때문에 누가 난처해지면
쓰나."

멀둔이 위틀록을 보았다. "그렇게 할 수밖에 없어요."

"자네야 그렇겠지." 위틀록이 벽을 밀어내며 나섰다. "하지만
난 경찰이 아니거든. 나는 아거스 보험사 소속이고, 회사가 원하
는 건 그 망할 미라야. 난 회사에 미라를 찾아다 줄 작정이고."

멀둔이 위틀록의 팔을 잡았다. "무슨 말을 하는 거예요?"

위틀록이 멀둔의 손을 뿌리쳤다. "무슨 말을 하는 것 같나? 난
오른의 집에 가서 미라를 찾겠어. 아니면 오르되브르 테이블에
먹을 만한 게 있나 탐구해보거나. 어느 쪽이든, 난 가겠네." 그가
말을 멈추고 멀둔을 보았다. "같이 갈 건가 말 건가?"

멀둔은 잠시 말이 없었다. 그러더니 한숨을 쉬고 자기 책상으
로 가서 천으로 감싼 꾸러미를 챙겨 위틀록에게 돌아왔다. "갈 거
면 가자고요."

위틀록이 꾸러미를 가리켰다. "그건 뭔가?"

멀둔이 천을 풀자 M1 개런드 반자동 소총의 고동색 몸체가 드
러났다. "베키라고 해요. 애인을 놔두고 파티에 갈 수는 없죠."

위틀록이 멀둔의 어깨를 감싸 쥐었다. "자네가 내 마음에 들 줄
알았어, 멀둔. 이제 파티를 망치러 가 볼까."

31장
크라이스트처치

남부 성당은 인상적인 풍모를 갖춘 건물이었다. 회색 석재는 붉은 벽돌로 지은 인근 주택들과 선명한 대조를 이루었다. 뾰족한 종탑은 어두운 하늘 속으로 묘비처럼 우뚝 솟아올랐다. 알레산드라는 종탑을 올려다보고 꿈에 등장했던 지형지물을 떠올리지 않을 수 없었다. "크느-얀의 깊은 탑들." 그녀가 중얼거리자 몸 속 깊은 곳에서 그에 화답하는 중얼거림 같은 것이 느껴졌다.

"뭐라고?" 페퍼가 물었다.

"아냐. 전에 여기 와 본 적 있어?" 거리는 조용했고 옅은 안개가 보도 위를 흘렀다. 안개에서는 강물 냄새가 났고 냉기도 함께 딸려왔다. 알레산드라가 코트 깃을 단단히 여몄다.

"그럼." 페퍼가 두 손을 주머니에 꽂았다. "어렸을 때 아빠가 데려오곤 했거든." 그녀는 얼굴을 찌푸렸다. "맥타이어의 부하가 저 안에 있을까?"

"없더라도 곧 오겠지." 알레산드라가 발을 내딛었다. "가자." 견목으로 만든 높다란 문 한 짝을 밀어 열었다. 빛이라고는 진홍색으로 깜빡이는 성체등뿐이었다. 나무로 만든 딱딱한 신도석이 신랑에 줄지어 있었다. 대리석 제대 위로는 커다란 십자가가 걸려 있었다. 성체등의 붉은 빛이 만들어낸 그림자들이 스테인드글라스 창을 가로질러 춤추며 그리스도의 얼굴을 뒤덮었다. 알레산드라는 그 광경에 욕지기가 났지만, 이유는 알 수 없었다. 페퍼에게 눈길을 보내며 문 가까이에 위치한 신도석을 가리켰다. 페퍼가 고개를 끄덕이고 가서 앉았다.

지미는 중앙 신도석에 앉아 팔을 좌우로 쭉 늘어뜨린 채 나직하게 휘파람을 불고 있었다. 알레산드라가 옆자리에 앉자 그가 흘끗 시선을 던졌다. "밤새 여길 열어 놓다니 마이클 신부님은 마음씨도 좋으시지. 정말 공동체 정신의 귀감 아닌가?"

"나야 모르지."

"그래, 그렇겠지. 당신이야 외국인이고 하니." 지미가 미소 지었다. "오늘 아침 죽은 녀석, 당신 친구야?"

"그쪽이랑 무슨 상관인데?"

"내 알 바는 아니지. 그냥 궁금해서. 조의를 표하지."

"고마워." 알레산드라는 의자에 등을 기대고 성당 높은 곳에서 춤추는 그림자들을 구경했다. 그림자들이 움직이는 방식에 낯익은 데가 있었다. 이번에도 그녀가 한 번도 경험한 적 없는 무언가에 대한 기억이었다. 알레산드라는 침을 삼키고는 지미를 보았다. "연락 받고 좀 놀랐어. 뭐라도 나오려면 며칠은 걸릴 줄 알았는데."

"맥타이어 씨께서 이루고자 하시는 일이 있으면 이루실 때까지 모두가 힘을 합치거든." 그렇게 말하는 지미는 우쭐한 표정이었다.

"우리 모두에게 잘 된 일이네. 뭘 찾았는데?"

"놈들이 숨어 있는 곳을 알아냈지. 아니, 숨어 있었던 곳을." 지미가 자기 손톱을 들여다보았다. "놈들에게 장소를 알려준 녀석을 내 손으로 두들겨 패서 알아냈다고."

"기특하기도 해라. 어디 있는지 알면 왜 직접 잡으러 가질 않고?"

지미가 미소 지었다. "당신이 직접 그 영광을 누리고 싶어 할지도 모르겠다고 맥타이어 씨께서 말씀하시더라고."

알레산드라가 고개를 끄덕였다. "물론 그러셨겠지. 어딘데?"

"크라이스트처치 공동묘지. 어딘지 알아?"

"찾을 수 있어." 알레산드라는 잠시 생각에 잠겼다. "공동묘지에 숨어 있다고?" 언뜻 생각하기에는 뻔한 선택 같았다. 조금 지나치게 뻔했다. 오른의 작은 농담 같은 것이었을지도.

"제대로 된 묘지는 아니고. 무연고 묘지 근처 언덕 바로 아래에 늪이 있거든. 거기서 트럭을 발견했지."

"거긴 어쩌다 찾으러 갔는데?"

"그쪽에 옛날 밀주업자들이 쓰던 길들이 많거든." 지미가 말했다. "숨을 곳이 많지. 특히 길을 안다면. 우리처럼. 그리고 프랑스 언덕 아래에는 밀수업자들이 쓰는 터널이 잔뜩 있어. 염병할 두

더지 굴이 따로 없지." 그가 인상을 썼다. "햇빛 안 보고도 한 집
에서 다른 집으로 이동할 수 있다고."

"밀주업에는 이상적이겠네."

지미가 고개를 가로저었다. "난 거긴 내려갈 일 없어. 다른 녀
석들도 다 마찬가지고. 지난번 일 이후로는 말이야. 재수 옴 붙은
터널들이거든."

"왜 맥타이어가 내 도움을 원했는지 알 만한걸." 알레산드라가
지난번에 무슨 일이 일어났을지 궁금해하며 말했다.

지미가 표정을 굳혔다. "아가씨, 당신은 아무것도 몰라." 그가
몸을 앞으로 기울였다. "당신은 염병할 광산 속의 카나리아라고.
당신이 놈들을 찾으면 우리가 처리한다. 당신은 그것만 신경 쓰
면 돼."

알레산드라가 그의 눈을 보았다. 지미는 겁먹고 있었다. 범죄
자들은 말썽의 척도였다. 무언가가 벌어질 조짐이 있으면 보통은
해당 지역의 범죄자가 먼저 알았다. 이번 강도 사건은 그들 모두
를 우왕좌왕하게 만들었다. 알레산드라는 사마코나를 떠올리고
는 몸을 떨었다. 지미는 눈치 채지 못했다. 그는 성당 뒤쪽을, 페
퍼 쪽을 바라보느라 바빴다. "저 녀석 알아?" 그가 중얼거렸다.

"그래."

지미가 의자에 등을 기댔다. "다행이군." 그는 긴장을 놓지 않
았다. "이번 일이 모두를 뒤집어 놓은 판국이라. 빨리 정리할수록
좋아."

"오늘밤 크라이트스처치에 갈게."

지미의 얼굴이 핼쑥해졌다. "밤에?"

"그쪽도 마찬가지 생각이겠지만, 오래 기다릴수록 녀석들이 물건을 옮길 가능성이 커져. 내가 녀석들을 빨리 찾아낼수록 모두에게 좋지."

"당신 장례식이니까." 지미는 그렇게 말하며 눈길을 돌렸다.

"그건 내가 곤경에 처하더라도 지원을 기대할 수는 없다는 뜻?"

지미가 그녀를 똑바로 쳐다보았다. 알레산드라가 그의 어깨를 두드렸다. "기분 나쁘라고 한 소리는 아니고." 그녀가 일어섰다. "맥타이어 씨에게 고맙다고 전해줘. 다음번에는 구역 침범하기 전에 먼저 물어보겠다고 하고."

"몸 성하고 싶으면 다음번은 없는 게 좋을 거야, 아가씨." 지미가 돌아서서 제대 쪽으로 향했다. 페퍼가 문으로 향하는 알레산드라에게 따라붙었다.

"어떻게 됐어?"

알레산드라는 페퍼를 보지 않았다. "크라이스트처치 공동묘지 가는 길 알아?"

페퍼가 얼굴을 찌푸렸다. "그래, 하지만 밤에?"

"언제가 더 나은데?"

"되도록이면 아예 안 가는 게 좋지."

알레산드라가 미소 지었다. "가자. 거기 데려다 줘."

크라이스트처치는 멀지 않았다. 페퍼의 택시에 도착한 뒤로 몇 분밖에 걸리지 않았다. 거리 맞은편에서 본 공동묘지는 알레산드

라가 읽어 본 모든 유령 이야기에 나오는 전형적인 공동묘지처럼
보였다. 철로 된 대문과 울타리가 산 자들과 죽은 자들의 왕국을
가르고 있었다.

"너도 알겠지만 철에는 모종의 신비로운 성질이 있대." 알레산
드라가 무심코 말했다.

"내가 철에 대해 뭘 알겠어?" 페퍼가 말했다. 그녀는 운전석에
몸을 묻은 채 혐오감을 감추지 못한 눈길로 늪을 응시했다. "계획
이 뭐야?"

"조사는 내가 해. 너는 여기 있어."

"같이 가는 게 좋지 않을까."

"만일의 경우에 대비해서 네가 여기 있는 게 나아." 알레산드라
가 페퍼에게 빌린 회중전등, 미국인들 표현대로라면 손전등을 들
어 보였다. "내가 한 시간 내로 돌아오지 않으면 누굴 불러. 되도
록이면 멀둔을. 나한테 들었던 얘기를 다 해 줘."

"지원이 필요하게 되면 어쩌려고?"

알레산드라가 미소 지었다. "그래서 네가 여기 있어야 하는 거
야. 뭐든 수상한 게 보이면 경적을 울려." 사마코나가 지켜보고
있을지 궁금했다. 예고도 없이 나타나는 그의 성향을 생각하면
그럴 확률이 높았다. 하지만 괜찮았다. 일단 미라를 찾고 나면 어
떻게 할지는 그에게 달렸으니까. 기꺼이 그에게 양보할 작정이었
다. 그녀는 손 털고 나갈 것이다. 아컴을 떠나 이 추악한 일을 전
부 잊어버릴 수 있으리라.

물론, 일이 엉망진창으로 잘못되지 않는다면.

알레산드라는 그럴 가능성에 대해서는 너무 깊이 생각하지 않으려 애쓰면서 택시에서 내렸다. 재킷을 단단히 여미고 손전등을 켰다. 늪은 이전에 그녀가 본 몇몇 늪들에 비하면 작았다. 질퍽한 땅이 무연고 묘지 언저리를 휘감아 뻗어 나가다 강 부근에서 사라졌다. 이끼가 끼고 비틀어진 어두운 나무들이 목책처럼 솟아 묘지 풍경을 가장 가까운 이웃들의 시선으로부터 가려주었다. 시에서 늪을 그대로 방치한 것도 혹시 그런 이유 때문이 아니었을까 싶었다.

어둠 속에서 벌레들이 노래했다. 얕은 물 위로 안개가 짙게 깔렸다. 웃자란 덤불을 쳐 내어 만든 길 한 줄기가 나 있었다. 거기서 갈라져 나간 다른 길들이 구불구불 늪을 통과했다. 일부는 강으로 이어졌고, 일부는… 무연고 묘지로 돌아왔다.

알레산드라의 숨결이 허공에 퍼졌다. 빛을 비추자 어떤 차량의 바퀴 자국이 보였다. 지미가 말했던 트럭이었다. 그녀는 바퀴 자국을 따라 썩어가는 통나무를 넘고 부들 덤불을 통과했다. 갑자기 푸드덕 날개 소리가 들려 걸음을 멈추고 귀를 기울였다. 무언가가 새들을 놀라게 했다. 그녀는 아니었다. 손전등 빛을 휘둘렀지만 아무것도 보이지 않았다. 온몸에 소름이 끼치는 것을 독하게 억눌렀다.

사마코나의 일손들이 두 사람을, 정확히는 알레산드라를 따라온 것은 아닐지 궁금했다. 손으로 권총을 더듬었지만 꺼내지는 않았다. 아직은 아니었다. 기다려 보았지만 새들을 겁먹게 했던 것은 사라진 뒤였다. 그녀는 손을 총 가까이에 둔 채 길로 돌아갔다.

트럭을 찾기는 어렵지 않았다. 나무들 사이에 넣은 트럭에는 방수포가 덮여 있었다. 짐칸에는 물론 아무것도 없었다. 앞좌석에도 아무것도 없기는 마찬가지였다. 알레산드라는 조수석 문을 세게 닫고 가장 가까운 길에 손전등을 비추었다. 무연고 묘지로 이어지는 길이었다. 결국 묘지로 가기는 간 모양이었다.

알레산드라는 자신이 왔던 길을 흘긋 보며 돌아갈까 고민했다. 하지만 고민은 잠시뿐이었다. 이내 그녀는 앞쪽으로 불빛을 까닥거리며 무연고 묘지로 향했다. 한참 후, 나무들이 듬성해지고 덤불이 서서히 사라졌고, 그녀는 표목들이 선 흙투성이 풀밭을 걷고 있었다. 표목들은 날짜 외에는 익명이었다.

공동묘지는 고요했다. 어느 정도는 강 안개 때문이라는 생각이 들었다. 이곳의 안개는 다른 어느 곳보다도 짙어 보였다. 우뚝 선 영묘들이 구불구불한 거리를 따라 늘어선 조용한 상점들의 앞면처럼 보였다. 어지럽게 밀집한 묘비 상당수는 이끼에 뒤덮인 채였다.

알레산드라는 짓밟힌 풀밭을 손전등으로 비추며 길을 따라 걸었다. 강도 이후 비가 내렸지만 아직도 누군가가 이 길을 지나간 흔적은 남아 있었다. 길 가까이 위치한 풀로 뒤덮인 영묘가 눈에 들어오자 갑자기 어떤 생각이 떠올랐다. 지미가 언급했던 터널들. 그녀도 과거 파리에서 무고한 자들의 묘지에 숨겨진 터널을 통해 카타콤으로 탈출한 적이 있었다.[37]

알레산드라는 직감을 따라 영묘로 다가갔다. 안에 드나들 수 있도록 뒤덮은 풀 일부가 치워져 있었다. 묘지기가 한 일일 수도 있었지만 그럴 것 같지 않았다. 그녀는 리볼버를 쥐고 영묘 출입문으로 다가갔다.

영묘 내부는 뼈와 부서진 돌로 어지러웠다. 축축한 개와 썩어 가는 천의 냄새가 풍겼다. 중앙에 놓인 석관이 약간 열려 있었다. 알레산드라는 마지못해 석관 가장자리 너머를 들여다보았다. 바스러져 가는 시체 대신 어둠 속으로 내려가는 마모된 돌계단이 보였다. "하." 그녀가 나직이 말했다. "찾았다."

알레산드라는 리볼버를 총집에 넣고 석관 테두리를 넘어갔다. 맨 위 단에 멈춰 서서 아래를 내려다보았다. 순간, 그녀는 그림자들이 대양의 파도처럼 치밀어 오르고 그녀를 사로잡은 자들의 영창이 귀를 울리는 땅 밑 세계로 돌아가 있었다.

느카이, 그림자들이 읊조렸다. 알레산드라가 눈을 감자 그녀를 집어삼키려던 심상들이 사라졌다. "그래, 내가 간다." 그녀가 자신도 모르게 말했다.

그런 다음, 깊이 숨을 들이마시고, 알레산드라는 내려가기 시작했다.

페퍼는 조용히 앉아서 알레산드라가 준 담배를 피웠다. 눈으로

---

37 무고한 자들의 묘지는 성스러운 무고한 자들의 묘지라고도 불리며, 프랑스 파리에 위치한 공동 묘지다. 중세부터 사용되었으며 18세기 후반 들어 과도한 매장으로 인한 위생 문제가 불거진 끝에 시체를 파 내고 뼈를 파리 지하에 방대하게 뻗어 있는 고대 채석장 터널인 카타콤으로 옮겼다.

는 늪과 그 너머의 묘지 언저리를 보고 있었다. 근처에서 날개 퍼
덕이는 소리가 들리자 그녀는 움찔했다. 밤에 이곳에 온 것은 처
음이었는데, 슬슬 온 것이 후회스러웠다. 뿐만 아니라 알레산드
라와 함께 가지 않은 것도 후회스러웠다. 알레산드라는 능수능란
하기는 했지만 아컴을 몰랐다. 아컴을 이해하지 못했다.

"어쩐지 돈을 너무 많이 주더라니." 페퍼는 운전대를 찰싹 때리
고 차 밖으로 나서려다가 갑자기 들려온 소리에 얼어붙었다. 어
색하게 발을 질질 끄는 듯한 그 소리를 전에도 딱 한 번 들어본
적 있었다. 부두에서였다. 그녀는 좌석 아래로 내려가 차창 가장
자리 너머를 내다보았다.

망가진 형체들이 안개 밖으로 나왔다. 그들은 폴짝 뛰고 스르
르 미끄러지고 쿵쿵 걸었다. 거의 사람처럼 걷는 자들이 있는가
하면 짐승처럼 기는 자들도 있었다. 대다수는 옷을 입었지만 일
부는 몸 위에 흉터 외에는 아무것도 없었다. 거대한 무리가 갈라
져 차 주위를 돌아서 늪으로 향하는 모습이 냄새를 맡은 개떼 같
았다.

"알레산드라." 페퍼가 중얼거렸다. 그들의 고기 썩은내가 택시
를 가득 채우자 그녀는 침을 크게 꿀꺽 삼켰다. 그들은 백작을 따
라가고 있었다. 어떻게든 해야 했지만 무엇을 해야 좋을지 알 수
없었다. 이내 그나마 있던 선택권도 사라졌다. 날카롭게 금속이
찢어지는 소리와 함께 운전석 문이 느닷없이 경첩에서 떨어져 나
갔다. 손 하나가 경악하여 몸을 뒤트는 페퍼의 셔츠자락을 붙잡
아 그녀를 택시 밖으로 끌어냈다.

다음 순간 페퍼는 허공을 날고 있었다. 바닥에 세게 떨어지자 폐에서 공기가 한꺼번에 빠져나갔다. 몸을 일으키려했지만 무언가 어마어마하게 무거운 것이 가슴 위에 얹혀 옴짝달싹 할 수 없었다. 발이었다. 사마코나가 그녀를 내려다보고 있었다.

"네가 차로 나를 쳤지." 그가 말했다.

페퍼는 아무 말도 하지 못한 채 공포에 찬 눈으로 사마코나를 올려다보았다. 할 말이 있었다 한들 숨이 막혀 소리가 나오지 않았다. 사마코나가 발을 더 강하게 내리눌렀다. 페퍼가 그의 다리를 때려 보았지만 주먹으로 철근을 때리는 기분이었다. 그가 웃음을 터뜨렸다.

"그 여자가 내 사냥감을 찾아냈다." 사마코나가 발을 들자 페퍼는 몸을 굴려 엎드리며 기침을 뱉고 숨을 헐떡였다. "내가 곧 둘 모두를 처리할 것이야." 사마코나가 손을 뻗어 성인 남자가 새끼 고양이를 집어 올리듯 손쉽게 페퍼의 뒤통수를 붙잡았다. "그전에 너를 어떻게 하면 좋을까? 쥐새끼처럼 네 두개골을 땅에 내리쳐 산산조각 낼까? 아니면 내 종복들에게 먹이로 줄까?" 그가 그녀를 가까이 끌어당겨 살폈다. "어느 쪽이 좋으냐, 아이야?"

페퍼가 그를 걷어차려 했다. 사마코나가 미소를 짓자 얼음물 속에 처박힌 듯한 기분이 들었다. "용감하구나." 그가 말했다. "나도 한때는 용감했지. 코로나도가 몸소 나의 용감무쌍함을 칭찬했단다. 하지만 결국 용기가 내게 가져다 준 것은 고통뿐이었지." 그가 눈을 들여다보자 그녀는 그 끔찍하고 불타오르는 시선을 마주보지 않기 위해 눈을 감았다.

"자비를 베풀어 볼까." 사마코나가 혼잣말처럼 말했다. 그가 페퍼를 택시 옆구리에 내던지자 그녀는 숨을 씨근덕거리며 무너져 내렸다. 갈비뼈가 잘못된 느낌이 들었고 팔이 움직이지 않았다. 그녀는 이런 사실들을 통증의 안개 너머로 무기력하게 감지했다. 사마코나가 포르투갈어도 스페인어도 아니고 그녀가 알아들을 수 있는 다른 어떤 언어도 아닌 언어로 무어라고 말했다.

창백한 것들이 얕게 헐떡이며 페퍼 주변에 모여들었다. 그들은 몸을 웅크리고 사마코나의 신호를 기다렸다. 다른 녀석들보다 더 작고 더 야생적인, 양피지 같은 살갗이 뒤틀린 뼈 위로 팽팽하게 당겨진 야윈 것들이었다. 사마코나가 그중 하나의 머리를 쓰다듬자 그것이 가냘프게 울었다. 그가 페퍼를 내려다보았다.

"이 녀석들에게 널 넘기마. 그리고 녀석들의 볼일이 끝나면 널 죽게 내버려 두마. 네 주인은 그렇게 운이 좋지 못할 것이다."

사마코나는 페퍼를 내버려두고 돌아서서 자신의 추종자들에게 둘러싸여 성큼성큼 안개 속으로 사라졌다. 뒤에 남아 페퍼를 에워싼 녀석들은 제외였다. 작고 굶주린 것들이 눈구멍 속에서 희뿌연 눈을 희번덕거리고 망가진 이빨을 열심히 아작거리면서 갈퀴 같은 손발을 써서 기어왔다. 페퍼는 찌르는 듯한 통증에도 택시 지붕을 붙들고 몸을 일으켜 세웠다. 한 생명체가 덤벼들었고, 그녀가 내지른 발에 놈의 머리통이 맞았다. 호박을 걷어찬 기분이었다.

그것은 휘청거리더니 낑낑 울며 몸을 털었다. 다른 녀석이, 또 다른 녀석이 덤볐다. 페퍼는 문이 사라진 자리를 통과해 택시 안으로 뛰어든 다음 반대편으로 나와서 문을 걷어차 닫아 놈들을 막았다. 그녀는 고통에 겨운 비명을 집어삼키며 몸을 일으켜 비틀비틀 달아났다. 하지만 그것들은 너무 빨랐다. 그것들이 페퍼의 앞을 가로막고 다시 사방을 에워쌌다.

페퍼는 불완전한 원 속에서 몸을 돌리며 그것들 모두를 시야 안에 두고자 했다. "싸움을 원해?" 그녀가 헐떡였다. "그럼 싸워 줘야지." 그녀가 성한 한쪽 손을 감아쥐었다. 한 녀석이 몸을 긴장하며 궁둥이를 파르르 떨다 도약했다.

요란한 소총 소리가 허공을 갈랐다. 녀석이 털썩 쓰러져 경련했다. 두 번째 총성이 첫 번째 총성의 메아리를 바짝 붙어 따라왔다. 다른 생명체가 뒤쪽으로 거꾸러졌다. 세 번째, 네 번째 총성이 뒤를 잇자 살아남은 녀석들이 놀란 쥐떼처럼 사방으로 흩어졌다.

페퍼가 몸을 떨며 돌아보았다. 숲에서 키 큰 형체가 나타났다. "괜찮아?" 멀둔 경관이 소총을 다시 장전하면서 다가왔다. 그가 걸음을 멈추었다. "페퍼 너야?"

"나 맞아요." 페퍼가 아파서 움찔하며 대답했다. 이제 팔에 감각이 돌아오고 있었지만 아직도 타는 듯이 아팠다.

멀둔이 주위를 둘러보았다. "나머지 녀석들은 어디로 갔지?" 그는 그것들이 무엇인지는 묻지 않았다. 표정을 보아하니 대충 아는 모양이었다.

페퍼가 가리켰다. "백작을 쫓아가고 있어요." 그녀가 아직도 방금 일어난 일을 이해하려 애쓰며 말했다. "대체 어디서 갑자기 나타난 거예요?"

"누굴 쫓고 있었거든. 너도 봤는지 모르겠다. 키가 크고 외국인 처럼 생겼는데…"

"네, 봤어요." 페퍼가 가슴을 문질렀다. "그놈이 대장이에요."

멀둔이 욕설을 내뱉었다. "그자가 백작을 쫓고 있다고? 너 걸을 수 있겠어?"

"어깨가 아파요."

"하지만 다리는 괜찮지?"

페퍼가 통증에 움찔했다. "하여간 멀둔은 다정하다니까요."

멀둔이 음침하게 미소 지었다. "가자. 백작에게 우리 도움이 필 요하겠다는 예감이 드네."

32장

터널

계단 바닥에 이른 알레산드라 주위로는 벽돌 벽이 곡선을 그리며 서 있었다. 벽은 악취 나는 곰팡이로 번들거렸고 오래된 회반죽 냄새가 감돌았다. 모든 것에서 강가의 진흙과 다른 더 구분하기 어려운 것들의 냄새가 코를 찔렀다. 그녀는 슬며시 미소 지었다. 잊힌 터널들은 도둑의 가장 좋은 친구일 수 있었다.

지미의 말처럼 프랑스 언덕과 그 일대는 이런 오래된 터널들로 벌집이 되다시피 한 모양이었다. 지하 저장고에서 지하 저장고로, 혹은 이 경우에는 지하 저장고에서 공동묘지로 이어지는 비밀 통로들. 알레산드라는 잠시 걸음을 멈추고 물기가 떨어지는 소리와 해충들의 속삭임에 귀를 기울였다. 터널을 가로질러 손전등을 비추어 보았다. 터널과 영묘 중 어느 쪽이 먼저 생겼을지 궁금했다. 눈길을 아래로 향했다. 진흙 바닥은 부츠 자국으로 뒤덮여 있었다.

알레산드라는 권총을 꺼내 들고 발자국을 따라갔다. 자주 오간 흔적이 있었다. 누구인지 몰라도 강도 사건 이전부터 이 장소를 이용해 온 흔적이었다. 하기야 샌포드의 말이 옳다면 고메스 일당은 한동안 바쁘게 활동했을 테니까. 아컴의 발 바로 아래에서 그밖에 또 무슨 일이 벌어지고 있을지 궁금했다.

무언가의 냄새가 훅 끼치자 알레산드라는 걸음을 멈추었다. 터널은 상당히 좁아져 있었다. 앞쪽에 조잡하게 보강해 놓은 아치형 입구가 보였다. 공기 냄새를 맡아 보았다. 강물의 악취 아래로 구리 같은 냄새가 느껴졌다. 피 냄새였다. 그녀는 무언가가 살금살금 뒤를 따라오고 있다고 반쯤 확신하며 자신이 왔던 길을 흘끗 돌아보았다.

마음을 다잡고 발걸음을 옮겼다. 이곳의 벽은 나무뿌리로 두껍게 뒤덮여 있었고, 발밑으로 무른 흙이 아작거렸다. 과거에는 틀림없이 나무로 만든 관이었을 것들의 모서리가 벽돌 사이 벌어진 틈으로 튀어나와 있었다. 그녀는 그 안에 무엇이 들어있을지 너무 깊이 생각하지 않으려 애썼다. 혹은 점점 더 짙어지는 피 냄새에 대해서도.

통로 끝에 이르자 일종의 방이 나왔다. 작았다. 겹겹이 쌓인 관이 가득 차 있었는데 대개는 못까지 썩어 문드러진 듯했다. 얼마 전에 산산조각 난 것들도 있었다. 하지만 부서진 판자 사이로 새로운 시체 한 구가 보였다.

고메스는 편하게 죽지 못했다. 누군가 그를 박살냈다. 방은 쪼개진 목재와 부서진 묘비로 가득했다. 광산 입구처럼 지지대를 받쳐 놓은 아치형 입구 여러 개가 두 벽을 차지했다. 지미가 말했던 다른 곳으로 갈라져 나가는 터널들이었다. 어두운 벽돌이 피로 물들어 있었다.

알레산드라는 고메스 옆에 쪼그려 앉았다. 언뜻 보기에 죽은 지 최소한 하루는 지난 뒤였다. 그를 조사하던 중 어느 관에 든 허연 것이 눈에 띄었다. 또 다른 시체였다. 남자였다. 그녀는 그가 강도들 중 하나였음을 간신히 알아보았다. 누군가가 그를 구타해 죽인 다음 관 속에 집어넣었다.

오른이 매듭짓지 못한 끝을 마무리하고 있었다. 느낌이 왔다.

어떤 소리가 알레산드라의 상념을 방해했다. 퍼뜩 정신을 차리며 동작을 멈췄다. 단단하고 완강한 침묵이 주위로 퍼져나갔다. 하지만 착각이었나 생각할 때쯤 그것이 다시 들려왔다. 삽 같은 것으로 느리고 끈질기게 긁는 소리였다. 마치 누가 땅을 파는 것처럼. 오싹해진 그녀가 일어나 물러섰다. 누군가 손전등 빛을 봤을지도. 여기서 눈에 띄는 건 사양이라고 스스로에게 되뇌었다. 그렇잖아도 이미 곤란한 처지였다. 그리고 누군가는 이 시체들을 경찰에 신고해야 했다.

소리는 이제 더 크고 집요해졌다. 보이지 않는 땅 파는 자가 더욱 흥분해서 열의를 불태우고 있는 것처럼. 알레산드라는 돌아서서 나가려다가 손전등 빛 속에서 무른 흙에 찍힌 발자국 하나를 발견했다. 알고 보니 한둘이 아니었다. 십수 개는 되는 발자국이 낮은 터널 앞에 모여 있었다. 그녀는 멈춰 서서 죽은 남자들 쪽을 돌아보았다.

멀리 벽에서 흙이 부서져 내렸다. 오래된 벽돌 하나가 마치 반대편에서 무언가가 밀고 있는 양 툭 튀어나오며 흔들렸다. 알레산드라가 권총의 공이치기를 젖혔다. 소리가 비좁은 공간 안에 크게 울렸다. 보이지 않는 땅 파는 자가 동작을 멈추었다. 작게 쉭쉭 혹은 찍찍거리는 소리가 들렸다. 그럼 쥐들이로구나. 시체 냄새에 이끌렸을 터였다.

결정을 내린 알레산드라가 회중전등을 높이 들고 터널 안으로 발을 내디뎠다. "식사 맛있게들 하렴." 그녀가 중얼거렸다. "내가 널 테니 사양 말고."

터널은 앞서 방에 도착하기 전에 지나왔던 터널보다 더 좁았고, 썩은 판자와 범포로 무른 흙을 받쳐 둔 형태였다. 최소한 몇십 년은 더 나중에 만든 터널이었다. 그래도 아컴 대부분 지역보다는 오래된 것이었다. 영국이 옛 식민지에 대한 통치권을 포기하기 한참 전에 땅을 파서 만든 밀수업자들의 터널이었다. 터널에서는 흙냄새도 썩은 내도 아닌 다른 독특한 냄새가 났다.

터널이 뱀처럼 똬리를 틀며 아래로 향하다 갑자기 야트막한 오르막으로 이어졌다. 어느 지점에서는 썩어가는 통나무 반대편 어디에선가 졸졸거리는 강물 소리를 들은 듯도 했다. 하지만 소리는 금세 사라졌고, 알레산드라 곁에는 자신의 발소리만 남았다.

소리가 미세하게 변했다. 알레산드라가 발치를 내려다보았다. 흙이 아니라 벽돌이 보였다. 통로 좌우가 좁아졌다. 한 사람이 간신히 통과할 만한 너비였다. 앞쪽에는 벽이 서 있었다. 아니, 벽이 아니다. 선반장이다. 선반장의 뒷면이었다. 그녀는 걸음을 늦추었다. 지미가 뭐라고 말했더라? 남의 눈에 띄지 않고도 한 집에서 다른 집으로 이동할 수 있다고 했지. 선반 장에 불을 비춰 보니 유리가 반짝였다. 와인 거치대였다. 그녀는 작게 소리 내어 웃으며 다가갔다. 거치대는 벽돌 바닥에 패인 홈을 따라 가볍게 움직였다. 병들이 달가닥거리며 으스스한 메아리를 남겼다. 그녀는 커다란 와인 저장고로 들어섰다.

걸음을 멈추고 귀를 기울였다. 위쪽에서 마룻장이 삐거덕거렸다. 희미하게 음악이 들렸다. 목소리도 들렸다. 파티일지도. 오른이 파티 이야기를 하지 않았나? 그럼 여긴 오른의 집? 말이 되는 것 같았다. 알레산드라는 미간을 좁히며 오른의 초대를 받아들일 걸 그랬나 생각했다.

저장고는 놀랄 만큼 깨끗하고 널찍했다. 하기야 지금도 사람들이 터널에 드나들고 있다면 그래야 할 터였다. 알레산드라는 여기저기 불을 비추며 저장고 안을 살폈다. 이따금 위에서 웃음소리가 흘러들었다. 그림자들이 알레산드라 주위로 모여들어 들썩이며 빛을 피해 춤추었다. 저장고 반대편 끝에서 축축한 미풍이 흘러와 닿았다. 그쪽에 모종의 트인 곳이 있었다.

알레산드라는 가능한 한 소리를 내지 않고 바람을 따라갔다. 트인 곳이란 알고 보니 오래 전 바닥에 벽돌을 원형으로 올려 쌓아 만든 자리였다. 아마 옛 물탱크 입구인 듯했다.

알레산드라가 쪼그려 앉아 입구를 살폈다. 손전등 빛을 들킬 위험을 각오하고 물탱크 안을 비춰 보았다. 영묘에서처럼 돌계단이 원을 그리며 아래로 내려갔다. "그럼 물탱크가 아니네." 그녀가 중얼거렸다. 어쩌면 더 오래된 것인지도. 프랑스 언덕 깊숙한 곳으로 뻗어 들어가는 또 다른 터널이라든가.

저장고 문이 끼익 하며 열리는 소리에 알레산드라가 얼어붙었다. 웃음소리, 음악, 커다란 목소리 따위의 소음이 쏟아져 들어와 저장고를 채웠다. 발이 계단에 내려섰다. 누군가 샴페인 병을 찾으러 오고 있었다. 그녀는 뻔뻔하게 나가 볼까 고민하다가 신중하게 행동하는 것이 더 용기 있는 태도라는 결론을 내렸다. 적어도 더 알아내기 전까지는. 더구나 훔친 미라를 숨기기에 이보다 더 나은 장소가 어디 있겠는가?

알레산드라는 아래로 내려가기 시작했다. 내려가다 보니 계단이 처음 생각했던 것보다 더 깊이 아래까지 이어진다는 사실을 깨달았다. 너무 깊었다. 강의 수위보다 더 아래까지 내려왔는지도 몰랐지만 확신할 수는 없었다. 계단 끝에 나온 터널은 오래된 것이었으나 관리가 잘 되어 있었다. 새로 회반죽을 바르고 기타 자잘하게 보수한 흔적이 있었다. 몇 발짝마다 전구도 달아 놓았다. 누군가 수고한 티가 났다. 궁금한 건 그렇게 한 이유였다.

"답을 알아낼 방법은 하나뿐이지." 알레산드라가 나직이 말했다. 벽돌 터널 끝에 방이 하나 나왔다. 그냥 빈 공간이 아니라 제대로 된 방이었다. 벽에는 회반죽을 발랐고 바닥에는 카펫을 깔았다. 네 귀퉁이에서 부드러운 진홍색 조명이 불을 밝히며 긴 그림자를 드리웠다. 크기가 절반밖에 안 되기는 했지만 박물관 전시실이 떠오르는 방이었다. 벽을 따라 늘어선 전시 케이스들이 빈 공간을 미로처럼 채웠다. 알레산드라는 상자들 사이를 돌아다니며 전시품을 확인했다. 이곳은 호기심의 방이었다.

케이스 안에는 아컴과 다른 곳에서 온 기묘한 물건들이 담겨 있었다. 고양이보다 크지 않은 크기의 말라비틀어진 양서류들은 꼬리표의 주장에 따르면 폰페이의 인어였다. 금속 혹은 돌 조각을 담은 유리병들은 알레산드라가 관찰하려고 몸을 숙이자 신기한 공명음을 내는 듯했다. 그밖에도 뭔지 알 수 없고 이름 모를 물건들이 있었다.

미라들도 있었다. 훼손된 미라들이 유리 관 옆면 너머로 자신들 사이에 들어온 침입자를 노려보았다. 알레산드라는 그중 일부가 이집트 미라임을 알아보았다. 어떤 것들은 내력이 확실하지 않았다. 제대로 된 미라가 아니라 고열에 노출되어 말라 쪼그라든 시체에 가까운 것도 몇 있었다.

알레산드라가 마룻장이 삐걱거리는 소리를 듣고 돌아섰다. 방 반대편 끝에 있는 전시 케이스들 사이로 한 형체가 살금살금 돌아다니고 있었다. 뒤져서는 안 될 곳을 뒤지는 사람이 그녀 말고 또 있었다. 그녀를 따라 터널로 내려온 자인지도 모를 일이었다. 그녀는 세로로 선 석관 두 개 사이에 몸을 숨기고 권총을 꺼냈다.

형체가 가까이 다가왔다. 누구인지 몰라도 아직 알레산드라의 존재를 알아차리지는 못한 채였다. 어쩌면 사마코나가 데리고 다니는 녀석들 중 하나일지도. 알레산드라가 웨블리를 들어올렸다. 형체가 석관을 지나침과 동시에 공이치기를 젖혔다. "꼼짝 마." 그녀가 낮게 말했다.

형체는 미동도 하지 않았다. "돌아서." 알레산드라가 말했다. 형체가 돌아섰다. 그녀가 한숨을 내쉬었다. "위틀록 씨, 참 기묘한 곳에서 나타나는 재주가 있군요."

위트록이 알레산드라를 노려보았다. "똑같은 말을 돌려주고 싶군, 백작. 여기서 뭘 하고 있는 거지?"

"당신 먼저."

"오른이 강도의 배후였어."

"그걸 대체 어떻게 짐작하셨으려나?"

"강도 중 한 녀석이 얘기를 하면 안 되는 사람에게 얘기를 했거든." 위틀록이 어깨 너머를 힐끔거리며 말했다. "저 소리 들었나?"

"아뇨. 여긴 왜 온 거죠?"

"아마 그쪽과 같은 이유에서겠지."

"혼자 왔나요?"

"난 머저리가 아니야. 멀둔이 밖에 있어." 위틀록이 잠깐 생각에 잠겼다. "원래는 그랬지. 그 친구는 우리가 도착했을 때 여길 감시하고 있던 사내를 쫓아갔어. 키가 크고 가무잡잡하고…"

"사마코나." 알레산드라가 낮게 말했다.

"아는 자인가?"

"애석하게도요. 위험한 자죠, 아마 당신이 상상할 수 있는 것보다 더."

"난 무장하고 있어." 위틀록이 말했다.

"우린 그자를 차로 쳤어요. 그래도 일어나더군요."

위틀록이 불신의 눈길로 알레산드라를 보았다. "뭐?"

그녀가 고개를 흔들었다. "그건 됐고. 왜 멀둔이 사마코나를 쫓고 있죠?"

"뻔하지 않나? 녀석이 살인자니까." 위틀록이 씩 웃었다. "아닐
지도 모르지만. 누가 알겠어? 하지만 여기를 감시 중이었다는 건
우연이라기엔…"

"그래요, 그 말이 맞아요." 알레산드라는 갑자기 자신도 알 수
없는 확신에 차 위틀록을 쳐다보았다. "그가 그들을 죽였어요. 비
서도 죽였고."

"증거는 있고?"

알레산드라가 고개를 저었다. "그냥 감이에요."

위틀록이 잠시 그녀를 쳐다보다 끙 하는 소리를 냈다. "나도
야." 그가 몸을 긴장했다. "또 들리는군. 당신도 들었다고 말해
줘."

알레산드라도 들었다. 삐걱거림이었다. 무언가가 전시 케이스
하나를 거칠게 밀쳤다. 그녀는 위틀록 너머를 내다보려 했다. 하
지만 그림자 말고는 아무것도 보이지 않았다. 위틀록이 돌아섰
다. "여기 들어온 이후로 이상한 기분이 들어." 그가 중얼거렸다.

"그나저나 어떻게 들어온 거예요?"

"울타리를 넘어 아트리움으로 들어왔지." 위틀록이 히죽거렸
다. "아트리움 문을 안 잠갔더라고."

"아무 눈에도 안 띄었고?"

"큰 파티잖아." 위틀록이 말했다. "소리도 시끄럽고 술도 넘쳐
나고. 아무도 날 두 번 보지 않던걸. 당신은 어떻게 들어왔지?" 위
틀록이 알레산드라 뒤를 조용히 따라가며 물었다.

"공동묘지로 이어지는 비밀 터널이 있어요."

위틀록이 고개를 내저었다. "난 이 도시가 정말 싫어." 그가 멈칫했다. "허. 이것 좀 보게…"

"뭐요?" 알레산드라가 고개를 돌려 보니 위틀록은 소름끼치는 동판화가 펼쳐진 책이 든 상자를 살피는 중이었다. "그게 뭐죠?"

"피가페타의 『레그눔 콩고』."[38] 위틀록이 중얼거렸다. "저 책은 이 도시보다 더 오래됐어. 그리고 우리 둘 중 누구보다도 값이 나가지."

"어떻게 알아요?"

"몇 년 전 대학 도서관에서 한 부를 도둑맞았지. 우리 회사에서 그 대학 희귀 필사본 컬렉션의 보험을 맡고 있고." 위틀록이 상자 가까이 몸을 기울였다. "바로 저 책이야. 저기 보라고. 그을린 자국 보이지?"

"불탄 흔적 같군요."

"비슷해. 벼락 맞았거든. 더 정확히는 책이 있던 집이 벼락을 맞은 거지만. 미스캐토닉 하곡에 있는 어느 판잣집이었어." 위틀록이 돌아섰다. "여기에 또 뭐가 있으려나 궁금한걸?"

"내가 관심 있는 건 하나뿐이에요." 알레산드라가 문으로 향했지만 위틀록이 그녀를 붙잡았다.

---

38 이탈리아의 실존 수학자이자 탐험가인 필리포 피가페타가 교황 식스토 5세의 명을 받고 포르투갈 상인 두아르테 로페스의 증언을 토대로 기록한 콩고 왕국과 그 주변 지역에 관한 보고서의 라틴어판. H. P. 러브크래프트의 단편 소설 「그 집에 있는 그림」에 등장한다.

"당신은 아무데도 못 가. 내가 볼 수 있는 곳에 있으라고."

알레산드라는 위틀록이 손을 놓을 때까지 그를 빤히 쳐다보았다. "아직도 내가 이 모든 일을 꾸몄다고 생각하는 건 아니겠죠?"

"어떻게 생각해야 할지는 나도 몰라." 위틀록이 낮은 목소리로 말했다. "하지만 답을 알아낼 때까지는 놔줄 생각 없어. 그러니 붙어 다녀."

알레산드라는 그를 무시해 버릴까 고민해 보았다. 하지만 위틀록은 성질을 긁었다간 그녀를 계속 쫓아다닐 만큼 고집이 셌다. 당분간은 그냥 참는 수밖에 없었다. "좋아요. 하지만 내 일을 방해하진 말라고요."

"그쪽도 날 방해하지 말고." 위틀록이 입을 열었다. 알레산드라가 가죽 곤봉이 쌩 하고 휘둘러지는 익숙한 소리를 듣고 경고의 말을 던지기 위해 돌아섰다. 하지만 너무 늦었다. 정통으로 맞은 위틀록이 신음을 흘리며 비틀거렸다. 그가 전시 케이스에 부딪치더니 머리를 감싸 쥐며 미끄러져 내렸다. 그가 쓰러짐과 동시에 두 형체가 나타났다. 적갈색 로브를 입고 두터운 두건 아래 머리를 감춘 사내들이었다. 둘 다 블랙잭을 들고 있었다.

그들이 잽싸게 알레산드라에게 달려들었다. 그녀가 팔뚝으로 첫 번째 공격을 받아냈다. 블랙잭이 가한 통증이 팔을 타고 흐르면서 팔꿈치 아래로 감각이 사라졌다. 그녀가 주먹을 피스톤처럼 내질러 공격자의 배를 쳤다. 상대가 숨을 들이켜며 비틀거리다 벽에 부딪쳐 쓰러졌다. 그녀가 그 옆을 쏜살같이 지나가려 했지만 두 번째 사내가 이미 앞을 가로막고 서서 그녀의 이두박근을 붙잡아 돌리면서 곤봉을 치켜들었다.

알레산드라가 사내의 발을 짓밟으며 옆으로 몸을 숙이자 곤봉은 그녀 뒤의 전시 케이스를 때렸다. 상대가 균형을 잃고 앞으로 휘청거리는 사이 그녀가 팔을 뿌리쳐 빼냈다. 그 사이 첫 번째 사내가 다시 일어섰다. 그녀가 웨블리를 뽑아 쏘았다. 총성도 컸지만 사내의 비명이 더 컸다. 사내가 셔츠의 어두운 얼룩을 움켜쥐며 비틀거렸다.

"거기까지."

권총 특유의 공이치기 젖히는 소리에 알레산드라가 얼어붙었다.

"총 버려요. 돌아서고."

알레산드라가 돌아섰다. 침침한 조명 아래서 오른이 그녀를 향해 미소 지었다. 이 순간 이 불빛 속에서 그는 그다지 잘생겨 보이지 않았다. 오히려 그 반대였다. 그의 얼굴은 거의 불경하다 싶은 환희에 찬 표정으로 뒤틀려 있었다. 총을 든 자세는 숙련되어 있었고 신중했다. 그는 뒤를 따르는 소수의 사내들과 마찬가지로 로브를 입고 있었다. "매튜," 알레산드라가 짐짓 온화하게 말했다. "파티는 잘 되고 있겠죠. 내 초대는 취소된 모양이지만."

"그렇다고 할 수 있겠군요." 오른이 말했다. "당신을 보게 돼서 놀랐다고 말할 수 있으면 좋겠지만… 뭐. 당신이 참견하기로 결심한 이상 머지않아 일어날 일이었다고 해야겠지요." 그가 다른 자들을 돌아보며 신음을 흘리는 위틀록을 건성으로 가리켰다. "저치도 함께 데려와. 오늘은 더블헤더가 있을 모양이군."

33장

만찬

   그들은 알레산드라와 위틀록을 수집품 보관실 뒤에 위치한 커다란 방으로 데려갔다. 방은 일종의 응접실 비슷했지만 실내 장식은 일반적인 취향에는 부합하지 않았다. 방 한가운데 길게 뻗은 테이블은 관 뚜껑들을 붙여 상판을 만들고 철제 고리로 묶은 인간의 대퇴골로 다리를 단 물건이었다. 수집품 보관실로 통하는 출입구 반대편에는 육중하고 불길해 보이는 문이 또 한 쌍 있었는데, 패널에 뼈로 무늬가 새겨져 있었다.

   벽에 걸린 유화들은 식민 시대의 야만적인 광경을 묘사하고 있었다. 거창한 가발을 쓰고 겁에 질린 부랑아들을 쫓아 아컴의 거리를 활보하는 남자들. 달아나는 원주민들인지 노예들인지를 추격하는 붉은 옷의 기수들. 다른, 그보다 더 막돼먹은 광경들도. 하지만 모두 인간의 살을 섭취하는 행위가 두드러지는, 식인에 관한 주제를 다루는 그림이라는 점에서는 유사했다.

"구울들." 알레산드라가 공포에 질린 눈으로 주위를 둘러보며 말했다. "당신들은 구울이야."

오른이 쿡쿡 웃었다. "아니. 우리 정도면 충분히 인간입니다."

"논란의 여지가 있겠는걸." 알레산드라가 내뱉었다. 인간의 손을 밀랍에 담가 만든 초들이 철 화로와 가지 촛대 위에 서서 방 전체에 창백한 빛을 던졌다. 하얗게 표백하고 세밀하게 조각한 뼈들이 벽을 장식하거나 소름끼치는 풍경처럼 천장에 걸려 있었다. 그중에서도 최악은 카펫으로, 하나로 꿰어 놓은 두피들은 밟을 때마다 바스락거리며 주름이 잡혔다.

"솔직한 소감을 듣고 싶군요." 부하들이 알레산드라를 테이블 상석에 위치한 의자에 묶는 동안 오른이 말했다. 위틀록 또한 알레산드라 약간 뒤쪽에 앉은 자세로 묶였다. 보험조사원이 머리를 늘어뜨린 채 신음했다. 머리카락에 피가 묻은 걸 보니 두개골이 깨졌는지도 모르겠다 싶었다. "제대로 장식하느라 시간깨나 걸렸지요. 이런 일에는 분위기라는 게 참으로 중요한 법이라."

"참 예쁘네." 알레산드라가 혐오감을 감추지 않으며 말했다.

오른이 웃음을 터뜨렸다. "내가 역사에 관심이 있다는 얘기를 했지요. 우리 모두 그렇지요. 안 그렇습니까, 퍼디낸드?"

로브를 입은 형체 중 하나가 두건을 젖히자 그토록 찾아 헤맸던 애슐리 교수의 발그레한 얼굴이 나타났다. "아무렴. 비록 우리의 역사는 대부분의 역사보다는 이야기로 전해진 바가 많겠소마는." 그가 알레산드라를 묶은 끈을 점검했다. "어떤 이들은 우리가 밸리 포지에서, 저 77년에서 78년 사이의 길고 혹독한 겨울에 창설됐다고 하지."[39]

"난 그건 좀 독립 전쟁의 영광을 빌려온 얘기라고 봅니다만."
오른이 말했다. "하지만 우리가 이 훌륭한 나라만큼 오래되기는
했습니다. 성조기가 나부껴 온 세월만큼 우리도 이곳에 있었지
요." 그가 나머지를 보자 그들이 읊조리듯 동의했다. 알레산드라
는 이것이 이런 회합이 있을 때마다 정기적으로 치르는 의식이라
는 인상을 받았다. "오, 물론 우리의 역사는 널리 사방에 펼쳐져
있습니다. 정겨운 옛 잉글랜드 땅에 있는 세인트 존[40]의 묘역이랄
지, 크라스케가 이끌었던 바바리아의 폭도랄지. 하지만 우리가
미국에서 탄생했다는 것만큼은 틀림없는 사실이지요, 백작."

"그럼 애국자 식인종들이라고 해 두지."

오른이 코웃음 쳤다. "식인종들은 살아 있는 사람들을 먹습니
다, 마담. 우리는 시체식을 추구하고요. 우리는 오직 죽은 자들만
을 먹습니다. 땅속에 오래 묻혀 있었을수록 더 좋지요."

"구울들." 위틀록이 거칠게 쉰 목소리로 말했다. 알레산드라가
그를 흘끗 보았다. 의식을 잃은 건 아니었던 모양이다. 하지만 차
라리 의식을 잃었으면 하는 목소리였다.

"아닙니다, 위틀록 씨. 잘 들어봐요. 우리는 미식가들입니다. 우
리는 식사를 위해 많은 돈을 지불하지요. 좋은 예가 있습니다. 퍼

---

39 밸리 포지는 미국 독립 전쟁 당시 조지 워싱턴이 지휘하는 대륙군이 필라델피아를
    점령한 영국군을 견제하기 위해 선택한 동계 주둔지였으나 혹독한 환경과 보급난으
    로 인한 질병과 굶주림으로 2천여 명이 사망했다.
40 H. P. 러브크래프트의 단편 소설 「사냥개」에 등장하는 도굴꾼 세인트 존을 가리키는
    것으로 보인다.

디낸드, 종을 울려주겠습니까."

애슐리가 손을 뻗어 웅크린 미라로 보이는 것으로 만든 의식용 테이블 위에 놓인 쟁반에서 섬세한 은종을 집어 들었다. 그가 종을 울렸다. 잠시 후 방 반대편 끝에 있는 문이 열렸다. 리젠시풍을 흉내 낸 의복을 입고 가발과 코트를 걸친 하인들의 무리가 커다란 접시 하나를 나눠 들고 방으로 들어왔다.

방 저편에서 목소리가 들려왔다. 다해서 십여 명쯤 되는 남녀가 들어왔다. 오른, 퍼디낸드, 그리고 보초들과 마찬가지로 적갈색 로브를 입었고, 가죽을 조잡하게 꿰매어 만든 가면으로 얼굴을 가리고 있었다. 오른이 활짝 미소 지으며 그들을 반겼다. "친구 여러분, 어서 오십시오. 식사가 준비됐습니다."

"나머지는 어쩌고?" 위틀록이 말했다. "위층 파티에는 최소한 서른 명은 있었는데. 그 사람들은 메뉴인 건가?"

"아닙니다. 그 사람들은 지금쯤 내 와인 저장고의 반대편에 있겠지요. 위층의 내 보안 담당자들이 그들에게 아무런 해가 없도록, 그리고 아무도 우리가 없다는 걸 알아차리지 못하도록 보살펴 줄 겁니다. 오늘밤 식사는 오랫동안 기다려 왔던 식사이니만큼…"

큰 접시가 테이블 위에 놓였다. 접시에 담긴 것은 말라비틀어진 모습의 미라로, 뒤틀린 사지가 움푹 꺼진 가슴에 단단히 밀착해 있었고, 소름끼치는 가면이 알레산드라를 정면으로 응시했다. 그녀는 속이 뒤틀리는 것을 느끼며 시선을 피했다. "겨우 이러자고 한 일이었나요? 저 망할 것을 먹겠다고?"

"물론입니다." 오른이 미라를 가리켰다. "우리는 가난하고 잊힌 자들의 몸뚱어리를 포식하지 않습니다. 우리는 왕과 여왕들을 먹지요. 파라오와 사제들을." 그가 잠시 말을 끊었다. "우리는 주술사들을 먹습니다. 먹고 섭취하는 것은 곧 섭취당한 자들의 힘을 받아들이는 것이니."

"저 미라가 그건가?" 알레산드라가 물었다. "주술사?"

오른이 망설였다. "어쩌면요. 저런 독특한 가면을 씌워 그런 식으로 묻은 걸 보면 적어도 중요한 사람이겠지요. 대사제일지도. 아니면 귀족이나."

"저 미라를 찾으라고 애슐리를 보냈군?"

오른이 애슐리를 보았다. "처음에는 그의 말을 믿지 않았다는 건 인정합니다. 중서부 아래 펼쳐진 숨은 문명이라니… 상상도 할 수 없었지요. 하지만 퍼디낸드는 설득력이 좋은 사람이라서 말입니다. 그가 내게 모종의… 어느 옛 지인의 손에서 해방시켜 주었다는 유물들을 보여주었는데…"

"칼 샌포드." 알레산드라가 딱 잘라 말했다.

애슐리가 툴툴거렸다. "샌포드는 바보요. 설명을 듣더니 내가 잘못 안 거라더군. 하지만 그런 소리에 넘어갈 내가 아니었지… 그리고 이제 난 샌포드의 일그러진 지식마저 넘어서는 비밀에 접근할 수 있게 된 거요."

"그걸… 먹어서 말이지."

"그렇고말고요." 손님들이 자리에 앉는 동안 오른이 말했다. "내 재산의 대부분이 묻혀 있던 보물에서 나왔다고 말한다면 믿을 수 있겠습니까? 나는 여러 악명 높은 밀수꾼과 해적들의 살을 취한 뒤 그들이 무덤까지 가지고 간 비밀을 알게 됐습니다." 그가 자신의 옆머리를 두드렸다. "그들이 알았던 모든 것이 이제는 내 것이 됐지요. 나에게 역사란 펼쳐진 책과 같습니다. 우리에게는 요." 그가 주위를 둘러보았다. "우리 모두는 죽은 자들의 지혜로 부터 이득을 취했습니다."

"미쳤군." 위틀록이 거칠게 말했다.

"미친 게 아닙니다. 교육받은 거지. 스승님의 발치에 엎드려 배운 겁니다." 오른이 무심코 미소 지었다. "스승님은 잔인무도하셨지만 학식이 있으셨지요. 대부분 독학에 의지하셨습니다. 저기 있는 『레그눔 콩고』는 스승님 겁니다. 저 책이 대학 도서관에 나타나자 내가 제법 공을 들여서… 획득한 뒤 컬렉션에 추가했습니다. 물론 라틴어로 쓰인 책이라 스승님은 읽지 못하셨지요. 하지만 삽화를 어찌나 좋아하셨던지." 그가 한숨을 쉬었다. "벼락을 맞으신 건 안타까운 일입니다. 누가 됐든 끔찍한 최후지요. 스승님의 성함도 모르지만 나는 그분께 의무감을 느낍니다. 그분은 미친 가운데에도 내게 다양한 사물의 이치를 알려주셨습니다. 나는 그분의 가르침을 마음 깊이 새겼고, 배운 사람만이 할 수 있는 방식으로 가르침 위에 내 것을 쌓았습니다."

"사람 먹는 법을 가르쳤단 소리로군."

"왜 그게 바람직한 일인지를 가르쳐 주셨지요." 오른이 부드럽게 정정했다. "그리고 난 다른 생각이 비슷한 이들도 그러한 가르침을 나누었다는 사실을 알게 됐습니다." 그가 자애롭게 미소 지

으며 자신의 추종자들을 둘러보았다. "나누지 않은 지식은 헛된
지식 아니겠습니까."

"빌어먹을 미치광이 같으니." 위틀록이 크게 말했다.

"장담하는데 난 달을 보면 눈이 뒤집히는 습성 같은 건 없습니
다." 오른이 그들에게 미소 지었다. "이제 와서 내가 뭘 장담한다
고 여러분 마음이 편해지지는 않겠지만. 그래도 앞으로 겪을 고
통에 역사적 선례가 있다는 건 믿어도 좋습니다."

알레산드라가 코웃음 쳤다. "그야 거의 모든 일이 그럴 텐데."

"절도를 포함해서 말이지요." 오른이 알레산드라를 보며 말했
다. 그가 그녀의 턱을 붙잡아 억지로 눈을 마주보게 했다. "당신
은 우연히 박물관에 있었던 게 아니지요. 누군가 우리의 보물을
훔치라고 당신을 보낸 겁니다. 그게 누굽니까?"

"고객 정보를 누설하지 않는 게 철칙이라."

오른이 미소를 지었다. "직업적 자존심이라는 겁니까? 이해는
합니다." 그가 돌아서서 테이블에 놓인 여러 단도 중 하나를 집었
다. "그 자존심이 얼마나 오래 갈지 궁금하군요. 내가 당신의 아
름다운 골격에서 살을 벗겨내기 시작하면 말입니다."

알레산드라가 오른의 손에서 벗어나려 꿈틀거렸지만 손아귀
힘이 너무 강했다. "나도 스튜 냄비에 넣으시려고?"

"말도 안 되는 말씀을. 하지만 사람은 영양분을 위해서만 살해
하지 않는 법. 살해에는 다른 즐거움도 있습니다. 탐닉할 기회가
드문 즐거움이지요."

"왜 훔쳤지?" 알레산드라가 다급하게 말했다. 오른이 동작을 멈

쳤다.

"뭐요?"

"왜 훔친 거냐고?" 알레산드라가 서둘러 다시 말했다. "애초에 당신이 찾은 거잖아. 고메스를 고용해서 강도를 계획할 필요가 있었나?"

"놈 혼자만 소유주가 아니었으니까." 위틀록이 말했다. 오른이 눈살을 찌푸리며 그를 흘끗 보았다.

"그래요, 불행히도 말입니다. 그리고 프리본과 대학은 개입하지 않을수록 좋았고." 오른이 고개를 내저었다. "학계와 얽혀서는 안 되는 거였습니다. 골칫거리만 늘어났지요."

"그리고 물론 원 소유주들이 물건을 찾으러 올 수도 있고." 알레산드라가 말했다. 그녀가 애슐리를 보았다. "그 말이 맞지, 교수?"

애슐리가 얼굴을 찌푸렸다. "조용히 하시오."

오른이 애슐리를 의아한 눈초리로 보았다. "이게 무슨 소립니까?"

위틀록이 알레산드라의 말을 이해했다. 그가 웃음을 터뜨렸다. "누군가가 다른 투자자들을 죽였지. 그게 당신 소행이 아니었다면 당신은 난리 난 거야."

오른이 콧방귀를 뀌었다. "당연히 샌포드가 죽인 거 아닙니까. 멍청한 소리 말아요."

"그럴까?" 알레산드라가 말했다. "샌포드는 다른 사람이 죽였다고 생각하는 모양이던데." 그녀가 조용히 웃었다. "무슨 일이 있었는지 얘기해 줬어, 교수? 빙어에서?"

"닥쳐!" 애슐리가 으르렁거리며 알레산드라의 얼굴을 후려쳤다. 그녀가 상체를 구부리고 바닥에 피를 뱉었다.

"방해 공작에 대해서는?" 알레산드라가 몰아붙였다. "죽음들은?"

"호도로프스키는 어떻고?" 위틀록이 끼어들었다.

오른이 세 사람을 번갈아 보았다. "호도로프스키가 누굽니까?"

"네가 아끼던 도둑놈들 중 하나야." 위틀록이 말했다. "누군가가 그 녀석 목을 뜯어냈지."

알레산드라가 고개를 저었다. "누군가가 아니야. 무언가지." 그녀가 미라를 보았다.

오른이 그녀를 응시했다. 그러더니 쟁반에 놓인 부싯돌 단도를 들어 엄지로 예리한 날을 쓰다듬었다. "설명해요. 빨리."

"이 여자는 아무것도 모르네. 그냥 시간을 끌려는 수작이야." 애슐리가 말했다. "샌포드가 맞아. 그럴 수밖에 없네. 한때 크느-얀에 어떤 문명이 존재했든 간에 지금 거기엔 아무것도 없어."

"장담하는데 시간을 끌려는 게 아니야." 알레산드라는 자신과 의자를 묶고 있는 매듭을 주의를 끌지 않도록 천천히 만지작거리기 시작했다.

오른이 미라를 보았다. 그러더니 손에 든 단도를 보았다. 그가 고개를 저었다. "아니. 퍼디낸드 말이 맞습니다. 샌포드와 놈의 잡동사니 수집가 동료들은 나눔에 인색하지요. 놈들이 생각하는 방식은 밀주업자들과 똑같아요. 자기네 구역에 라이벌이 생기는 걸 견디지 못합니다." 그가 단도로 자신의 입술을 톡톡 두드렸다. "적어도 자기들이 라이벌이라고 생각하는 상대는 말입니다." 그가 칼로 알레산드라를 가리켰다. "그러고 보니 샌포드와의 만남은 어찌 됐는지 묻질 않았군요."

"당신이 기대한 대로 잘 풀렸지."

오른이 웃음을 터뜨렸고, 손님 몇도 함께 웃었다. "그래요, 내 작은 농담이었지요. 칼 그 늙은이의 코를 살짝 비틀어 주고 싶었습니다. 그가 당신이라는 문제를 내 대신 해결해 줄지도 모른다고 생각하기도 했고." 그의 미소가 걷혔다. "하지만 늘 그랬듯, 칼이 나를 놀라게 했군요." 그가 고개를 내저었다. "하지만 크느-얀의 비밀이 우리 손아귀에 들어온 이상 그런 일은 다시는 없을 겁니다. 은빛 황혼회의 시간은 응분의 최후를 맞이할 테고, 아컴은 다시 한 번 가장 적합한 인도자들의 손에 맡겨지겠지요."

알레산드라는 거칠게 웃음을 터뜨리며 계속 줄을 잡아당겼다. 매듭이 손에 들어왔다. 줄이 해어져 헐거워지고 있었다. 조금만 더 시간이 있으면 풀 수 있을지도 몰랐다. 문제는 그 다음에는 어떻게 하냐는 것이었다. 설령 이 방을 나간다고 해도 이 집에서 탈출할 가능성은 희박해 보였다. 그리고 위틀록은 어쩌지? 그녀는 보험조사원을 흘끗 보았다. 내내 골칫거리만 안겨준 인간이었을 망정 차마 죽게 내버려두고 갈 수는 없었다. 그것도 솔깃한 생각이기는 했지만.

알레산드라는 자신과 마주친 위틀록의 눈빛에서 뭔가를 감지하고 멈칫했다. 위틀록을 묶은 끈을 슬쩍 본 그녀는 하마터면 웃음을 터뜨릴 뻔했다. 그는 두 손가락 사이에 끼운 면도날로 느릿느릿 자신의 줄을 잘라내고 있었다. 애초에 그렇게 걱정해 줄 필요는 없었던 모양이었다.

"그래도 당신 덕분에 요 며칠 동안 제법 즐거웠습니다. 사방을 분주하게 돌아다니는 꼴이라니. 그야말로 식욕을 돋워 주더군요." 오른이 고개를 돌렸다. "감사의 뜻에서 의식을 참관하도록 해 드리지요. 당신의 마지막 순간에 약간이나마… 의미가 생길지도 모르는 일 아닙니까."

"아니면 마지막 순간이 믿을 수 없을 정도로 지루해지거나." 알레산드라가 퉁명스럽게 대꾸했다. 오른이 그녀를 노려보자 알레산드라는 그가 자신을 때릴지도 모르겠다고 생각했다. 대신 그는 미소를 지으며 고개를 저었다.

"어느 쪽이든 즐겁게 관람하시기를." 오른이 큰 접시에 놓인 미라를 향해 돌아서서 부싯돌 단도를 능수능란한 솜씨로 휘둘러 미라의 구부러진 사지를 한데 묶은 외피를 잘라내기 시작했다.

그 소리에 알레산드라의 속이 뒤틀렸다. 머리를 숙이고 크게 심호흡하며 울렁이는 뱃속을 가라앉히려 해 보았다. 하지만 울렁임은 갈수록 심해지기만 했다. 오른이 작업을 진행하면서 자신의 행위를 설명했다. 몸을 앞으로 기울이며 그 광경을 열성적으로 바라보는 손님들의 눈빛이 탐욕스러웠고, 가면 뒤로 흥분이 일었다.

"우리가 섭취했던 다른 미라들과는 달리 이 미라는 대체로 붕대로 감싸여 있지 않다는 것을 알아채시겠지요. 그 보존 방법은

아직도 수수께끼입니다." 오른은 몇 차례 시도 끝에 힘겹게 끙 하
는 소리와 함께 미라의 가면을 두개골에서 비틀어 떼어냈다.

한숨 소리와도 같은 축축한 소리가 났다. 알레산드라의 목구멍
속에서 무언가가 느껴졌다. 배가 경련을 일으켰고, 그녀가 몸을
앞으로 숙이자 의자가 삐거덕거렸다. 오른과 다른 사람들이 그녀
를 보았다. "몸이 어디… 안 좋습니까, 백작."

"두려워서 그런 것이다."

그 말이 방 안에 메아리쳤다. 오른이 깜짝 놀라 입을 벌린 채
돌아보았다. 오른의 추종자들이 테이블을 둘러싼 의자에서 일어
섰다. 사마코나가 발치에 추종자 여럿을 거느린 채 문간에 서 있
었다. 아무도 그가 들어오는 소리를 듣지 못했다. 사마코나의 양
소매에는 피가 묻어 있었고, 손에 들린 두 보초의 로브를 입은 몸
뚱어리가 발치까지 늘어져 있었다.

"그럴 만도 하지." 사마코나가 시체들을 놓으며 말을 이었다.
다른 보초들이 무기로 손을 가져가면서 몸을 돌렸다. 사마코나는
그들에게는 신경도 쓰지 않았다. 그가 알레산드라를 바라보았다.
"이 일을 마무리한 뒤 우리가 지난밤에 나누었던 대화를 계속할
것이오." 그의 시선이 오른에게 옮겨 갔다. "만나게 되어 반갑군,
오른 선생. 때가 되면 찾아갈 참이었지."

"당신은…" 오른이 말했다. 그가 알레산드라를 흘끗 보았다.
"저자가 뭔지 압니까?" 낮게 말하는 그의 두 눈은 공포로 휘둥그
레져 있었다.

"짐작하는 건 있죠." 알레산드라가 말했다.

"나는 크느-얀의 진노다." 사마코나가 말했다. "그리고 너희는 단 한 사람도 이 집에서 살아나가지 못할 것이다."

34장

느카이의 진노

사마코나가 코트 단추를 풀고 방 안으로 성큼성큼 들어서며 코트를 종복에게 벗어 던졌다. 그 주위로 일그러지고 죽은 추종자들이 발을 끌며 흥분한 개떼처럼 퍼져 나왔다. 넝마로 몸을 감싼 흐느적거리는 추악한 것들의 수는 다해서 여섯이었다. "예고도 없이 들어온 점은 용서하시게. 선생의 다른 보초들은… 다른 일로 바쁘다네." 그 말을 강조하기라도 하듯, 위쪽 집 안 어디에선가 총성이 일제히 울려 퍼졌고, 길게 늘어지는 비명이 뒤를 이었다.

"신이시여, 대체…" 위틀록이 입을 열었다.

"어느 신을 말하는 거지?" 사마코나가 나른하게 말했다. 그가 커프스를 풀고 소매를 말아 올렸다. "네 신은 아닌 것 같군." 그가 오른에게 눈길을 고정했다. "죽여라. 우두머리는 내게 남겨 두고."

모든 것이 순식간에 극도로 혼란스러워졌다. 사마코나의 생명체들이 짐승 같은 환희 속에 울부짖고 끽끽거리며 오른의 손님들에게 뛰어들었다. 죽은 손에 붙들린 남녀가 공포 섞인 비명을 토했다. 애슐리가 꽥 소리를 지르며 알레산드라 뒤로 와 숨었는데, 검은 옷을 입은 시체가 그의 목을 짓누르고 있었다.

사마코나는 오른의 목을 움켜쥐어 낚아챘다. 그는 오른을 테이블 위에 내리친 다음 사지를 뻗은 모습 그대로 짓눌렀다. "나는 멕시코에서 코로나도를 좇아 남서부의 산지와 평원으로 들어갔다." 그가 읊조렸다. "우리가 찾는 것은 황금의 도시들이었으나 우리가 발견한 것은 오로지 그림자와 죽음뿐. 그리고 몇몇은 죽음보다 더한 것을 발견하였다. 나는 내 죄를 회개하였고, 인간들이 느카이의 수면자라고 부르는 분, 위대한 조타쿠아[41]께 새 생명을 부여받았다. 회개하라, 살을 먹는 자들아, 그리하면 내 자비를 베풀리니."

오른이 괴성을 지르며 사마코나를 부싯돌 단도로 찔렀다. 사마코나가 커다란 뱀처럼 쉭쉭거리며 오른의 손에서 칼을 쳐 내자, 칼이 바닥을 가로질러 미끄러졌다. 칼은 알레산드라의 발에 닿았다.

하지만 알레산드라는 이런 광경들을 곁눈으로 보았을 따름이었다. 그녀의 주의는 온통 미라에 쏠려 있었다. 그것은 꿈틀거리고 있었다. 자신이 움직일 수 있다는 사실을 갑자기 깨달은 신생

41 차토구아의 다른 이름.

아처럼. 손가락들이 허공을 더듬어 할퀴었다. 미라가 꿈틀거릴 때마다 그녀의 뱃속이 조여들었다. "안 돼." 그녀가 속삭였다. 위틀록이 무어라 말했지만 그림자들 외에는 아무것도 들리지 않았다.

미라가 가래 끓는 신음과 함께 일어나 앉았다. 사마코나가 돌아보았다. 그의 손에 붙들린 오른은 사지를 늘어뜨리고 있었다. "안 돼." 그가 으르렁거렸다. "안 돼. 가면. 가면을 다시 씌워." 그의 종복 둘이 재빨리 미라에게 달려들었지만 미라가 테이블 아래로 두 다리를 내려 일어서며 그것들을 맞이했다. 쪼그라든 손톱들이 쏘아져 나가 두 죽은 것들의 목을 움켜쥐었다.

그것들은 목이 부러진 채 경련하다 축 늘어졌고, 검은 피가 미라의 팔뚝을 더럽혔다. 미라가 그것들을 손에서 놓고 사마코나를 향해 돌아섰다. 미라의 해진 입술 사이에서 물이 배수관으로 쏟아져 내려가는 것 같은 소리가 흘러나왔다. 언어는 아니었지만, 알레산드라는 그것의 의도를 완벽히 이해했다. 사마코나도 겁에 질린 동물처럼 으르렁거리는 것을 보니 마찬가지로 이해한 모양이었다. 알레산드라가 사마코나의 눈에서 공포일지도 모를 무언가를 본 것은 이번이 처음이었다.

사마코나가 오른의 몸을 들어 올려 미라를 향해 힘껏 내던졌다. 미라가 공중에 뜬 오른의 몸을 뼈를 으스러뜨릴 듯 강타해 바닥에 처박더니 짓밟고 넘어가 재빨리 사마코마에게 손을 내뻗었다. 그것은 그를 알았고, 그를 증오했다. 알레산드라의 마음속에서 증오가 고동쳤다. 그것은 사방에 퍼져나가는 불길과 같았으나 그 불은 차가운 불이었다. 너무나도 차가웠다.

"막아라." 사마코나가 울부짖었다. "저것을 막아, 이 어리석은 것들아!" 그의 포효에 또 다른 종복들이 오른의 손님들을 찢어발기다 멈추고 테이블 위로 펄쩍 뛰어올라 미라의 등에 덤벼들었다. 미라가 비틀거리며 공격자를 찾아 마구잡이로 손을 더듬었다. 사마코나는 그 난장판을 피해 가면으로 다가갔다.

이유는 알 수 없었지만, 알레산드라는 사마코나가 가면을 갖게 두어서는 안 된다는 걸 알았다. 손 안의 매듭이 마침내 풀리자 그녀가 발을 세차게 휘둘러 테이블에 놓여 있던 가면의 끝을 차서 사마코나의 손이 닿지 않는 곳으로 보냈다. 그녀가 몸을 일으키는 사이 그가 분노로 눈을 이글거리며 테이블을 돌아 다가왔다. "너." 그가 으르렁거렸다. "네가 한 짓이지!"

알레산드라는 굳이 사마코나의 말을 정정하려 들지 않았다. 대신 그녀는 앉아 있던 의자를 낚아채어 달려드는 사마코나를 후려쳤다. 사마코나가 뱃속에서 끓어오르는 괴성과 함께 뒤로 비틀거리다 기다리던 미라의 품으로 들어갔다. 미라는 공격자를 떼어내고 자신이 증오하는 대상에게 마음껏 집중할 채비를 갖춘 뒤였다. 미라의 가죽 같은 사지가 냉큼 사마코나를 감싸자 사마코나가 덫에 걸린 늑대처럼 울부짖었다. 앙상한 손톱이 빠져나가려고 몸부림치는 그의 살갗을 찢어 들어갔다.

아직 목숨이 붙어 있는 오른의 추종자들에게 정신이 팔리지 않은 사마코나의 종복들이 그를 구하러 왔다. 미라는 허약한 몸으로 잘도 날래게 움직여 사마코나를 종복들에게 집어던지고는 특유의 비틀거리는 동작으로 알레산드라를 향해 돌아섰다.

둘의 눈이 마주치자 모든 것이 정지하고 고요해졌다. 마치 온 세상에 그 둘만, 죽은 자 하나와 산 자 하나만 남은 것 같았다. 죽은 자는 말을 할 수 없었기에 그것은 말하지 않았다. 그래도 소리는 냈다. 쉭쉭거리고 꾸르륵거리는 축축한 소리를. 두꺼비의 껄껄거림 사이로 박쥐가 빠져나와 쉭쉭거리는 듯한 소리였다.

말을 의도한 소리였다. 다만 알레산드라가 알아들을 수 있는 언어로 된 말이 아닐 따름이었다. 그것은 그 사실을 알아차린 듯 쪼글쪼글한 얼굴을 뒤틀며 좌절한 표정 비슷한 것을 지어보였다. 그것이 그녀를 향해 헛되이, 거의 애원하듯이 손을 더듬었다. 사지를 마음대로 부릴 수 없는듯 움직임이 뻣뻣하고 서툴렀다.

그리고 갑자기, 그녀는 깨달았다. 알레산드라는 자신이 왜 모든 상식을 거부하고 아컴에 남았는지 깨달았다. 이 순간을 위해서였다. 전부 이 순간과 이후에 일어날 일을 위해서였다. 뱃속과 목구멍에서 뜨겁게 타오르는 기운을 느끼며, 그녀가 부싯돌 단도가 놓인 바닥으로 눈길을 가져갔다. 미처 생각하기도 전에 단도를 낚아채어 있는 힘껏 던지자, 단도가 바람을 가르며 미라의 가슴팍에 박혔다.

죽은 존재가 칼을 내려다보고 미소를 짓는 것처럼 보였다. 그것은 천천히 칼자루로 손을 뻗어 단도를 잡아 빼더니 머리 위로 치켜들었다.

"안 돼, 막아라." 사마코나가 소리를 질렀지만 알레산드라는 그가 누구에게 말하는지 알 수 없었다. 그녀는 미라가 부싯돌 단도를 메마른 우지직 소리와 함께 자신의 가슴에 다시 박아 넣는 모습을 지켜보았다. 먼지가 훅 뿜겨져 나오면서 칼날이 너덜너덜한 살을 파고들었다. 죽은 존재는 자살 제의를 소름끼치게 패러디하기라도 하듯 두 손으로 뼈 칼자루를 쥐고 천천히 단도를 골반 쪽으로 내리 당겨 자신의 몸을 갈랐다.

사마코나가 알레산드라의 꿈에 나왔던 말처럼 들리는 무언가를 외치고 있었지만, 때늦은 시도였다. 살갗에 새겨진 표식이 어떤 힘을 지니고 있었든, 가면에 어떤 힘이 담겨 있었든, 그 힘은 칼에 맞아 찢어발겨진 뒤였다. 그것이 자신과 미라 중 누구의 칼질 때문이었는지는 알레산드라로서는 알 수 없었다. 미라가 칼을 내팽개치고 피가 흐르지 않는 상처의 가장자리를 붙잡았다. 그리고는 무지막지한 힘으로 자신을 찢어 열며 텅 빈 속을 드러냈다.

순간, 침묵만이 흘렀다. 이어 급류처럼 맹렬하고 쾌속한 소리가 뒤따랐다. 시체 내부의 어둠이 생명을 지니고 고동치더니 무언가가 방의 어슴푸레한 빛 속으로 쏟아져 나왔다. 그것은 한 줄기 타르, 흩뿌려지는 기름, 혹은 그림자와 같았다. 검은 얼룩이 어마어마한 속도로 풀려나오며 명백한 의도를 가지고 사마코나를 향해 달려들었다.

사마코나는 잽싸게 자신의 종복 하나를 붙잡아 자신과 그것 사이로 들이밀었다. 허우적거리며 낑낑대는 생명체 위로 쏟아진 그림자가 부서지더니 미칠 듯한 기세로 생명체를 집어삼켰다. 나뭇가지가 부러지는 것 같은 소리와 함께 생명체의 몸이 바닥에 떨어져 경련했다. 그림자가 뱀처럼 몸을 곧추 세우면서 자신의 몸이 있던 자리에 동글납작한 배설물을 남겼다. 알레산드라는 눈길을 돌리지 못한 채 그것을 바라보았다. 눈 아니면 입, 혹은 완전히 다른 어떤 기관 같았다. 몸을 떠는 액상의 그림자 속에서 기관차의 기적 소리 같은 소리가 솟구쳤다.

소리가 알레산드라의 두개골이 쪼개지겠다 싶을 때까지 높이 더 높이 치솟았다. 그녀는 두 손으로 귀를 막고 고개를 돌렸다. 위틀록이 밧줄의 마지막 한 가닥을 끊고 있었다. 그는 얼굴이 창백했고 눈이 툭 튀어나와 있었다. 지금 자신이 보고 있는 것을 머리로 받아들이지 못하겠다는 듯한 표정이었다. 위틀록이 테이블 위에 놓인 칼 중 하나를 향해 달려들자 그 갑작스러운 움직임에 그림자가 휙 돌아보았다. 목구멍으로 보이는 무언가가 벌어졌고, 어둡게 빛나는 송곳니 같은 형체들이 솟아났다. 그것이 위틀록에게 닥쳐 드는 순간, 그도 그것을 향해 돌아섰다.

알레산드라가 자세를 낮추며 두 다리로 위틀록의 정강이를 걸어 그를 바닥에 넘어뜨렸다. 그림자가 위틀록을 넘어가 멀리 벽에 부딪쳤다. 위틀록이 그녀를 쏘아보았고, 그녀는 그가 자신을 보기나 했는지 의문이었다. 질퍽한 소리를 듣고 돌아보자 그림자가 벽을 따라 한데 엉겨 붙어 끓어오르며 새롭게 변하고 있었다. 그것의 덩굴손이 회반죽을 파고들어간 자리에서 김이 피어오르는 가운데, 그것은 알레산드라가 눈이라고 생각한 깜빡이는 구체들로 그녀를 주시했다.

그것이 움직임을 멈추었고, 알레산드라 주변의 세상이 늘어지는 듯한 기분이 들었다. 뱃속의 통증이 견디기 힘들 정도로 변했

고, 머리가 빠개질 듯한 고통도 함께 찾아왔다. 그녀가 비틀거리
며 무릎을 꿇고 쓰러지는 가운데 무언가가 꿈틀거리며 식도를 타
고 올라와 입술로 나오는 듯 목구멍이 꿀렁였다.

알레산드라가 그림자들을 토해냈다. 그것들은 더 거대한 덩어
리를 향해 꿈틀거리며 나아갔다. 그녀는 텅 비고 공허해진 기분
이었다. 홀로 남은 기분이었다.

"어리석었구나. 멍청하기는." 사마코나가 몸을 숙여 손으로 알
레산드라의 뒤통수를 붙잡았다. "내 진즉 알았어야 했거늘. 그것
이 내내 네 속에 있었구나."

"무, 뭐?" 그녀가 그의 손을 할퀴며 헐떡였다.

"나는 그것이 다른 자들의 속에 있을지도 모른다고 생각했다.
그들 속에 숨어 있다고. 그들에게 속삭이고 있다고. 나는 그것을
찾고자 그들을 갈기갈기 찢었다. 하지만 그것이 내 생각보다 더
영리했구나."

마구잡이로 허우적거리던 알레산드라의 손가락에 바닥에 떨어
진 부싯돌 단도가 걸렸다. 사마코마가 그녀를 허공으로 들어 올
려 바닥에 내리치려는 듯한 자세를 취함과 동시에 그녀가 칼을
세차게 휘둘러 그의 목에 돌 칼날을 박아 넣었다. 사마코나가 상
처 입은 재규어처럼 울부짖으며 그녀를 테이블에 집어던졌다. 목
에 튀어나온 칼을 손으로 더듬던 그의 발에 쪼그라든 미라의 잔
해가 걸렸다.

형체 없는 그림자가 그를 감쌌다. 사마코나는 울부짖음과 함께
몸을 뒤로 던지며 물에 빠진 사람처럼 미친 듯이 허우적거렸다.

그가 알레산드라가 알아들을 수 없는 언어로 새된 비명을 질러댔다. 그가 죽는 과정은, 그가 죽는다는 게 가능한 일인지는 몰라도, 쉽지 않았다. 늘어난 그림자에 에워싸인 그는 마치 어떤 흉물스러운 바퀴의 축처럼 보였다. 밤처럼 새까만 섬모가 몸부림치면서 움직이는 것이라면 인간이든 다른 무엇이든 가리지 않고 죄다 꿰뚫었다. 소리가, 굶주린 절규가, 몸부림치는 암흑의 덩어리를 마주본 알레산드라의 고막을 터뜨릴 듯했다.

"백작, 비켜!"

알레산드라가 돌아보니 위틀록이 화로 하나를 들고 있었다. 그녀가 옆으로 펄쩍 뛰자 그가 화로를 그림자 존재를 향해 창처럼 내던졌다. 그것은 기름처럼 불타오르며 비명 지르고 울부짖었다. 그것이 나머지 화로들을 쓰러뜨리고 테이블을 뒤엎으며 돌진했다. 불길이 모직 카펫 위로 퍼져 나가 벽을 핥았다. 그림자 존재는 몸을 뒤틀고 꿈틀거리며 빛을 피해 달아날 길을 찾았다.

알레산드라가 재빨리 몸을 일으켰다. 방은 연기로 가득했다. 사교도 중 아직 살아있는 이가 있더라도 확인할 방도가 없었다. 그녀는 콜록거리며 위틀록의 팔을 붙잡았다. "어서, 여기서 나가야 해요!" 불에 타 죽지 않더라도 연기에 질식할 판이었다. 이번만은 위틀록도 반론을 펴지 않았다.

두 사람은 터널을 향해 달렸다. 알레산드라는 터널 입구에 이르러 걸음을 멈추고 뒤를 돌아보았다. 암흑이 치솟아 천장에 충돌했다. 그것은 야생동물처럼 날뛰다 이내 쪼그라들기 시작했다. 잠시 후 불길이 솟구쳐 더는 아무것도 보이지 않았다. 그녀는 몸을 돌려 위틀록을 따라 아수라장을 빠져나갔다.

와인 저장고에 도착했을 때는 연기가 그곳까지 들어찬 상태였다. 위틀록이 알레산드라의 팔을 붙잡은 가운데, 두 사람은 집으로 통하는 출입문을 향해 더듬거리며 나아갔다. 문은 경첩에서 빠져나와 열린 채였다. 문 너머의 홀에는 학살의 현장이 펼쳐져 있었다. 망가져 바닥에 널브러진 시체들을 살아있는 죽은 자들이 자칼처럼 물고 흔들었다.

알레산드라와 위틀록이 나타나자 생명체들이 끔찍한 식사를 멈추었다. "망할." 위틀록이 진심을 담아 말했다. 알레산드라가 고개를 끄덕였다. 상대가 너무 많았고, 그들을 물릴 사마코나도 없으니, 빠져나갈 가능성은 요원해 보였다.

"다시 저장고로 가요. 터널로 나갈 수 있어요." 알레산드라가 입을 열었다. 하지만 뒤로 돌아섬과 동시에 문가를 핥는 맹렬한 화염 속에서 불길이 솟구치며 두 사람을 맞이했다. 와인 저장고에서 병들이 산산조각 나는 소리가 들렸다. 위틀록이 그녀를 뒤로 잡아당겼다.

"나갈 길은 하나뿐이군." 위틀록이 끙 하는 소리를 냈다. 알레산드라는 고개를 끄덕이고 돌아서며 위틀록에게 뛰어드는 생명체의 축 늘어진 얼굴에 주먹을 꽂아 넣었다. 그것은 쓰러졌지만 허둥지둥 다시 일어났다. 위틀록이 다른 생명체에게 밀려나 벽에 부딪쳤다. 그는 까맣게 변한 이빨을 부딪쳐 오는 그것을 밀어내기 위해 사투를 벌였다. 알레산드라는 도와줄 처지가 아니었다. 다른 두 생명체가 그녀 주위를 빙빙 돌며 무어라고 중얼거리고 있었다.

"백작! 숙여!"

폐퍼의 외침에 알레산드라가 바닥으로 몸을 던졌다. 탕 하는 권총 소리가 들리더니 그녀를 공격하던 생명체 중 하나가 괴성을 지르며 빙글 돌았다. 부상을 입은 그것이 수선을 피우는 사이 그녀가 보니 폐퍼가 홀 반대편 끝에서 권총을 들고 서 있었다. 젊은 아가씨는 얼굴이 창백하고 눈을 휘둥그렇게 뜬 와중에도 다시 총을 조준해 쏘았고, 또 다시 쏘았다. 멀둔이 소총을 들고 폐퍼 옆에 섰다. 그가 차분하게 격발과 장전을 반복하며 알레산드라를 공격하려던 다른 생명체를 쏜 다음 위틀록을 공격하던 생명체를 쏘았다. "둘 다 어서 이쪽으로." 그가 외쳤다. "이곳이 무너지기 전에 여기서 나가야 합니다."

알레산드라에게도 위틀록에게도 굳이 재촉은 필요하지 않았다. 네 사람은 함께 현관문으로 향했다. 그들이 달리는 동안 연기가 마루판자 사이를 통과해 위로 퍼져나갔다. 신선한 공기에 이르렀을 무렵에는 네 사람 모두 콜록거리고 있었다. 멀리서 사이렌이 울렸고, 불길이 집의 기초 위로 타고 올라갔다.

사마코나의 남은 추종자들이 밤의 어둠 속으로 뿔뿔이 흩어졌다. 그중 검은 옷을 입은 생명체가 잔디밭 가장자리에 서서 알레산드라의 눈을 마주보았다. 하지만 잠시뿐이었다. 다음 순간 그것은 그림자 속으로 섞여 들었다. 알레산드라가 기침을 하며 폐퍼를 돌아보았다. "내가 택시에 있으랬더니."

폐퍼가 어깨를 으쓱했다. "잘못 들었나 봐. 이젠 어쩔 거야?"

"그건 순전히 여기 있는 친구분들께 달렸지." 알레산드라가 멀둔과 위틀록을 보았다. 위틀록은 보도에 앉아 집에서 시선을 돌린 채 어깨를 움츠리고 고개를 숙이고 있었다. 멀둔은 그보다는 덜 동요한 듯했지만 큰 차이는 없었다.

"저 안에서 무슨 일이 있었던 겁니까?" 멀둔이 연기로 거칠어진 목소리로 물었다.

"묵은 빚이 청산됐죠." 알레산드라가 말했다. "우린 체포된 건가요?"

"아니." 위틀록이 고개도 들지 않고 말했다. "여기서 사라져."

멀둔이 위틀록을 보더니 고개를 끄덕였다. "우린 당신들을 본 적 없는 겁니다."

알레산드라가 미소 지었지만, 미소에 힘이 없었다. 피곤했다. "난 여기에 온 적 없고요." 그녀는 그렇게 말하고 돌아서서 불길이 솟구쳐 지붕을 집어삼키는 광경을 지켜보았다. 그것이 아직도 집 아래에 있을지 궁금했다. 불에 갇힌 채로. 그녀는 꿈들을 떠올렸다. 그것이 빛을 피하기 위해 살과 뼈로 이루어진 우리 안에서 자신의 몸을 얼마나 작게 만들었는지 떠올렸다.

알레산드라는 시선을 돌렸고, 그것에 대해 아예 생각하지 않으려 노력했다.

35장
아컴을 떠나며

문 위에 달린 종이 딸랑거리는 소리에 알레산드라가 고개를 들자 멀둔이 간이식당으로 들어오고 있었다. 제복 차림이 아니었지만 어쩐지 여전히 경찰처럼 보였다. 그녀는 미소를 보내고 다시 창문으로 고개를 돌려 계속해서 거리 건너편의 철 울타리에 둘러싸인 대학교를 바라보았다.

긴 밤이었지만 꿈은 꾸지 않았다. 지난 며칠을 겪고 난 뒤라 마음이 놓였다. 그렇더라도 피로가 풀린 건 아니었다. 아컴을 떠나기 전에는 그럴 것 같지 않았다. "왔군요." 멀둔이 부스 맞은편으로 들어와 앉자 알레산드라가 말했다.

"늦어서 죄송합니다." 멀둔이 포장한 물건을 옆 자리에 놓으며 말했다. "위틀록이 절 떼어놓지 않으려 했지만 서류 작업으로 주의를 분산시켰죠."

"영리하네요." 알레산드라가 커피를 홀짝였다. 잠시 후, 그녀가 물었다. "그 사람은 어때요?"

"힘이 쭉 빠졌지만 괜찮을 겁니다." 멀둔이 그녀를 보았다. "위
틀록은… 무슨 일이 있었는지 이야기하지 않으려 하더군요."

"그렇겠죠. 앞으로도 말할 것 같진 않네요."

"당신은?"

"안 해요." 알레산드라가 창밖을 내다보았다. 희미한 연기 한
줄기가 아직도 아침 하늘에 상흔을 남기고 있었다. 오른의 집은
불타는 동안 근사한 야경을 연출했다. 소방대는 불길이 이웃집들
로 번지기 전에 현장에 도착했다. "어젯밤 일을 겪고도 날 만나자
고 해서 놀랐어요. 사건은 모두에게 만족스러운 방식으로 마무리
됐을 텐데요."

사건은 덮일 예정이었다. 사람들이 가스 폭발이라고 부르는 것
에 휘말린 모든 이가 죽지는 않았지만, 현장에서 빠져나왔거나
파티에 참석하지 않은 사람들은 무슨 일이 있었는지 함구할 터였
다. 알레산드라는 오른의 특별 손님 중에 빠져나온 사람이 있으
리라 생각하지 않았으나 터널들이 얼마나 멀리 혹은 깊게 뻗어
있는지 알 수 없는 일이기는 했다. 그래도 최소한 오른은 죽었고,
애슐리 교수도 죽었다. 신문에서는 크나큰 비극이라고 했다.

"꼭 그런 건 아닙니다." 멀둔은 웨이트리스가 오자 커피를 주문
한 뒤 갈색 꾸러미를 두드렸다. "아직 그… 소유권 정리가 남아
있지요."

알레산드라가 꾸러미를 보았다. 크기와 형태로 미루어 무엇이
들었을지 짐작이 됐다. 미라가 썼던 가면은 화염 속에서 용케 무

사히 살아남았다. 소방관들이 가면을 우연히 발견해서 경찰에 넘겼다. 그녀는 가면이 어떻게 손 닿는 곳까지 이를 수 있었을지 생각하지 않으려 애썼다. "오?"

멀둔은 한동안 침묵했다. 그러더니 입을 열었다. "저도 아는 게 있습니다. 많지는 않지만… 알 만큼은 알죠. 끝까지 파고들어야 할 때와 다른 사람에게 넘겨야 할 때를 구분할 수 있을 정도로는요. 이번 사건에서 제가 할 일은 다 끝났습니다. 하지만 이걸 증거물 보관함에 놔둘 수는 없어요. 거긴 충분히 안전하지 않습니다. 어쩌면 어디든 마찬가지인지도 모르겠지만."

"그래서 내게 가져오셨다." 알레산드라가 커피를 옆으로 치웠다. "우쭐해지는걸요."

"그럴 거 없습니다." 멀둔은 잠시 생각에 잠겼다. "위틀록은 아직도 당신을 체포하고 싶어 합니다. 전 그게 고집에 불과하다고 보지만요. 하지만 위틀록을 바쁘게 할 서류 작업은 잔뜩 남아 있고, 오늘 오후에 보스턴 행 기차가 한 대 있지요."

"그건 힌트인가요?"

"제안입니다. 서장님도 보안관님도 당신을 취조하는 데에는 관심이 없으셔서 다행이죠. 두 분 다 이 모든 일을 치워버리고만 싶어 하시는데, 그런 심정도 이해는 됩니다." 멀둔이 꾸러미를 보았다. "이건 어떻게 할 작정입니까? 팔 건가요?"

"아뇨. 이런 물건이 잘못된 사람들 손에 들어가게 두는 건 옳지 않겠죠." 알레산드라가 미간을 찌푸렸다. "지금 이 상황을 생각하면 좀 웃기는 말이긴 하네요."

"그럴지도요. 그래도 맞는 말입니다. 그럼 어떻게 할 거죠?"

알레산드라가 대학을 고개로 가리켰다. "오늘 아침 경관님 연락을 받은 뒤 월터스 교수님께 연락했어요. 대학에 기증하라고 권하시더군요. 듣자하니 유물 컬렉션이 상당한가 보던데요. 대학에 가면을 맡기면 안전할 거예요."

멀둔이 한숨을 쉬고 의자에 등을 기댔다. "누구한테 들키기라도 했다간 제가 진짜로 곤란해질 수도 있는데."

"그럼 말하지 마요." 알레산드라가 커피를 마저 마시고 옆으로 치웠다. "이런 일이 있었다는 사실 자체를 잊어요. 경관님이 본 것도 잊고. 나도 똑같이 할 작정이에요."

멀둔은 잠시 침묵했다. "제겐 할 일이 있습니다." 그가 마침내 말했다. "그리고 아마 당신도 마찬가지겠죠." 그가 가면을 건넸다.

알레산드라가 그것을 받았다. "오른의 나머지 컬렉션은 어떻게 되죠?"

"대부분은 불에 타 버렸어요. 나머지는 아마 시에서 경매에 내놓을 겁니다." 멀둔이 험악한 미소를 지었다. "칼 샌포드가 이미 모든 품목에 대해 예비입찰을 했다고 들었어요."

"물론 그랬겠죠. 행운을 빌어 줘야겠네요." 알레산드라가 그렇게 말하며 부스에서 빠져나갔다. 그녀가 멈칫했다. "오른의 나머지… 추종자들은요? 일부는 탈출했을지도 몰라요. 이제 그들이 무슨 짓을 할지 모르고요."

"그건 제 문제죠." 멀둔이 말했다.

알레산드라가 테이블에 돈을 놓고 가면을 집어 들었다. "그럼 경관님께도 행운을 빌어야겠네요. 지금부터는 밤이 더 평온하길 빌어요."

멀둔이 고개를 가로저었다. "이 도시에 평온한 밤 같은 건 없어요. 제가 잘 압니다." 그가 커피를 한 모금 마셨다. "그렇다고 나쁘기만 한 건 아니지만."

알레산드라는 커피를 마시는 멀둔을 뒤로 하고 길을 건넜다. 캠퍼스는 조용했고 도서관은 거의 비어 있었다. 그녀는 익숙한 책상들을 지나 유리 천창 아래 자리한 사무실로 향했다. 전에는 그곳에 거의 관심을 기울이지 않았지만, 월터스가 가면을 그곳에 가져가라고 했다. 사서 데이지 워커가 알레산드라를 제지하려다 말았다.

데이지가 미소 지었다. "또 뵙네요."

"안녕하세요." 알레산드라가 말했다. 그녀가 무어라 말하기 전에 데이지가 말을 이었다.

"아미티지 박사님[42]께서 제 사무실에서 기다리고 계세요. 바로 들어가세요." 데이지가 가면을 흘끗 보더니 눈길을 돌렸다. "행운을 빌어요." 그녀가 알레산드라의 팔에 손을 얹으며 덧붙였다. 알레산드라는 고개를 끄덕여 감사를 표하고 사무실로 향했다.

문을 두드리자 작게 들어오라는 소리가 들렸다. 안으로 들어가자 주로 책장과 책으로 이루어진 원형 사무실이 나왔다. 그중 한 책장 앞에 나이 든 남자 하나가 등을 보이고 서 있었다. "아미티

---

42 H. P. 러브크래프트의 단편 소설 「던위치의 공포」에 등장하는 인물.

지 박사님?" 알레산드라가 물었다.

"아, 초르치 백작이시겠군. 올지도 모른다는 이야기는 하비에게 들었지요." 아미티지가 두 팔 가득 책을 안고 돌아섰다. 그는 호리호리하고 살짝 구부정했으며 머리카락은 철 빛에 학자치고는 옷차림이 좋았다. "유쾌하지 못한 밤을 보낸 모양입니다." 그가 책들을 내려놓고 의자를 가리켰다. "앉아요."

알레산드라가 앉았다. 그녀는 갈색 종이에 싸인 가면을 책상위에 놓았다. "유쾌하진 못했지만 성공적이었답니다." 그녀가 잠시 담배에 불을 붙였다. 마지막 한 개비였다. 그녀는 눈으로 책더미를 훑었다. "조사 작업 중이신가요?"

아미티지가 쿡쿡 웃었다. "그렇게 말할 수도 있겠지요. 여긴 내 사무실이었지요. 내가 은퇴한 뒤로 워커 양이 훌륭하게 관리해 준 데다 내가 떠난 뒤로 참고 도서용 책장에 책 몇 권을 더 추가했더군요." 그가 책 더미를 두드렸다. "우리가 대화를 나누기 전에 몇몇 항목들에 관해 읽어 두고 싶었지요."

알레산드라가 잠시 몸을 바로 했다. "얼마나 알고 계시죠?"

"어느 정도는. 반드시 일어날 수밖에 없는 일이었다는 걸 알 정도로는 압니다. 백작이 한동안 중서부를 멀리하고 싶어 할지도 모른다는 걸 알 정도로는 알고. 특히 오클라호마를 말이지요."

알레산드라가 미소 지으며 가면을 두드렸다. "월터스 교수님께서는 제가 모종의 예술품을 손에 넣게 되면 박사님께서 집을 찾아 주실 수 있을지도 모른다고 말씀하시더군요."

"그렇군요." 아미티지가 안경을 고쳐 썼다. "한 번 봐도…"

알레산드라가 가면을 책상 너머로 밀었다. 아미티지가 신중하게 포장을 벗겼다. 그는 나직하게 목을 가다듬으며 손가락으로 그것의 짐승 같은 윤곽을 만진다기보다는 쓸어 보았다. 그가 그녀를 쳐다보았다. "이게 뭘 의미하는지는 백작도 아시는 거겠지요?"

"어딘가 안전한 곳에 둬야 한다는 걸 알 정도로는 알지요."

아미티지는 주저하며 가면을 다시 알레산드라 쪽으로 밀었다. "이곳에 에… 특별한 컬렉션이 있는 건 사실입니다. 대학의 입장을 내가 대신 말할 수는 없지만 아마 값은 많이 못 쳐 줄 겁니다. 하비가 과장한 게 아니라면, 백작의 평소 요금에는 한참 못 미치는 금액이지요."

"과장하신 건 아니에요. 하지만… 기증으로 하면 어떨까요?" 알레산드라가 가면을 본 다음 고개를 들어 아미티지를 보았다. "많은 기증품 중 첫 번째가 될 수도 있고요."

아미티지가 미간에 주름을 잡았다. "무슨 뜻입니까?"

알레산드라가 일어섰다. "최근에 진지하게 전직을 고려하고 있거든요. 보다 사회를 생각하는 직업을 택해 볼까 해요. 모두에게 이득을 주는 직업요."

"무슨 말인지 알 것 같군요." 아미티지가 가면을 도로 포장했다. "만일 백작이 우리 컬렉션에 추가로… 기증을 하겠다면 우리로서는 기쁘게 받을 겁니다." 그가 잠시 생각했다. "하지만 경고는 해야겠군요… 그런 변화를 가볍게 받아들여서는 안 됩니다." 그가 알레산드라를 보았다. "위험할 겁니다. 전에 백작이 했던 어떤 일보다 더 위험할 거예요."

알레산드라가 미소 지었다. "제가 지금까지 겪은 걸 생각하면 준비는 충분한 것 같네요, 교수님." 잠시 후 그녀의 미소가 사라졌다. "그리고 준비가 덜 됐다면… 뭐, 전 언제나 빨리 배우는 편이었으니까요." 그녀가 돌아서서 나가려 했다. 아미티지가 헛기침했다.

"백작을 위해서 그렇기를 바랍니다. 어떻든 간에 행운을 빌지요."

알레산드라는 돌아보지 않았다. "행운만큼은 한 번도 부족한 적이 없었답니다, 교수님."

알레산드라가 예상했던 대로 페퍼가 도서관 밖에서 기다리고 있었다. 아가씨는 계단을 내려오는 알레산드라를 올려다보았다. "어떻게 됐어?"

"처리됐어."

"정말?" 페퍼는 의심스러운 목소리였다.

알레산드라가 걸음을 멈추고 담배에 불을 붙였다. "그렇길 바라. 내 가방은?"

"택시에." 페퍼가 시무룩하게 말했다. 그녀의 택시는 폐차장에 있었다. 지금 모는 택시는 회사에서 빌린 것이었다. "이제 어쩔 거야?"

"이제 날 기차역으로 데려다 줘. 보스턴행 정오 기차를 탈 수 있을지도 모르지." 알레산드라가 페퍼를 내려다보았다. "아컴도 근사하기는 하지만 너무 오래 있었던 것 같네."

"그래? 아쉬워라. 슬슬 재미있어지던 참이었는데." 페퍼가 미소를 짓다가 움찔하며 팔을 매만졌다. 팔이 아직도 아팠고, 알레산드라는 페퍼가 셔츠 아래로 갈비뼈에 붕대를 감고 있다는 사실을 알고 있었다. 페퍼는 무슨 일이 있었는지 이야기하지 않았지만, 대충 짐작이 갔다.

알레산드라는 잠시 망설였다. "원한다면 나랑 같이 가도 돼."

페퍼가 그녀를 빤히 쳐다보았다. "어디로?"

"어디든." 알레산드라가 담배를 들어 손짓했다. "저 바깥. 아컴에서 떨어진 곳. 나도 도와 줄 사람이 있으면 좋고, 넌 네가 능수능란하다는 걸 증명했으니까. 물론 돈은 줄게. 많지는 않더라도아마 택시 몰아서 버는 것보다는 많을 거야. 특히 지금 네 상황을 고려하면 말이야."

페퍼가 돌아섰다. 그녀는 잠시 아무 말도 없었다. 그러다 작은 목소리로 말했다. "진심이야?"

"진심이 아니었으면 제안을 하지도 않았어." 알레산드라가 페퍼에게 담배 한 개비를 건넸다. "생각해 봐. 난 보스턴의 코플리광장 호텔에 며칠 머무를 예정이야. 제안을 받아들이기로 결심하면 전보를 보내. 그럼 며칠 더 묵으면서 네가 올 때까지 기다릴게."

"왜?" 페퍼가 담배를 받으며 물었다.

알레산드라가 불을 붙여 주었다. "뭐가 왜?"

"왜 그런 제안을 하느냐고?"

알레산드라가 한숨을 내쉬고 드레스를 매만지며 어색하게 앉았다. "말했듯 나도 도와줄 사람이 있으면 좋으니까. 믿을 수 있는 사람이 필요해."

"난 좋은 도둑은 못 될 것 같은데."

"내가 가르쳐 줄게."

"정말?"

"정말." 알레산드라가 페퍼를 보았다. "쉬운 삶은 아니지만 신나긴 해."

페퍼가 씩 웃었다. "내가 신나는 걸 좋아하긴 하지." 그녀가 담뱃불을 끄고 담배를 귀 뒤에 꽂았다. "생각해 볼게." 그녀가 폴짝 뛰어 자리에서 일어났다. "기차 타려면 슬슬 움직여야겠다."

알레산드라가 자리에서 일어나 마지막으로 한 번 주위를 둘러보았다. 해가 빛나고 있었지만 그림자가 길었다. 그림자 속에서 그녀를 기다리는 사람은 아무도 없었다. 하지만 내일도, 그 다음 날도 아무도 없으리라는 보장은 없었다. 살짝 몸을 떨며, 그녀는 페퍼를 따라 택시로 향했다.

기차를 타야 할 시간이었다.

암흑

암흑 속에서, 그것은 잠들었다. 그간 그것은 불길의 날카로운 빛과 오랜 유폐로 인한 고통 속에 은신처를 찾아 더욱 더 깊이 자신의 속으로 파고들었더랬다. 빛과 열이 닿지 않는 어둠 속으로.

그리고 그곳에서, 그것은 더욱 더 단단히 몸을 웅크리며 최대한 작아졌다. 어둠 속에서, 그것은 휴식을 취하며 오랫동안 부정당했던 힘을 되찾을 수 있었다. 그간 먹은 것이 있기는 했지만 잘 먹지는 못했다. 하지만 휴식을 취하고 나면 다시 먹을 터였다. 빛이 사라지고 나면 그것은 위로 올라가 먹고 먹고 먹고—

소리가 들렸다. 부름이.

그것은 동요했다. 부름이 다시 들려왔다. 옛 말들이. 그것은 가만히 들었다.

그리고, 본능을 어쩌지 못하고, 부름에 대답했다.

그것은 무른 흙을 파고 들어갔고, 퇴적토를 통과해 위쪽으로 길을 내며 솟구치다 대화재의 꺼져가는 열기를 감지하고는 방향을 틀었다. 불은 꺼졌지만 그 기억은 여전히 따끔거렸다.

표면에 도착한 그것은 위로 치솟아 몸을 넓게 펴 뻗치며 자유를 만끽했다. 그것은 아래쪽 집의 폐허에 모여 든 피가 따뜻한 자들 위로 솟아올랐다. 그들은 그것을 가둔 자들, 그것을 배신한 자들과는 같지 않았다. 그들은 더 작고 힘이 없고 연약했다. 그것이 판단하기에는 더 어리기도 했다.

그들이 그 말을 안다는 사실이 놀라웠다. 하지만 그것은 이 작은 자들에게 두려움을 느끼지는 않았다. 이미 한 차례 갇힌 뒤였다. 그들이 또 그러지는 않을 터였다. 그럴 수도 없을 테고. 그들에게는 그럴 지혜가 없었다. 그것은 그들 위로 너울거리며 그들의 말을 들었고, 누구부터 먹을까 고민했다. 그들의 수가 무척 많았고, 다들 열기와 생명이 맥동했다.

그중 하나가 인사를 건네듯 부속지 하나를 들어 올리더니 크느-얀의 피가 따뜻한 자들이 쓰는 말로 말했다. "너는 옛 문헌들이 말한 대로 차분하구나, 고대의 존재여. 마치 밤의 한 자락이 살아난 듯해."

그것이 상황을 파악하느라 잠시 움직임을 멈추었다. 그 망설임을 눈치 챈 발화자의 얼굴에 미소가 퍼졌다. "장엄해⋯ 하지만 그 젤리 같은 머리 안에 두뇌는 없구나. 스완 선생, 금제의 지팡이를 주게."

"알겠습니다, 샌포드 씨." 다른 자가 말했다. 그것은 이 말들의 의미를 이해하지 못했지만 위협은 감지했다. 그것이 처음 말한 자를 먹을 요량으로 달려들었다. 하지만 그가 손을 쳐들며 빛과 고통의 말을 읊었다. 말이 그것을 찌르고 교란했다. 그것은 고통 스러운 말을 피하고자 미친 듯이 발버둥 쳤다. 하지만 다른 피가 따뜻한 자들이 입을 열면서 더 많은 말들이 솟아올랐다. 너무 많은 말들이 불길처럼 일어났다.

그리고 새로운 고통이 찾아왔다. 익숙한 고통이었다. 그것은 고통을 피해 몸을 곧추 세워 높이 더 높이 늘어나려 했다. 처음 말했던 자가 차가운 빛이 타오르는 막대를 들었다. 빛이 그것을 에워싸고 줄어들고 접혀 들도록 강제했다. 아무리 길길이 날뛰어 보아도 벗어날 수 없었다. 그것은 줄어들면서 새로운 주인의 목소리를 들었다.

"진정해라, 진정해. 이제 어쩔 도리가 없으니. 너는 잡혔다." 그가 쪼그라든 모습의 그것 위로 몸을 숙이며 함박 미소를 지었다. "하지만 그렇다고 세상이 끝난 건 아니란다…" 그의 미소가 사라졌다.

"어쨌든 아직은 말이지."

아컴호러

여러분은 고대의 악에 맞서는
마지막 존재들입니다. 아컴 시를
샅샅이 조사하여 고대의 존재에
얽힌 비밀을 밝혀 내세요!

아컴호러 소설 시리즈

느카이의 진노

전세계를 오가는 모험가이자 도둑인 알레산드라 초르치 백작은 최근에 발굴된 고대인의 미라를 좇아 아컴 시에 찾아온다.

박물관에서 벌어진 총격 속에서 석화된 시체와 눈이 마주치게 되고, 이는 지금까지 그가 경험해 보지 못한 기묘한 모험을 불러오게 되는데...

최후의 의식

아컴 시에 위치한 수수께끼의 예술인 공동체인 신 개척지에 초현실주의 화가 후안 우고 발타사르가 찾아오면서 악몽과 현실의 경계가 무너지기 시작한다.

꿈의 연도

미스캐토닉 대학교의 학생 한 명이 자신의 연구 조사 도중 의문스럽게 실종되고, 그를 걱정하던 룸메이트 엘리엇 라즐로는 직접 친구를 찾아 나선다.

그를 찾기 위한 단서를 모으던 엘리엇은 고대의 공포를 되살리려는 끔찍한 계획의 중심부로 이끌리게 된다.

아코나이트 북스는 아스모디 엔터테인먼트의 출판 브랜드입니다. 아스모디 보드게임 세계관은 물론, 유명 비디오 게임 및 보드게임, 카툰 세계관을 기반으로 하는 소설을 출간하고 있습니다.

홈페이지 (영문)
www.aconytebooks.com

느카이의 진노
Wrath of N'Kai

초판 1쇄 발행 2022년 6월 10일

지은이 조시 레이놀즈
옮긴이 홍지로
펴낸이 김기찬
펴낸곳 ㈜아스모디코리아
출판등록 2021년 7월 23일 제385-2021-000046호
주소 경기도 안양시 동안구 벌말로123 평촌스마트베이 A동 1901호
전화 031-360-4288
홈페이지 www.asmodee.co.kr
표지디자인 다니엘 스트레인지
한국어판 제목 디자인 임재형
검수 박지희
편집 노승우

ISBN 979-11-978264-0-5